Ulf Erdmann Ziegler
Hamburger Hochbahn

Ulf Erdmann Ziegler

Hamburger Hochbahn

Roman

WALLSTEIN VERLAG

Für Q, definitiv

Misurra

Der lange Nachmittag über dem weißen Land hatte ihn seinem Ziel nahe gebracht, nichts zu denken, während sie, die jetzt ihre Kladden bündelte und in einem speckigen Leinenrucksack verschwinden ließ, erst im Sinkflug über New Jersey von Hamburg Abschied nahm. Ihre Rippen gedrückt in die Armlehne, hatte sie sich so weit zu ihm hinübergebeugt, wie der Gurt es erlaubte, während das Flugzeug eine Schleife zog. Die Sicht zunächst blockiert durch den Flügel, beginnend im Norden, erschien die Silhouette Manhattans Stück für Stück im metallischen Licht eines frühen Januarabends. »Wo waren sie denn?« fragte Elise, kurz bevor der Radblock auf die Piste schlug.

Gefangen zu Hunderten in Fluren, die sich bei Alarm verwandeln würden in Fallen, fiel ihn Trübnis an, ein Zweifel, ob es richtig gewesen war, Elise nach Amerika zu folgen um eines Abenteuers willen. Dann, bei Dunkelheit, in einer Röhre von Flugzeug mit wenigen Passagieren unterwegs nach Westen, die Ledersessel geschmeidig, Elise jenseits des Gangs vergraben in die Januarausgabe von »Artforum«, war es wieder da: Das wohlige Einverständnis mit der Institution der Vereinigten Staaten. Das patriarchale Räuspern des Flugkapitäns über die Anlage, bevor er sprach, und das Sportgeplapper der Männer mit ihren mißratenen Frisuren, und der Teppich der Bundesländer, deren Namen er kannte: New Jersey, Pennsylvania, Ohio. Einen Arm über dem Kopf, schirmte er sein Fernglas ab gegen Lichter aus der Kabine, um die Anlagen dort unten zu entschlüsseln, teils Firmen, teils Farmen.

Oh-hai-oh, noch ein Vierteljahrhundert später klang der Name in seinen Ohren wie der Ruf der Landleute, die ihn damals aufgenommen hatten, einfach so, ein Junge aus

Deutschland. Keiner wollte wissen, was er dachte, außer über Amerika, und keine Frage, Amerika war gut, denn es war gut zu ihm, zwischen der Farm des einen Onkels, der Sägerei des anderen und der Tierarztpraxis des Gastvaters; den kleinen und großen Transporten, den Ernten, der Footballsaison. Schule, Arbeit, Essen, Fernsehen, Kirche und Führerschein, da war das Jahr schon um, und damit er, er hieß dort Tom, es nicht vergaß, verwirrte ihn die ältere der Schwestern, selbst fast noch ein Kind, drei Wochen vor dem Abschied mit heimlichen Zärtlichkeiten. Als er zurückgekehrt war nach Lüneburg, war sein Deutsch mühevoll und schwer geworden, gezeichnet vom Alltag nördlich und südlich der Main Street. Das Gitter, in das die Lichter von Ohio gezeichnet waren, betrachtete er mit Genugtuung, als hätte er es selbst erfunden.

Elise bemerkte, wie er mit dem Fernglas in dem Plastikfensterchen hing, und sie lächelte. Aber als Thomas, ermüdet von den ausgedünnten Lebenszeichen Indianas, zu ihr hinübersah, war sie schon wieder versunken in dem Magazin, dessen Seiten sie mit einem Krachen umschlug, als müßte es physisch gezwungen werden, seine Informationen preiszugeben.

Das nächste große Lichtfeld war schon East St. Louis, durch eine schwarze Furche, die nur der Mississippi sein konnte, getrennt von der Stadt, die das Ziel war. Elise war auf seine Seite gewechselt, das Magazin in der Hand. So bestimmt hielt das gedrungene Flugzeug auf Downtown zu, daß Saarinens Bogen, quer vor das Panorama der Stadt gestellt, nur vom Cockpit aus zu sehen war. Plötzlich drehte der Jet nach Norden ab und kehrte dabei Thomas' Fenster dem schwarzen Himmel zu. Als es die Richtung und mit der Richtung noch einmal die Schräglage wechselte, zeigten sich riesige dunkle Wasserwege, zu denen der Flugkörper herabsank.

»Wie Heraklion«, sagte er.

»Hongkong«, sagte sie.

Ihre ersten Einladungen, nach Glasgow und nach Istanbul, hatte sie mit Baedekers und Lonely-Planet-Büchern vorbereitet. Später, als die Anfragen häufiger wurden, die Erwartungen höher, die Mittel knapper, hatte sie beschlossen, alle ihre Kräfte in die Vorbereitung dessen zu stecken, was die Verlegung eines Ateliers mit sich bringt. In der maßgetischlerten Kiste, die Kevin, der Autoverleiher persönlich, in den Kofferraum des Chrysler Neon hievte, fand sich der komplette Satz an Werkzeug, ergänzt durch fünf Skizzenblocks im Format A 2, Blei- und Kohlestifte, Klebstoffe, Schrauben und Nägel, sowie ein zerlegter Hocker. Sie versank im Rücksitz des silbernen Autos, dessen Karosserie die Insassen verschluckte wie ein Sportwagen, während es, wie man spürte, sobald es sich bewegte, nichts anderes war als ein Mittelklassefahrzeug, das nach fünf Dienstjahren anfing, in den Angeln und Achsen zu stöhnen. Der Motor quälte sich mit dem Gewicht des Wagens und seiner Fracht. Als Kevin ausstieg, blieb Elise hinten sitzen.

Eine zweite Entscheidung war gewesen, keine Vorfreude aufkommen zu lassen, nichts, was enttäuscht werden konnte. Wie viele ihrer Künstlerkollegen verschwendeten ihre Kraft darauf, sich über ihre Hotels zu beklagen, die beste Bar zu suchen, sich voreinander wichtig zu tun. Jedesmal, wenn sie ins Flugzeug kroch, spannte sie sich wie eine Feder, und erst wenn sie Boden unter den Füßen hatte, ließ sie los. Das Bild, das sie leitete, waren die asiatischen Tuschezeichner, deren Technik keine Korrektur erlaubt. Das weiße Blatt war sie selbst.

Die drei Wohntürme sahen stolz aus, wie sie mit Dutzenden von Dominoaugen das gewaltige dunkle Gestrüpp des Stadtparks fixierten, von dem sie durch den sechsspurigen Skinker Boulevard getrennt wurden. Thomas mußte eine Kolonne von Fahrzeugen im Gegenverkehr abwarten, bis er in die geschwungene Auffahrt der Dorchester Apartments einbiegen konnte, deren Pflaster und Gebüsch dramatisch erleuchtet waren. Im Halbrund warteten tonnenschwere Automobile, von ihren Besitzern abgestellt, um vom Garagenwart hinter das Gebäude gefahren und im Kellergeschoß versteckt zu werden. Das erste war eines der hochbeinigen Monsterfahrzeuge, das Thomas als Kreuzung aus Pick-up-Truck und Familienbus ausmachte; das zweite ein viertüriger, gestreckter Mercedes aus den achtziger Jahren; das dritte ein schwarzer Lincoln Continental mit dunklen Scheiben. Der Mercedes und der Lincoln trugen kleine amerikanische Flaggen, die mittels eines Plastikarms jeweils im hinteren linken Fenster festgeklemmt waren, als wäre der Fahnenschwenker im Rücksitz von einem hochfahrenden Glas überrascht worden.

Die Wohnung im sechsten Stock der Dorchester Apartments war von der Eingangstür bis zu den Türschwellen der Kleiderkammern ausgelegt mit einem hellen Teppichflor, der unter den Schritten nachgab. Die schwere Platte eines Couchtischs fing die Lichter über dem Park auf und spiegelte sie in das große Wohnzimmer. Die Klosetts waren gewaltige Wasserbehälter, klinische Jauchegruben, die spiralförmig abgesaugt wurden. Der Kühlschrank, übermannshoch, brummte gewaltig, wenn er arbeitete. Die Heizkörper, sich erwärmend, ächzten leise; daneben hatte man – offenbar nicht Teil des ursprünglichen Entwurfs – die Wände aufgebrochen, um die Kästen der Klimaanlagen zu installieren. Untätig schaufelten sie den Motorenlärm des Boulevards in den sechsten Stock wie Lautsprecher alter Grammophone.

Auf dem Glastisch waren zu liegen gekommen: Die Rand-McNally-Karte der Vereinigten Staaten, das Fernglas, der Kompaß in seiner metallenen Einfassung. Thomas hatte sich in die Couch fallen lassen und folgte den Lichtern der Autos an der Decke.

»Major Tom?«

»Hm.«

»Es ist nichts im Kühlschrank.«

Fred, laut Namensschild an seiner Uniform, hätte mit seinen zur Starre neigenden Glubschaugen, zu Pölsterchen geronnenen Tränensäcken und dem makellos gezogenen Scheitel im festen grauen Haar als Portier im Hamburger Rathaus um neunzehnhundert durchgehen können. Auf seinem ausladenden Pförtnertresen in rötlichem Holz waren drei Exemplare der »New York Times« und eine Ausgabe des »Wall Street Journal« liegengeblieben, die Namen der Abonnenten in winziger Schrift am Rand der Titelseite aufgeklebt. Aus einem unsichtbaren Radio säuselte ein populäres Orchesterwerk.

»Also sind Sie Professor Katz?«

»Nein, das ist meine Frau, wenn Sie sie so nennen wollen.«

»Ihre Frau hat Sie begleitet?«

»Nein, ich habe meine Frau begleitet.«

»Mr. Katz?«

»Nein, Tom Schwarz.«

Freds Blick verdunkelte sich.

»Sagen Sie, Fred, wo ist hier der nächste Supermarkt?«

Von zwei Schlafzimmern bot das kleinere ein Bett für anderthalb Personen, einen altenglischen Sessel in Hellgelb und die auf antik getrimmte Miniatur eines Sekretärs. Das größere war eingerichtet für die Gewohnheiten und Garderoben eines Paares, mit zwei aneinandergerückten Betten vor einer marmornen Stirnwand. Das Prunkstück dort war eine symmetrisch gebaute Kommode mit acht schweren Schubladen, deren hölzerne Griffe golden gestrichen waren und sich im geschlossenen Zustand mit einem goldenen

Widerpart zu heraldischen Symbolen fügten. Elise leerte ihren Koffer und verstaute ihn in der Kammer neben der Tür, in der frühere Gäste Jacken und Kartons hinterlassen hatten. Ein gelber Schalenkoffer trug den Namen einer brasilianischen Malerin, die Elise flüchtig kannte. Daß er schwer nach Medikamenten roch, schien ihr ein guter Grund, ihn zu öffnen. Es war eine kleine Aquarellwerkstatt. Sie nahm die Arzneischachteln heraus und warf sie in den Abfalleimer der Küche.

Von den zwei Bädern, die der Hausservice mit schweren, weißen Frotteehandtüchern ausgestattet hatte, nahm sie eines. Sie ging in das kleine Zimmer, warf ihre Kleidung auf die Tagesdecke des Betts und kehrte ins Bad zurück. Der Spiegel zeichnete ihre Büste hell erleuchtet. Sie sah sich an; aufrecht, muskulös wie eine Schwimmerin, Spuren von Silber im Haarkranz. Die Müdigkeit unter den Augen war nicht nur die der Reise. Die letzten Monate hatten einer Notbremsung geglichen, die all die Gewichte offenbart, die man mit sich führt. Das Datum des elften Septembers war zu einem Paßwort geworden, von guten Geistern gebraucht, um durch die Wand zu verschwinden. Ein Londoner Lehrer hatte einmal gesagt: Wenn es prima läuft, sind alle Künstler. Wenn es bröckelt, gibt die dritte Liga auf, und die zweite macht Kompromisse. Wenn es schlechtgeht, zeigt sich, wer übrigbleibt. Ein Beispiel war der Lehrer selbst gewesen: Er hatte Kompromisse gemacht.

Sie betastete ihre Brüste; nichts Böses. Sie legte zwei Ringe ab, ein silbernes Halsband, bürstete sich die Haare nach oben, zog die Schultern gerade. Sie lachte über das Bild im Spiegel, und das Bild lachte zurück. Sie erlaubte sich keine Furcht.

Thomas, als er in Schrittgeschwindigkeit das Auto vom Parkplatz auf die Anliegerstraße schwenkte und an der Ampel zum Boulevard anhielt, dachte an seine Fahrstunden, vor fünfundzwanzig Jahren, als letzte Übung darin, sich Amerika anzunähern. Die Gemächlichkeit des Straßenverkehrs repräsentierte die Vorstellung einer anderen Zeit. Wer ein Sechszylinderauto mit vierzig Kilometern durch eine leere Vorstadtstraße steuern konnte, hatte die Wandlung vollzogen. Sein Führerschein aus Ohio lautete auf seinen amerikanischen Namen. Er beschleunigte vorsichtig bei Grün. Er war unterwegs. Er war dabei, sich zurückzuverwandeln in Tom Schwarz.

Die Halle des Supermarkts krönte ein Shopping Center alten Typs, mit einem Signetmast an der Straße und dem dahinter gelegenen Parkplatz, der einen Marktplatz unfreiwillig persiflierte. Über den gigantischen Einkaufswagen gebeugt, ließ er sich durch die Gänge der Kaufhalle gleiten, Konsumentenstraßen durch eine Stadt der Waren, monolithisch gereiht die Artikel der Körperhygiene, in die Tiefe gestaffelt die Milch- und Saftcontainer, aufgeschüttet in geneigten Behältern das Gemüse, das Obst, die Kräuter. Die Rhetorik dieser Ordnung suggerierte, daß es nichts gab, was es nicht gab, eine autarke Festung, verteidigt durch eine Phalanx halbdurchlässiger Pforten, die Kassen. Tom lud in den Wagen, was ihn an damals erinnerte: die riesigen Backkartoffeln, sour cream, Okra, eine Gallone Milch. Er mußte in sich hineinrufen, um die Müdigkeit zu verscheuchen, und wurde in dem Moment gewahr, daß er jemanden verfolgte: eine monströse Lady in ausgetretenen Freizeitschuhen, die ihre Beine wie unabhängig voneinander operierende Türme vorwärts schob. Sie hielt sich an ihrem Einkaufswagen fest, den sie stoßweise, links und rechts ausbrechend, bewegte. Was Kleidung betrifft, hatte sie aufgegeben: An die größten Formate der amerikanischen Damenuniformen war schon lange nicht mehr gedacht, die ausladendsten aller Bluejeans waren längst verschenkt, vererbt, weggeworfen; übrig nur noch ein Set grauer und weißer Baumwollwäsche, der man einen Unterschied von Nacht- oder Tagkleidung, drinnen oder draußen, Beruf oder Freizeit nicht mehr ansah. Die riesigen Lappen mußten unter schwer vorstellbaren Mühen über die Beintürme gestreift, über den gewaltigen, wulstigen Oberkörper gezogen worden sein, auf dem sie sich, trotz oder wegen der Nachgiebigkeit des Stoffs, nicht mehr symmetrisch darstellen wollten. Ihr Wagen war randvoll bepackt mit Lebensmitteln und Süßwaren. Tom drehte ab, um sich von dem Anblick zu befreien, vom harten Griff des Neuen. Ohio war das nicht.

Im Windfang waren, teils am Schwarzen Brett und teils wild darüber hinaus, Hunderte von Aushängen angebracht, die neueren über den alten. Auf blassen farbigen Bildern aus Computerdruckern sah man Autos, Waschmaschinen und Computer. Ein Aushang war zwanzig- oder dreißigmal vorhanden, eine unbebilderte, handgeschriebene Liste von Lampen und Möbeln im Postkartenformat, deren Objekte, wie sich zeigte, als Tom die Beschreibungen entzifferte, auf verschiedenen Listen in unterschiedlicher Kombination aufgeführt wurden. Darunter stand eine Telefonnummer ohne Namen. Tom nahm eine Liste an sich, auf der, in einer von zwölf Zeilen, »eine große Schreibplatte auf H-Untersatz« für achtundzwanzig Dollar und fünfzig Cent angeboten wurde. Denn obwohl Thomas Schwarz seit zehn Jahren keine Fassade mehr gezeichnet hatte, und auch nicht das Innere eines Hauses und auch nicht die Einfassung eines Fensters, hatte er an seiner Vorliebe für riesige Tische festgehalten, Tische, deren hintere Kante man sitzend mit ausgestrecktem Arm nur dann erreichte, wenn man sich halb darauf legte.

Zwei Stunden zuvor ein Fremdling und eine Stunde zuvor ein neuer Mieter, dessen Name Rätsel aufgegeben hatte, wurde ihm von Fred bei der Rückkehr vom Supermarkt die äußere Schwingtür aufgehalten, während die innere Tür,

warmes Holz und Messingteile, bereits offenstehend blok-
kiert war, so daß Tom mit den zwei braunen henkellosen
Papiertüten von Schnuck's, wie die rote Schrift sie auswies,
empfangen wurde wie ein angestammter Bewohner der
Dorchester Apartments. Die Sessel gegenüber dem Empfangstresen waren okkupiert von einem hochgewachsenen
jungen Schwarzen und einer fülligen Blonden im maßge-
schneiderten Kostüm und in Pantoffeln; ein regungsloses
Hündchen auf den zweiten Blick. Die beiden, verstrickt in
ein amüsiertes und laut geführtes Gespräch, hatten auch
Fred mit ihrer Heiterkeit angesteckt, der über ihre Stimmen
hinweg Tom wissen ließ, daß ihm »Shwortz« doch bekannt
vorkomme, als Zutat, wie er sich ausdrückte, im Namen des
Generals Schwartzkopf und auch des Schauspielers Schwar-
zenegger. Das wurde bestätigt. Violinen schäumten aus
Freds unsichtbarem Radio, während die Fahrstuhltür hinter Tom Shwortz rumpelnd zufiel.

Der Geruch der Medikamente sprang ihn an, als er die
Tür des Apartments aufschloß. Er suchte Elise und fand sie
schlafend auf dem Bett des kleinen Schlafzimmers, ein
Handtuch um den Kopf gesteckt wie eine holländische
Magd. Er war dabei, die Tür hinter sich zu schließen, als die
Kugel, die er statt eines Griffs in der Hand hielt, ihn an die
amerikanische Regel erinnerte, die Tür nur anzulehnen.

Das Kajütenstilleben auf dem Glastisch wurde nun ergänzt durch eine Flasche Cabernet Sauvignon kaliforni-
scher Herkunft. Er fand Vergnügen an der Grobheit, aus
der Flasche zu trinken. Der Verkehr auf dem Boulevard
hatte nachgelassen. Der Park sah aus wie ein schwarzer
Würfel, den jemand in ein leuchtendes Nachtbild geschoben hatte, wovon die hellen Ränder, weit entfernt, eine
Ahnung gaben. Wenn er den Aufriß der Stadt richtig verstanden hatte, dann saß er mit dem Rücken zur Stadtgrenze
von St. Louis und sah über den Park hinweg auf Down-

town zurück, auf das halbe Land, das Elise und er in der frühen Dunkelheit überflogen hatten. Jedenfalls bildete die Kompaßnadel eine Parallele zum Skinker Boulevard, und das »E« deutete in das Dunkel des Parks. Er ließ sich ins Sofa rutschen und verfolgte wieder den Schein passierender Autos an der Decke, ein flackerndes Bild – der Alkohol kroch in die Ritzen seiner Schläfrigkeit –, in dem er das Netz der Staaten glaubte zu sehen, in dessen Mitte er offensichtlich gelandet war. Ohio, Indiana, Illinois, Missouri; nicht »Mißuri«, wie seine deutschen Landsleute sagten, sondern »Misurra«, ein Wort, das sogar Pferde verstehen.

Elise war abgetaucht in die tiefe Dunkelheit des Schlafs, undurchdringliche Schwärzen und gefilterte Lichter, Figuren in ungewisser Ferne, die auf sie zeigten und nach ihr griffen, ohne sie zu berühren. Sie sah sich in einem Saal, oder war es ein Park, kurz vor dem Beginn einer Zeremonie. Sie wußte nicht, was erwartet würde, und mußte dennoch das Ritual vollziehen. Sie ahnte, daß die Gemeinschaft, die Augen auf sie gerichtet, einem Aberglauben verfallen war. Dennoch, die Zeremonie würde gleich beginnen.

Tom lag auf dem Sofa und starrte hoch zu den beweglichen Schemen an der Decke, und als ihm die Augen zufielen, sah er sie immer noch vor sich. Das Paff-paff der Heizung wurde seltener und verstummte schließlich. Eero Saarinens Bogen flüsterte ihm zu vom Ufer des großen Flusses und hüllte sich schließlich, etwas gekränkt, im Nebel ein. Elises Atelierkoffer öffnete sich einen Spaltbreit und wunderte sich, sich schließend, über die Verschiebung in der Zeit.

Tom, unterwegs im Bildschirmgestöber von Misurra, ließ alle Zügel schießen. Er schwebte über einer weißen Steppe. Er besichtigte grellerleuchtete Lagerhallen. Er bewegte sich ungesehen durch Gruppen zünftig gekleideter Männer, die er für Viehhändler hielt. Dann wurde ihm klar, daß der Versammlungsort abschüssig war, ein Halbrund mit verwitterten Bänken, ausgerichtet auf eine Bühne, eingefaßt von einem geschwungenen Rahmen, in den Miniaturen europäischer Städte gezeichnet waren. Er war schließlich der letzte, der sich setzte, als lautlos der Vorhang fiel. Das Bühnenbild zeigte das Rathaus von Hamburg an einem Wintertag. Tom erschauerte. Er fror.

Skinker Boulevard

Was Tom sah, als er im brausenden Verkehr des Skinker Boulevards erwachte, war ein modernes Haus, das in See sticht, zum Greifen nah die Instrumente der Kajüte, Kompaß und Karte. Kaum saß er auf dem Sofa aufrecht, erkannte er den Glastisch, in dessen Grund der weiße Teppichflor erschien wie ein gerippter Wolkenhimmel, und die Spiegelung zeigte ein scharfgeschnittenes Geviert, die Unterseite des Balkons im siebten Stockwerk der Dorchester Apartments. Er war müde, voll bekleidet, verschwitzt, und sein Herz raste.

Am Horizont, drüben in Illinois, zeigte sich farbig die Dämmerung, während die Lichter der Stadt den Park noch immer rahmten wie einen dunklen Kubus. Eine Stelle, übernatürlich silbergrau, zeigte sich im Fernglas als Krümmung in der nördlichen Hälfte des Bogens. Während er versuchte, das Fernglas ans Fenster gepreßt, die Schärfe nachzustellen, verschwand der Bogen im Dunst. Die Lichter der Stadt waren bleich geworden.

Er blieb am Fenster stehen, fröstelnd, das Fernglas gesenkt. Das Licht erfaßte den Park, floß hinein in seine Masse, rollte ihm, dem Betrachter in der Fensterfront des Dorchester, entgegen, erfaßte die kahlen Baumkronen, die sich glitzernd belebten, gab ihnen einen Aprikosenton, der überging in Gold, in Orange, so weich, daß die Stämme und Äste, obwohl im Gegenlicht, keine Schwärzen mehr zeigten. Der warme Ton lief die Stämme hinab bis fast auf den Boden. Dann stand, durch einen Schleier zu sehen wie eine Medaille, die Sonne am Himmel, und der Winterpark fiel in schwärzliches Silber.

Elise, die Tagesdecke über den Kopf gezogen und zur Wand gekehrt, hatte die Offenbarungen der REM-Phase über sich ergehen lassen und erwartete nun, im dunklen Kanal dahingleitend, die Rückkehr des Ichs, das sich in Achtel- und Viertelportionen meldete. Sie war kein Freund ihrer Träume. Sie spürte sich wachsen, schwerer werden in Richtung Tag, nun zum Fenster gewandt. Die Lamellen der Jalousien fingen das Tageslicht auf und warfen es steil nach unten.

Tom, geduscht und frisch gekleidet, war durch die offene Tür eingetreten. Niedergekniet vor ihrem Bett, betrachtete er sie. Elise gehörte nicht zu denen, deren Gesicht im Schlaf davonlief. Ihre Züge waren eben, der Atem unhörbar, die Augen still. Er hatte sie oft betrachtet, ahnend, daß dies die einzige Möglichkeit war, sie ohne jede Verstellung zu bewundern, wie eine lebendige Totenmaske. Es gab etwas, das man in dieser Weise üben konnte auszusprechen, auch wenn es letztlich ungesagt bleiben würde. Ein wenig verachtete er die Rührung, die ihn dabei ergriff.

Er zuckte zusammen, und sie öffnete die Augen, als das Telefon in der Küche ansprang – ein übersteuertes Klirren, als wäre der Ton in Rohform angekommen, um keine Zeit zu verlieren –, gefolgt von einem artigen Echo des Telefons, das neben Elises Bett stand, so als trüge der Bote der Nachricht, die zu überbringen war, Glacéhandschuhe. Er nahm den Hörer ab.

»Hallo?«

»Sag deinen Vornamen.«

»Was?«

»Sag deinen Vornamen.«

Dies war das Erscheinen einer Figur namens Ed, einer, nach dem man nicht gefragt und mit dem man nicht gerechnet hatte. Er war es, der handschriftliche Listen mit gebrauchten Möbeln zu schrägen Preisen in Supermärkten aushängte und für den die Welt oder der Alltag, dies eine Frage der Perspektive, aus Menschen bestand, deren Vornamen er sich merkte, denn sie waren seine Klienten und kamen zu ihm nach Haus zu bestimmten Terminen, die sich niemals überschneiden durften. Der Termin Tom wurde für den gleichen Tag auf drei Uhr dreißig am Nachmittag festgesetzt.

Die Büros der Akademie lagen im Keller, die Decken auf der Basis eines Quadratmoduls abgehängt, in dessen Raster man die weißen Kunststoffplatten jederzeit vertauschen konnte mit weißer, sparsamer Beleuchtung. Im Vorraum des Sekretariats hatte sich die ganze lehrende Fakultät in einem Schaukasten dargestellt, Fotos grinsender Gestalten, wie man sie im Familienalbum findet, mit Namen, Titeln und akademischen Lebensläufen.

Die Vorstellung, die folgte, legte die Ränge fest. Alle helfenden Berufe, von der Sekretärin bis zur Personalleiterin, waren glücklich, mit Vornamen angesprochen zu werden. Elise war im Handumdrehen Professor Katz geworden. Welche Anrede für Tom gelten sollte, blieb ungeklärt.

Elise war erwartet worden, wie ein Stapel von Formularen verriet, und würde drei von neun Wochen brauchen, um diverse Verfahren zu durchlaufen, die die Erlaubnis zu arbeiten brachten, den allgemeinen Zugang zu allen Einrichtungen der Universität und die Befreiung von der Steuer. Dies, und alle anderen Dinge, verstand eine Helen zu ordnen und zu lenken, die Elise zu trösten wußte, wenn es Probleme nicht gäbe, gäbe es ihren Arbeitsplatz nicht.

Das zentrale Gebäude der Universität lag hügelan wie eine Festung in Verlängerung jener Achse, die als Forest Park Parkway vom Fluß her kam. Wo die Universität begann, endete das Terrain der Stadt, die nicht wachsen konnte, weil sie von Gemeinden umstellt war, in die die Bürger von St. Louis flüchteten, sobald sie es sich leisten konnten, keine mehr zu sein. Tom, während Elise mit Helen die Formulare ausfüllte, entschied sich für die Erkundung des Stirngebäudes, das aus der ersten Hälfte des neunzehnten Jahrhunderts stammen mußte – was schnell widerlegt war. Denn die Anlage der Flure, teils winzige Seminarräume und enge Sprechstundenzimmer, war nichts anderes als ein halbmoderner Funktionsbau, vielleicht zwanzig oder dreißig Jahre alt, die aufwendige Sandsteinfassade falsches Altengland.

Die Fakultäten der Kunst und Architektur aber waren in einem klassischen Akademiegebäude untergebracht. Der gewichtige Bau, symmetrisch, sah aus hohen Fenstern herab auf den Parkplatz, der dem Campus vorgelagert war. Die Architektur besetzte den westlichen Flügel, die Kunst den östlichen, und in der Mitte war als forscher Neubau eine Bibliothek eingehängt, mit der Galerie im Souterrain und den Büros, auch Helens, im Keller.

Die Symmetrie der Kunst- und der Architekturakademie bestand nur äußerlich. Die Kunstakademie war labyrinthisch, zu betreten nur über einen unterirdischen Zugang; das Portal, einst der Haupteingang, sah man später von innen verschlossen. Die Klassenräume mit ihren hohen Türen waren verbunden über ein Netzwerk von Fluren wie ein Krankenhaus. Die Führung hatte Patricia Borrelli übernommen – Professor Borrelli oder Patty, der Elise die Einladung verdankte. So standen sie zu dritt in einem weißen Saal, durch Einbauten mehrfach unterteilt in Kojen. Dort sollte Elise die Nachwuchskünstler unterrichten.

»Das ist Ihr Atelier«, sagte Patty.

Elise sagte nichts.

Die Architekturakademie jedoch beging man über das zentrale Treppenhaus, und die Arbeitsplätze der Studenten lagen über drei Etagen in linken und rechten Flügeln offen da. Den Sprung vom Zeichenbrett zum Computer machte man vom ersten Stockwerk zum zweiten, und im dritten arbeitete man wie in einem professionellen Büro mit allen Mitteln.

»Anch'io son un architetto«, raunte Elise.

»Prächtig, nicht?« murmelte Tom.

Studenten, die vor einer Entwurfszeichnung standen, traten beiseite, um die Besucher heranzulassen. Sie zeigte die Fassadenansicht eines halbtransparenten Baus auf einem Handtuchgrundstück zwischen zwei heruntergekommenen Gebäuden, eine suggestive Montage aus dem Computer mit Anpflanzungen und Passanten.

»Die Rettung einer Straßenzeile?« fragte Tom.

»Ja, urbane Erneuerung«, antwortete ein Student.

»Aufwertung von Nachbarschaft«, sagte ein zweiter.

»Angelhaken für Investoren«, grinste ein dritter, argwöhnisch beäugt vom ersten.

Im Hintergrund saß ein Mann auf einem gußeisernen Drehstuhl, weit zurückgelehnt, und beobachtete die Gruppe mit dunklen Augen durch eine randlose Brille. Er sagte nichts, aber unwillkürlich wandte sich die Gruppe ihm zu.

»Entschuldigung«, sagte Pat Borrelli. »Dies ist Professor Katz, Elise Katz aus Hamburg, sowohl Gastprofessorin in der bildenden Kunst wie auch die Künstlerin unserer nächsten Ausstellung in der Universitätsgalerie.«

Der Mann blieb sitzen und blinzelte.

»Und ihr Begleiter, Tom Shwortz.«

»Willkommen in St. Louis«, sagte der Mann, mit einem ironischen Unterton.

»Dies ist Professor Ted Kuhn«, ergänzte Borrelli.

Der erhob sich, eine kleine, schmale Gestalt mit leichtem Bauchansatz, und gab erst Elise, dann Tom die Hand. Auf seinem verknitterten Jackett lagen einige Schuppen, die aus seinem dünn gewordenen, halblangen Haar gerieselt waren. Zum Jackett trug er Bluejeans und niedrig geschnittene Schuhe mit Ledersohlen.

»Entwurf im dritten Jahr«, sagte er. »Nicht mehr weit von der Praxis.«

»Ab nächstem Semester wird Schlips getragen«, skandierte der dritte Student.

Kuhn: »Das ist Timothy, unser Kritikmonster.«

Timothy riß scherzhaft den Mund auf wie das Krümelmonster aus der Sesamstraße.

Kuhn: »O, richtig. Zeit für Mittag.«

Als Elise und Tom zum Auto zurückkehrten, fanden sie unter dem riesigen Scheibenwischer des Neon einen Strafzettel der Campus Police festgeklemmt. Das erinnerte Elise an den Stapel hochglänzender Pappen, die ihr Helen mitgegeben hatte. Sie waren als Aufhänger geformt und mußten in die Halterung des Rückspiegels eingeklinkt werden. Zunächst sollte man drei Felder auskratzen, in denen dann fälschungssicher das Tagesdatum, der Monat und das Jahr erschienen.

»Das ist so eine Art Geschenk. Eigentlich muß man nämlich das Parken semesterweise bezahlen.«

»Aber doch nicht als Lehrender?«

»Als jeder.«

»Und was machen wir mit dem Strafzettel?«

»Den bringen wir zu Helen. Sie kann das irgendwie rückgängig machen.«

»Was ist denn das eigentlich für ein Job, den die hat?«

»Eine Art Büro gegen die Bürokratie, glaube ich.«

»Und was ist eine Campuspolizei?«

»Keine Ahnung.«

Auf dem Weg zu Ed machten sie Station bei Harvey's Bagel Company, ein freundlich gehaltenes Café am Supermarktplatz. Immer noch geistesabwesend durch die Zeitverschiebung, saßen sie da und beobachteten das Personal, fünf schwarze Frauen. Vier von ihnen waren ausladend, bei weitem nicht so schwer wie die Kundin bei Schnuck's, die

Tom am Vorabend entdeckt hatte, aber sie hatten dennoch den schweren Gang und paßten nur noch mit sichtbaren Kompromissen in die Harvey-Uniformen. Offensichtlich hatten sie sich gut abgestimmt in der Bedienung der Espressoautomaten, der Mikrogrills, des Sandwichtresens und der Kasse, denn sie schoben umeinander herum, Planeten auf unterschiedlichen Bahnen.

Die Gruppe, als die sich die vier Matronen darstellten, wurde konterkariert von einer jungen schwarzen Frau, deren Alter – anders als bei den Dicken – leicht zu schätzen war. Sie mochte zwanzig Jahre alt sein und trug die braune Uniform mit Anmut nach Vorschrift. Man würde sie überall wahrnehmen als wohlproportionierten Twen mit einem feinen Gesicht und einer sorgsam geglätteten Frisur. Sie war der Inbegriff all dessen, was die schweren jungen Frauen im Spiegel wünschen würden zu sehen. Das schien sie jedoch selbst nicht wahrzunehmen. Sie war vollkommen eingebunden in das routinierte Spiel der Gruppe hinter dem Tresen, so konzentriert und ökonomisch, schwesterlich und herzlich wie eine jede von ihnen. Sie hob das Gewicht der anderen auf.

Es paßte zu Ed und seiner rauhen Stimme und peniblen Diktion, daß er an einer Straße wohnte, die Wise hieß. Ihm war der weiße Bart aus dem Gesicht gewachsen, und die Brille hatte er seit den sechziger Jahren nicht mehr abgenommen. In der Fliegengittertür eines Holzhauses mit dem Charme der O'Keefe-Zeit nahm er die Kundschaft in Empfang und überreichte einen handgeschriebenen, fotokopierten Katalog – einen bekam Tom und einen Elise –, der Objekt für Objekt das verzeichnete, was er im staubigen Licht nackter Glühbirnen ohnehin vorführte: ein nahtlos gepacktes Warenhaus gebrauchter Kleinmöbel aus vier Dekaden. Ed hatte die Waren an den Wänden vom Fußboden bis zur Decke aufgestapelt, und um den Platz dessen, was einmal ein Wohn- und Schlafzimmer gewesen war, auch wirklich zu nutzen, freistehend Tapeziertische aufgebaut, auf und unter denen weitere Dinge geschachtelt, getürmt und ineinandergelehnt waren, so daß nur er allein die Aufgabe bewältigen konnte, eine Lampe oder einen Spiegel aus dem Konglomerat zu lösen. Es zeigte sich, daß alle Räume des Hauses in dieser Weise genutzt waren, und als sie die quadratische Küche passierten, wies er flüchtig auf die ohnehin unübersehbare Matratze, queen-size, die dort diagonal eingelegt war:

»Der einzige Platz, der mir selbst geblieben ist.«

Noch bevor Tom seine Beobachtung artikuliert hatte, daß ein Schreibtisch, den zu besichtigen sie gekommen waren, sich im Inventar nicht fand, winkte sie Ed ins Dunkel der Vorstadtstraße, die, einen Block hinter dem Highway, dekoriert war mit Blinklichtern für Weihnachten und Flaggen für den Heldenkrieg. Es hätte 1942 sein können, in etwa das Jahr von Eds Geburt. Einige Häuser weiter öffnete er das hölzerne Doppeltor einer Gartengarage, in der sich das Lager in gleicher Manier fortsetzte, prekärer noch in der verschachtelten Ordnung. Niemand außer Ed durfte die Garage betreten, die Tom und Elise von draußen betrachteten wie eine Bühne. Dort fand sich ein Tisch, dessen Platte sie zur Probe auf ihrem massiven Unterbau absetzten, alles nach Eds Instruktionen – Warnungen, nicht das Falsche zu tun, gepaart mit Anweisungen, mit welcher Hand und welcher Drehung die Bewegung des Gegenstands ohne Mühsal und Verhängnis zu erfolgen habe. Eine dicke Schicht blauen Linoleums, einst eine tadellose Fläche, war an den Rändern aufgequollen und an zwei von vier Ecken weggebrochen. Dennoch bekam Ed achtundzwanzig Dollar und fünfzig Cent, und sie demontierten den Tisch und richteten nach seinen Maßgaben die Platte im Kofferraum des Mietwagens auf, wo sie steil herausstand als ungeschickte Erinnerung an eine Zeit, in der amerikanische Autos Flossen hatten.

Selbst im großen Schlafzimmer, ganz ans Fenster geschoben, sah der Schreibtisch noch riesig aus. Elise war begeistert von der simplen Konstruktion, dem H-förmigen Unterbau, in dem die Tischplatte über Zargen versenkt und nur durch zwei mächtige Schrauben und Muttern gesichert werden mußte. Auf diesem Tisch hätte man tanzen können. Tom strich über das kühle Linoleum, die leere blaue Fläche wie ein blind gewordener Spiegel.

Elise lag auf einem der Betten und beobachtete ihn.

»Was willst du tun?«

»Das, was sie in der Gauloises-Werbung tun.«

»Nichts.«

»Genau.«

»Das ist das schwerste.«

»Das wird sich zeigen.«

Der Nieselregen hatte etwas Wärme mitgebracht. Die Heizung im Dorchester lief immer noch ächzend auf vollen Touren, als wenn das ganze Gebäude Fieber hätte. Er legte sich zu Elise, hinter sie, einen Arm gestreckt als Kissen und den anderen um sie gelegt. Sie lullten sich ein im automobilen Brummen, bewegtes Streulicht an der Decke, beruhigt von der animalischen Nachbarschaft; die kleinste aller Herden.

Flamme

Damals, die Entscheidung über den Neubau des Hamburger Kunstmuseums stand kurz bevor, schickte mich Göckjohann ins Rathaus zur Präsentation der Modelle. Ich war gerade dreißig Jahre alt, ein routinierter Zeichner bei Benthien und Göckjohann, und hatte an diesem Herbstmorgen die Aufgabe, durch meine Anwesenheit zu demonstrieren, »daß wir nicht beleidigt sind«, wie Göckjohann mir mit auf den Weg gab. Unser eigener flüchtiger Entwurf war nicht in die engere Auswahl gekommen. Außerdem wollte Benthien unbedingt wissen, wer von den drei verbliebenen Kandidaten den ersten Preis bekäme. »Ich wette auf Niehuus«, sagte er.

Uwe Jens Niehuus hatte ich ein paar Wochen zuvor kennengelernt. Gelehnt an den hellblauen Kachelofen eines Kellercafés in der Innenstadt, hatte er mich unvermittelt in ein Gespräch hineingezogen, das mit der Frage endete, ob mich das Museum interessiere. Und ob es mich interessierte! Vor allem wenn es bedeutete, das Joch des Detaillisten bei Benthien und Göckjohann abzuwerfen. Anders als erhofft nahm mein Leben im Sitzungssaal 328 des Hamburger Rathauses eine Wendung, kurz bevor der Sieger des Wettbewerbs bekanntgegeben wurde.

Die Honoratioren trugen schwarze oder dunkelblaue Dreiteiler und der Nachwuchs schwarze Rollkragenpullover. Nur Claes Philip Osterkamp, der mich zur Begrüßung knapp an beiden Schultern packte, als müßte er mich wecken, ließ unter seinem hellen Jackett mit dem spitzen Ganovenrevers ein lachsfarbenes Jacques-Britt-Hemd schimmern, in Konkurrenz mit einem gelben Seidenschlips, wobei sein gefurchtes, etwas schiefes Boxergesicht sich in die Garderobe nicht fügen wollte. Durch den überfüllten

Sitzungssaal, in der Mitte die Tische mit den drei Modellen, bewegte sich Claes Philip in Achten und Kreisen, hier tuschelnd mit dem Oberbaudirektor Fokke Brinkmann, dort für zwanzig Sekunden welträtsellösend mit Uwe Jens Niehuus, und als er mich mit wichtiger Miene passierte, zwischen seinen Pranken einen Stapel Kaffeetassen, raunte er, es gebe eine Überraschung für mich, und war schon wieder davon.

Wie immer in Deutschland, wenn Entscheidungen anstehen, sind die Frauen rar: zwei für das Buffet, vier aus den Fraktionen, eine im Dienst ergraute Fotografin von der »Morgenpost«. Und eine war da, die nicht paßte, mit einem klaren Teint, in dem sich das eigenartige Mischlicht des Saals in changierenden Farben fing, während sie sich die Modelle ansah, anders ansah als die anderen, denen ihre gepflegten Meinungen auf die Stirn geschrieben waren. Unter einem abgenutzten, tiefroten Janker trug sie ein besticktes weißes Hemd, dazu eine schwere Filzhose, klobige schwarze Schuhe. Es war eine Fusion aus Bajuwarischem und Kolonialstil, Bauhaus und Armee. In ihrem nicht ganz friseurkundlich auf halblang gestutzten Haar hatte sich ein Wippen oder Rascheln gehalten, das aus dem Garten der Kindheit stammte.

Sie war in Begleitung eines Mannes, beide noch nicht dreißig und von legerem Schliff, die nun alles gesehen hatten und sich unhörbar verständigten, während mich jemand grüßte. Als ich merkte, daß es Niehuus war, hatte er sich schon abgewandt. Er und die anderen Architekten, oder ihre Büroleiter, begannen sich in der ersten Reihe um die Tische zu setzen, dazwischen die Leute vom Bausenat, Fokke Brinkmann und sein Stellvertreter, der Pressesprecher des Senats, die Planungsexperten aus den Parteien, alle in Blau und in Schwarz und in ihrer Mitte Claes Philip Osterkamp wie ein Papagei. Die Stehenden waren, um das

Rücken der Stühle nicht zu behindern oder um der Fotografin der »Morgenpost« Platz zu machen, zurückgewichen, und durch die Gasse bewegten sich in Richtung Ausgang – so daß Fokke Brinkmann noch einmal durchatmete und den Beginn seiner Rede um einige Sekunden verschob – die Frau im roten Janker und ihr Begleiter. Ich folgte ihr mit den Augen bis zur Tür, folgte meinen Augen in den Flur, wo die Briefkästen der Ratsherren stehen, treppab, vorbei an den uniformierten Wachen, in die Haupthalle, wo Touristen sich für die nächste Führung versammelten, von der Haupthalle in den Windfang mit seinem Postbriefkasten aus Messing, hinaus auf den Rathausmarkt, der schon lange keine Vorfahrt mehr war, sondern nichts als ein leerer Platz unter dem frühvergreisten Gesicht des gewaltigen Gebäudes selbst. Es roch nach Zweitaktmotoren.

Zur Rechten, in der Verlängerung des Großen Burstah, sah ich das fremde Paar in ein Taxi steigen. Mit den Unterlagen des Wettbewerbs unter dem Arm flog ich auf die Szene zu und wandte mich an den Mann. Ich fragte auf gut Glück, ob sie zum Bahnhof führen; das hätte mir zwei Minuten gegeben, um herauszufinden, wer diese Frau war. Er schien nicht zu verstehen, so daß die Antwort an sie fiel. Sie nannte, ohne zu zögern, als Fahrtziel die Kampnagelfabrik, das waren schon zehn Minuten, und als Motivation konnte ich vorbringen, daß mein Architekturbüro in der Jarrestraße lag, jenseits von Kampnagel. Das Taxi wendete. Ich klappte im Beifahrersitz die Sonnenblende herunter, um mit ihr, die hinter mir saß, über den Kosmetikspiegel Blickkontakt herzustellen. Sie sprach mit ihrem Begleiter britisches Englisch, aber übersetzte mich nicht.

Da ich nicht im Büro auftauchen konnte, ohne den Gewinner des Wettbewerbs zu kennen, ließ ich, nach Kampnagel, das Taxi zum Rathaus zurückfahren und stieg am Großen Burstah wieder aus. Im Sitzungssaal 328 fand ich die Modelle, ein Dutzend beim Aufstehen zurückgestoßener Freischwinger und am Fenster stehend, als wäre dies sein Zuhaus, Claes Philip. Er lachte, als er mich sah, abgehetzt und ahnungslos.

»Wer?«

Er nickte in Richtung des Modells von Niehuus. Er zog die Brauen hoch wie ein Spieler mit günstigem Blatt.

»Das ist aber nicht die Überraschung«, fragte ich.

Claes Philip machte sich ein bißchen größer, den Rücken steif, legte den Kopf eine Spur nach hinten und ließ die Stimme des Bürgermeisters erklingen: »Was die städtebauliche Entwicklung nach der deutschen Wende betrifft, wird dem Senat der Stadt Hamburg nahegelegt, eine beratende Kommission einzuberufen.« Er fiel in wieherndes Gelächter und setzte sich auf einen Freischwinger, die Beine neunzig Grad gespreizt, nun im gezwungenen Ernst rebellischer Jungen, die Stimme gesenkt:

»Du weißt ja, wir haben eine prächtige Stadt, besonders westlich der Alster, und die Elbe fließt auch im Jahr zweitausendfünfzig noch stromab. Aber die Neugier der soeben befreiten Ostler auf erstens Begrüßungsgelder und zweitens die Kaufhäuser hat die Phantasien beflügelt und das Stichwort von der Metropole des Nordens wieder hochgespült. Fragen: Wie bleiben wir der internationale Umschlagplatz, der wir sind? Wie kann man Anwohner in die Innenstadt ziehen? Gibt es doch eine Zukunft für die Speicherstadt? Kann man mehr neue Wirtschaftszweige binden; und kriegt man das hin, daß für elektronische Intelligenz innerhalb der Stadtgrenzen Hamburgs attraktiv gebaut wird?«

Ich sah vor mir das wacklige Bild ihrer Augen im Spiegel des Taxis.

»Sieh mal«, fuhr er fort, »die Politikos kriegen ein bißchen die Muffen, weil der Osten aufgeht, Berlin vielleicht ein dickes Ding wird, der norddeutsche Länderverbund nicht realisierbar war, und die Hafenstraße gilt als ewiges Geschwür. Intern heißt es, andere große Städte ziehen Investoren, wir ziehen Chaoten.«

Ich wußte noch nicht einmal ihren Namen.

»Was fehlt, ist ein positives Konzept, ein Entwurf, der Arbeit, Warenumschlag, Wohnen und Administration einschließt.«

Vielleicht war sie lesbisch.

»Wir sollen Ideen beibringen. Triftige Analysen, gewagte Ideen. Wir werden so eine Art Experimentalkommission des Bausenats ohne Gremienkontrolle. Jeder Vorschlag ist willkommen. Im Prinzip.«

Oder, noch schlimmer, verheiratet.

»Es werden überhaupt keine Prestigefritzen dabeisein. Es darf auch gar nicht der Verdacht entstehen, daß die Kommission für Kommissionen steht. Reine Ideenkunde, feste Sitzungsgelder, sieben bis zehn Leute an Bord und vielleicht ein größeres Gutachten pro Quartal.«

Kind vermögender Leute, wenn es hart kommt, und auf Koks. Obwohl sie nicht so aussah.

»Hättest du keine Lust dabeizusein?«

»Auf jeden Fall«, sagte ich.

Die Woche, die folgte, ist in meiner Erinnerung fast ausgelöscht, farblos. Am Wochenende war Sandy zu Besuch, das steht fest, auch wenn ich mich nicht erinnern kann, ob wir in Hagenbecks Tierpark waren, bei Planten un Blomen oder im Museum für Völkerkunde. Ich weiß aber noch genau, wie sie auf dem dünnen Beifahrersitz des Fiats thronte wie eine unentdeckte Prinzessin, erzählte, trällerte, still wurde und sich plötzlich mit der ratternden Stimme des Winterkindes zu mir wandte und sagte: »Du schwebst ja auf Wolke sieben.«

Alles, was ich von der Frau im roten Janker hatte in Erfahrung bringen können, war, daß sie an einem Mittwoch um achtzehn Uhr in der Kunsthochschule am Lerchenfeld sprechen würde. Auf der Liste der Vortragenden, die im Foyer plakatiert war, hieß es »Elise Katz, Goldsmiths College«. Ich war den Tag zuvor in die Hochschule geschlichen, um mich des Termins zu vergewissern, kam aber an jenem Abend absichtlich zu spät, um in einen verdunkelten Saal einzutreten. Der Name der Londoner Akademie zog die Studenten an, der Saal war voll. Die erste Hälfte des Vortrags entging mir, weil ich mich, ungesehen an die Rückwand gedrückt, in ihre Artikulation und Gestik versenkte. Schließlich zwang ich mich, die Projektion zu verfolgen, Dias, die sie nur weiterlaufen ließ, wenn sie nicht sprach, und wenn sie sprach, war die Projektion schwarzgeschaltet, so daß sie im Schein der Leselampe ihres Pults erschien; konzentriert, die Gesten beiläufig, die Stimme eines Menschen, der in sich hineinschaut.

Auf die hölzernen Miniaturen folgten grotesk verstümmelte Stühle. Dann zeigte sie Holzfundstücke, triefnasse, zerfressene Bohlen, und diese, später, getrocknet als Monochromien im Atelier, das alles vielleicht die Arbeit einer Klasse oder eines Jahrgangs; bis ich langsam zu begreifen begann, daß sie ausschließlich über ihre eigene Arbeit sprach. Ich hatte mich nie hingezogen gefühlt zu den Kunstakademikern mit ihren Off-Moden und ihren Lieblingszitaten. Aber sie, sie hätte sich als Mitarbeiterin der Kriminalpolizei vorstellen können, ich hätte nicht daran gezweifelt, jemanden gefunden zu haben.

Zum Vortrag in der folgenden Woche waren Künstler eingeladen, die sich von Dresden aus als »Autoperforationsartisten« einen Namen gemacht hatten, sofern das im ostdeutschen Staat möglich gewesen war. Ihre Performances waren dunkel und laut, sächsischer Expressionismus, der sich jugendlich und naiv ausnahm, wenn man nicht verstand, daß es sich um subversives Kellertheater gehandelt hatte. So wie Elises Begleiter, der sich nach fünf Minuten davonmachte, ein Anflug von Ekel auf den Lippen.

Sie war im Oktober aus London zurückgekehrt und am Tag des Mauerfalls nach Berlin gefahren; zwölf Stunden gesamtdeutscher Stau, Verbrüderung auf der Überholspur, Randalestimmung an der wieder verschlossenen Mauer. Das war nun erst wenige Wochen her, und die Rührung über das Ende der Teilung, symbolisiert durch die Dresdner, sickerte ein in unsere Begegnung. Es gab einen Moment, in dem wir uns umarmten, gepolstert durch all die Winterkleidung, die wir trugen, und legitimiert durch das gemeinsame Dritte, die Wiederkehr der deutschen Kunstnation.

So kam es, daß wir zueinander Du sagten, doch Elise blieb nahezu unerreichbar, ohne Telefon in einem Lagerraum am Barmbeker Güterbahnhof, wo sie mit Alan Chwast hauste. Noch nicht einmal dreißig, war er als Wunderkind dem Goldsmiths entsprungen und bereits ein Markenzeichen geworden.

Nun betrieb er den Export nach Deutschland via Hamburg, ganz der Brite, ohne jede Ahnung für die Fremdheit seiner Diktion. Eine halbe Tonne Equipment war geliefert worden, Stahlträger, Leinwand, Computer, Projektor, die er im Güterbahnhof mit Elises Hilfe installiert hatte. Dort probte er, Tag und Nacht, den Durchlauf von Kinofilmen, die er digitalisiert und bis zur Unkenntlichkeit verlangsamt hatte, lautlose, schwarzweiße Dramen an der Grenze zum Stillstand. Zehn Tage vor Weihnachten wurde alles abgebaut, im Siebeneinhalbtonner zur Kampnagelfabrik gefahren und dort wieder aufgebaut; ich hatte mich als Lieferant für Schrauben, Keile und Winkeleisen drangehängt, um Elise nahe zu sein. Sechs Leute auf dem unasphaltierten Parkplatz, die Pfützen schon überfroren. Aus unseren Mündern kamen weiße Wolken.

Die Leinwand stellte er im fensterlosen Ausstellungsraum diagonal auf wie einen gewaltigen Paravent, so daß die
Projektion von beiden Hälften des Saals aus zu sehen war,
seitenverkehrt beim Eintreten und seitenrichtig, wenn man
in die Tiefe des Raums gewechselt hatte. Es herrschte Ge-
dränge auf der Vernissage, die Studenten wie Meditierende
auf dem nackten Boden sitzend, die Inhaber von Bügelfalten stehend. Auf der Leinwand lief die Titeltypographie
von Hitchcocks »Psycho«, und bald wurde klar, daß es bis
zum berühmten Mord in der Dusche viele Stunden dauern
würde. Als Alan Chwast mit seiner Entourage abzog,
dankte ich Elise mit schmerzhaft verzogenem Grinsen für
die Einladung, ihnen zu folgen, und blieb. Plötzlich tauchte
sie wieder auf, auf dem Kopf eine Ballonmütze aus Tweed,
und rief: »Halb sechs«.

»Halb sechs?« Sie drehte ab.

Die Nachtspeicheraggregate der kleinen Wohnung unter
dem Fernsehturm gaben Klimpertöne von sich, als ich nach
Hause kam. Ihr Gebläse hatte in der ganzen Wohnung
einen Teppich von Härchenstaub hinterlassen, der sich
meines Feierabendbüros bemächtigt hatte. So nannte ich
die Kombination aus Arbeitsfläche und Zinkregalen, ein
dauerhaftes Provisorium, in dem Bücher und Zeitschriften,
Manuskripte und Quittungen, Briefe und Zeichnungen abgelegt waren. Seit dem Sommer lagen, meist begraben unter
Telefonrechnungen und Tankquittungen und Verlagspro-
spekten, die Fahnen von Anton Corbins Buch über die tou-
ristische Entdeckung der Küste, das ich für die »Architekturen« besprechen sollte, für vierzig Mark Honorar. Seit
Monaten freute ich mich auf den Moment, in dem ich, an
einem Wochenende ohne Kinderbetreuung, mich an die
aufgeräumte Arbeitsfläche setzen würde, um das Gelesene
auf zwei Manuskriptseiten bündig und klar wiederzugeben.
Corbins Entdeckung loben, seinen Hang zur Wiederholung

tadeln. Allerdings konnte ich mich kaum noch an Details erinnern und würde, wahrscheinlich, die Fahnen noch einmal lesen müssen, bevor ich mich an die Arbeit machte.

Erst einmal Aufräumen! Die überflüssigen Bücher in einen Karton für den Antiquar. In die neugeschaffene Lücke eine Strecke für Zeitschriften: den »Baumeister«, die »Archithese«, die »Architekturen«. Sandys Versuche in maritimen Genreszenen in die Hängeregistratur des Bisleyschranks mit neuer Ablage »Sommer 1989, Bornholm«. Die Quittungen in einen Schuhkarton für den Steuerberater. Schließlich lag da nur noch der Katalog einer Ausstellung mit Alan Chwast, Elise Katz und drei weiteren Goldsmiths-Absolventen von einer kommunalen Galerie in Liverpool; und Sandys gekrakelter Gruß mit Poststempel vom 9. November, eine Postkarte, deren Bildseite ich jetzt zum ersten Mal betrachtete: ein breiter, kopfsteingepflasterter Platz mit einem dichten Ensemble hanseatischer Fassaden. Die ersten Autos, einige Kutschen, eine Litfaßsäule als frühe Stadtmöblierung. Die Wiedergabe der Fotografie war bräunlich gehalten. Es war der Platz »Am Sande« in Lüneburg, vor hundert Jahren. Ich pinnte das Bild an die Wand und ließ den Katalog liegen, als Heiligtum der Stunde.

Nach einigen unglückseligen Liebschaften, begünstigt vom Wohnen in rasch wechselnden Gruppen, war ich allein in diese ärmliche Wohnzeile gezogen, im Nirgendwo zwischen Schlachthof und Universität. Die Südseite gab, jenseits der Baracke einer Klempnerei, die Sicht auf die Altbauten an der Schröderstiftstraße frei, und darüber die Spitze des Fernsehturms. Nördlich sah man über die Gasse hinweg in den großen Saal eines Tanzsportstudios, das seinerseits auf der Rückseite einer Supermarkthalle untergebracht war. Wenn der Supermarkt schloß, konnte man am Anfang der Gasse, wo sie auf die große Straße traf, bei einer gelb erleuchteten Tankstelle Getränke kaufen.

Unter meinen beiden Zimmern lag die Durchfahrt zum Hof, und wer über mir wohnte, wußte ich nicht. Keine falschen Rücksichten: Staubwischen, Staubsaugen, Feudeln. Die glänzende freie Arbeitsfläche erleuchtete nun eine Kerze. Schließlich saß ich verschwitzt in einem Korbsessel und hörte auf das Klimpern und gelegentliche Poltern der Heizungen, die Strom aus dem Kernkraftwerk zogen. Dabei bemerkte ich, daß ich beim Naßwischen des Bodens das Pflegemittel nicht verwendet hatte, die Entdeckung beim Drogisten Budnikowski auf der Grindelallee. Also machte ich mir einen neuen Eimer mit warmem Wasser und zwei Kappen der milchigen Flüssigkeit. Im zweiten Durchgang feudelte ich von Hand, auf dem Boden kriechend, und zog auch die Fußleisten nach, genau in ihrer Krümmung, in der sich feine Schmutzpartikel festgesetzt hatten, wie man aus der Nähe deutlich sah. Der Dielenboden war zwar roh und an Stellen, wo früher Öfen gestanden haben mußten, ohne Liebe zum Detail ausgebessert, aber er hatte doch die wärmende Abstrahlung solider und gutgenutzter Hölzer. Für die Schlafkammer, die mit meinem Feierabendbüro über einen Durchbruch verbunden war, holte ich neues Wasser und verdoppelte die Menge des Glanzmittels. So kam es, daß sich der rote Zweisitzer, beleuchtet von einer zierlichen schwenkbaren Stehlampe, ein wenig im Boden spiegelte.

Das Leselicht mußte ich irgendwann ausgeknipst haben. Mitten in der Nacht erwachte ich von einem leisen unregelmäßigen Pochen, dem Tropfen von Wachs auf den Fußboden. Die Kerze hatte sich selbst weggeschmolzen bis zur Wurzel und setzte soeben dazu an, ihr Feuer in die Arbeitsfläche zu fressen, auf der sie abgestellt worden war. Die Flamme gelöscht, zeichnete sich die Bebauung an der Schröderstiftstraße als milchiggraue Front gegen den Nachthimmel, der die Farbigkeit der Straßenbeleuchtung und der Werbeschilder aufsaugte und zu einem silbrig-gelben Ton vermischte. Ich stand frierend im großen Zimmer.

Der Wecker zeigte halb vier, ich stellte den kleinsten Zeiger auf fünf und schüttelte die Daunendecke auf, unter der ich in Unterwäsche verschwand. Auf dem schwarzen Bildschirm des Schlafs flackerte eine halbwegs bekannte Szene auf, eine mäandernde Stadtlandschaft mit monströsen Bahnstationen und rasenden Zügen, in der ich in ungeklärter Sache unterwegs war, Wohnungssuchender oder Handelsvertreter oder beides zugleich. Schließlich endete die Fahrt in einem hohen, neonbeleuchteten Raum, in dem eine Prüfungskommission formal gekleideter Männer auf jemanden wartete. Sie saßen auf drehbaren Ledersesseln mit hochgezogenen Rücklehnen, während für den Prüfling ein Ameisenstuhl in lackiertem hellen Holz bereitstand. Während ich mich setzte, erkannte ich auf der äußersten Linken der Kommission Claes Philip Osterkamp. Claes Philip, wollte ich rufen, das kann ja nicht sein, daß du hier als Prüfer sitzt, wo du doch nicht zu Ende studiert hast; daß auch ich kein Diplom besaß, entnahm ich der Situation, in der ich mich befand. Andererseits war Claes Philip der einzige unter den Prüfern, den ich kannte, und es konnte zu meinem Nachteil sein, ihn aus seinem Sessel zu verscheuchen, den ich nun als Eames-Remake erkannte. Es ist ein Eames, rief ich, der sich inzwischen verwandelt hatte in ein Plakat seines Gegenstands. Der Piepton ist jedenfalls Braun, schrie ich. Der Wecker ist von Braun, schwarz, Stundenzeiger gelb. Designer anonym. Die Kommission war verschwunden, als ich den schwarzen Kasten abklatschte wie eine gewaltige Fliege.

Die geraden Scheiben des kleinen Autos waren beschlagen. Die Thermoskanne paßte in die offene Ablage. In der Bundesstraße bekam man die ersten Brötchen direkt in der

Backstube, wenn man darum bat. Der Parkplatz der Kampnagelfabrik war leer, die Pfützen klirrendes Eis.

Der Zugang zur Installation war unbewacht. Man sah das morbide Flackern des auf Kriechgeschwindigkeit gefahrenen Films schon im weißgestrichenen Gang. Auf der Leinwand erschien das Auge des Spanners wie ein riesiger Stein, funkelnd, durch eine unterirdische Bewegung gelöst. Als ich sah, daß niemand im Dunkeln stand, tappte ich vor bis auf die Höhe der Leinwand; ich war versucht, Elises Namen zu rufen, aber tat es nicht. Zunächst sah ich auf dem Boden ein weißes Feld mit einem schwarzen Loch; in dem Moment sprang der verlangsamte Film in den Gegenschnitt, und die junge Frau erschien im Guckloch des Voyeurs, sich entkleidend. Elise, auf einem Stück Styropor sitzend, sagte nichts, aber machte mir Platz, begleitet von einem schneidenden Geräusch des Kunststoffs. Nun saßen wir zusammengedrängt wie Fahrer eines kleinen Vehikels und sahen uns an, die Gesichter einseitig gefleckt vom Widerschein der Projektion. Nach einer Weile, wir tranken bereits Tee aus dem Becher der Thermoskanne, sprang die Projektion zurück auf das Auge des Voyeurs. Elise hatte von den Brötchen nichts übriggelassen, als sie eine Stunde später abgelöst wurde. Erst jetzt begriff ich, daß sie die Aufsicht gewesen war.

Gegen sieben waren die Nachtspeicherheizungen geladen und strahlten genug Wärme ab, ohne daß man ihr lästiges Gebläse zuschalten mußte. Mein Zuhause, in der Nacht ein Juwel von Ordnung und Sauberkeit, sah kurz vor der Dämmerung etwas ärmlich aus. Ich widmete mich in der Küche dem Darjeeling, der in einer gläsernen Schale seine Farbe reifen ließ, ein Bernsteinton ohne Schlieren. Im Wohnzimmer hörte ich die harten Schritte ihrer schwarzen Haferlschuhe auf den Dielen.

»Was für ein Platz ist das?« rief sie.

»Was glaubst du?«

Als ich mit einem Tablett zurückkam ins Feierabend-büro, keine Elise Katz. Sie hatte die Filzdecke genommen und sich auf der Kante des großen Betts eingemummelt, die Schuhe am Boden wie Reptilien in Winterstarre. Obwohl sie unter der Decke kaum zu sehen war, blieb ich im Durchbruch stehen und bestaunte die formlose Gestalt.

Ich wechselte in den Schlafanzug. So kam es, daß ich für einen Moment nackt dastand, der Raum gefüllt vom Atem Elises, die schlief.

Oratorium

Der Dezember an der norddeutschen Elbe ist nie ein Vergnügen, der Tausch für das enorme Himmelszelt im Monat Juni. Die Arbeit im Büro frißt das Tageslicht weg, und die Motoren krächzen beim Start. Die Behörden versuchen, ihre Jahresrestbudgets mit halbdurchdachten Aufgaben loszuwerden, die kein Auftragnehmer mit gutem Gewissen vor dem Neujahrstag erledigen kann. Die Jugend klaut maßlos im Alsterhaus und in der Spitalerstraße. Der Himmel kann sich einfach nicht entscheiden zwischen Schnee und Regen.

Ich selbst tat mich schwer zu entscheiden. Göckjohann rekrutierte ein sogenanntes mobiles Team für den Aufbau Ost. Dies war die Möglichkeit, meine Existenz als Zeichenknecht der Volksdorfer Einfamilienhausdetails zu beenden. »Sie müssen Ihren hanseatischen Stolz auch noch abschütteln«, meinte Göckjohann, als ich zaudernd absagte.

Niehuus, erstplaziert für den Neubau des Kunstmuseums, blieb zugewandt und freundlich. Er hatte lange in Nordamerika gelehrt und war so sicher in der Wahl seiner Worte, daß ich mich heimlich fragte, warum er seine Museumsmonographie nicht selbst schrieb. Zweimal vor Weihnachten kam ich in sein Büro. Wie merkwürdig, am Nachmittag nahezu ungesehen bei Benthien und Göckjohann zu verschwinden und eine halbe Stunde später bei Niehuus wie ein VIP empfangen zu werden.

Offenbar lag ihm viel daran, mich an der Ideenfindung für das Kunstmuseum teilhaben zu lassen. Dabei appellierte er einerseits an meinen Sachverstand und war andererseits überhaupt nicht daran interessiert, was ich als Architekt zu sagen hatte. Ich war sein Interpret, und während er das Museum entwarf, zeichnete er gleichzeitig, das glaubte ich, an meiner Zukunft. Die Inhaber der Restaurants, in die er mich mitnahm, gaben ihm den »Professor«-Gruß, den Tisch im Winkel. Aus dieser Perspektive sah man das Noble und das Solide an Hamburg, massive Eiche und Goldborten, geschliffene Gläser und mit blauen Motiven umrandetes Porzellan.

Zu Hause erneuerte ich meine Ansage auf dem Anrufbeantworter, die, hoffte ich, nun offener und freudiger klang. Ich entwarf mir Programme, die dabei halfen, nicht auf Anrufe von Elise zu warten: montags bei Sautter und Lackmann nach raren Büchern über Architekten suchen; dienstags Weihnachtseinkäufe im Laden des Völkerkundemuseums; mittwochs die Notizen aus den Niehuusgesprächen in den Computer eingeben. Ich kaufte sorgfältiger ein als zuvor und notierte mir die Zutaten der Gerichte, die ich zwischen acht und zehn Uhr abends an mir selbst ausprobierte. Dann ging ich ins Docks oder in die Fabrik, in einen dunklen Rockschuppen irgendwo hinter dem Schanzenviertel, und sogar ins Onkel Pö, wo die Musik ein Ornament der Stammtische geworden war. Drei Konzerte pro Woche waren nicht genug. Während ich das Pfeifen in den Ohren zuvor gehaßt hatte, ging ich nun in die Nähe der Lautsprecher, um es bis in die Nacht zu hören, bis in den Schlaf.

Weihnachten war in den Jahren zuvor geprägt gewesen von den Arrangements um Sandy. Achtundachtzig, da war sie am Nachmittag in der Altonaer Wohngemeinschaft gewesen, wo sich die kinderlosen Erwachsenen rührend um sie bemüht hatten. Ich hatte Sandy dann nach Lüneburg gefahren, und als ich zurückkam, war nur noch Mary Beth übriggeblieben, eine Kanadierin, die sich soeben von den Zeugen Jehovas losgemacht hatte. Jahrelang in dem System, kannte sie nun niemanden mehr und war durch einen Zufall in das Zimmer geraten, das für ein halbes Jahr zu mieten gewesen war. Wir trösteten uns – »the eagle flies with the dove« – in der vorhersagbaren Weise; ein Gummi nicht aufzutreiben. Maria und Bethlehem, sagte ich zu mir selbst, ihr Kinderlein, kommet, das kann kein Zufall sein, Mary Beth.

So oder ähnlich war es gewesen, seit ich nach Hamburg gezogen war, oder seitdem Bella und ich kein Paar mehr waren. Die Beschwernisse des Studiums und das Gezerre um die Zukunft, bevor und nachdem Sandy geboren war, all das war am Paulsenplatz von mir abgefallen. Mit der Anstellung bei Benthien und Göckjohann passabel situiert, war ich bisweilen der Gönner im Kreis der etwas Jüngeren, in deren studentische Lebensweise ich mich in dem Maß einfügte, wie sie es zuließen. Weihnachten war gewiß der vorhersehbare Testfall auf der Uhr des Jahres, als die Prüfung der Lebensverhältnisse anstand, und ich wunderte mich immer wieder, daß die zum Promisken neigenden Twens dann doch am Heiligabend um fünf eilig ihre Rucksäcke packten und sich absetzten nach Eimsbüttel, Buxtehude und Wedel, wo glückliche Eltern sie in Empfang nahmen wie unschuldige Kinder.

Nun besann ich mich ebenfalls auf diese ehrwürdige Form, das Fest zu begehen. Als das Tageslicht abkippte in diffuses urbanes Halblicht, zog der Zug aus dem Hamburger Hauptbahnhof. Die halbe Stunde, über Harburg und Winsen, hatte ich als öd und schmerzhaft eingeplant, und so war es dann auch, weil ich Hamburg Alan Chwast überlassen mußte, der aus London kam, oder schon gekommen war – jedes Wort bekommt scharfe Kanten, wenn man es oft genug wendet. Von Elise, die ich nun regelmäßig sah, wußte ich, daß ihre Eltern mittelständische Unternehmer waren und daß sie – unbewußt, dachte ich, hatte sie so versucht mich zu trösten – es »ihnen nach all der Unterstützung mit England schuldig« sei, Weihnachten »zu Haus« zu verbringen. So sah ich in einem bürgerlichen Haus mit spitzem Dach unter alten Bäumen den Speisesaal festlich erleuchtet, und ein tritt Chwast im legeren Tweed über einem nachlässig gebügelten Hemd; sein Deutsch, würden die Eltern sagen, sollte noch besser werden. Anders gesagt, er war der Bräutigam.

Lüneburg ist wahrscheinlich nur gebaut worden, um zur Weihnachtszeit herausgeputzt zu werden. Schon als ich den Bahndamm unterquert hatte, hörte ich die Glocken der Johanniskirche, und als ich sie erreichte, schallte im Inneren der Choral des Händelschen Oratoriums. Am Sande, der große Platz, erschien mir nun eher klein, mit seinen umlaufenden beleuchteten Kränzen, dem Bürohaus der Landeszeitung im Dunkeln, dem ältlichen Hotel und der blitzblanken neuen Filiale von McDonald's am gegenüberliegenden Ende, die gerade die letzten Jugendlichen rauswarf, um zu schließen. Mitten auf dem Platz, zu groß für die mittelalterlichen Fassaden, beleuchtet wie Wartehallen standen zwei Busse mit laufenden Dieselmotoren.

So gewiß ich gewesen war, daß die Fahrt aus Hamburg heraus quälend sein würde, so sicher war die Wirkung dieser Stadt, die sich noch weicher und geduldiger zeigte, als ich mich aus dem Geschäftsbereich entfernte und in die backsteinroten Wohngegenden eintauchte. Die Fenster waren dekoriert mit den ungeschickt gefalteten Sternchen der Kinder. Die Türen trugen schmiedeeiserne Gitter, und die Kugellampen, die die Eingänge erleuchteten, waren fein ziseliert oder gefrostet.

Das Haus der Eltern leuchtete vor Erwartung. Ich ging viermal um den Block, bis Bellas Kombi auf dem Gehweg geparkt war. Als ich klingelte, öffnete Sandy, noch im Mantel. Unsere Vertrautheit aus dem Sommer zuvor war nicht ganz verblichen.

»Kommst du jetzt aus Hamburg?«

»Klar, ja.«

»Hast du zu Hause auch einen Weihnachtsbaum?«

»Nein, deshalb bin ich ja hier.«

»Wann willst du dein Geschenk?«

»Gleich unterm Baum.«

»Darf ich ihn anzünden?«

»Da mußt du Oma fragen.«

Sandy wieder ab zu meiner Mutter, und Bella erschien. Sie hatte ihre Straßenschuhe an.

»Na, da isser ja doch noch.«

»Wie versprochen.«

»Wann soll ich sie denn abholen?«

»Ich bringe sie. Gegen acht?«

»Das ist ein bißchen spät.«

»Okay.«

Ich, einen Stiefel an und einen aus, fixierte Bella für einen Augenblick. Im Schein der Deckenbeleuchtung sah man deutlich die rote Spur in ihren Haaren. Sie tat geschäftig, aber sie war ruhig und klar.

»Schöne Weihnachten, Isabella.«

Sie zögerte einen Moment, lächelte wie zu sich selbst, und ich nahm sie gegen einen winzigen Widerstand in die Arme. Trotz des halben Jahrzehnts und aller Dinge, die uns trennten, fühlte sie sich vertraut an. »Frohe Weihnacht«, flüsterte sie in mein Ohr. Da meldete sich ein unterdrücktes Gackern, das uns schüttelte, als wir uns noch berührten und nun lösten; wir waren immer Weihnachtshasser gewesen.

Die nächste Stunde war also Sandy-Show. Sandy macht Geschenke, Sandy erzählt aus der Schule, Sandy bekommt Geschenke, Sandy rollt eine Bienenwachskerze. Die Begeisterung der Großeltern war mühelos und unverfälscht. Alle Bedenken, die eigene Kinder begleitet hatten, waren verflogen; keine Übertretung wurde bestraft, keine Übertreibung korrigiert. Ich fühlte mich wie ein Conferencier, der nicht zum Einsatz kommt. Wie in den neueren amerikanischen Filmen, die Kinder von sehr nah zeigen und mit einer beängstigenden Empathie, war ich Zuschauer in Enkelville.

Während die Pendelkinder glauben, unter dem Strich das Doppelte zu haben, müssen die Erwachsenen teilen. Sandys Aufenthalt war frühabendlich ausgelegt und sollte das Festessen nicht einschließen, dessen Gerüche aus der Küche deutlich kündeten. Also wurden Isabellas Kategorien gestürzt, und »das Kind«, wie meine Mutter sagte, als gäbe es auf der Welt nur eines, blieb zur Hummersuppe, die aus irgendeinem Grund in diesem wohlbehüteten Haus das Mahl am Heiligen Abend schon immer eingeleitet hatte. Meine mehr als zehnjährige Pause war an dem Ritual spurlos vorübergegangen. Jetzt wurde der Gout dieser Tradition an Sandy weitergereicht.

Für ihre Heimfahrt lieh ich mir den alten Volkswagen meines Vaters, ein kastenförmiges Auto von inzwischen geradezu rührender Bescheidenheit. Als Junge hatte ich versucht, ihn zu überreden, einen Ro 80 zu kaufen, den Vorläufer aller Limousinen, die nach vorn abgeflacht und nach hinten hochgezogen sind, wie um den Kofferraum als Ort des mobilen Familienbesitzes herauszustreichen. Da war nichts zu machen: das Zukunftsauto hatte einen rotierenden Motor, der schnell aufgab: Für solche Experimente war ein Richter am Landgericht nicht zu gewinnen. Vielleicht war es das Spiel mit dem Namen, daß ich den K 70 ins Spiel brachte, ein Modell, das mir immer lieber geworden war, je deutlicher ich mich als späteren Architekten sah. Kaum war ich nach Braunschweig gezogen, um zu studieren, kaufte mein Vater eines der letzten Modelle, die vom Fließband kamen, eine weiße Schachtel mit Motor vorn, das war bei VW neu, und den Höllenlärm der Motoren hatte man heruntergefahren auf ein vertretbares Maß Dezibel.

Als Zweitwagen, der er inzwischen geworden war, mußte er mit dem Platz vor der Garage vorliebnehmen. Tau und Rauhreif waren auf der flächigen Windschutzscheibe gefroren, und das Kratzen war wie ein halb grober, halb zärtlicher Akt, mit dem man die kühne ursprüngliche Form freilegte. Lange bevor sie gegossen war und montiert wurde, war diese Scheibe einmal ein Design gewesen, das jemand mit Akkuratesse auf Millimeterpapier gezeichnet oder vielleicht schon als geometrisches System im Computer aufgebaut hatte; ein Rechner, der nicht unbedingt kleiner gewesen war als das Auto selbst. Ich dachte für einen Moment, Sandy in meine Überlegungen einzuweihen, aber mir fiel nicht ein, wie.

Sandy lebte gänzlich in der Welt der Mädchen, ein seelisches Interieur. Sie saß klein und schmal auf dem Beifahrersitz, der altertümliche Gurt mit seiner manuellen Einstellung gespannt über ihre Kinderbrust. Sie fuhr mit mir durch die Lüneburger Nacht, aber nicht wie der kleine Fachmann, der ein Junge in ihrem Alter gewesen wäre: der eine Abkürzung vorgeschlagen hätte; dem nicht entgangen wäre, daß das Auto noch keinen fünften Gang hatte; der bemerkt hätte, daß ich nicht blinkte beim Einbiegen in die Hamburger Chaussee. Sandy schwebte statt dessen wie in einer Glaskugel durch die Weihnacht, sie plapperte von den Geschenken, die sie bekommen hatte, und denen, die zu bekommen sie hoffte, und von der Schule: die guten und die bösen Lehrer, die Lieblingsfächer und die verhaßten, die gemeinen Mädchen und der eine, eine, unerreichbare Junge, der ins Herz gestochen hatte. Wie sie seine Einzigartigkeit betonte, fast karikierte; je attraktiver der Junge erschien, desto mehr glaubte sie, ihre Neigung zu ihm verborgen zu haben.

Das neue Backsteinreihenhaus in Wendisch Evern kündete von einer gesicherten Existenz. Ehen, die Hypotheken bedienen, sind auf besondere Weise gesegnet. Im Wohn-

44

zimmer leuchtete ein riesiger roter Herrnhuter Stern, das am schnellsten gereiste Produkt aus dem soeben geöffneten Osten.

»Du kannst ihm ja einfach sagen, daß du ihn gern hast.«

Stille. Sie sah mich an, leuchtend; eine Spur von Schielen zeigte sich.

»Der findet mich sowieso schon blöd. Wenn ich das sag, hab ich voll verschissen.«

Das Lächeln, das sie nicht verließ, verzerrte den Sinn des Gesagten, kehrte ihn um in sein Gegenteil. Ich beugte mich zu ihr hinüber und küßte sie, erst auf die Wange, und weil sie nachgab, auch auf den Mund, kurz und warm. Im Hauseingang stand Isabella Bethgen, die Frau eines Arztes, und wartete, daß die Autotür sich öffnete und das Licht im Inneren das Gesicht des Fahrers zeichnete. Aber das Licht sprang nicht an, als Sandy ausstieg.

Das Festessen mit Eltern hatte ich beschlossen als Arbeitstermin zu betrachten und legte mir deshalb nach der Rückkehr ein gebügeltes Hemd an und einen polnischen Schlips von dubiosem Glanz, den ich gegenüber vom Bunker Eins beim Kleidertrödel aufgetrieben hatte.

Es gab nicht viel, was ich meinen Eltern vorzuwerfen hatte, und das galt wohl auch andersherum. Wir waren nicht die Leute, die zu Weihnachten keiften und stritten. Es war eher so, daß eine Trennung – ein Paravent – errichtet wurde mit den Jahren. Man hörte die Stimmen, die vertraut waren, aber man konnte sich kaum vorstellen, was auf der anderen Seite geschieht. Man wollte auch nicht.

Oder jedenfalls *ich* wollte nicht. Da war das Leben in einer dichtgestrickten Ehe, die auf einer Ungleichheit beruhte, dem Berufsleben des Vaters und dem häuslichen Leben der Mutter. Man sah es in den Verrenkungen und Zögerlichkeiten des Vaters in der Küche, der auch mit sechzig Jahren noch nicht wußte, wo das Salz zu finden war, und schon gar nicht, in welche Speise es in welchem Maß hineingehörte. Es zeigte sich weniger deutlich an der Mutter, an diesem Abend, weil sie in dem Haus, das sie immer bestellte, mit einem gründlich geplanten Essen zur Hochform auflief. Es war ihre Stunde. Wir Männer lobten ihr großes Mahl.

Die feierliche Ordnung des Tisches und des Weihnachtsbaums war profanisiert durch die aufgerissenen Geschenkverpackungen, die am Boden herumlagen. Der ältere Bruder hatte einen auberginefarbenen Laptopcomputer von Olivetti geschickt, was vor allem eine Aussage über den Wohlstand seiner Familie war. Diese Familie repräsentierte die Fortsetzung des Lüneburger Modells an anderem Ort.

Gegen zehn Uhr bezog ich die Dachkammer, früher das Zimmer meines Bruders und später meins. Gegenüber vom Bettlager hing noch immer das kleine Museumsposter der »Hauptwege und Nebenwege«, Zeugnis meiner kleinstädtischen Geschmacksbildung, deren Hauptweg ins Studium der Architektur geführt hatte. Die Heizung war einige Stunden zuvor angestellt worden. Die Luft war warm, aber das Holz des Wäscheschranks klamm. Gelegentlich gab es nach. Ich wechselte in informelle Kleidung und rief unten in die Wohnung: »Ich geh noch an' Stint!«, eine Formel, vor zwölf Jahren alltäglich, zur Unruhe der Eltern, für die der Aufenthalt »in der Wirtschaft« dem einfachen Mann vorbehalten gewesen war.

Mein Vater ruderte auf mich zu; er hatte »da noch etwas vor«. Er warf sich seinen Mantel über, der bis weit über die Knie fiel und seine Schultern in die Breite fahren ließ, setzte sich eine Prinz-Heinrich-Mütze auf und taperte in Hausschuhen über den glatten Steinweg des Vorgartens. Ich folgte ihm, und beim K 70 blieb er stehen.

»Im Frühjahr ist der TÜV fällig.«

»Schade.«

»Na ja, na ja.«

Ich hatte den Wagen nicht direkt vor die Garage gefahren, so daß man ganz herumgehen konnte. Wir betrachteten ihn von vorne, die riesige Scheibe, der vornehm geneigte Kühlergrill, die großen Glotzerchen, als die die Scheinwerfer geformt waren.

»Wahrscheinlich nützt dir das auch nichts«, brummelte er, gewohnt, daß andere ihm zuzuhören gezwungen waren. Er war ein durchgefärbter Charakter, dessen gute und dessen schlechte Seiten sich zu verhärten begannen, alles wegdrängend, was nicht ureigen zu seinem Gesicht gehören würde.

»Wir könnten ihn rüberbringen, und wenn du willst, kannst du ihn haben.«

Mein Traumauto in die DDR bringen! Ich dachte an die DDR beim Wort »rüber«, als ich merkte, daß er die technische Prüfung meinte. Er wollte mir das Auto schenken, das ich mir einmal so dringend gewünscht hatte, vor sehr langer Zeit.

Ich sagte weder ja noch nein und machte mich zu Fuß auf den Weg zum Stintmarkt. Die Fußgängerzone meidend, drückte ich mich in die dunklen Hinterstraßen, deren Fachwerk man mit aufwendigen Renovierungen zu retten begann. Einige Kaufleute, Lehrer und Anwälte hatten sich eins, manchmal zwei der Hutzelhäuschen gesichert, die türkische Familie gekündigt und bis ins Dach so hell wie möglich ausgebaut. Manche der niedrigen Wohnzimmer waren festlich beleuchtet. Einige Häuser, sieben und acht Jahrhunderte alt, schienen hinter stumpfen Scheiben im Koma zu liegen. Man hatte darauf geachtet, daß kein moderner Wohnturm sich einnistet in der Idylle des Stadtkerns, nur bei Karstadt hatte man beide Augen fest zugedrückt und eine standardisierte Blockbebauung zugelassen. Überhaupt durften Geschäfte riesige Fenster haben, Wohnhäuser aber nicht.

Am Stintmarkt waren die Kneipen geöffnet. Ich war Gast in allen gewesen, in der Schulzeit: Wir pflegten damals das Ritual, mit jedem Bier die Kneipe zu wechseln, also das Milieu. Wen man um sich haben wollte, versuchte man mitzunehmen, die anderen ließ man sitzen. Im Sommer löste sich das Prinzip auf in der Masse von Menschen, die herumstanden zwischen den Fassaden und dem tiefen schwarzen Gewässer, auf dessen anderer Seite der Kran das Ensemble als kleinen Hafen auswies.

Seit ich nicht mehr in Lüneburg wohnte, zählte nur noch das Schallander. Nicht etwa, weil es mich interessierte, sondern im Gegenteil, weil daran alles war wie im klischierten Bilderbogen: die halbverrosteten Reklameschilder für nicht mehr existierende Produkte, der Zeitungshalter mit der »Lüneburger Landeszeitung«, der »taz« und der Hamburger »Szene«, der auf altenglisch gemachte Ausschank und die rustikalen Tische mit den weißen Kerzen; immer, nicht nur zur Weihnachtszeit. Aus der Musikanlage kam eine bestimmte Mischung elektroakustischer Musik, die nicht zurückreichte bis zu den Beatles und lange vor dem Rap haltmachte. Einst hatte diese Musik die Gegenwart ausgefüllt, mit ihren gewählten Harmonien und kollektivem Gitarrenspiel. Die ganze Welt war gemeint; alles, was es zu sagen gab, wurde im Song gesagt. Jetzt war es eine gedankenlose Wiederholung, und die Wirte, schätzte ich, waren sich darüber im klaren.

Im Schallander konnte ich meine Gefühle voraussagen und bis zu einem gewissen Grad auch das Geschehen. Ich begann mit dem hellen Bier, weil vom hellen zum dunklen angenehmer zu wechseln war als andersherum. Innerhalb kurzer Zeit würde ich im Nebel der Wirkung eines zu schnell getrunkenen Biers von mir selbst nur noch Schemen erkennen, das juvenile Fachwerk, das Pop-Ego, den Kreisstadtradius. Danach würde auch das weniger werden; wenn

»Tuesday's Dead« spielte oder »Peace Train«, würde das Ganze im rosa Licht der Selbstgefälligkeit erscheinen, an der Grenze zum Zynischen. Das Grenzland im Nebel: Da würde man verharren. Die Wirte waren zur Stelle, um Getränke zu bringen, aber nur, wenn man sie rief. Sie markierten jeden Ausschank auf dem rauhen Karton mit dem Motiv der Brauerei in der friesischen Marsch.

Anders als zehn Jahre zuvor, fünf sogar noch, mußte ich aufs Geld nicht mehr achten. Die jungen Leute, die am anderen Kopf der großen Runde Platz genommen hatten, zählten sogar ihre Münzen auf dem Tisch. Erst eine winzige Pause in der Musik ließ mich merken, daß es Mecklenburger Schüler waren, die wirklich kaum Geld oder, wie sie es ausdrückten, zuwenig »Westgeld« hatten. Ich winkte dem Wirt mit dem blonden Zopf und bestellte eine Runde. Sie riefen nun Dinge, die ich nicht verstand, ich rückte an sie heran, und sie wollten bald wissen, was ich beruflich täte.

»Ich bin Architekt in Hamburg.«

Das klang, fand ich, sehr bedeutend. Sie wollten es aber genau wissen. Ich sagte, ich arbeitete in einem großen Büro und wir wären dabei, ein neues Kunstmuseum für Hamburg zu entwerfen. Diese dicke Lüge war mein Weihnachtsgeschenk an mich selbst.

Kaum hatte ich es gesagt, entdeckte ich Claes Philip. Die Runde der Getränke kam – die Mädchen, die abends um zehn in verrauchten Kneipen Apfelsaft bestellen, sterben wohl niemals aus –, Claes Philip hatte mich entdeckt. Ich bedeutete ihm, einen ruhigeren Tisch zu suchen, und wechselte dorthin.

Das war Claes Philip: Allein sein Auftritt stellte eine Beleuchtung meiner Defizite dar; er selbst aber nahm davon keine Notiz. Statt mich zu zerschmettern, liftete er mich mit unsichtbarer Geste in seine Klasse. Es war nur bedingt die Klasse des Geldes. Ich erblickte sie in der Willkür seines

Schweigens, in der Art, wie er mit gerümpfter Nase nachhorchte, wie Van Morrisons »Caravan« mit seinem stereophon gewiegten Bläsersatz ausgeblendet wurde und »Bitterblue« mit seiner instrumentalen Spastik über uns hereinbrach. Die gewöhnlichen Eröffnungen – warum begeht man den Heiligen Abend in Lüneburg, und warum endet er im Schallander – ließ Claes Philip einfach aus. Ein Fremder hätte denken können, daß er zu den grauen, schweren Gestalten des Flachlands gehörte, denen selbst unter günstigen Umständen das Naheliegende nicht einfällt. Ich aber wußte, daß er die Stichworte liefern würde; sie vorwegzunehmen war zwecklos.

»Einfach grauenhaft«, sagte er – und meinte wahrscheinlich Cat Stevens –, als Hans-Jürgen am Tisch erschien und sich setzte, ohne zu fragen. Über seinem schwer gewordenen Körper trug er eine schwarze Lederjacke wie ein Insekt seinen Panzer. Den Schülerberuf als Antiquitätenhändler hatte er ausgebaut zu einem schwunghaften Handel in Mittelwertvoll, der von Hannover bis Hamburg reichte. Von Bella hatte ich gehört, er habe sich in ihrer Nachbarschaft ein Haus gekauft. Die Kleinstadtflüchtlinge suchen Ehren, die Daheimgebliebenen schlagen Wurzeln. Für Freundschaft reicht das nicht, aber es mindert die Konkurrenz. Claes Philip hatte sich besonnen: »Na, was macht das Geschäft.«

»Kein Auftrieb. Nicht viel zu holen, erst mal.«

»Ein paar gute alte Truhen vom Gut der von Ribbecks …«

»Vielleicht. Aber guck mal« – es klang wie »kuh mah« –, »erst mal ist das keine neue Kundschaft. Wer aus dem Osten kommt, will nagelneue, spiegelglatte Sachen. Die drücken sich an der Schaufensterscheibe von Karstadt die Nase platt.«

Unwillkürlich sah ich zu meinen Mecklenburgern hinüber.

»Und bei Beate Uhse«, ergänzte ich.

»Ist doch in Ordnung.« Hans-Jürgen war ganz aufgeklärter Norden. »Habt ihr das gesehen?« – er meinte bestimmt im Fernsehen – »Die lassen sich filmen, wie sie auf die Ausgabe der Hefte und der Videos warten.«

Claes Philip: »Richtig niedlich, nicht?«

»Ja. Das wird jetzt erst mal ausgenutzt. Die ganz Naiven verkaufen schon Häuschen für Autos. Aber runtergewirtschaftet.«

»Die Autos?«

»Die vielleicht auch. Die Häuser. Vier Jahrzehnte nicht investiert. Und Hamburg? Was macht Hamburg?«

Unsere Blicke, Claes Philips und meiner, trafen sich. Claes Philip sagte nichts. Ich: »Voller Trabbis.« So wrangen wir das Thema weiter, bis es trocken war. Hans-Jürgen war zufrieden mit den Neuigkeiten und wechselte den Tisch.

Claes Philip und ich, seit wir überhaupt miteinander sprachen, hatten einen verschwörerischen Dialog entwickelt. Für Dritte nahezu unverständlich, bestand die Technik in der Kreisbewegung der Themen. Wir sprachen über Krankheit, Geld, Frauen, Städte, Musik und Politik, und dann das Ganze von vorn. Es war auf diese Weise ganz leicht, wichtige Dinge zu verschweigen, und genauso leicht, sie zu erwähnen. Er mußte nicht sagen, daß seine Kleinstadtliebe ihm fad wurde, ich riet es aus den Pausen in seinem Bericht.

Inzwischen hatte ich einen Brief aus dem Büro des zuständigen Senatsdirektors bekommen, der mich in die Ideenkommission Hamburg-der-Zukunft berief. Die Honorierung der Tätigkeit, die unsinnig als »Ehrenamt« bezeichnet wurde, war bis ins Detail aufgeschlüsselt: pro Tag »im Feld« – gemeint war Recherche –, pro Sitzung, pro abgesagter Sitzung, pro schriftlicher Stellungnahme, pro Gutachten. Die Honorare für Gutachten zogen mit denen gleich, die Architekten für Entwürfe größerer Einfamilienhäuser in Rechnung stellen.

»Claes Philip, wer verhindert denn, daß so eine Kommission zum Selbstbedienungsladen wird?«

»Das ist genau die Denke, die die Verwaltungsheinis gerade lernen aufzugeben. Viel wichtiger ist doch: Woher kriegst du frische Ideen? Wie kannst du sie empirisch absichern? Und weil das so ist ...« – das war der Grund, daß Claes Philip in der Politik Gehör fand, diese Zementierung der eigenen Haltung in einem »weil das so ist« –,

»... muß man Anreize schaffen. Leute aus Stadtplanung, Wirtschaft und Kultur zusammenbringen.«

»Äh, aber auch Architekten.«

»Aber Vorsicht mit Architekten. Die kochen immer ihr eigenes Süppchen. Leute aus allen Bereichen, die sich ergänzen, aber in der Kommission konkurrieren.«

»Um die Gutachten.«

»Auch um die Gutachten, logisch.« Pause. »Was ist denn deine Idee für Hamburg?«

»Ich würde erst mal fragen«, sagte ich, »was Hamburg für eine Idee von sich selbst hat. Die Ideen sammeln: Kaufleute, Filmleute, Seeleute. Elbe, Alster, Osterbek. Ehrlicherweise wird man zugeben müssen, daß es Dinge gibt, die dabei sind, Geschichte zu werden. Die kann man nicht retten, man kann sie nur ›symbolisieren‹ – das Wort benutzt Niehuus. Dann ist aber echt entscheidend, was übrigbleibt.«

»Was?« Der letzte Satz war untergegangen in den Percussions eines Gassenhauers von Carlos Santana. Jemand hatte die Anlage hochgezogen.

»Es ist entscheidend, was wirklich lebt.«

»Was Geld reinbringt?«

»Nein, mehr als Geld. Guck dir Berlin an. Die Mauer ist in zwei Jahren weg, spätestens. Dann kann man sie nur noch symbolisieren. Dann kommt ganz klar die Hauptstadtfrage. Wenn Bonn nach Berlin geht, dann lebt Berlin davon. Nicht von der Mauer.«

Während ich das sagte, war ich mir schon nicht mehr ganz sicher, ob es nicht doch andersherum sei. Vielleicht lebte eine Stadt doch von dem, was sie symbolisieren kann, dachte ich. »Ein Guinness!«

Claes Philip trank nicht so schnell wie ich, aber er hatte vielleicht auch keinen Grund dazu. Es konnte nicht so schlimm sein, sich aus einer lieblos gewordenen Bindung davonzuschleichen. War es nicht viel schlimmer, mit der Passion für jemanden, den man nicht gewinnen kann, allein zu bleiben? Das dachte ich, sehr langsam und gefühlvoll, und dann dachte ich: »Was denke ich nur?« Vielleicht galt auch hier das Gegenteil?

Die Mecklenburger Schüler zogen ab. »Viel Glück mit dem Museum!« rief einer, ich nickte. Claes Philip sah mich erstaunt an, ein Runzeln gefroren auf seiner Stirn. Ich wartete, bis die Gruppe durch den Windfang verschwunden war, und murmelte dann, ich hätte leichtfertigerweise verraten, an einem Buch zu schreiben.

»Ist doch nicht schlimm.«

Ich mußte ablenken vom Museumsthema.

»Ich bin total verknallt«, sagte ich.

Claes Philip hörte aufmerksam die Geschichte von Elise, die eigentlich nur meine war, eine Erregung, ein Traum.

Wir bissen uns aber auch da nicht fest, sondern sprachen über Neue Musik, über die Schulzeit. Plötzlich rief Claes Philip: »Eine Künstlerin!«

»Klar«, sagte ich, etwas bekümmert – die Bekümmerungen stecken sich gegenseitig an –, »eine Künstlerin, warum nicht?«

»Eine Künstlerin!« rief er. »Eine Kü – ü – ünstlerin! Eine Kühnst – lerin!«

Die Leute sahen zu uns herüber, aber sie konnten unmöglich wissen, was er meinte.

»Eine Kü – ü – ü – ü – ünnst – lerihn!« rief er, ohne zu lachen, wie ein bezahlter Ausrufer.

Das Lachen überkam uns dann fast gleichzeitig und endete in Tränen, auch wenn seine nicht dasselbe bedeuteten wie meine.

»Eine Kü – ü – ünstlerin!«

Ich weinte noch, als jemand »letzte Runde« rief. Claes Philip tröstete mich nicht. Er zahlte die Rechnung, alles zusammen, und griente diabolisch. Ich schnitt eine Grimasse, um es ihm gleichzutun. Er ging mit schweren Schritten zur Tür und verschwand, ohne sich umzudrehen.

Lüster

Der sogenannte kleine Sitzungssaal bot an einem ovalen Tisch mit dunkel schimmerndem Furnier Platz für ein Dutzend der schwer mit schwarzem Leder gepolsterten Sessel, deren hohe Lehnen der Würde des Ortes gerecht werden sollten. Im diffusen, aber reichen Licht kristallener Lüster wirkte die Gruppe, die das Rund nicht ganz füllte, feierlich und zeitlos. Ich begrüßte Claes Philip mit einem Handschlag, und er stellte mir Bartholomäus Seitz vor, einen hochaufgeschossenen, fülligen Mann meines Alters mit einer Landsknechtsfrisur. Ich kannte seinen Namen als Verfasser elegischer Berichte über historische Bauten und »vergessene Landschaften«, Böhmen, die Rhön, die Picardie. Den Ausdruck hatte er geprägt und sich damit bei seiner zur Verbildung neigenden Zeitung einen Marktplatz geschaffen.

Claes Philip strahlte Jovialität aus, mit einem Hauch von Hohn. Abteilungsleiter Stüssgen eröffnete die Sitzung, höchst besorgt, daß ein jeder sein Mineralwasser hatte, und stellte Herrn Osterkamp als Protokollführer vor. Stüssgen hatte eine in Falten aufgeworfene Stirn, so wie die männlichen Modelle alter Stuyvesantreklamen; der betont hohle Optimismus war in seiner Physiognomie festgeschrieben und mit ihr gealtert. Sein festes Haar hatte noch einige tiefschwarze Spuren und sah ansonsten aus wie von Hand versilbert.

»Nun. Wir leben in einer neuen Zeit. Oder einer neuen Zeitrechnung. Meine Damen und Herren, Sie wissen, daß ich damit nicht das Jahr neunzehnhundertneunzig meine, sondern den großen Umbruch, in den das neue Deutschland geraten ist. Ohne Zweifel wird es in den nächsten zwanzig Jahren neue Verkehrswege geben, einen Zuwachs von Bevölkerung in den westdeutschen Städten. Berlin wird versuchen, das Rennen zu machen. Wir werden uns nicht bemühen, Hauptstadt zu werden ...«

Die Gruppe steuerte ein höfliches Gelächter bei.

»... und es kann gut sein, daß ein norddeutsches Bundesland reine Phantasterei bleibt. Aber Hamburg ist, wie unser Oberbaudirektor sagt, eine ›Stadt im Überfluß‹, mit ungeahnten Möglichkeiten und einer Menge reizvoller Wasserlagen. Die Stadt braucht Pulse aus der Architektur, und die Architektur braucht selbst neue Impulse.«

Ich bemühte mich, nicht abzuschalten.

»In Frage steht dabei immer das Soziale, umkämpft ist immer das Ökonomische. Hier wollen wir, in einer Stadt am Strom, eine Brücke bauen. Und Sie, die Sie Freunde dieser Stadt sind, sollen uns dabei helfen.«

Hinter seiner verchromten Brille ließ er warmtonige Augen aufblitzen, die er verbindlich von Teilnehmer zu Teilnehmer führte, als sei er dabei, eine kollektive Hochzeit vorzubereiten. Die imposanteren Stellen seiner Rede, oder was er dafür hielt, unterlegte er mit Gesten, die geborgt aussahen: bedauernd öffnete er beide Hände, da schoß ein Zeigefinger hoch. Dann wurden die Hände wie zum Gebet gefaltet auf einem Schriftstück plaziert, mit einem herausstehenden kleinen Finger: Bürokratie, die beobachtet, wie sie selbst gerade zum Leben erwacht.

Stüssgen, nachdem er das gezeichnet hatte, was er für den großen Rahmen hielt, übergab Osterkamp die Leitung. Claes Philip kündigte an, die Sache theoretisch zu vertiefen. Er bot eine Collage zum »rasenden Stillstand«, zur »totalen Kontrolle des Körpers«, zu den »Paradoxien der Tradition«. Er beobachtete, wer ihm folgte und wer nicht, nutzte seinen Zeitkredit bis ans Limit und ergänzte dann:

»Wir müssen uns erlauben, Fragen zu stellen, die sonst niemand stellt. Der einzige benennbare Auftrag dieser

Kommission ist, daß die Ergebnisse, zu denen sie gelangt, zurückkommen an den Senat.«

Wie sich bald zeigte, war es eine Runde von Laien, Männer und Frauen, für die Architektur ein Zweitfach war, eine wohlige Inspiration. Eine dralle Person namens Susanna von Wulffen war spezialisiert auf Gärten und Parks, Bartholomäus Seitz brillierte mit Daten aus der Geschichte der Stadt. Jemand kannte sich mit Kirchen aus, ein anderer mit dem Hafen. Was an Überblick fehlte, wurde durch Fachsimpeln wettgemacht. Die Ausnahme war eine Frau Doktor Schefsky – so hatte ich ihren Namen gehört –, die, einige Jahre älter als Claes Philip und ich, Architekturgeschichte studiert haben mußte. Sie war die einzige, die es wagte, die Situation Hamburgs – Wohnen, Transport, Gewerbe, Soziales – zu beschreiben. Dabei bezeichnete sie, zum sichtbaren Schrecken Stüssgens, den Bau der Siedlungsstadt Allermöhe als »Quatsch«. Stüssgen wartete ihren Beitrag ab, ließ mit erhobenem Zeigefinger eine Kunstpause und parierte, die Kommission dürfe sich nicht leiten lassen von ihren Abneigungen, sondern müsse Visionen entwickeln über den Status quo hinaus. Bei dem Wort »Visionen« hatte er seine rechte Hand vorfahren lassen, als ziehe er sich einen Meter Lakritz aus dem Mund. Es wollten sich aber, so auf die Schnelle, keine Visionen einstellen, und die Kommission trennte sich nach weniger als einer Stunde.

Ich selbst war überrascht von der Offenheit der Fragestellung, so als wären die Deutungen der Stadt Hamburg ausgelöscht und könnten neu erfunden werden. Während es ein leichtes war, die geographischen Grenzen der Stadt zu bestimmen, was würde geschehen, wenn man ihre Legitimation und Entität anfangen würde zu bezweifeln? Nachdem die Städte ins Land hineingewachsen waren, was wäre, wenn die Peripherien rebellierten gegen das Zentrum, zurückwollten in die Selbständigkeit wie die unterjochten

Länder Osteuropas? Was wäre, wenn man die Frage »Was ist Hamburg?« weitergeben würde an die Philosophen, und diese zu dem Schluß kämen, daß es Hamburg nicht gäbe? In der Tat schien mir jetzt – ich saß im Panda bei Frost, und der Anlasser keuchte müde –, daß meine Vorstellung des Stadtstaats vage war, ja daß ich, wie viele Klein- und Mittelstädter, die in Metropolen gehen, diese für die größere Ausgabe derselben Sache gehalten hatte.

Vor meiner Tür hatte ich, als ich zwischen den Jahren aus Lüneburg zurückkam, einen filzgrauen Würfel mit einer roten Schleife vorgefunden, ein von Elise selbstgebautes Weihnachtspaket, in dem sich ein Hemd aus den sechziger Jahren fand, schlicht, abgesehen von den umzuschlagenden Ärmeln, und ungebügelt. Dazu hatte sie silberne Manschettenknöpfe mit quadratischen Steinen gelegt und einen Schlips, dessen fortlaufende rot-schwarze Musterung ineinander versetzte Schachteln darstellte; eine Baumeisterbinde, das war klar. Das Hemd hatte ich sorgfältig gebügelt und die Eliseverkleidung mir angelegt wie einen Schutzschild, als ich im Rathaus erschien, ergänzt durch ein wollenes Sakko von Pendleton, amerikanische Westküste.

Als der Motor kreischend ansprang, änderte ich meine Pläne und fuhr zum Barmbeker Güterbahnhof. Die Tür war offen, es gab keine Klingel. In der Eingangshalle waren Materialien, unverkaufte Werke und Dinge gelagert, Zweck und Herkunft kaum zu erraten. Es gab im ersten Stock zwei über einen Flur verbundene Ateliers. Vor Elises Tür war die ganze »Psycho«-Installation aus der Kampnagelfabrik in zusammengelegtem Zustand abgestellt, allein der Projektor soviel wert wie ein kleiner Mercedes Benz. Die Mischung aus Leichtsinn und allgemeiner Verschmutzung machte mir großen Eindruck. Vom Atelier her kamen die Geräusche einer Schleifmaschine, deren Unterbrechung ich abwartete, um heftig zu klopfen. Man hörte Schritte von festen Schuhen näher kommen, ihr Gesicht erschien im Neonlicht des Flurs gegen den wärmeren Kubus drinnen, und sie zog mich am Kragen meines Wintermantels hinein wie einen Flüchtling, dessen spontane Rettung vor Verfolgern geboten schien.

Mehrere Arbeitsplätze waren zentriert aufgebaut, um die Wände des Ateliers freizuhalten. Auf einer schräg gestellten Platte lagen hölzerne Schindeln, deren dritte oder vierte Schicht einer tiefblauen Lackfarbe trocknete. Ein Podest war errichtet worden, mit Hilfe dreier Paletten, abgedeckt mit einer fest verschraubten Sperrholzplatte. Darauf stand ein wackliges Gebilde aus Industrie- und Treibholz, das dabei war, einem Sessel ähnlich zu werden. Ganz allein auf einem vollkommen vernutzen Schreibtisch mit dunklen Öffnungen dort, wo Schubladen gewesen waren, ruhte die keramische Nachbildung eines Schädels. Er war frontal mit einem schwarzweißen Karomuster bemalt, wie man es aus dem Rennsport kennt.

Mit geradem Rücken saß Elise auf einem drehbaren Schemel und begann, trotz der noch feuchten Farbe der Holzschindeln eine weitere Schicht aufzutragen, mit ruhiger Hand. Man hörte das Rattern und Schlagen eines vorbeifahrenden Lastwagens auf der Hellbrookstraße. Im Atelier lief keine Musik. Es gelang ihr, einen flachen Pinsel in der Farbschale so abzustreifen, daß der Pinsel beim Aufsetzen auf die Fläche weder Rinnsale bildete noch Bläschen warf. Ich sah ihr zu.

Schließlich erzählte ich ihr von der konstituierenden Sitzung der Ideenkommission, von der Stuyvesantgrimasse Stüssgen, von dem zum Fürchten gelehrten Vortrag einer Doktor Schefsky, von der drallen Mädchenhaftigkeit einer Susanna von Wulffen und ihrem Tick mit Parks und Gärten.

»Und der Typ, den du kennst, der war gar nicht da?«

»Osterkamp, doch. Der wird dort Protokollführer genannt. Eigentlich ist er aber der Stichwortgeber.«

»Wie ist er denn?«

»Typ Überflieger. Akkurat gekleidet, aber mit einem Hauch Papageienhaftigkeit, nicht direkt bunt, aber so ein glitzernder breiter Versace-Schlips und ein Leinensakko in Dunkelviolett, das geht schon in Richtung phantasy. Und übrigens, wie Stüssgen die Stirn runzelt – Osterkamp macht das ähnlich, das wirkt ziemlich angestrengt.«

»Angestrengt ernst oder angestrengt heiter?«

»Genau auf der Kippe. Es hat etwas von einem Spiel. Ich meine, es wirkt gespielt, aber man denkt nicht, daß er das nicht weiß.«

»Ein Angeber?«

»Nee, das nicht. Nur, er setzt immer voraus, daß er Leute gewinnen kann, und das Irre ist, daß das funktioniert. Offenbar muß er nicht darüber nachdenken, wie er das macht. Er klingt wie ein Chef, aber nicht der Chef, der dir sagt, was du tun sollst.«

»Was macht denn dessen Vater?«

»Warum, ist das wichtig?«

»Ja, ist es.«

»Bauunternehmer. Ein Lüneburger Mythos. Raffiniert, aber auch zünftig. Geschieden. Mit Porsche. So wie man sich das vorstellt.«

»Einer, den nichts aufhält.«

»Auf jeden Fall.«

»Das meine ich. Diese Männer – das sind immer Männer – brauchen jede Menge Energien. Deshalb heiraten sie dreimal oder viermal. Sie verheizen die Ideen anderer Leute. Sie haben überhaupt kein Sensorium für das Scheitern. Du siehst die und denkst, es ist alles möglich. Was ja nicht sein kann.«

»Und du glaubst, daß man so etwas erbt.«

»Überhaupt nicht. Diese Leute sehen in den Augen ihrer Kinder am schwächsten aus. Die Kinder sind oft viel klüger. Aber fast nie die besseren Unternehmer.«

Spät am Abend fuhren wir südlich um den Stadtpark herum nach Winterhude. Bei Dunkelheit wirkte Hamburg unerschütterlich, keineswegs heiter. Aber es war ja auch nicht Hamburg, sondern einer von sieben Lieblingsbezirken des Mittelstands.

»Was ist für dich Hamburg?« fragte ich Elise.

»Ich bin hier geboren«, sagte sie.

Sie hatte Anfang Januar eine Dachkammerwohnung bezogen. Wir beleuchteten die kleine Küche so hell, wie es ging, und kochten uns die berühmten langen weißen Nudeln und brieten uns die ärmlichste aller Soßen.

»Pasolini«, sagte sie.

Ich trug noch immer den Schlips und das gebügelte Hemd mit den quadratischen Manschettenknöpfen und das wollene Jackett von Pendleton. Sie verschränkte ihre Arme hinter dem Kopf wie die junge Frau bei Bonnard hundert Jahre zuvor. Sie betrachtete mich, zwischen uns die Teller mit den schwärzlichroten Spuren.

»Vielen Dank«, sagte ich.

»Da nich' für«, sagte sie.

Ich bedauerte mich sehr, in dieser Nacht auf meiner Fahrt nach Haus. Vielleicht sollte ich nach Leipzig gehen, als Stadterneuerungssöldner, um Elise zu vergessen. Nie war die große Hansestadt so schön gewesen wie auf dieser Fahrt um die Alster, betrachtet mit den feuchten Augen des vorweggenommenen Abschieds.

Hamburger Hochbahn

Claes Philip Osterkamp war in bester Off-business-Laune, empfangsbereit, aber ohne Programm. Wir, angestachelt durch ein Konzert mit einem Orchester von zehn elektrischen Gitarren, ließen uns treiben im plötzlich milderen Wetter und fanden uns in der Schankstube des Abatonkinos wieder.

»Was macht die Künstlerin?« fragte Claes Philip, als hätte er meine Gedanken erraten. Ich erzählte von den Besuchen in ihrem Atelier, wie es mir gefiel, ihr bei der Arbeit zuzusehen, und daß wir es uns angewöhnt hatten, in ihrer brummenden Dachkammer in der Maria-Louisen-Straße zusammen zu kochen.

»Es hat also geklappt.«

»Was hat geklappt?«

»Na, ihr seid dann so was wie ein Paar.«

»Nee, eigentlich nicht.«

»Wie nicht?«

»Wir sind kein Paar.«

»Ihr traut euch nicht.«

»Es ist mehr so, daß man das nicht ausprobieren kann. Ich bin mir nicht sicher, warum das so ist.«

»Mysterioso!«

»Na gut, ich weiß es. Solange ihre Gedanken noch halbwegs bei ihrem englischen Ex sind, geht es nicht. Das ist so eine blöde Rolle, der Typ zu sein, der tröstet, und der nächste kriegt sie dann wirklich. Jedenfalls habe ich das tausendmal gesehen. Oder gehört.«

Claes Philip war im Herbst zuvor auf einer Senatsreise durch die Vereinigten Staaten gewesen, um Stadtplanungsideen »nicht zu bekommen«, wie er es ausdrückte. Überrascht vom Fall der Mauer, war die Informationsreise zu einer Verlautbarungskampagne geworden, bei der die Hamburger Stadtplaner die deutsche Wiedervereinigung erklären mußten, an die sie selbst nicht glaubten. Mit den Stationen der Reise wuchs das Publikum, auf das niemand vorbereitet war, und am Ende hob man die überreizten Hamburger auf ein Podium der Stanford University, wo sie ihren Phantasien freien Lauf ließen. Im Publikum saß eine farbige Lady, die mit der deutschen Literatur und Geschichte vertraut war und sich für Claes Philips Meinungen im Detail interessierte; im Tausch für die Aufmerksamkeit nahm sie ihn mit in eine nagelneue, strahlende Mall, wo sie ihn auf die Vorzüge von Flanellhemden mit großkarierten Mustern aufmerksam machte. Nichts hätte Claes Philip jemals von seiner längsgestreiften Bügelfaltengarderobe abbringen können. Shimelle aber hatte ihn sogar seiner zähen Liebe entfremdet, die ihn seit seiner Schulzeit an die Lüneburger Heide gebunden hatte. Kurzgeschoren, im groben Hemd, unterstrichen durch eine schlichte Wildlederjacke, paßte er nun sogar ins Milieu der ewigen Studenten und verhinderten Drehbuchschreiber, die Stammgäste im Abaton.

Er schwieg, irgendwie lüstern.

»Wie war das denn bei euch?«

»Shimelle? Unglaublich. Ich fahr doch nicht Auto, wie du weißt. Sie sagt, sie zeigt mir Los Angeles, und bucht uns ins Shangri-la. Wir kommen an, ich sag an der Rezeption kein Wort, und sie bekommt einen elektronischen Schlüssel. Das Gepäck nimmt ein Porter, alles ganz nobel. Und das Zimmer ist ein Zimmer mit Meeresblick. Es ist Mitte November, aber noch nicht dunkel, und man kann die Türen zum Balkon öffnen. Da steht ein riesiges Bett.«

»Auf dem Balkon.«

»Quatsch, im Zimmer.«

»Und?«

»Na, was und? Zwanzig Minuten später haben die Los Angelitos gedacht, es gäbe schon wieder ein Erdbeben.«

Ich dachte an das eigentümliche Bild, das sich ergibt, wenn sich ein weißer und ein schwarzer Körper zusammentun.

»Also ist alles ganz einfach.«

»Jetzt ist es kompliziert. Wenn sie nicht nach Deutschland kommt, muß ich nach Amerika.«

»Amerika ist groß.«

»Nicht aus ihrer Sicht. Für sie ist San Francisco schon ein Dorf. Für mich ist Los Angeles ein Alptraum.«

»Klang eben gar nicht so.«

»Du Witzbold.«

Das zweite Mal tagte die Kommission in einem noch festlicheren Saal des Rathauses, wieder eine Runde schwerer Stühle mit hohen Lehnen um einen glänzenden, ovalen Tisch. Ich war zu spät gekommen, weil mein kleiner Fiat auf der Kennedybrücke mit einem metallischen Schlag im Motorraum liegengeblieben war. Es war leicht, ein Taxi zu finden, aber erst der siebte Fahrer, ein Türke, war bereit, das lahme Auto mit mir über die hohe Bordsteinkante des Radwegs zu wuchten.

Die Gruppe war noch größer als beim ersten Mal. Schilder wiesen Namen und Titel aus. Ich war »dipl.arch.«, keine übliche Bezeichnung, aber immer noch war ich der einzige Architekt »von Hause aus«, wie Stüssgen – seine Hände beschrieben dabei ein Rechteck, das ein Haus bedeuten sollte – bei Gelegenheit anmerkte. Dr. Biga Brzeski – »Schefsky« – und Dr. Bartholomäus Seitz waren die einzigen Promovierten, sofern die Schilder korrekt waren. Claes Philip Osterkamp hatte man den Titel »Leitung Kommunikation« mitgegeben; wahrscheinlich hatte er selbst die Namensschilder hergestellt.

Ein großes Auge, das auf eine solche Versammlung herabschauen würde in dem Moment, in dem sie sich auflöst, würde vieles von dem vorhersehen, was später geschehen wird. Dr. Brzeski jedenfalls sprach mich auf mein Auto an, und ich nutzte die Gelegenheit, um meinen Transport in die Hellbrookstraße zu sichern. Claes Philip, für den ich als Fahrer ausgefallen war, verabredete mit Seitz, die U-Bahn zu nehmen, aber mir war klar, daß die U-Bahn-Fahrt im Abaton enden würde. Abteilungsleiter Stüssgen eilte mit dekorativ aufgeworfenen Sorgenfalten unter einer schottischen Schiebermütze in Richtung Parkhaus.

Biga Brzeski hatte ihren rostigen Lada hinter dem Rathaus direkt an einen steinernen Poller geklemmt, um, halb auf dem Fußweg, die Gasse nicht ganz zu blockieren. Sie bestieg das Auto wie geistesabwesend, und ich sah sie schon, noch draußen wartend, im Vorwärtsschwenk ihre Stoßstange am Poller verlieren. Statt dessen setzte sie mit einer geringen Wendung des Lenkrads rückwärts und gab so die Beifahrertür frei, ohne den Stein zu streifen. Den ersten Gang eingelegt, aber die Kupplung getreten, zündete sie sich eine Marlboro an, deren scharfer Qualm sich mit dem dumpfen aschenen Geruch vermischte, der aus einer nicht beleuchteten Quelle drang.

Ich hatte mir vorgenommen, sie nach dem Thema ihrer Promotion zu fragen, aber sie war schneller.

»Was machen Sie denn bei Niehuus?«

»Nee, ich arbeite bei Benthien und Göckjohann.«

»Allermöhe?«

»Volksdorf. Aber wir sind fast durch. Die Zukunft liegt merkwürdigerweise in Leipzig.«

»Ich dachte, Sie arbeiten mit Niehuus.«

»Ich schreibe für Niehuus. Ich habe vor drei Jahren mal einen Aufsatz an »Architekturen« geschickt über die Frage, was deutsche Architektur ist ...«

»Ich kann mich erinnern.«

»Sie lesen das?«

»Ich benutze Bibliotheken.«

Während sie das sagte, passierten wir den Kaufhof, und vor meinem geistigen Auge tat sich ein riesiger, altertümlicher Lesesaal auf, in dem auf einer kargen Holzbank einsam die schmale, nervöse Gestalt Dr. Brzeskis von hinten zu sehen war. Ich verlor mich in dem Bild.

»Und Niehuus.« Sie aschte in die Dunkelheit in der Mitte der Armaturen.

»Niehuus hat mich daraufhin verwickelt. Ich habe ihm gesagt, daß das ein Zufallstreffer war, daß ich kein Journalist bin oder Ghostwriter, sondern ein kleiner, fleißiger Architekt im architektonischen Mittelstand.«

»Und jetzt betreiben Sie die Apologie des Quadrats.«

»Ich habe gerade mein Fremdwörterbuch nicht dabei.«

»Sie verteidigen das Quadrat als ultima ratio – Verzeihung, als vollendeten logischen Schluß – der klassischen Moderne.«

»Zugegeben, als Niehuus mich ansprach, war mir die Bedeutung einer solchen Verbindung nicht bewußt.«

Sie drückte ihre Zigarette im Dunkel aus und ließ den Satz nachhallen.

»Sie reden ja schon daher wie Stüssgen.«

»Ich meinte, ich hatte damals wirklich keine Ahnung. Was wissen wir Architekten schon über Architektur. Ein bißchen Palladio, Schinkel, Viollet-le-Duc, Loos, Mies – was sich …«

»Corbüh.«

»Vor allem Le Corbusier, überhaupt alles, was Schriften abgeworfen hat, solange Architekten noch selbst geschrieben haben. Und die Pragmatiker, in Deutschland Tessenow, Behrens, May, Eiermann. Das ist es ungefähr, was man vom Studium mitnimmt, wenn man aufpaßt.«

»Das ist immer so gewesen. Der Horizont der Aktiven

ist eben beschränkt. Deshalb ist die Architekturgeschichte erfunden worden. Gerechtigkeit per Vergleich.«

»Ehrlich gesagt, wenn ich die Wahl hätte, ein Museum von Hollein zu beschreiben oder eins von Niehuus …«

»Das ist aber nicht gerecht. Hollein hat mindestens vier Museen gebaut. Von Niehuus haben wir nicht mehr als einen Umbau. Es ist nichts so schwer zu durchschauen wie die Gegenwart.«

Sie war, wie ein Taxi, auf dem kürzesten Weg nach Barmbek gefahren, aber untertourig im dritten Gang, wie um unserem Gespräch den notwendigen Rahmen zu geben. Jetzt aber stand ihr Lada in den Pfützen des Sandplatzes vor Elises Ateliergebäude, sie drehte den Zündschlüssel um und zündete eine weitere Zigarette an, mit der kindlichen Gier eingefleischter Raucher, die Unterlippe vorgeschoben. Die Fenster des Ateliers waren erleuchtet.

»Sie sind Skeptikerin, nicht?«

»Besser als naiv.«

»Warum sind Sie gegen Allermöhe?«

»Wieso, sind Sie dafür?«

»Nach Volksdorf würde ich sagen, man kann nicht dagegen sein. Ich habe es nicht entworfen, ich möchte da nicht wohnen, aber was will man sagen gegen das Konzept der Flachbebauung mit Garten, und bezahlbar sein soll es auch?«

»Sie meinen es gut mit den Menschen.«

»Ich bin Architekt.«

»Dann wären Sie der erste, der beides kombiniert.«

»Beides?«

»Architektur und Philanthropie.«

Sie blies den Rauch in die Frontscheibe, als wollte sie einen Vorhang zuziehen.

Durch das einen Spaltbreit geöffnete Beifahrerfenster hörte ich aus dem Atelier kräftige Stimmen, Stimmen von Männern.

Ich wartete, daß sie weitersprechen würde. Statt dessen sahen wir durch die Schlieren des Rauchs auf den gewaltigen Zentralbau der Hamburger Hochbahn mit seiner orangeroten Fassade über einem natursteingrauen Sockelgeschoß, dem Netzwerk weißer Fenster wie vom Konditor, gekrönt durch ein Kupferdach, das grüne Patina angesetzt hatte. Mein Herz pochte.

»Es ist natürlich schwierig.« Für einen Moment dachte ich, daß Dr. Brzeski meine Gedanken las. Dann wurde mir klar, daß sie höflichkeitshalber das Unausschöpfliche des Themas angedeutet hatte.

Hinter mir polterte der Lada vom Hof. Ich betrat den Flur, der von der Firma im Erdgeschoß her nach Eisen und Isoliermaterialien roch, ohne die Beleuchtung anzuschalten. Mir selbst einredend, daß ich nicht schleiche, ging ich mit gefederten Schritten die Treppe hoch, deren schon lang nicht mehr gepflegte Holzdielen hörbar nachgaben. Auf der vorletzten Stufe machte ich halt. Die Tür zum Atelier stand offen. Die Auseinandersetzung fand in britischem Englisch statt. Sie war schon weit vorangeschritten, zerfranst, übergegangen in Argumente aus der zweiten und dritten Reihe, »you never listened« und »I don't care what you consider typically German and what not«, das war Elise. Die aufgebrachte Stimme gehörte, riet ich, zu Alan Chwast, die beruhigende – »So how do we proceed?« – einem Begleiter. Umkehrend, stieß ich mein Schienbein an einem auf dem Treppenabsatz gelagerten Gegenstand.

Es war einer jener galoppierend länger werdenden Tage im späten März, mit einem Restleuchten im Westen, wo der Himmel aufgebrochen sein mußte, während die nord-südlich führenden Straßenschluchten schon in braungrauem Dunkel lagen, in Abständen beleuchtet von elektrischen Laternen der Nachkriegszeit. Der Regen hatte sich in die Rippen und auf die Vorsprünge des dunkelroten Backsteins gesetzt, machte ihn noch dunkler und gab ihm, während man vorüberging, seiden blitzende Lichter.

In einer Kopfsteinpflastergasse fand ich einen langgestreckten Wohnkomplex einer Schule gegenüber, beide Fassadenfluchten im Wettbewerb um nordische Schwere und Strenge der Gliederung. Es waren Entwürfe von Siedlungsbauarchitekten, ohne Zweifel beseelter als die Baumeister der brandenburgischen Mietskasernen, aber noch nicht verbunden mit den bald darauf propagierten Ideen von Öffnung und Schlichtheit. Sie hatten alle Traditionen, die ihnen bekannt waren, auf den jüngsten technischen Stand gebracht und so dicht wie möglich weitergeknüpft, was ihren Gebäuden die Aura des Unumstößlichen gegeben hatte.

Ich, auf meinem Barmbeker Rundgang, versuchte zu raten, wie lange die Briten brauchen würden, um sich davonzumachen, und welche Toleranz ich Elise lassen mußte, um zu sich zu kommen. Jedenfalls reichte die Zeit, um das von Graffiti überwucherte Wohnviertel abzulaufen, dessen blau emaillierte Straßenschilder an Hamburger Maler und Lithographen erinnerten: Hermann Kauffmann, Emil Janßen, Julius Oldach und Heinrich Jacob Aldenrath; der Rückweg im Dröhnen der Lastwagen gegen die blendenden Lichter des Stadtauswärtsverkehrs in Richtung Ohlsdorf und Langenhorn. Elise war allein und der Flur vor ihrem Atelier leer geräumt.

Einmal, mit Sandy auf dem Spielplatz am Paulsenplatz, hatte ich einen Jungen beobachtet, Erstkläßler höchstens, wie er ein Mädchen betörte. Sie tuschelten und quieksten, und der Junge führte allerhand Szenen auf, die, vom Mädchen schnell verstanden, nicht ausgeführt wurden, sondern ineinanderrutschten, ein Kauderwelsch der Gesten und Verrenkungen. Die Augen des Mädchens strahlten. Irgendwann wurde es ruhiger um das Paar, das, von den anderen

Kindern ignoriert, nicht unter Aufsicht zu stehen schien. Noch hatte der Junge die Aufmerksamkeit des Mädchens, aber seine Faszination kippte um in Ennui. Schließlich, es wollte sich aus der Konstellation lösen, führte der Junge eine Kampfhandlung auf, die es skeptisch, in Abwendung begriffen, beäugte und die damit endete, daß der Junge – in einer gänzlichen Verwischung von Ernst und Spiel – dem Mädchen frontal ins Gesicht schlug.

Das Atelier, nun mit halber Deckenbeleuchtung, war in einen Ausstellungsraum verwandelt. Die lackierten Schindeln waren wie Strandgut auf dem Boden ausgelegt; der aus Fundholz collagierte Stuhl, ein wucherndes Ungetüm, lag kopfüber auf einer weißgetünchten Industriepalette; und der schwarzweiße Keramikschädel ruhte auf einem hohen schmalen Sockel aus dunkel gewachstem MDF. Es waren weitere Gruppen dazugekommen. Auf der Fläche des vernutzten Schreibtisches, dessen Hinterbeine durch Flaschenkorken angekippt, lagen unter einer vorn mit zwei Nägeln aufgefangenen Glasplatte einige Bleistiftzeichnungen. Eine von ihnen, eine blasse Skizze, zeigte die pralle Erektion eines Beschnittenen. Ich spielte für Elise den exemplarischen Besucher, den Mantel über den Arm gelegt, wie jemand, der es mit der Kunst so eilig hat, daß die Garderobe zu suchen Zeitverschwendung wäre.

Sie saß falsch herum auf einem Eiermann-Klappstuhl, den Kopf begraben in den verschränkten Armen und sagte etwas, das ich nicht verstand. Ich ging zu ihr und strich über ihr energetisches Haar, halbwegs darin wuschelnd, um die Geste zu neutralisieren.

»Ich hatte Besuch.«

»Hab gesehen. Der ganze Computerkram ist weg.«

»Alan arbeitet jetzt immer mit Assistent.«

»Viel Technik, hm?«

»Und gut zum Wichtigtun.«

»Was hast du erwartet?«

Sie ließ den Kopf wieder in die Arme fallen und machte ein wie gestöpseltes Geräusch. Wahrscheinlich bedeutete es »Nichts.«

»Elise!« Sie hob den Kopf ruckartig wie ein Specht und sah mich an, die Iris zwischen Perlmutt und Schwimmbad, die knapp geöffneten Lippen rotblau, wie bei manchen Menschen, wenn sie zu lange im Wasser waren, aber nicht tieffarbig, sondern wie mit einer Spur Deckweiß versehen. »Der Panda hat aufgegeben.« Es huschte ein Hauch Verblüffung über ihre Stirn.

»Ach so, das Auto. Ich dachte eben, der Bär im Berliner Zoo.«

Der hellrote rostige Transit und der hellrote lahme Panda, das war ein drolliges Paar. Sie fuhr zu schnell an, so daß das Tau einmal riß, kannte aber den Knoten, der den Schaden behob. Als wir bei der Werkstatt ankamen, war das Tau unter der Stoßstange des Pandas so festgezogen, daß wir es am Wagen lassen mußten. Unsere Hände waren dreckig, und in der Abendluft verband sich unser Atem flüchtig zu einer Figur.

Später kann man rekonstruieren, warum es hat so kommen müssen. Unsere dritte Station würde ein portugiesisches Restaurant im Schanzenviertel sein, aus dem Elise später das Chancenviertel gemacht hat, von Scherzen über das Abschleppen gar nicht zu reden. Die vierte Station würde ihre Dachwohnung in der Maria-Louisen-Straße sein, in die das Mondlicht fallen würde; wir würden reptilienhaft glänzen, archaisch und golden. Wir würden nicht sprechen. Das Geschehen würde geschützt sein durch die Nacht, die dafür sorgt, daß das Wahrhaftige und das Irrtümliche sich ähneln. Bei Tag, ausgeruht, die Restpromille weggespült durch einen zu kräftigen Tee, die Leiber noch immer gebeutelt von der lichtlosen Saison, würden wir uns unter dem

Brummen der Motoren erneut den Werkzeugen der Liebe widmen, die die Macht haben würden, entstellt vom Licht eines gleißenden Junitags, das eine Schicksal mit dem anderen zu verbinden.

Von Autobahnraststätten abgesehen, hatte mir die Existenz von Restaurants nie richtig eingeleuchtet: Warum gingen all diese Leute nicht einfach nach Hause, um für einen Bruchteil der Kosten selbst zu kochen? Wie war es möglich, daß man sich in die Lage begibt, um ein Glas Wasser bitten zu müssen und zu danken, wenn es gebracht wird? Wer hatte sich das überhaupt ausgedacht, oder wie war es gekommen, daß man die Köche in grellbeleuchteten gekachelten Kammern hielt, so fern vom Gastraum, daß nicht einmal das Klappern der Topfdeckel zu hören war, und die Gäste eingelullt wurden im Mikrodetail stofffähnlicher Einmaltischdecken und ölverzehrender Flammen? Aber an diesem einen Abend schien das Modell mir rechtens und lieb.

Elise hatte den kleinen Tisch gewählt, der den Eckplatz mit der Nähe zum riesigen Fenster verband. Dort hatte sie sich den Platz genommen, der – blockiert nur durch mich selbst – die Sicht auf das Schulterblatt freigab, was der Name der Straße war, so daß mir die andere Blickrichtung blieb, der volle Überblick über den Gastraum: den Tresen, den verstaubten Wandschmuck – die Schalen großer Meerestiere – und die anderen Tische. An den kleineren Tischen wechselten die Dreierkonstellationen und die Paare, während der große Tisch, in die Flucht des Raumes gestellt, von einer großen Gruppe besetzt war, über die ein bronzen gebräunter Mann von jugendlichem Typus präsidierte, an seiner Seite eine asiatische Frau.

Wir, Elise und ich, blieben vielleicht länger, als im statistischen Schnitt es sich jeder Gast hätte erlauben dürfen. Wir segelten im Windschatten der großen Gruppe, die den

Wirten den Hauptumsatz des Abends brachte. Als wir kamen, waren zwei vorwiegend in Schwarz gekleidete Damen an einem Vierertisch dabei, ihr alkoholfreies Abendessen zu beenden, »russische Luxushuren«, wie Elise konstatierte, als sie beim Weggang vor dem Schaufenster erschienen. Ich las das, was auf der Straße stattfand, in Elises Stirn und Mundwinkeln und Augen.

Am selben Tisch saßen einige Minuten später zwei Männer in meinem Alter, der eine voll- und der andere schnurrbärtig, in Begleitung eines Mannes und einer Frau, beide übergewichtig, der nächstälteren Generation. Während die Männer, als sie eintraten, Lederjacken trugen, mußte sich das ältere Paar aus Windjacken schälen, die mit gesteppten Karos aufgebläht waren. Sie hatten kreuzweise Platz genommen, die jungen Männer einander vis-à-vis, und die beiden anderen ebenfalls. Die jungen Männer mühten sich, aus der Wahl der Speisen und des Weins ein großes Thema zu machen, was um so mehr einleuchtete, als die Konversation danach schleppend wurde. Was auch immer einer der jungen Männer sagte, schien nur beim anderen anzukommen, und die einsilbigen Äußerungen der Älteren waren nahe am Selbstgespräch. Sie schienen auch die anderen im Saal gar nicht wahrzunehmen, während die jungen Männer es sich nicht entgehen ließen, die Blicke der latinischen Kellner aufzufangen.

Trotz gründlichen Händewaschens waren uns dunkle Ränder unter den Fingernägeln geblieben. Elise hatte ihre Bleistifte dabei, drei Stärken, und zeichnete kopfüber, für mich, mit dem weichsten auf die Fasertischdecke einen großen, plumpen Ford Transit mit einem kleinen, piepsigen Fiat Panda im Schlepptau. Trotz des Spiels mit der Größe waren die Proportionen der Autos in sich durchaus realistisch, die blecherne Hochbeinigkeit des Pandas und das tölpelhaft Kistenhafte des Transporters. Der Knoten im

Tau war zu einer Schleife stilisiert, die sich beinahe zu einem Herzen schloß.

Ich nahm mir vor, das Thema Alan Chwast zu meiden, aber als die große Gruppe nach der Rechnung rief, fing sie gegen die Unruhe an, von ihm zu erzählen. Die Verbindung war nach Weihnachten zerbrochen, und Alan war seitdem nicht mehr in Hamburg gewesen. Nun war er mit einem Assistenten zurückgekehrt, ein Umweg auf einer Reise nach Basel, um die wertvollen Geräte, die er auf Kampnagel gebraucht hatte, mitzunehmen. Es hatte sich herausgestellt, daß eine Tastatur und ein Bildschirm fehlten, das Billigste vom Ganzen.

»Du kannst dir vorstellen, was dann geschah.«

»Nicht wirklich.«

Mit einer Ahnung dessen, was kommen würde, hatte ich nicht den Hauswein bestellt, der in Karaffen, in Gläsern und – wenn mit Hundeaugen bestellt – auch in halben Gläsern kommt, sondern einen respektablen, samtenen Roten, eine Flasche, die zur Unzeit zu Ende ging, und keine zweite zu bestellen wäre kleinlich gewesen. Daß der Transit im Kiez bleiben würde, war die begleitende Vereinbarung wie die Hinterlassung eines Pfands. Aus meinen Tagen am Paulsenplatz war mir vage in Erinnerung, wie eine bestimmte Sorte Trunkenheit die Mädchen lüstern macht; ich splittete beim Nachgießen etwa eins zu fünf zugunsten Elises, die sich dahin fallen ließ, wohin sie springen nicht konnte.

Der schmutzigweiße Mercedes stand mit blubberndem Dieselmotor vor der Wohnung unter dem Fernsehturm. Selbstverständlich hätte sie mitkommen können, aber es ihr vorzuschlagen war unmöglich, weil eine Ablehnung nicht zu verschmerzen gewesen wäre. Unwillkürlich mußte ich daran denken, wie ich zwölf Jahre zuvor einen halben Kilometer weiter von Dörte Peters verführt worden war. Meine

Hand deckte Elises auf dem nachgiebigen Leder der Rückbank.

Der Kutscher hätte es verderben können, durch ein falsches Wort, durch eine drängende Geste, aber er hielt aus.
Elise war stumm vor die Wahl gestellt, mitzukommen oder
mich gehen zu lassen oder mich mitzunehmen.

Keine Fahrt hätte sich besser angeboten als die westlich
entlang der Alster nach Winterhude, vorbei an den Stadt-
häusern und Villen, vorbei am Haus des Norddeutschen
Rundfunks mit seiner im Mondlicht glitzernden Fassade
und den pechschwarzen Fenstern und über den völlig verlassenen Klosterstern mit seinen altertümlichen Hochbahn-
eingängen. Noch saßen wir im Taxi vor der Wohnung unter
dem Fernsehturm, links die gedrungene Zeile des Einkaufs-
zentrums und rechts, wie ein dunkles Maul, die Tordurch-
fahrt, über der meine Wohnung lag, auf dem Zähler sieben
Mark achtzig. Elise rief »Maria-Louisen-Straße Ecke Do-
rotheen-«, und das Gefährt setzte sich sofort und so, daß
man den Übergang kaum spürte, in Bewegung.

Also doch

Und es stimmt, daß es leichter fällt, etwas zu lernen, als etwas Gelerntes preiszugeben. Noch schwieriger ist zu erkennen, was genau zum Verlernen vorbestimmt ist. Die Wucht der ersehnten Begegnung fühlte sich zunächst an wie die Erfüllung aller Wünsche, eine rosige und bluttreibende Phantasie, die mich früh am Morgen aufwachen ließ, ohne den Verlust an Schlaf zu bedauern. Da lag sie neben mir, Elise, etwas huschte über ihre Lider: Meine Lebenszeit war räumlich geworden, eine Landschaft, greifbar und endlich.

»Also doch«, sagte Sandy mit der ihr eigenen Einfühlung, als ich ihr eine Andeutung machte.

Das Winterhuder Haus, in dem Elise wohnte, war zweistöckig und aus rotem Backstein gemauert, aber in den Dachgeschoßzimmern vibrierten die Automotoren von der Straße her, wenn sie an der großen Kreuzung hielten und dann nacheinander in unterschiedlichen Lagen von Klang und Schwingung beschleunigten. An den Abenden kamen die Baßtöne dazu, die hektischen Läufe von Hardrock und der minimierte Swing des frühen Rap, die Musiksorten sich überlappend, aus den Sechszylindergebrauchtwagen der Halbzufriedenen. Wenn man gegen ein Uhr nachts die Weite der Stadt erahnen konnte, ihr Rauschen, wurde auch dieses unterbrochen durch Fetzen von Unterhaltungsmusik, die aus einem runden weißen Pavillon drang, der gegen alle Regeln des Städtebaus in den Vorgarten der Bürgervilla gesetzt worden war, Riffifi, eine italienische Bar.

Elise nahm das alles wie die Melodie des Lebens. Sie hatte nicht einmal ein Radio im Atelier und verbrachte den ganzen Tag mit den Tönen der gewerblichen Stadt, dem plappernden Geräuschen der kleinen LKWs auf dem Kopfsteinpflaster der Hellbrookstraße und dem gelegentlichen metallischen Schlagen vom Güterbahnhof her. Wir versuchten, in den ersten drei Tagen, unsere Arbeitsroutine aufrechtzuerhalten. Ich wälzte bei Benthien und Göckjohann Kataloge für Gartenzäune, Empfehlungen nach Volksdorf, denen die Eigentümer ohnehin nicht folgen würden.

Der Panda hatte sich als irreparabel erwiesen, so daß ich in dieser Zeit Benutzer der U-Bahnen, der S-Bahnen und der Busse wurde, in deren Pendlermief ich eintauchte wie ein Tier, das in einen Stall geführt wird. Müde und glücklich ließ ich an den großen Fenstern die Stadt passieren und begann mich über manche Dinge zu wundern, die mir zuvor gewöhnlich erschienen waren wie die Tankstelle auf dem Rasen gegenüber dem Dammtorbahnhof oder die gänzlich zurückhaltende Gestaltung des Binnenalsterufers, das Schaufenster der Handelsstadt. Elise, die immer S-Bahn fuhr, wenn sie nichts zu transportieren hatte, machte mich aufmerksam auf die Bänder von Kleingärtenanlagen mit ihren kuriosen Hütten, Städte in der Stadt.

Sie kam zu mir in meine Wohnung unter dem Fernsehturm, die ich vor mehr als einem halben Jahr so gründlich geputzt hatte, um ihr einen Empfang zu bereiten, und die nun längst schon wieder im Staub lag, aber es kam nicht drauf an. Sie war der gute Freund und doch verwandelt, leichter, bestimmter als zuvor. Sie öffnete die Gardinenlaken, um das Abendlicht hereinzulassen; das Bett war hinter dem Durchbruch verborgen. Elise war ungleich viel muskulöser, als ich angenommen hatte, die Brüste mit großen Höfen, die sich in der Dämmerung darstellten wie die schwarzen Hauben einer klandestinen Zunft. Nur ein einziges Mal in all den Jahren, und auch das war in den ersten drei Tagen, gab sie ihr Atelier her als Schauplatz einer gierigen Begegnung; sie ließ ihre von Motten perforierten, von Lackresten starren Filzhosen bis auf die Schuhe herunter und beugte sich über den schweren, zerkratzten Schreibtisch, der mit den Schwingungen der Vereinigung nachgab, gegen die Wand schlug und wieder zurückkam, wir mußten lachen dabei, obwohl es kein Witz war, denn sie trieb die Erinnerung an den Lover aus, mit dem ihre Anfänge als Künstlerin verbunden waren. Was in den ersten Tagen geschah, ließ sich kaum memorieren, weil alle Energien darauf gerichtet waren, die Fülle der Zeichen zu trennen von den Gesetzen, nach denen sie organisiert sind.

Am Freitag jener Woche rief ich vom Büro aus meinen Vater an und fand heraus, daß er den K 70, nachdem ich mich nicht gemeldet hatte, an einen Gebrauchtwarenhändler in der Nordstadt gegeben hatte, der durch seine Lage an der großen Straße von spendierwütigen Mecklenburgern täglich heimgesucht wurde. Ich nahm am Nachmittag die Bahn nach Lüneburg und den Bus nach Adendorf. Der Händler grinste, als ich ihm nahelegte, den »Kommissionsverkauf zu annullieren« – die Formulierung hatte mein Vater mir mitgegeben. Die Ostler, ließ er mich wissen, hätten keinen Geschmack an Oldtimern und würden ihn auch in den folgenden zwei Jahrzehnten nicht finden: »Sie wollen ein'n Golf, oder ein'n Opel, oder ein'n Mazda drei-zwo-drei, und wenn sie das Fieber packt, ein'n Fiat Uno, aber das ist schon fast zuviel verlangt.« Er berechnete mir eine Wagenwäsche, die vier Wochen zuvor stattgefunden hatte, und lieh mir über das Wochenende eine rote Nummer gegen Gebühr. Es war das eine Wochenende im Monat, das ich mit Sandy verbrachte – verbringen mußte, in diesem Fall –, und ich fuhr mit ihr an einem papiergrauen Sonnabendnachmittag zu einem Vergnügungspark, wo wir uns bis an die Grenze der Übelkeit amüsierten.

Am Sonntagabend – der Himmel, um einen Spalt aufgerissen, warf dramatisches Licht in die Eisenträger der Elbbrücken – war ich wieder zu Haus und widmete mich gründlich der Wohnung, versetzte sie zurück in den festlichen Zustand, der ihr nur mit Mühe abzuringen war. Die Nachtspeicherheizungen, von irgendeinem Industriedesigner stadtweit in einen Ton zwischen Beige und Grau getaucht, standen als tumbe Klötze in beiden Zimmern. Die Ritzen zwischen den Dielen klafften teils fingerbreit. Das Klo, das ich mir mit pakistanischen Nachbarn teilte, war im Hausflur untergebracht. Die Küche war gleichzeitig das Bad, mit einer Duschkabine, deren Pumpe röhrte wie verendendes Wild, und die Waschmaschine war ein unverwüstlicher Siemens-Toplader, ergänzt durch eine Schleuder aus den fünfziger Jahren, deren schwerer Plexiglasdeckel durch Bruch ein Drittel eingebüßt hatte. Ich wusch an diesem Abend die Gardinen, die nichts anderes als Bettlaken waren, versehen mit metallischen Laufrädern, von denen ein jedes mit einer doppelt bezahnten Klammer in das Tuch biß; nun lagen sie in einer Salatschüssel. Da ich nicht wußte, wo die Tücher aufhängen, brachte ich die Klammern, obwohl ihr Rosten vorauszusehen war, in Acht-Zentimeter-Abständen wieder an und fädelte die Laufräder mit den Laken, feucht wie sie waren, in die altertümlichen Gardinenborde ein, eine unvermutete Mühe auf der jeweils ersten Hälfte der Strecke, weil die Tücher sich vorgenommen hatten, die Kraft der Erdanziehung zu demonstrieren.

Ich überließ es Elise, sich zu melden, was sie nicht tat, und es war mir auf knifflige Weise recht. Die Stunden kamen zusammen und bildeten ihre eigene Zeit, ihren Raum, wie die temporären Zelte, die durch Gase in Form gehalten werden.

Ich sah herab auf mein Hamburg wie auf eine Miniatur: die Routinen des Büros, die Halbliebschaften am Paulsenplatz, die Wochenenden mit Sandy an der Alster, bei Planten un Blomen, in Hagenbecks Tierpark. Es war nicht die Miniatur der Modelleisenbahnen mit ihren bemoosten Unterführungen und Fachwerkhäusern und glimmenden Signalanlagen; sondern eine von einer unüberschaubaren Anzahl von Händen gebastelte Ansammlung von Schachteln und offenen Plätzen und widersinnig geführten Passagen, ein verwirrender Ort mit schikanösen Rück- und Umwegen, ohne die graphische Ordnung des Labyrinths. Dies sah ich vor mir, als mich der Wecker am Montag um sechs Uhr aus dem Schlaf riß.

Die Innenstadt träumte noch, als ich sie auf dem Weg in die Amsinckstraße kreuzte, das alte Gewerbegebiet mit seinen Speditionen, Umschlag- und Lagerplätzen, die von Zäunen und Mauern gerahmt sind, durchsetzt mit schmalen Brachen, die von Imbißbuden genutzt werden; es standen vereinzelte Männer in aufgeplusterten Westen herum, ohne Hüte oder Kappen, und verschlangen Würstchen und Frikadellen, um sieben Uhr morgens. Ich bekam ein Nummernschild HH – E 1962, ohne daß ich danach gefragt hätte.

Bei Benthien und Göckjohann, in einem Hof nicht weit von der Kampnagelschen Fabrik, hatte ich den Panda immer millimeterdicht an die Backsteinmauer einer Remise geparkt, zwischen einem Tor und einer Stahlleiter, deren Schräge fast das Autodach berührte. Ohne nachzudenken, fuhr ich den K 70 in den Hof, wo alle vollgültigen Parkplätze durch Nummernschilder gekennzeichnet waren, und hatte gerade den Rückwärtsgang eingelegt, als Benthien mit seinem betongrauen Hundertneunziger in der Einfahrt erschien. Während er auf die Straße zurücksetzte, fiel das Licht von zwei Seiten in die Kabine des Autos, und man sah die Anspannung oder den Zorn des Büroleiters, dessen Arbeitstag mit einer Störung durch einen Fremden begann. Er hatte mich in der weißen Limousine nicht erkannt.

Für diesen Montagmorgen war die Übergabe der Unterlagen des Siedlungsabschnitts in Volksdorf vereinbart: Göckjohanns Entwürfe; die Ausführungen zweier junger

Architekten, die sich inzwischen selbständig gemacht hatten; meine Details von Treppen, Fenstern und Türen; und die Listen der zu ergänzenden Objekte – Zäune, Gartenlichter, Zeitungsbriefkästen, Klingelschilder –, samt den Namen der Lieferanten, den abstrusen Kürzeln zur Bestellung und den Nettopreisen. Das Modelldoppelhaus war von einem einfallsreichen Architekturfotografen bereits dokumentiert worden, »dokumentiert« in der Sprache unseres Büros, aber tatsächlich war es eine dreiste Überhöhung, mit warm und gleichmäßig von innen erleuchteten Fenstern, später Abendsonne auf der verklinkerten Fassade, einer Andeutung von blauem Himmel und einer Staffage von Holunderbüschen und Buchsbäumen, die in großen Töpfen von einer Gärtnerei nur für den Fototermin geliefert worden waren; die Töpfe selbst allerdings verborgen hinter der steinernen Borte, die das Grundstück vom Fußweg trennt. Die Dokumentation war die erste Einlage der Akte, die zehn Ordner umfaßte.

Es war eine Arbeit von zweieinhalb Jahren, die für mich zum Abschluß kam, immerhin die Hälfte meines professionellen Lebens, das ich komplett bei Benthien und Göckjohann verbracht hatte. Göckjohann hatte das Projekt betreut, in seiner mühelosen väterlichen Art, die mir das Gefühl gegeben hatte, eine lohnende Sache mit der ihr angemessenen Aufmerksamkeit zu betreiben. Der Spruch des Igels, der den Hasen mit einem Double überlistet, war sein Motto: »Ick bün all hier!« Nachdem die jüngeren Kollegen sich selbständig gemacht hatten, war ich als der einzige Angestellte des Büros verblieben, während ein halbes Dutzend weiterer Architekten, die aus den folgenden drei Jahrgängen stammten, sämtlich »freie Verträge« hatten. Sie wurden gut bezahlt, solange man sie brauchte.

Es war niemand im Büro außer Benthien und mir, und ich mußte mir Mühe geben, meine Enttäuschung nicht zu zeigen, daß Göckjohann zur Übergabe nicht erschienen war. Er hatte sich »mit dem Rest der Crew«, wie Benthien sich ausdrückte, nach Leipzig begeben, »um einen großen Fisch an Land zu ziehen«. Das Telefon klingelte mehrfach, während Benthien mit mir die Konferenz abhielt. Er war ohne Zweifel beeindruckt von der wohlorganisierten Akte, die er mit stechender Aufmerksamkeit und ohne viele Worte zu verlieren durchging. Anders als Göckjohann trug er täglich einen Anzug in Dunkelblau und dazu einen englischen Seidenschlips. Sein Profil hatte etwas Mönchisches, schmal und scharf, gesteigert durch sein gestutztes schwarzes Haar, das ihm wie eine Kappe aufsaß. Es zeigte nun vereinzelt graue Spitzen. Die Passage, die Stirn und Nase trennt, hatte papierfeine Risse bekommen. Er ordnete die Akten in den besten Schrank des Büros, ein mannshoher Klotz, den wir »den Pohlschröder« nannten. Dann ließ er sich in einen italienischen Drehstuhl fallen, der schwingend nachgab, und sagte mit sonorer Stimme und ohne jede Güte: »Was gedenken Sie jetzt zu tun?«

Am Mittag wollte ich Benthiens kalte Dusche im Büro von Niehuus kompensieren, wo ich als Verwalter des baumeisterlichen Gedankenguts ein Jahr lang hofiert worden war. Ich hatte ihm nach Pfingsten mein Manuskript geschickt, zwanzig Seiten über seine frühen Bauten, seine Lehre und seine vielbeachtete Rückkehr in die Praxis, mit der Entscheidung für das Quadrat als allgemeingültige, grundlegende Form. Der zweite Teil über das Kunstmuseum, dessen Baubeginn bevorstand, sollte im Herbst fertig werden.

Niehuus ließ mich warten, entschuldigte sich nur flüchtig, als er bereit war, und schritt eilig voran zum Gänsemarkt, wo ein schmales Ladengeschäft unter der Bezeichnung »Traitteur« eröffnet hatte, mit runden weißen Stehtischen auf dem Fußweg. Das Gefälle von Imbißstil und Angebot war steil, mit Rindscarpaccio und Garnelenspießen, frisch gepreßten Säften und Champagner. Niehuus nahm mein Manuskript aus der Innentasche seines Jacketts, faltete es zweimal auf, plazierte es zwischen den Kostbarkeiten, die er uns bestellt hatte, und äußerte ohne viel Aufhebens sein Unbehagen an der Ordnung meiner Gedanken. Er hatte sämtliche Jahreszahlen, die im Text vorkamen, auf dem Rand in roter Schrift eingetragen und legte nahe, daß die Sprunghaftigkeit in der Chronologie mit einer Sprunghaftigkeit der Ausführungen einherging. Ich überlegte unterdessen, wenn der Wind jetzt in das Manuskript fahren würde, ob ich es dem älteren Herrn schuldig wäre, dem fliegenden Papier hinterherzulaufen. Müde, fahrig, präokkupiert durch die Situation bei Benthien und Göckjohann, versprach ich ihm, die Ordnung der Argumente zu prüfen.

Kaum hatte ich darin nachgegeben, übte Niehuus, ob seine Statur nicht um anderthalb Zentimeter zu strecken wäre – in der Tat wirkten die jungen Leute um uns herum im Vergleich wie Riesen – und setzte zu einer kleinteiligen Kritik an. Die Stellen, auf die er nun zu sprechen kam, waren nicht markiert, so daß mir nicht klar war, ob er sie von Herzen memoriert hatte oder spontan im Manuskript entdeckte: ob er Beispiele nannte, die das Ganze meinten, oder eine Stunde brauchen würde, um seine Bedenken komplett vorzutragen. Niehuus nahm Anstoß an meiner Darstellung, wie er sich auf die Maße der Antike bezog; er behauptete, daß es gar keine Notwendigkeit gäbe, das Bauhaus, wie auch immer kritisch, zu erwähnen; und er zeigte sich regelrecht gereizt über meine Spekulation, das Schöne sei niemals monumental und das Monumentale niemals schön. »Ist der Kölner Dom nicht schön?« fragte er. Ich hatte nicht die Geistesgegenwart zu antworten: »Aber er ist doch gar nicht monumental. Er ist nur groß!« Erst später fiel mir auf, daß die Kränkung nicht in dem lag, was gesagt wurde, sondern daß Niehuus zum ersten Mal die Augen für das, was uns umgab, verschlossen zu haben schien. Er nutzte das Pflaster als Parkett, so wie die Börsenmakler es tun, das eine die Dinge, das andere die Geschäfte.

Am Nachmittag übernahm ich bei Benthien und Göckjohann den Telefondienst, was wir ansonsten dem Praktikanten überlassen hatten, aber auch der war abgezogen worden nach Leipzig. Von dort kamen Anrufe mit dem verschnörkelten Singsang, der den Sachsen eigen ist. Es meldete sich das Stadtbauamt einer holsteinischen Kleinstadt mit einer eiligen Einladung zum Wettbewerb um eine Mehrzweckhalle. Die Universität Aachen, an der Benthien, pendelnd, auf einer halben Professorenstelle lehrte, ließ sich mit ihm verbinden. Benthien nahm das schnurlose Telefon und führte das Gespräch im oberen Stockwerk, wo ich ihn nicht hören konnte. Um sechzehn Uhr eilte er auf einen Termin, der nicht in seinem Kalender stand, und um siebzehn Uhr schloß ich das Büro ab, zehn leere Arbeitsplätze auf einer Sorte Teppichboden, aufgeräumt wie für den Besuch des Revisors.

Elise war amüsiert von meinem Bericht des Tages und sah gleich auf den Parkplatz hinunter, wo der K 70 stand. Sie wollte das Auto waschen. Wir nahmen uns zwei Eimer mit heißem Wasser, Schwämme und eine Flasche Neutralseife von Budnikowski und legten den weißen Lack frei, der in Bodennähe vom Wintersalz stumpf geworden war, delektierten uns an den großen Scheiben, an doppelt und dreifach geführten Chromleisten, an dem bescheidenen Rückspiegel auf der Fahrerseite. Elise befand, durch die Neigung des Kühlergrills nach vorn bekomme der Wagen »etwas Ironisches«, und sie entdeckte, daß sich in den Seitenteilen, die über einer Falz abgeschrägt waren – »wie Diamanten oder Steine« –, das Blau des Himmels zeigte, ein gebogener Speer.

»Das Auto hat etwas Perzeptives«, stellte sie fest, als wir

uns aufgestellt hatten zur Adoration, mit leicht geöffneten Mündern.

»Was bedeutet das noch mal?«

»Das Wort?«

»Das Wort kommt doch aus der Psychologie, oder?«

»Klar. Ich meine den Charakter. Es ist kein entschlossenes Auto wie ein Alfa Romeo, oder ein niedliches wie ein Mini.«

»Es hat für dich keinen Charakter?«

»Ja, es spart mit Charakter. Wie ein unbeschriebenes Notizbuch. Es saugt alles auf.«

»Neugierig?«

»Mindestens!«

Auf dem Weg zu meiner Wohnung fuhr ich Umwege am Ostrand der Außenalster entlang, wie um uns der Stadt oder die Stadt dem Auto zu zeigen. Elise trug ein blauweiß gestreiftes Hemd mit Stehkragen und hatte eine smaragdgrüne Spange im Haar. Durch die Abwesenheit von Stützen standen unsere Köpfe im Innenraum des Autos wie Büsten aus einer anderen Zeit. Es folgten uns Augenpaare, als wären wir Zirkustiere. Wir stürzten zwei Minuten vor Schluß in den Supermarkt unter dem Fernsehturm und holten uns eine Sechserpackung Jever, Barillaspaghetti und Tomatenmark; in der Wiederholung liegt der Genuß.

Die Unvollständigkeit und Tristesse, die mir an meiner Wohnung am Sonntagabend aufgefallen war, relativierten sich durch Elises Gegenwart. Während ich meinen Laptopcomputer in Betrieb nahm, skizzierte sie mit dem Kugelschreiber die Aussicht eines meiner steilen Fenster zum Hof, in deren Mitte eine Baracke diagonal gestellt war. Den Schriftzug der Klempnerei setzte sie, um ein Mehrfaches vergrößert, auf deren Dach, so daß sie vor dem grafischen Rhythmus des dahinterliegenden Wohnblocks stand, in amerikanischer Dimension.

Der Computer war damals nichts anderes als eine leere Hülse, die man durch den einen Schlitz mit den Systeminformationen füttern mußte, und wenn er nach einigen Minuten das Programm aufgebaut hatte, konnte man über den anderen Schlitz die Textdiskette nachschieben. Es dauerte ein halbe Stunde, das ganze Niehuus-Manuskript auszudrucken, wobei jedes Blatt einzeln in den Drucker geschoben wurde, der mit einem leisen elektrischen Seufzen vom Ende jeder Zeile an den Anfang der nächsten zurückfuhr und die Zeile dann mit dem Lärm einer Säge niederschrieb. Dieses Procedere hatte mich verleitet, das Geschriebene nur am Bildschirm wiederzulesen, an einem Bildschirm, der mir von meinem Text jeweils fünfzehn Zeilen zeigte. Den einzigen Ausdruck des Manuskripts, vollendet, wie ich dachte, hatte ich Niehuus ins Büro geschickt. Elise legte mir die Zeichnung der Aussicht zum Hof hin, die durch den Kugelschreiber etwas Krudes an sich hatte. Es war nicht nur ein Scherz auf die Klempnerei des Schreibens, sondern zugleich ein Argument gegen die verlorene Zeit, die ich im Ausdrucken des Textes gesehen hatte.

Elise nahm nun den ausführlichen Bericht dessen entgegen, was ich für einen mißlungenen Tag hielt. Sie unterdrückte ihr Grinsen über meine Beschwerden, Benthien sei provokativ, Niehuus unduldsam gewesen. Statt dessen deutete sie den Tag so: »Es wundert mich nicht, wenn du ein bißchen düster bist. Du hast eine Aufgabe abgeschlossen. Das tut immer weh. Je besser man glaubt, etwas gemacht zu haben, desto stärker sehnt man sich zurück.«

»Aber ich will doch nicht noch einmal zwei Jahre Doppelhaustüren zeichnen.«

»Nicht?«

Inzwischen war in den großräumigen Hof jene schattenlose Dunkelheit eingezogen, die vom Himmel der Abendsonne her stammt, wenn man sie in der Stadt schon nicht mehr sieht. In einer der Wohnungen im Häuserblock gegenüber, der Rückseite der Schröderstiftstraße, war das Deckenlicht angegangen und eine Frau begann, nackt, Kleidungsstücke zusammenzutragen, die sie vor einem unsichtbaren Spiegel anprobierte, um sich im nächsten Akt wieder vollkommen auszuziehen. Ihre Figur war, auf die Distanz, eher winzig, und ihre wiederholte Entblößung wirkte theaterhaft, weil sie nie zum Fenster hinaussah, um den Blicken ihrer möglichen oder tatsächlichen Beobachter zu begegnen. Ich kannte ihren Körper im Detail, weil ich sie aus dem Dunkel meiner Wohnung mit dem Fernglas einige Male begafft hatte. Elise und ich hatten wie offizielle Beobachter zum Fenster gewandt Platz genommen und folgten dem Spektakel bis nach Sonnenuntergang, ohne ein Wort darüber zu verlieren.

»Du bist aber auch privilegiert«, wandte ich ein. »Du hast keinen Boß. Es gibt keine Routine.«

Sie lachte leise, mit abwärts laufender Melodie.

»Stell dir vor, man würde denken, daß andere einen so sehen. Dann würde es nicht lange dauern, und man läuft leer. Ich sehe natürlich die Frauen, die im Supermarkt an der Kasse sitzen. Ich weiß, daß viele Taxifahrer Physiker und Pharmazeuten sind. Es gibt Leute, die weit mehr Mittel haben als ich, und andere, deren Radius durch ein halbes Dutzend Kinder beschränkt ist. Für das, was ich mache, spielt das keine Rolle, außer der, daß ich weiß, daß es sie gibt.«

»Das es was gibt?«

»Die Rolle.«

»Was ändert es, daß du es weißt?«

»Alles.«

»Es gibt also kein Verhältnis in der Abhängigkeit mancher Menschen und der Unabhängigkeit der anderen?«

»Vielleicht schon, im großen Maßstab. Aber wenn du jetzt sagst: ich kündige bei Benthien, und ich brüskiere

Niehuus, was bedeutet das für den großen Maßstab?«

»Nichts.«

»Eben. Das Elend der Welt kann ein Bühnenbild sein, um über sich selbst eine schöne Träne zu vergießen.«

»Du unterstellst mir Wehleidigkeit. Selbstmitleid. So was.«

»Das ist in Ordnung, ich meine, das geht vorbei. Ich versuche nur zu sagen, daß ich – aber ich nur als Beispiel – keine Stellvertreterin bin. Ein Jesus, der das Kreuz für die anderen trägt, oder ein Teufel, der alle in die Pfanne haut. Je bedeutsamer eine Entscheidung ist, die du treffen willst, desto mehr mußt du auf dich selbst scharfstellen.«

»Selbstbezogen sein.«

»Gerade nicht. Das, was du machst, muß hundert Pro auf eigene Rechnung gehen.«

»Also, wenn ich jetzt sage, ich gebe die Architektur auf, um Taxi zu fahren, brauche ich dich vorher nicht zu fragen?«

»Du fragst ja.«

Die junge Frau in der Ferne löschte das Licht, bevor sie in großer Aufmachung die Wohnung verließ. Man sah sie noch einmal kurz, durch ihre Küche und den dahinter offenen Flur, im Licht des Treppenhauses, bevor sie die Tür hinter sich schloß.

Ich streichelte über Elises Haar, aus dem sie die Spange genommen hatte.

»Kennst du den Krisenspruch von Kissinger?« Sie machte den deutschen Akzent des Staatsmannes nach: »There cannot be a crisis next week. My schedule is already full.«

Am Dienstag gab ich die Anfrage der holsteinischen Kleinstadt an Benthien weiter, sprach mit Göckjohann in Leipzig und schob wieder bis siebzehn Uhr Telefondienst. Am Mittwoch meldete ich zwei Wochen Urlaub an. Am Donnerstag fuhren Elise und ich an die Ostsee und trieben es gegen Abend in einer Mulde oberhalb der Steilküste. Am Freitag bat sie mich, sie um sechs im Atelier abzuholen, und dirigierte mich an der City Nord vorbei in Richtung Westen. Wir kamen schließlich am Niendorfer Markt heraus, wo sie mich in die asphaltierte Einfahrt eines weiß verklinkerten Hauses ohne Vorgarten lenkte, das zur Straßenseite hin mittels eines Marmorblocks als »Pietät Kaatz« ausgewiesen war. Bevor sie mich ihren Eltern vorstellte, ging sie mit mir »in die Werkstatt«, die der übermüdete Schreinermeister gerade schloß. Sie roch schwer nach dem schwarzen Lack eines vornehmen Sargs, der aufgebockt war, um zu trocknen.

»Ein Senator?« fragte Elise.

»Dr. Volny«, sagte er, ohne jede Regung.

»Das war mein Kinderdoktor«, flüsterte Elise auf dem Weg zum Haus, dessen Eingang rückseitig lag. »Ein wahnsinnig lieber Kerl. Da war man schon gesund, wenn der nur reinkam.«

Am Samstag waren wir unterwegs nach Dänemark, den riesigen Kofferraum des K 70 nur halb voll, und ohne Musik im Auto.

»Das war damals so. Keine Kassette, kein Radio.«

»Macht nichts. Ich habe dir viel zu erzählen.«

Verfugung

Den ganzen Winter hatten Elise und ich über die deutsche Situation gesprochen, aber wenig über uns. Erst jetzt, auf der langen Fahrt über das dänische Flachland, erzählte sie mir, daß ihre Eltern aus Mecklenburg und Thüringen gekommen waren. Ihr Vater hatte in der Tischlerei seines Vaters gelernt, die als kleiner Privatbetrieb in den fünfziger Jahren geduldet war, aber nahezu abgeschnitten von dem ohnehin spärlichen Fluß der Rohstoffe. Seine Eltern, unschlüssig, was zu tun sei, hatte er als Zwanzigjähriger überredet, einen Verwandtschaftsbesuch im Westen zu machen. Dann hatte er Koffer nach West-Berlin geschafft und war von dort nach Hannover geflogen. Konfrontiert damit, daß sie ohne ihren Sohn würden zurückkehren müssen, blieben die Eltern im Westen, ohne je wieder einen eigenen Betrieb zu haben. Im Durchgangslager Friedland lernte Jochen Kaatz Ingeborg Spilker kennen. Sie, mit vier Jahren von Düsseldorf aufs thüringische Land geraten, hatte sich mit siebzehn Jahren allein davongemacht. Die beiden heirateten Monate später in Hamburg, wo sie gemeinsam, langfristig verschuldet, in einem Hinterhof in Hoheluft eine Tischlerei gründeten, gedeckt durch den Meisterbrief des alten Kaatz. Ingeborg lernte in der Abendschule den gewerblichen Teil. »Hoheluft war damals null chic«, ergänzte Elise.

Ihre Schwester Sabine war noch in einem Kabinenroller zur Taufe gefahren worden, vier Jahre später, bei Elise, war es schon ein Volkswagen gewesen. Die Tischlerei hatte sich auf Möbel spezialisiert: Tische, Schränke, Bänke, Hocker. Das war zehn Jahre gutgegangen, bis die ersten Kleinmöbelproduzenten öffneten, Manufakturen, bei denen die Kunden vom Lager kauften, anstatt bestellen zu müssen. Kaatz beschwor immer wieder, Elise hatte die Worte aus früher Kindheit im Gedächtnis aufbewahrt, man müsse für eine solche Expansion »unbedingt etwas von Polsterei verstehen«; es lag Panik in der Luft. Dann ergab es sich, daß – »lach nicht« – in Niendorf »ein mächtiger Beerdigungsunternehmer das Zeitliche segnete«, von der Zunft her ein Steinmetz, der unter schwerem Konkurrenzdruck eines anderen Steinmetzen gestanden hatte, der ausschließlich Grabsteine herstellte, »mehr am Puls der Zeit, schon wieder mit unbehauenen Steinen und modernen Schriften. Der hieß Grasskamp. Jetzt kommt mein Vater ins Spiel. Er verkauft seine Möbeltischlerei, übernimmt das Beerdigungsinstitut – der Vorschlag, das Ding ›Pietät‹ zu nennen, kam von meiner Mutter – und gibt praktisch den Steinmetzteil des übernommenen Betriebs auf. Alle gehen also wegen der Beerdigung zu Kaatz und wegen des Steins zu Grasskamp. Eine Art Kooperationsvertrag oder Niendorfer Monopol. Der professionellste Grufti-Service von Schnelsen bis Lokstedt. Anfang der siebziger Jahre haben sie dann das Haus gebaut, das du neulich gesehen hast.«

Elise stand auf einem kleinen Platz in der Innenstadt von Hadersleben und hatte eine kleine Zigarre im Mundwinkel, nicht angezündet. Sie behauptete, daß alle dänischen Frauen in den siebziger Jahren Zigarren geraucht hätten. Ihr halblanges Haar hatte eine Kranzlocke gebildet, die ihre Frisur aus der Ferne aussehen ließ wie ein Filzhut. Das Licht hatte ihre Sommersprossen herausgetrieben, die sich auf dem Nasenrücken versammelten wie Sesamkörner. Sie trug wieder ein indisches Hemd mit Stehkragen, dieses dunkel- und hellgrün gestreift, im Ausschnitt eine weiße Rüsche wie die Blüte einer Lilie, durch einen Schnürsenkel halbwegs zusammengehalten. Ihre weißen Leinenhosen endeten eine Handspanne unterhalb des Knies in offenem Schnitt ohne Knöpfe, an den Füßen, die Nägel transparent lackiert, Jesuslatschen.

Der Besuch ihres Elternhauses am Niendorfer Markt war eine von Elise wohlkalkulierte Überraschung gewesen. Die Mutter, die uns empfangen hatte, war eine Frau von Herzlichkeit mit der Neigung, vor der Pointe zu lachen. Die fünfunddreißig Jahre im Büro eines Handwerksbetriebs hatten sie nicht verhärtet. Von den Norddeutschen hat sie sich einen frischen, einladenden Ton abgehört, ergänzt durch eine Geste, die darin bestand, beide Arme leicht angewinkelt von sich zu strecken, die Handflächen nach oben: »Wollt ihr Kaffee. Oder was Richtiges. Ich hab auch noch einen Rest Kohlrabisuppe im Kühlschrank.«

»Mutti, nee. Kaffee ist okay.«

Der Tisch stand in einem Wohnzimmer, das durch zu viele Türen und einen Einsatz von Glasbausteinen einer Diele nahekam, mit einer Kristalllampe, die blendete, wenn man sie hochfuhr, und vor dem Gesicht des Gegenübers baumelte, wenn man sie niederließ. Unter der weißen Damasttischdecke mit kleinen floralen Stickereien lugte ein Wachstuch hervor. Das dünnwandige Kaffeeservice zeigte ländliche Szenen. Ich behielt Elise im Auge und bemerkte, daß ihr nichts von alldem peinlich war. Sie wirkte wie ein Kuckuck im Amselnest. Ihre Mutter fragte mich nach meinem Beruf und fand ihn »interessant«.

Der Vater kündigte sich an durch das Brummen eines Dieselmotors, der von der Tiefgarage her das Haus in Schwingung brachte und dann aussetzte. Es zeigte sich ein Herr, dessen weißes Haar wie eine Bürste aufwärts zeigte, das Gesicht von ernstem Gleichmut. Die Festigkeit seiner Erscheinung wurde gestärkt durch den schwarzen Dreiteiler mit schwarzem Schlips, seiner Berufskleidung für den Besuch beim Kunden. Er wollte vom Kaffee nichts, »Das is doch gor nich die Zeit!«, und schüttete sich ein Bier erst in einen gläsernen Humpen und dann in den Hals, als müsse ein schlechter Geschmack dringend beseitigt werden. Als die Beileidsmaske wegklappte, zeigte er sich als gutgelaunter Zeitgenosse, der um kein Wort verlegen war. Er hatte den weißen K 70 vor dem Haus gesehen und verwickelte mich in ein Gespräch über die Audi-Theorie: Die Ansicht aus den späten sechziger Jahren, daß Wolfsburg in einer technischen Sackgasse gesteckt hatte und sich nur durch den Zukauf der süddeutschen Firmen Audi und NSU auf dem Weltmarkt halten konnte, mit frontgetriebenen und wassergekühlten Fahrzeugen. Er trug keine Meinung vor, aber wollte unbedingt wissen, ob ich dazu eine habe. Er lachte dunkel in sich hinein, bärenhaft, und stopfte sich umständlich eine Pfeife. Er sah mich nur für Bruchteile von Sekunden an, aber blickte dennoch prüfend in mich hinein, als lägen meine Augen tief im Inneren meines Kopfes. Meistens aber ruhten seine Augen auf Elise. Es gab keinen Zweifel, daß ihm die Kuckuckstochter gefiel. Von ihm hatte sie die regelmäßigen Züge, die prinzipielle Entschlossenheit suggerierten. Es war eine Spielart des Gutaussehens, die anders als die fahrige oder die dandyhafte nicht so leicht Mißgunst auf sich zieht.

Von der großen Jütlandachse wechselten wir im gedrosselten dänischen Tempo auf kleineren Straßen an die Westküste. Die stechende Sonne bei einem steifen, kühleren Westwind war genau das Wetter, an das wir beide uns erinnerten. Für mich war es der erste Sommer ohne die Eltern gewesen, vor dem Jahr in Ohio. Für Elise waren es Ferien mit ihrer Mutter und deren Freundin, mit ihrer Schwester und der Tochter der Freundin.

»Ein Weiberclub?«

»Ja, aber nicht gezielt. Oder eigentlich doch. Die Freundin meiner Mutter schon lange geschieden. Die hatte schon auch Männerfreundschaften, über die Jahre. Aber das ging nicht zusammen mit dem Kind. Die Ferien waren für die Kinder da.«

»Und dein Vater?«

»Mein Vati. Ich war zehn, für mich war es so, wie es eben war. Erst meine Schwester hat mich drauf gebracht, daß da etwas nicht stimmte. Wie war das denn bei euch. Waren deine Eltern immer ein Herz und eine Seele?«

»Meine Eltern sind sehr Fifties. Die gute Bundesrepublik. Vergangenheitsbewältigung ja, Wohlstand ja, FKK nein und DDR nein. Die wissen nicht einmal, wer Keith Richards ist.«

Elise grinste. Sie hatte das Steuer des Autos übernommen, in dessen großen Scheiben sich das dänische Flachland in minimalen Schraffuren veränderte. Die Zigarre, noch immer nicht entzündet, hatte sie in die kreisrunde Tachometereinfassung quer eingelegt, so daß sie den Tageskilometerzähler verdeckte.

»Meine Eltern sind eigentlich gar nicht typisch Fünfziger, obwohl sie daher kommen, also wirklich Ostflüchtlinge und self-made. Vielleicht wäre es ganz anders gewesen, wenn sie Katholiken gewesen wären und in Düsseldorf gelandet, oder in Paderborn. Aber in Hamburg ist auch die Kaufmannschaft nicht konservativ …«

»Eher liberal.«

»Was man so nennt. Es hat jedenfalls keinen Zweck, den Reaktionär zu spielen, um schneller aufgenommen zu werden. Meine Eltern haben also den Finger in den Wind gehalten, um zu sehen, woher er weht. Und sie sind nicht immer zum selben Ergebnis gekommen.«

»Auseinandergedriftet.«

»Schon. In den Vorlieben. In der Art, Dinge zu tun. Aber währenddessen haben sie immer miteinander gearbeitet. Mein Vater Werkstatt, meine Mutter Büro.«

»Das bedeutet auch Kontrolle.«

»Ein bißchen. Und jede Menge Außenkontakte. Was meinst du, wie viele Leute sterben. Du lernst streitende Erben kennen, und Witwer, und Witwen, sehr liebenswürdige Leute auch, die in der Situation echt berührt sind, also auch erreichbar.«

»Ein ziemlich heikler Markt für außereheliche Erotika.«

»Denkt man. Aber wenn du ein Beerdigungsunternehmen hast, dann siehst du nicht den Tod, du siehst die Lebenden. Die sind betroffen, du bist es nicht. Insofern hast du die Kraft, die die anderen brauchen.«

»Wie ein Pastor.«

»Nein, nicht wie der Pastor. Der muß das Leben des Toten deuten. Der steckt mitten im Familienschlamassel. Der Sargbauer stellt nur die Fassade. Wenn die Leute überhaupt mit ihm reden, ist es persönlich und ohne Übertreibung. Es ist sehr menschlich. Die Leute freuen sich sogar über einen Rabatt auf ihrer Rechnung.«

Sie parkte den Wagen knapp vor der Schranke des Campingplatzes Hennestrand, und wir machten uns auf den Weg durch die Dünen, der großteils über hölzerne Stege führte, so schmal, daß man den Entgegenkommenden im Gänsemarsch auswich. Der Strand war nicht anders als fünfzehn Jahre zuvor, breit, nach Norden und Süden kein Ende in Sicht, keine Händler; Familien mit Kühltruhen und Sonnenschirmen, deutsche und dänische, wenig Vermischung, abgesehen von den Kleinkindern mit ihrem eigentümlichen Strandsprech. Elise stapfte vorweg bis genau an die Grenze des Nacktbadestrands, vor der sie sich niederließ.

»Das war immer unser Platz. Die Freundin meiner Mutter zog sich aus, meine Mutter wagte nach zwei Wochen oben ohne, das war's. Wir Kinder konnten es halten, wie wir wollten. Ich bin mit zehn Jahren noch nackt herumgelaufen, meine Schwester mit vierzehn natürlich nicht mehr. Die Frauen waren jedenfalls sehr angeregt von der ganzen Szene. Die haben sich die Männer genau angesehen und herumgealbert, ›Der ist mir aber zu klein‹ und so. Ich fand das total interessant. Meine Schwester fand's eklig.«

Der Strand und die Überzahl der blonden Kinder, die funkelnden grünen Wellen, die blauweiß gestreiften Windschutzplanen: Déjà-vu. Ich sah Elise an und gleichzeitig vor mir als braungebranntes Kind, unter der Sonne des Nordens und dem Mond des Sozialstaats, ein optimistisches Universum.

»Ich frage mich, ob wir uns hier schon mal begegnet sind.«

»Ein amerikanischer Schwimmer war auf dem Titel des »stern«. Mark …«

»Spitz.«

»Spitz! Genau. Was für ein treffender Name, denn dieser Typ machte die Frauen« – sie nannte ihre Mutter und deren Freundin »die Frauen« – »wirklich spitz. Kennst du den Spruch: Den würde ich auch nicht von der Bettkante schubsen? Das habe ich damals das erste Mal gehört. Und vielleicht sogar nie wieder.«

»Oh, die Olympiade. Das war ein Sommer, den ich vor einem gerade neu gekauften Fernseher verbracht habe. Die Toten in Fürstenfeldbruck.«

»Ich kann mich vage erinnern. Ich war ja noch ein Kind.«

Wir fuhren später weiter in Richtung Norden, wo die Dünenlandschaft abzuflachen begann und der Tourismus nachließ, bogen ab ins Binnenland und weiteten im blaugrauen Restlicht des Nachthimmels den Rücksitz ein, der sich dafür so schlecht eignete, daß wir darüber kichern mußten, mit seinen zwei Muldensitzen und einer klappbaren Armlehne dazwischen wie ein Keuschheitssymbol. Wir schmeckten nach dem Salz und Tang der Nordsee und betrachteten unsere dunkelviolett gespannten Organe bis in die Fusion, die sich mir darstellte wie die Enthauptung eines Teufels. Wir blieben lange so verbunden, in mahlender Bewegung, unter vier Augen im gesteigerten Sinn, bis diese sich verschleierten. Wir lächelten uns an wie Mystiker, die gerade den ersten Schimmer herbeigesehnter Wundmale an sich entdecken.

»Wie gut, daß uns niemand sieht.« Am nächsten Tag kreuzten wir zurück auf die Ostseite Jütlands.

»Meine Eltern haben, glaube ich, in ihrem Leben fünf Entscheidungen getroffen«, fuhr Elise später fort. »Die erste hat jeder für sich getroffen, nämlich abzuhauen. Die zweite war zu heiraten. Die dritte war, die Tischlerei zu gründen. Die vierte war, ein zweites Kind zu bekommen. Die fünfte war, die Tischlerei einzutauschen gegen die Pietät. Alles andere ist ihnen irgendwie zugestoßen.«

»Du vergißt deine Schwester.«

»Nein, nein. Meine Schwester ist Jahrgang achtundfünfzig. Das ist vor der Pille. Dann hat meine Mutter angefangen zu verhüten, und um noch ein Kind zu bekommen, hat sie es dann wieder gelassen.«

»Woher willst du das wissen?«

»Vom Sommer am Hennestrand. So ein …«

»Darüber wurde geredet?«

»Ja. So ein Sommer ist lang. Die lagen jeden Tag am Strand, Bräune war ja damals angesagt, die Freundin, wie gesagt, splitternackt. Die Freundin war noch nicht geschieden, aber es war wohl unvermeidbar, und deren Tochter hatte sowieso schon alles mitgekriegt. Inwieweit meine Schwester sich diese Frauengespräche angehört hat, weiß ich nicht mehr, aber ich habe jedenfalls die Ohren gespitzt, und was ich nicht verstanden habe, hat das Mädchen mir später erklärt. Die hieß Mette und hat sich einen Spaß draus gemacht, mir die saftigsten Details aufzutischen. Die hat von sich selbst gesagt, sie wäre durch ›einen Unfall‹ zustande gekommen. Ich war total fasziniert.«

»Und die hat dir gesteckt, daß es einen Grund hat, daß deine Mutter allein in Urlaub fuhr.«

»Allein ist gut.«

»Ohne deinen Vater, meine ich. Das wäre für meine Eltern niemals in Frage gekommen.«

»Das habe ich dann so herausgehört. Mir wurde langsam klar, daß mein Vater eine Geliebte hatte. Meine Mutter hat dann natürlich mit der Freundin die Kokette gespielt, so als wären sie beide auf Männersuche. Sie haben sich ihren Kummer – und irgendwie ja auch ihre Geilheit – anvertraut, und dabei blieb es.«

»Kein Wunder, daß deine Schwester schlechte Laune gekriegt hat. Mit vierzehn, da ist man doch total romantisch.«

»Ich weiß nicht, ob sie ein Teen aus dem Teenfilm hätte werden können. Jedenfalls hat sie dann in Hamburg für meine Mutter stumm Partei ergriffen.«

»Hat deine Mutter denn … war sie denn damit offen – im Sinne von, jetzt wissen es sowieso alle?«

»Nein, überhaupt nicht. Meine Mutti hat sich überhaupt nichts anmerken lassen, und ich habe den Kopf eingezogen, gebetet abends im Bett, daß es wieder gut wird bei uns. Aber meine Schwester hat sozusagen die Rolle der gekränkten Frau angenommen, wurde scharf und schneidend. Und das Merkwürdige ist, das ist so geblieben.«

»Fast zwanzig Jahre danach?«

»Schon, ja. Es geht nicht mehr um meinen Vater. Zu dem ist sie, wie soll ich sagen, neutral. Sie findet aber keinen Mann genügend. Damals ist sie zu einer pietistischen Jugendgruppe geflüchtet, die hatten solche ›Kein-Sex-vor-der-Ehe‹- Regeln. Da war sie schon mal sicher. Mit Anfang zwanzig war sie plötzlich ganz davon ab, da hat sie für die Maoisten agitiert, so richtig mit der Volkszeitung vor dem Supermarkt. Meine Eltern waren ziemlich erschüttert und längst wieder richtig zusammen, übrigens. Dann hat sie das hingeworfen, weil – so hat sie sich ausgedrückt – ›die Maoisten Frauen wie Scheiße behandeln, sogar in China‹. Das hatte sie vielleicht in »Emma« gelesen. Jedenfalls kam dann ihre feministische Phase, und die dauert bis heute an.«

»Ist das so schlimm?«

»Es führt zu nichts. Aus meiner Sicht. Du wirst sie ja irgendwann einmal sehen. Der einzige Schmuck, den sie trägt, sind ihre Sorgenfalten, und jedes Jahr kommt eine dazu.«

Am Nachmittag erreichten wir Århus, wo wir uns das Rathaus von Møller und Jacobsen ansahen.

»Was hast du eigentlich dagegen, Türen und Fenster zu zeichnen?« fragte Elise.

»Ich habe gar nichts dagegen. Aber der Kostendruck ist hoch und der Rahmen schon festgeschrieben. Das war für Møller und Jacobsen doch ganz anders. Da war das Detail die Sahne auf dem Kuchen.«

»Vor der Idee der Arbeitsteilung.«

»Nein, die Arbeitsteilung auf der Produktionsebene war längst eingeführt Ende der Dreißiger. Ungewöhnlich ist nur der Entwurf. Eine Art Gesamtkunstwerk.«

Sie war begeistert von dem Gebäude und doch melancholisch gestimmt.

»Es ist ein bißchen wie mit gotischen Kirchen. Wir bewundern das, und gleichzeitig ist es ein Zeichen dessen, was wir nicht mehr haben.«

»Den Glauben?«

»Jedenfalls das, was es notwendig gemacht hat, so zu bauen und auch zu dekorieren.«

Wir fuhren zurück in Richtung Süden, wechselten östlich hinüber nach Fünen, ließen uns von der Behäbigkeit eines Landgasthofes einlullen und verpaßten knapp die Spätabendfähre nach Seeland. Obwohl wir keinen Zeitplan hatten, waren wir dennoch steckengeblieben. Es zeigte sich, daß es für das kleine Zelt, das Elise aus dem Keller ihrer Eltern mitgenommen hatte, nicht genug Heringe gab, um es als Iglu zu spannen, das es darstellen sollte. Elise tat sich an einer der Stangen weh, deren Sprungkopfmechanismus alt geworden war, und ich konnte mich nicht überwinden, sie zu trösten. Im Morgengrauen holte uns ein aufgeregter Däne aus unserem mickrigen Zelt, der uns in scharfem, gebrochenem Deutsch wegen des wilden Campens Vorhaltungen machte. Es war nicht die Wut eines Grundeigentümers, sondern der Zorn eines aufrechten Bürgers, der Verletzungen am Recht der Gemeinschaft als persönliche Kränkung verstand. Wir rollten das Zelt nur provisorisch zusammen, warfen es in den Kofferraum, und nahmen die Frühfähre ungewaschen und hungrig, ob des Angriffs nun wieder zusammengerückt – Ganovenpärchen –, während der Seewind uns den Schlaf aus den Augen trieb.

Kopenhagen war prächtig im Sommerlicht, soeben aufgefrischt durch einen Regen früh am Morgen und dann zum Leuchten gebracht durch die steile Sonne: der Backstein, die roten Dekors an weißen Häusern, die dottergelb gestrichenen Flächen. Wir waren müde, aufgeregt, geblendet, trugen das kleine Gepäck in ein straßenseitig mit Flaggen geschmücktes Hotel, in ein stilles Zimmer mit Blick in eine grüne Hofanlage. Wir duschten, nacheinander, und trafen uns in einem weiß bezogenen Bett, dessen gekämmte Baumwolle sich nach den Entbehrungen zweier Nächte mit feudaler Opulenz der Haut annahm. Wir saßen verschränkt wie auf einer Wolke. Sie hakte mich fest, sie ließ mich nicht los, bis zu dem Punkt, an dem die Rückkehr unmöglich ist. Sie sah sich das an, dieses Spektakel männlicher Nacktheit, wenn man sich naß macht wie ein Kind, befreit und beschämt zugleich.

An diesem Abend, oder am nächsten, saßen wir in der Lounge des SAS-Hotels; Elise hatte leuchtend farbige

Drinks bestellt. Ich war in mein Jacobsenbuch versunken, während sie, wie ich glaubte, zeichnete. Erst nach einer Weile merkte ich, daß sie einen Brief schrieb, den Block auf einem Knie balancierend. Schließlich faltete sie das Blatt und ging damit hinaus, wohl zur Rezeption, und kam ein paar Minuten später zurück. Sie ließ sich in den türkis bezogenen Tulpensessel fallen, wo sie mit ihrem Drink aussah wie Nouvelle Vague. Ich hätte nichts dagegen gehabt, sie den ganzen Abend anzustarren, als tableau vivant einer Moderne, von der kaum noch jemand wußte, wie sie ging.

Am Abend entdeckten wir ein Restaurant, das mit einer großen, geschwungenen Fensterfront im Parterre eines modernen Wohnhauses soeben eröffnet hatte, die Möbel hell, die Lichter klar, und eine Band war dabei aufzubauen. Im Eingang lagen schwere Wolldecken säuberlich gestapelt. Wir bestellten die kompliziertesten Gerichte – das, was man gewiß nicht selbst kochen könnte – und Bier vom Faß, das in steilen Kelchen ohne Markenaufdruck umgehend gebracht wurde.

Die Band begann genau in dem Moment zu spielen, als das Essen kam, was den Eindruck von Aufgeräumtheit und Leichtigkeit wegfegte; auch begann es draußen zu dämmern, und man bemerkte plötzlich das ausgeklügelte System, mit dem der geschwungene Tresen hölzern verkleidet war, und die ungewöhnliche Homogenität der Gäste mit ihren bis ins Detail getrimmten Frisuren und ihren aufgeklärten, hedonistischen Physiognomien. Die Musik, zwischen elektrisch und elektronisch, Swing und Noise, rein instrumental, war fast zu laut, um zu sprechen, aber nicht für Elise, die plötzlich über die helle Tischfläche reichte und meinen Handrücken für einen Moment faßte. Als wenn dies ein Zeichen gewesen wäre für eine Darbietung im Sprechgesang, setzte sie ein, kaum laut genug, daß man sie verstehen konnte:

»Ich ... ich ( ) vielleicht nicht so frei, wie du gedacht
( ). Ich habe mich ( ) von Alexander verabschiedet. Du
kennst ihn ( ), und du brauchst ihn auch nicht zu kennen.
Er ( ) mir sehr geholfen in den letzten Mo( )ten, nicht so
sehr wie du, aber er hat mich total ge( ).«

»Was hat er?«

»Mich getröstet. Er ist ein Freund von früher gewesen,
( ) in Hamburg Illustration studiert habe, und Textildesign. Ich habe ( ) nichts vorgemacht, ich habe gesagt,
daß ich einsam bin und ( ) war zur Stelle. Er ist ein sehr
zärtlicher Typ. ( ) das ist eine Liebschaft von vor sechs
Ja( ). Also, ich habe ihm heute ( ) ...«

»Du hast ihm was?«

»Geschrieben. Ich habe ihm geschrieben. Es ist trau( ).
Aber ich bin auch erleichtert.« Sie kämpfte mit den Tränen,
erfolgreich, und aß nun mit der Konzentration eines Gour-
mets, der im nachhinein ein Protokoll verfassen muß. Die
Musik durchkreuzte den Raum und kam bombastisch aus
seiner Höhe zurück, und ich saß da wie gelähmt.

Die Band machte Pause, und die Wirtsleute überließen
den Raum dem Geplapper ihrer zahlreichen Gäste, dieser
röhrenden Sprache, wie umgekrempelt, als sei ein Ballkleid
falsch herum geschneidert worden, mit dem Futter und Ta-
schen und Nähten nach außen.

»Willst du's hören?« fragte Elise. Ich ahnte dunkel, was
sie meinte.

»Ja.«

Sie hatte sich mit zwanzig Jahren an der Fachhochschule
in der Armgartstraße beworben und war sofort genommen
worden. Sie versuchte sich in allem, was zu der Zeit angeboten wurde, in Textildesign und Mode, in Keramik und
Lithographie, in Fotografie und Illustration. Nach einem
Jahr war ihr klar, daß es keine Technik gab, die sie mit dem
Geschick ihrer Hände und der Kraft ihrer Vorstellung

nicht meistern konnte. Das brachte ihr Respekt bei den Werkstattleitern, aber als sie sich entscheiden mußte, stellte sie fest, daß sich kein Professor für sie interessierte, und andersherum auch nicht. Sie schloß sich offiziell einer Klasse für Illustration an und erledigte die Aufgabenstellungen pünktlich, aber ohne Eifer.

Im zweiten Jahr lernte sie Alexander kennen, einen vergrübelten Jungen, der sich zweimal an der Kunstakademie im Lerchenfeld und einem halben Dutzend anderer Kunsthochschulen außerhalb Hamburgs beworben hatte und schließlich an der Fachhochschule in der Armgartstraße genommen worden war. Seine Idee von Kunst war monströs: Ein Gemälde vom Format einer Litfaßsäule oder eine Autoskulptur aus zweihundert geschweißten Teilen in Regenbogenfarben. Er hatte sich die Tiefgarage einer stillgelegten Werkstatt gemietet und bastelte an seinen Projekten, im Sommer wie im Winter. Sie sah ihm zu – das meiste blieb unvollendet liegen –, und ihre Bewunderung wuchs, während sie voraussah, daß er scheitern würde.

Mit den Ideen der angewandten Kunst, wie sie in der Armgartstraße gelehrt wurden, hatte sein Vorhaben jedenfalls nichts zu tun. Beide dort nicht wohlgelitten, bewarben sie sich, er zum dritten Mal, an der Kunstakademie im Lerchenfeld. Als sie ihre Mappen vorbereiteten, war sie zu ihm gezogen, in eine Wohnung mit Ofenheizung in Ottensen, seine Bilder an den Wänden und seine ganze Garderobe second hand, die Unterwäsche und Socken aus Bundeswehrbeständen; sein langes blondes Haar, nicht immer gewaschen, zum Pferdeschwanz gebunden. Abgehängt von den anderen, hatten sie sich halbwegs bedrückt und halbwegs übermütig verliebt ihr Nest gebaut, bis in die tiefe Nacht getrunken, waren leichtsinnig geworden.

Die Nachricht, daß sie schwanger war, kam in der einen Woche und die Nachricht vom Lerchenfeld in der nächsten. Sie war genommen worden, er nicht. Während sie in der ersten Woche beschlossen hatten abzutreiben, verkehrte sich seine Haltung in der zweiten Woche in ihr Gegenteil, er wollte nun unbedingt das Baby. Ihr erschien das Kind wie Alexanders nächstes grandioses Projekt, etwas, das niemand hätte verstehen und ermessen können außer ihm selbst. Sie blieb dabei; die Operation, zu der sie allein gegangen war, endete auf der Intensivstation. Die Möglichkeit, noch einmal schwanger zu werden, galt seitdem als gering.

Das Wintersemester, nun schon im dritten Studienjahr, brachte an der Kunstakademie einige Klärung. Ihre Professorin arbeitete »multimedial«, und nichts war einfacher, als sich dieser Definition anzuschließen. In ihren handwerklichen Fähigkeiten war sie den meisten Kunststudenten am Lerchenfeld, von denen viele kaum ein Portrait mit dem Bleistift zeichnen konnten, noch deutlicher überlegen als den Praktikern an der Armgartstraße. Alexander gab seine Tiefgarage auf, verdiente sein Geld in einer Kneipe und wurde immer stummer. Dem ausweglosen Gefühl, für seinen Zustand verantwortlich zu sein, entkam sie nach London, wo sie am Goldsmiths College aufgenommen wurde, mit einem Stipendium aus Bonn.

In London hatten sich alle jungen Leute eingefunden, die in der bildenden Kunst lieber heute als morgen etwas werden wollten. Anders als in Deutschland, wo Konkurrenzgebaren als unsozial galt, wurde der Wettbewerb am Goldsmiths stimuliert. Es gab Studentenstars und Professorenkönige und Mittelbauikonen. Das Goldsmiths zwang den Studenten schwierige Lektüre auf – Gesellschaftskunde, Kunsttheorie, Psychoanalyse – und verlangte dann von ihnen, sich mittels dieses Vokabulars zu beschreiben: »Man mußte sich vor seine kleinen Werke stellen und die Zähne fletschen.«

Es zeigte sich bald, daß die Aufmerksamkeit der Festival- und Stadtskulptur- und Kunsthallengurus größer war für die aufgepeitschte Meute, die sich mit dem Namen dieses Colleges schmücken konnte, als für alle anderen in Westeuropa.

»Und ...«

»Ja?«

»Haben sie dir dann auch einen neuen Namen gegeben?«

»In gewisser Weise schon. Ich stand im Büro, um mich einzuschreiben, und buchstabierte meinen Namen. Auf der Karteikarte, die ich unterschreiben sollte, stand dann »Katz«. Da habe ich gedacht, okay, das ist mein Künstlername, Katz. Später habe ich ihn in Deutschland eintragen lassen.«

»Eintragen?«

»Im Paß.«

»Das geht?«

»Das geht. Du löschst nicht deinen alten Namen aus, der bleibt bestehen. Du setzt den neuen Namen als Künstlernamen hinzu. Ich hätte mich auch Lise Lesbos oder Pippi Langstrumpf nennen können.«

»Oder Frida Warhol.«

»Andy Sherman.«

Sie traf auf einen Dozenten, der von ihr – und allen anderen – verlangte, sich zur Malerei zu bekennen. Auf diese Weise wurden die einen Painters, und sie nannten sich auch so. Die anderen waren es nicht und durften sich auch nicht mehr so bezeichnen. Ihr wurde klar, daß ihre Leichtigkeit darin, detailgenau und perspektivisch zu skizzieren, dazu geführt hatte, sich mit dem zweidimensionalen Bild zu lange aufzuhalten. Es würde in Zukunft, beschloß sie, ein reines Werkzeug in den Händen einer Bildhauerin sein. Sie sammelte Fundhölzer und begann, mit Firnis und Wachs zu experimentieren. Der Vorläufer des gescheckten menschlichen Schädels war der eines Wasservogels, den sie an der Themse fand und halb einschwärzte. Man nahm sie nun ins Gebet, ob sie es auf Naturmystik oder Verfremdung abgesehen habe, und das führte sie, nach »viel Kopfschmerz, Tränen und reiner Wut«, zu der theoretischen Rechtfertigung, die technische Welt sei in ihrer dekorativen Gestalt »unbewußt« angelehnt an die Modelle der Natur und sie wolle belegen, wie die Natur im Kern »technisch organisiert« sei. Ganz für sich allein kam sie zu dem Schluß, »daß das halb richtig und halb Quatsch« war, und ferner zu der Einsicht, daß eine Akademie im besten Fall »nicht inspiriert, sondern zwingt. Das Wunderpaket, das du selbst vielleicht darstellst, wird nicht aufgeschnürt.«

London war anstrengend und aufregend gewesen, mit viel Musik und Essensgeruch und Gerümpel auf den Straßen von Brixton, wo sie es drei Jahre aushielt, bis sie in den flach bebauten Norden der Stadt wechselte, jenseits der Untergrundbahn. Das machten zu jener Zeit »fast alle«. Es ergab sich eine immense Wirkung aus dem Wettbewerb der Studenten, der sie nicht entzweite, sondern als verschworene Elite der Zukunft miteinander verband. Sie fand sich am Goldsmiths nun bestens aufgehoben, und fühlte sich zu Haus mit dem brüllenden roten hundertneunundvierziger Bus und den unwiderstehlichen Bagels – »Was sind Bagels?« fragte ich – an der Dalston Junction.

Die Rückkehr der Band wurde eingeleitet durch ein ausführliches Solostück des Bassisten, der aber nun auf ein Cello gewechselt hatte, dessen elektrisch verstärkter Klang sich spröde in die Materialien des Raumes senkte, die Leinenjacketts, die farbigen Salate, die Maserung des Birkenholzfurniers.

Künstler von dreißig Jahren, drei oder vier Jahre zuvor Abgänger der Akademie, kamen als Sprecher oder externe Berater ans Goldsmiths zurück und brachten den Glamour des frühen Erfolgs mit, Ausstellungen im White Cube und bei Anthony d'Offay, Nominierungen zum Turnerpreis, Ankäufe für die Sammlung der Saatchies. Es sollte eine neue, alles mit sich fegende junge britische Kunst geben, und die Studenten am Goldsmiths wußten, daß sie deren Protagonisten waren. Junge Männer entdeckten an sich selbst »das Schroffe und das Bullige«; junge Frauen gaben sich als »Hysterikerinnen und Diven«. Nach außen jeder für sich so borstig und monolithisch wie möglich, zeigte sich das Netzwerk als System von Fäden und Fesseln, es wurde »gehypt und ausgestoßen und künstlerisch geklaut und ziemlich unverschämt gevögelt«, Kalkül und Sentiment als traute Nachbarn und auf die Dauer nicht mehr zu unterscheiden.

Für Elise war es der Gegenentwurf zu Hamburg, der Stadt, die sie eingeschlossen hatte wie ein Kokon, ohne daß es beim Brüten große Fortschritte gegeben hatte. Sie betrachtete das Goldsmiths und seine Nebenstellen als absurdes Theater in guter Besetzung, betrieb ihr erstes Atelier in einem Solitär neben einem Fässerlager im noch vergessenen Osten der Stadt, wurde zur ausdauernden Spaziergängerin und Sammlerin, immer einen Schweizer Armeerucksack dabei, und hielt sich fern des Betriebs und seiner Cliquen eine Liebschaft mit einem zarten Studenten der Betriebswirtschaft aus Bangalore. Unter den männlichen Kunststudenten verbreitete sich das Gerücht, Elise Katz sei zölibatär, »nicht zu knacken«.

Alan Chwast war in Edinburgh aufgewachsen und hatte es über den Umweg eines Colleges in Brighton bis ans Royal College of the Arts gebracht, wo er eine Weile mit Video experimentiert hatte, was er zugunsten einer 16-Millimeter-Kamera aufgab, die er gebraucht gekauft hatte. Elise hatte ihn zuerst an einem Tag im September im Vortragsraum der Akademie gesehen, wo er Zehnminutenfilme vorführte. Sie fühlte sich magisch zu dem Urheber dieser Bilderbögen hingezogen. Er war bleich und dunkelhaarig und nicht sehr groß, stammte aus einer protestantischen Familie mit jüdischen Vorfahren auf der väterlichen Seite. Unberührt von den Interna des Betriebs, war er, Alan Chwast, frei vom besitzergreifenden Eros seiner männlichen Kommilitonen, und Elise angelte ihn als Liebhaber, bevor er ein echter Goldsmithsianer hätte werden können.

Der Sog seiner kurzen Filme, stellte sich heraus, kam dadurch zustande, daß sie jeweils mit einer Rolle ohne Schnitt gedreht worden waren. Die Dynamik kam aus Alans freihändiger Arbeit mit der Kamera, seinen Schwenks aus engen Räumen auf weite Plätze, das Tempo forciert durch Nahansichten im Laufschritt und die plötzliche Verdunkelung der Linse von Hand, für den Teil einer Sekunde. Die Szenen, begrenzt auf einzelne Darsteller, waren, obwohl sie dokumentarisch aussahen, im Vorfeld gründlich choreographiert. Elise selbst wurde in einem seiner Filme, als er von der Farbe zu Schwarzweiß gewechselt hatte, eine solche archaische Figur, als Sammlerin von Fundholz an einem besonders tristen Abschnitt der Themse, eine Stunde Probe für zwei Minuten Film ohne Schnitt.

Man kommunizierte am Goldsmiths freizügig – über Ausstellungen, Theorien, Vorlesungen, Material, Technik, Geld und sexuelle Beziehungen –, nur für die tatsächlich in den Klassen- und Privatateliers hervorgebrachte Kunst galten unausgesprochene Regeln. Man durfte, im Rahmen einer förmlichen Präsentation, sehr wohl ein Kompliment loswerden – ein mögliches Motiv, um anzubändeln; man durfte, wenn einem etwas nicht gefiel, dies nicht dem Betroffenen selbst sagen; man durfte dies gegenüber anderen Studenten äußern, aber nie in Gegenwart eines Professors, eines Galeristen oder eines Sammlers. Alan ignorierte die stummen Regeln und stritt mit jedem, leidenschaftlich, über Thema, Adressat und Form. So fand er heraus, daß Elise das College als Marionettentheater begriff, wo mit Gespür für Details die Fäden gezogen werden mußten. Sein Motiv, ans Goldsmiths zu wechseln, hatte aber gerade damit zu tun, daß er die Stringenz von Theorie und Werk suchte, die er glaubte gefunden zu haben, als er sich auf Filmzitate verlegte und die Filme stumm, in entstellender Langsamkeit zunächst auf weiße Wände zu projizieren begann. Während ihm Elises Arbeit anfangs in allen Ausprägungen gefiel – »Beweis: die Bleistiftzeichnung von seinem Steifen, die du aus meinem Atelier kennst« –, wurde er zunehmend skeptisch, weil er glaubte, sie entziehe sich der Prüfung von Werk und Psyche, für die ein Goldsmithsdiplom stand, auf das sie beide zusteuerten. Sie verfiel darauf, ihre Natur- und Techniktheorie mit Immanuel Kant zu untermauern, weil sie allein den deutschen Originaltext verstand. Sobald es Debatten mit Dozenten gab, brachte sie zu deren Verwirrung die deutschen Begriffe ein, die sie ausführlich erläuterte, ob es nun jemand hören wollte oder nicht. Dennoch fürchtete sie Alans falsches Wort zur falschen Zeit, einen Verrat kurz vor dem Abschluß; einen nicht mehr zu lösenden »Wer bist du?«-Zwist mit den Hitzköpfen unter den Dozenten, in ihrer Doppelrolle als Hausphilosophen und Therapeuten.

»Es war natürlich nicht (   )«, ergänzte sie, als die Band wieder in voller Besetzung spielte, » – wir (   ) zwei Semester nur gestritten. Es war eine sehr (   ) Zeit. Übrigens waren wir am Gold(   ) das einzige Paar, das übriggeblieben (   ).« Als wir das Restaurant verließen, sahen wir, daß die Leute auf den Stühlen draußen sich mit den Wolldecken warm hielten, die im Eingang bereitgelegen hatten.

Kaum waren die Zeugnisse der Akademie vergeben worden, schwand Alans Eifer, den Überbau ihres Werks in Frage zu stellen. Statt dessen fixierte er sich auf eine pragmatische Kritik, behauptend, ihre Arbeit sei »zu divers, wie von mehreren Künstlern gemacht«, und es werde ihr schwerfallen, sich in das Gedächtnis des Publikums einzuschreiben. Was er meinte, war insofern leicht zu verstehen, als seine massiven Filmzitate eine eindeutige Handschrift darstellten, spätestens seit er die freistehende Leinwand benutzte, die man von beiden Seiten aus betrachten konnte, wie einige Monate später in der Kampnagelfabrik. Der Erfolg schien ihm recht zu geben.

Elise hatte ursprünglich vorgehabt, in London zu bleiben. Nach wenigen Wochen wurde ihr klar, daß die Welle britischer Kunst zwar sogenannte globale Positionen – hier eine Araberin, dort einen Südafrikaner – in den Mainstream schwemmen würde; deutsche Kunst aber war in London bereits Institution. Kaum war sie an einer Gruppenausstellung beteiligt, verglich eine Ausstellungsnotiz in »Time Out« sie mit Schwitters und Beuys. Der Goldsmithsvorteil schien, sofern sie blieb, dahinzuschmelzen.

Was aussah wie ihre Rückkehr nach Hamburg, war jedoch nicht so geplant gewesen. Alan bekam die Einladung der Kampnagelfabrik und gleichzeitig eine Gastdozentur am Lerchenfeld. Er bat sie als Ortskundige, für ihn eine leerstehende Halle zu finden, in der er seine Projektionen proben konnte. So war sie wieder in Kontakt gekommen mit Alexander, den sie anrief, um nach dem Eigentümer der Tiefgarage zu fragen. Statt dessen ergab sich die Möglichkeit, in der Hellbrookstraße ein Atelier zu bekommen, von einem Maler, »der seine große Zeit gehabt hatte« und den größeren von zwei Räumen an sie weitergab. Ohne daß sie zuvor daran gedacht hatte, kam sie nun in die Lage, mit Alan ein Atelier zu teilen, in dem sie außerdem – spartanisch – wohnten. »Ich mit Fundstücken, Hölzern, Keramik, Plastik, Lacken, und dann ja auch noch der Schädel – kam mir plötzlich vor wie der letzte Saurier. Er dagegen ja längst blitzsauber und high-tech. In gewisser Weise wirklich angewandte Theorie.«

Während sie sich mit kleineren Arbeiten einen Hamburger Fundus schuf, riß die Kritik nicht ab. Alan warf ihr nun vor, daß ihre Kunst kleinteilig und unentschieden sei. Sie ließ es von sich abprallen, sie wich aus, sie widersprach. Es ging nicht. Betrunken, und in Gegenwart eines Assistenten, der als Dritter im Atelier ihnen ihre Zweisamkeit genommen hatte, beschuldigte er sie, »einen jüdischen Namen gestohlen« zu haben. »Alan, weißt du, ein Schotte durch und durch. Selbstgerechter Protestantismus. Die sind ja in der Schule noch geschlagen worden. Legalerweise. Und man merkt's. Saufen wie Tiere und weinen wie kleine Kinder. Sehr merkwürdig.«

Wir hatten einen Park durchkreuzt und steuerten, unter einem Nachthimmel, in dem sich der diffuse Kegel aus dem Norden mit der vergeudeten Energie der Stadt verband, auf das enggepackte, herausgeputzte Wohnviertel zu, in dem unser Hotel lag, durch die Flaggen schon von fern auszumachen. Ich dachte an das Hamburger Rathaus und wie ich in das Taxi gesprungen war, in dem Alan und Elise nach Barmbek fuhren; wie die Eifersucht meinen Blick geblendet hatte für die Erbärmlichkeit ihrer Lage.

»Glaubst du eigentlich«, fragte ich, »ob man seine Talente eher vererbt bekommt, oder daß man sie erwirbt?«

Am nächsten Tag fuhren wir unsere weiße Kiste nach Humlebæk, wo ein Museum eröffnet hatte. Ich zeigte Elise, wie die Architektur des Hauses so aufgefaltet war, daß ein Maximum von Bildern indirektes Tageslicht fing; sie wies mich darauf hin, daß nur wenige Kunstwerke, nämlich die amerikanischen, das Leuchten beantworten. Viele europäische Bilder, von Asger Jorn bis Anselm Kiefer, waren regelrechte Lichtschlucker – Furchen und Grau, Körnigkeit und Schutt. Auf dem Rückweg fuhren wir kreuz und quer durch die nördlichen Vorortanlagen westlich und östlich des Strandvej, wo man sich an Synthesen versucht hatte zwischen Einzelhaus und Reihenhaus, Schloß und Apartmentanlage. Oft konnte man durch die großen Fenster, die offenstanden, die Familien in ihren Küchen sehen, die zugleich Wohnzimmer waren, über den Eßtischen eine der berühmten Lamellenlampen von Poul Henningsen, die das Feierliche des dänischen Interieurs, einst gelblich und diffus, verwandelt hatten in jenes immaterielle Leuchten, das die Demokratisierung der Familie – »den Geist«, sagte Elise – symbolisierte.

Auf der Suche nach der skandinavischen Stilgeschichte hatten wir schließlich gemerkt, daß das Museum mit dem besten Bestand berühmter Stühle nicht in Kopenhagen, sondern bei Kolding lag, wo wir auf dem Rückweg haltmachten. Die Chronologie des dänischen Stuhls, von seinen noch bäuerlichen Anfängen bis zum freischwingenden Sessel aus gebogenem Schichtholz, war in einer Rotunde dargestellt, eine Variante der Schneckenrampe im New Yorker Guggenheim, und auf alle Stühle, zu deren Präsentation die Rampe flächenweise begradigt war, durfte man sich setzen. Wir hatten es uns in den fünfziger Jahren gemütlich gemacht, als Elise meine Frage, Tage zuvor gestellt, elliptisch beantwortete.

»Mein Vati war ein wirklich passionierter Tischler, glaube ich. Das war seine Welt. Die Hölzer, die Maserungen, wie man das verfugt und verleimt, da kannte er sich aus. Er kennt sich noch immer aus. Aber seit er die Möbelwerkstatt aufgegeben hat, und ich war vielleicht in der zweiten Klasse, gibt es niemand mehr, der das beachtet. Es ist in fünfundzwanzig Jahren nicht vorgekommen, daß jemand gesagt hat: ›Das ist aber ein schöner Sarg.‹ Ist ja klar, die Leute sehen darin ein Prestigeobjekt, wenn sie so denken, aber im Prinzip gehört das Ding unter die Erde, und die Laufrichtung der Maserung ist wirklich egal. Also, das ist den Leuten egal. Vati hat mich immer wieder mitgenommen in die Werkstatt, um mir zu zeigen, wie das geht, sägen, fräsen, Kanten brechen, Bohrungen korrekt setzen, alles, bis in die mehrfache Lackierung, wo so ein Ding am Ende glänzt wie ein Piano.«

»Du hast also das Handwerk von ihm?«

»Ja, ich glaube schon. Wenn ich ein Junge geworden wäre, vielleicht hätte er versucht, mich auf seine Seite zu ziehen. Jedenfalls habe ich früh gemerkt, warum er mir all das gezeigt hat, nämlich weil es niemanden gab, der mit dem Produkt etwas anfangen konnte. Weil es eben in einem Erdloch versenkt wird.«

»Das hat dich aber nicht davon abgehalten, diese komplizierten Sachen von ihm zu lernen.«

»Eher im Gegenteil, ich fühlte mich um so mehr da hineingezogen.«

»Verpflichtet?«

»Gebunden. Ich fand das Handwerk großartig. Ich bin heute noch begeistert von einer lückenlosen Verfugung. Irgendwie wollte ich das auch, aber ich wollte diese Traurigkeit nicht. Lange Zeit habe ich gedacht, ich würde Möbeltischlerin werden.«

»Um etwas wiedergutzumachen.«

»Ja, die Sache wieder ins Lot bringen. Jetzt weiß ich, daß Handwerk für mich genau deshalb nicht in Frage gekommen ist, mit dieser Bürde. Ich empfinde das immer noch, das Traurige am Handwerk. Aber mir macht das nichts. Für mich ist es ein Mittel zum Zweck.«

»Und in den Augen deines … Vatis?«

»Als er einmal in London mein Atelier besucht hat, hat er gesagt: ›Ich verstehe das nicht, aber es ist gut gemacht.‹«

»Glaubst du, daß du absichtlich etwas angefangen hast, was er nicht versteht?«

»Ich selbst bin angezogen von dem, was man nicht versteht. Ich muß gar nicht unbedingt verstehen, um etwas gut zu finden.«

»Und woher hast du das?«

»Das frage ich mich auch. Denn meine Schwester zum Beispiel hat das gar nicht. Für die ist immer alles sonnenklar. Ich denke, daß auf jeden Fall beides richtig ist, daß man etwas erbt, genetisch erbt, und daß das wirklich Richtungsweisende dann dazukommt. Aber nicht in dem einfachen Sinne, daß sich das eine mit dem anderen mischt wie an einem Mischpult. Meine Theorie ist die von einem Tausch. Du bist noch ganz klein und hast etwas zugespielt bekommen, so wie Spielkarten oder Spielgeld. Das tauschst du nun weg gegen etwas anderes, und das kann etwas ganz Fremdes oder Interessantes sein. Vielleicht gibt es etwas, was du von deiner Mutter hast, und du gibst es auf für etwas, was einer Spielkameradin gefällt. Das ist dann auch der Moment, wo du bemerkst, wie es geht. Und je früher du merkst, wie das geht, desto schneller wirst du im Tausch. Deshalb kann niemand voraussagen, was aus einem Kind wird.«

»Und das Kind selbst, hat es eine Ahnung?«

»Eine Ahnung schon. Es hat eine Idee vom Tausch, also wie schnell man etwas dazugewinnen kann, was vorher noch undenkbar war.«

»Das heißt, daß aus jedem etwas werden kann.«

»Etwas anderes, als die Eltern es sind. Das glaube ich schon.«

Elise lag auf dem Loungestuhl von Hans Wegner, die Beine von sich gestreckt, in Gedanken. Das war also ihre Geschichte oder deren Theorie. Als wir hinter Tondern die Grenze passierten, zeigte sie mir ihren Paß mit dem Eintrag in der Rubrik 14, Ordens- oder Künstlername.

Sie hatte sich wieder eine kleine Zigarre in die Einfassung

des Tachometers gelegt und hielt den Wagen auf Kurs entlang des schwarzen Bandes der A 7, die anderthalb Jahrzehnte nach ihrer Fertigstellung noch immer neu wirkte. Bei Jagel kreuzte ein Starfighter die Autobahn so niedrig, als wollte er sie bombardieren. Ich hielt mir beide Ohren zu, Elise eins. Die andere Hand brauchte sie zum Lenken. Der Schatten des Flugzeugs erwischte unser Auto für vielleicht den fünfzigsten Teil einer Sekunde, so wie das Zwinkern eines Gottes, von dem man nicht weiß, ob er scherzt oder in übler Laune ist.

Big Bend

Elise war so flüssig in ihren Routinen, sie wußte nicht einmal mehr, daß es welche waren. Nach achtundvierzig Stunden in St. Louis kannte sie den Hausmeister der Akademie, seinen Vertreter, den Gelegenheitstischler, das Malerteam, den Studenten mit dem Universalschlüssel und alle vier Bibliothekarinnen sowie ihre sechs studentischen Hilfskräfte. Sie ließ sich eine Liste erstellen mit Läden für Künstlerbedarf, Industriefarben, Eisenwaren und dem Baumarkt; dem professionellen Fotolabor und einer auf Scans spezialisierten Druckwerkstatt; sämtliche Firmen mit kleinen Nummern eingetragen in einen Stadtplan, den sie »den logistischen« nannte und der im Auto liegenblieb. Sie ließ sich von einer Bibliothekarin namens Cindy ein Blatt mit den wichtigsten historischen Daten von St. Louis zusammentragen, von der französischen Gründung 1764 über den Verkauf an die Vereinigten Staaten 1803 bis zur Weltausstellung 1903 und der Errichtung des Bogens im Jahr 1965. Auf weiteren zwei Seiten hatte Cindy, am dritten Tag, sämtliche Museen und Bibliotheken von St. Louis und der angrenzenden Gemeinden gelistet, inklusive der Bibliothek für Kunst und Architektur der Washington University in University City, in der Cindy arbeitete, im Mitteltrakt der Akademie.

»Wie wär's mit den wichtigsten Gebäuden?« fragte Cindy. Am fünften Tag kam eine Liste mit hundertelf Gebäuden, ihren Architekten und Adressen.

»Was willst du denn damit?« fragte Tom.

»Das ist für dich.«

Elise hatte über die vergangenen zwölf Jahre Tagebuch geführt, acht Bände hinterlegt in einem Hamburger Tresor und den neunten hatte sie dabei. Ihr chronologisches Register umfaßte Reisewege und Aufenthalte, Tagegelder, Einladungen, Honorare und Verkaufserlöse; Überschriften und Erscheinungsdaten von Zeitungsartikeln; Ideen, Skizzen, Überblickszeichnungen ihrer abgeschlossenen Installationen – die einzelnen Bestandteile durchnumeriert – und Notizen über Kuratoren, Museumsleute, Galeristen, andere Künstler, Amtsleute und Hilfskräfte. An manchen Orten der Welt war sie wie Staatsbesuch empfangen worden, mit einem klimatisierten Auto abgeholt vom Flughafen und ins Hilton gebracht. Manchmal war der Empfang herzlich, aber das Hotel laut und dreckig, oder sie hatte allein am Flughafen gestanden, mit pompösen Versprechungen geködert und dann so gut wie vergessen. So war sie dazu übergegangen, gar nichts mehr zu erwarten, aber, sobald sie Fuß gefaßt hatte, umfassende Forderungen zu stellen in bezug auf Platz und Geld – nur für das Werk in statu nascendi, nie für sich selbst. Sie war zu einer Preußin des Kunstbetriebs geworden, ohne Statussymbole, kein Kokain, keine Gelage bis in den frühen Morgen. Wenn sie nach Hamburg zurückkam, war sie hohlwangig, bleich, getrieben.

»Du guckst nicht, du stierst«, pflegte Thomas zu sagen.

Sie schlief dann zweimal achtzehn Stunden, ergänzte drei oder vier Seiten dessen, was sie »unwahrscheinliche Details« nannte, in ihr Künstlertagebuch, schloß es weg und kehrte zu Thomas als die zurück, die er kannte, rund und fest wie eine Haselnuß.

Mit einem Apple-Notebook und hundert Visitenkarten im Anzug unterwegs für John Cox, Timm Schliesser und Nader Serdani – für die Hamburger Firma CSS, also, ihre drei Teilhaber, fünf Dutzend Zeichner und Ingenieure –, hatte er seine Flugreisen manchmal so legen können, daß er Elise zwei Tage hatte sehen können, meistens zur Eröffnung eines Kunstfestivals oder zum Abschluß ihrer Zeit als artist in residence an Orten wie Osaka, Macao, Caracas, Johannesburg und Bilbao. Aber nie hatte er sie für drei oder vier oder sechs Wochen begleitet, ein Plan, der immer wieder gefaßt und immer wieder aufgeschoben worden war, schon die Erwähnung nahezu lächerlich. Elise, an exotische Städte und Aufgaben gewöhnt, hatte die Einladung aus St. Louis im Juni zweitausendeins bekommen und unbeantwortet gelassen, während Thomas versuchte, mit sanften Drohungen bei CSS eine Teilhaberschaft für sich selbst auszuhandeln. Ende August hatte Elise der Washington University in University City abgesagt. Am dreizehnten September hatte Nader Serdani seinem Büroleiter Thomas Schwarz freundschaftlich beschieden, daß eine Teilhaberschaft »unter den gegebenen sich verschärfenden Bedingungen nicht vorstellbar« sei. Ende September, die Betreiber der Produzentengalerie meldeten Elise Katz desaströse Ergebnisse am Kunstmarkt, hatte sie den Kontakt zu St. Louis wiederaufgenommen. Nun war die Gelegenheit gekommen, von CSS ein großes Bonbon einzufordern: Januar und Februar zweitausendzwei ohne Thomas Schwarz am communications desk – »Das würt ein Helterskelter! Mit die Ankunft won die Juro und all das!« hatte John Cox gerufen. So kam es, daß Tom Elise in all den Jahren, die sie sich kannten, zum ersten Mal bei jener Tätigkeit zusah, aus der ihr Ruf gewachsen war: mit leeren Händen zu kommen und ein Kunstwerk zurückzulassen.

Thomas hatte bis dahin nur die kontemplative Seite ihrer Kunst wahrgenommen. An Abenden, bis in die Nächte, hatte er bei ihr im Atelier am Barmbeker Güterbahnhof gesessen und seine architektonischen Fachzeitschriften gelesen, während Elise ihre Fundhölzer stutzte, fräste, schnitzte und schliff. In den vergangenen drei Jahren, als der Kunstmarkt ruhiger geworden war, hatte sie sich auf Oberflächen spezialisiert, die ihren Hölzern – manchmal waren es auch Eisen oder Betonmonolithe aus Abrißhäusern –, zwei unterschiedliche Seiten gaben, die, wie Elise ihm verraten hatte, beide wie Rückseiten aussehen mußten: »Nicht unbedingt abweisend, aber so, daß man immer denken würde, auf der anderen Seite wäre das Eigentliche.«

Wie sie mit Kalkfarben, Rostanstrichen, Lacken und Ölen hantierte, die Flächen vor dem nächsten Auftrag immer wieder schleifend, von Hand oder mit der Maschine, war er zu der beruhigenden Anschauung gekommen, daß ihre Kunst aus der Versenkung heraus entstand, eher von allein wuchs als wirklich hervorgebracht wurde, während er im Januar plötzlich, unter einem rasch wandernden Wolkenhimmel über dem Flachland am Mississippi, hineingerissen wurde in die Logistik einer Vorbereitung, für die man in anderen Berufen mittelständische Unternehmen beschäftigt.

Man sah sie kaum, die beiden, hinter den getönten Scheiben des Neon, der wie ein Insekt durch die Flächenstadt kreuzte, über die großen, aufgebockten innerstädtischen Autobahnen, am Ufer entlang jenseits des Bogens, einbiegend landeinwärts, der Avenue folgend, bis sie, nach mehreren Meilen, vor einem Stück Brachland endete. Entlang der alten Eisenbahnen, zwischen den Lagern uralter Betriebe unterhalb des Freeways, Block für Block rechts und links der Grand Avenue, die gegen Abend zu leuchten begann als Ersatz für einen Broadway. Sie schossen bei Nieselregen über die große Brücke nach East St. Louis, wo das Modell der Flächenrasterung beunruhigend illustriert wurde durch frei stehende Häuschen zwischen leerstehenden Grundstücken, unmöglich zu sagen, ob vom Bulldozer geräumt oder niemals bebaut.

Die Fahrten, vormittags begonnen, summierten sich zu einer Reise von drei Tagen. Es zog das Auto immer wieder zum Forest Park Parkway, mit seinen gemeinnützigen Thrift Stores in riesigen alten Lagerhallen. Was sollte in einer abgenützten Gewerbestadt einfacher zu finden sein als eine ungenutzte Etage mit einer hohen Fensterwand und schrundigen, staubigen Holzdielen?

»Wie willst du denn heizen?« fragte er.

»Partiell«, antwortete sie. »Strahler mit Gas. Es ist nicht so wichtig. Hauptsache Platz.«

Sie fragten in den Pförtnerhäuschen der Speditionen, an den Empfangstresen herausgeputzter Firmen, klopften an die Stahltüren und erblindeten Fenster zwielichtiger Betriebe, notierten die Nummern auf den verblichenen Schildern von Maklern. Sie wurden gewarnt vor Kriminellen, umständlich befragt nach ihrer Herkunft, dem Grund ihres Aufenthalts und ihren Absichten, bekamen Empfehlungen ohne Adressen und Adressen, die sie nicht lokalisieren konnten. Auf einem Hof hatte ein Mann ganz allein ein Lager mit gebrauchten Reifen eingerichtet. Skepsis war in sein Gesicht geschrieben, als das silberne Auto vorfuhr und die Scheibe der Beifahrerseite automatisch herunterfuhr. Mit einem tiefen Spalt zwischen den Augenbrauen hörte er sich Elises Vortrag an. Dann lachte er, als hätte er sich selbst bei einem Gedanken überrascht, wandte sich ab, sortierte Reifen, und aus dem Auto heraus, bei blubberndem Motor, bestaunten die beiden seinen ausrasierten tiefbraunen Nakken, gerahmt von den Trägern des Overalls, als er sich ihnen wieder zuwandte, im Profil.

»So you're an artist«, sagte er zu Elise, als würde er sagen, sie lüge. Sie nickte. Sie nickte noch einmal.

»Looking for a short-term lease. You don't want to fix no windows, or anything.«

Wenn's geht, nicht, sagte sie. Dann vergiß das mit den Hallen, sagte er. Du kriegst sie nicht, und wenn du sie kriegst, stehst du da bei zehn Grad minus, wenn du Pech hast, und was dann.

»What you wanna get«, und er prüfte aus dem Augenwinkel, ob die Lady mit dem britischen Akzent auf ihn hören würde, »is a store«. Es hörte sich an wie »staw«.

»You really want to get a store. They're all over the place.« Er wandte sich wieder den Reifen zu.

»And where, roughly, would you look out for a store?« fragte Elise.

Der Mann wandte sich ihr nicht mehr zu, aber man hörte ihn rufen, bellen fast: »Manchester. Way west, possibly.«

Sie kamen spät zurück in den leuchtenden Apartmentbau am Skinker Boulevard. Ihre erste Ausgabe der frisch abonnierten »New York Times« war gekommen und als letzte Zeitung des Tages auf dem Tisch des Portiers liegengeblieben. Die Nachtschicht schob Joe Freedman, ein jovialer, leichtgängiger Schwarzer mit schwarzsilbernem Haar und vertrauenerweckender Leibesfülle, jene pralle Dicklichkeit, die sich bei den Glücklichen regelmäßig über den Körper verteilt, die Wangen bläht und die Waden spannt, als wären sie so geboren, und das sind sie vielleicht auch. Selbst wenn man blind gewesen wäre, hätte man gehört, daß nicht Fred Leicester am Tresen saß, sondern Joe, denn Fred spielte aus dem kleinen verborgenen Radio verschnörkelte Wunschmelodien und gefällige Sänger der weißen Radio- und Fernsehwelt von zweiundfünfzig bis fünfundsechzig. Irgendeine Kurzwelle mußte sich auf den stocksteifen Schmus kapriziert haben. Joe übernahm an der Schnittstelle: Modern Jazz, Broadwaygeglitzer und Easy Listening, das sich an den Funk kuschelt; das Radio sichtbar und ein kleines bißchen lauter als bei Fred, wie eine für das Publikum des Hauses von ihm gewählte Gabe. Sie waren nur zwei von einem halben Dutzend Portiers, die in drei Schichten die vierundzwanzig Stunden komplettierten. Fred erschien wie die Symbolfigur einer verengten weißen Mittelschicht, die mit dem Abstieg kämpft, und Joe als moderne Ausgabe des Onkel Tom, einer, der die Rolle des

Dienenden mit seiner strahlenden Leiblichkeit ausfüllt, im Bewußtsein, eben damit besser gefahren zu sein als manche Cousins seiner weitverzweigten Familie. Sie schienen lebendige Gegensätze zu sein, ein gänzlich unvereinbares Paar. An diesem Abend jedoch, als Tom und Elise erschöpft und ratlos ins Foyer des Dorchester zurückkehrten, war Schichtwechsel, Fred und Joe brabbelnd und scherzend wie uralte Schulfreunde, die sie schon deshalb nicht sein konnten, weil Joe zwanzig Jahre jünger sein mußte als Fred, der in den Genuß eines Altersruhestands wohl nicht mehr kommen würde.

Als sie die Wohnungstür aufschlossen, meldete sich klirrend das Küchentelefon, im Wechsel mit dem Echo des Apparats aus Elises Zimmer. Tom leerte eine Tüte von Schnuck's in den Kühlschrank, als wenn er nichts hörte.

Elise: »Hallo ... Ed? Ted? ... Mr. Kuhn. Herr Kuhn! ... Thomas, für dich.«

Tom: »Ich kann grad nicht.« Er rearrangierte das Innere des Kühlschranks.

Elise: »Er kommt.« Sie ließ den Hörer des Wandtelefons an seiner Ringelschnur heruntersinken, wo er wie ein Pendel über dem Boden schwang und mehrmals an die Wand schlug. Tom sah ihr hinterher, wie sie auf Strümpfen über den hellen Teppich lief und in ihrem Badezimmer abtauchte. Er ließ sich wie ein Kind an der Wand herabgleiten und kam neben dem Hörer zu sitzen.

»Schwarz.«

Die Stimme am anderen Ende war hell und schwingend.

»Theodor Kuhn hier, ich habe Sie gesucht. Und ich höre, Sie verbergen sich in den Dorchester Apartments.« Kuhn sprach akzentfreies Deutsch.

»Ja, das ist ein Rentnerparadies hier. Stillstand neunzehnhundertdreiundsechzig.«

»Liebenswert, nicht wahr? Nun, erst einmal willkommen in St. Louis. Wenn Sie irgend etwas brauchen, melden Sie sich in der Architekturfakultät, ich bin immer zu erreichen.«

Tom, soeben jedem Kontakt abgeneigt, hoffte jetzt, daß sich die Stimme nicht entziehen werde. Aber sein Kopf war leer.

»Mir war gar nicht aufgefallen …«

»Daß ich deutsch spreche. Das vermeiden wir in der Fakultät. Die Studenten sind verliebt ins Exotische, aber fühlen sich ausgegrenzt, wenn sie nicht verstehen. Wie finden Sie denn unsere Akademie?«

»Das Gegenteil vom Dorchester. Offenbar völlig verlinkt.«

»Absolut verlinkt! Wir sind besser ausgestattet als die meisten Architekturbüros in Nordamerika. Kleine Gruppen, hohe Effektivität. Dagegen ist Braunschweig Barackia, nicht wahr?«

»Braunschweig?«

»Ich habe Sie bibliographiert und gegoogelt, Tom Schwarz. Sie haben in Braunschweig studiert und zum Abschluß ein ziemlich miesepetriges Stück über Deutsche Architektur geschrieben. Dann war ein paar Jahre Stille, bis Sie mit der ersten Monographie zu Uwe Jens Niehuus wieder aufgetaucht sind.«

»Das war … ein Heft. Zur öffentlichen Begleitung des Kunstmuseums.«

»Es steht in unserer Bibliothek. Sehen Sie, Niehuus hat hier fünfzehn Jahre gelehrt, bevor er nach Deutschland zurück ist, um wieder als Architekt zu praktizieren.«

»Das war mir so nicht klar.«

»Und jetzt machen Sie Büroleitung beim großen Nader Serdani. Meine Studenten bestehen darauf, Sie zu treffen.«

»Als Exoten?«

»Wenn Sie so wollen, ja. Sehen Sie, wir machen eine anspruchsvolle und systematische Lehre hier. Aber wir sind angewiesen auf Stimmen von außen. Ich kann Sie sogar noch ins Vortragsprogramm einsetzen, im laufenden Semester, wenn Sie wollen.«

»Auf gar keinen Fall!«

»Sie nehmen sich eine Auszeit, nicht wahr?«

»Ja.«

»Na gut. Ich schlage Ihnen die kleine Lösung vor. Wir haben jeden Dienstag um halb fünf ein Kaffeekränzchen. Da berichten manchmal Doktoranden über ihre Vorhaben, oder es kommen Leute von außen. Es gibt dort keine Themen, keine, die angekündigt werden, meine ich, man setzt sich einfach zusammen und spitzt die Ohren. Sie müssen nichts vortragen, die Fragen ergeben sich von ganz allein.«

»Was für Fragen könnten das sein?«

»Das weiß ich nicht. Aber wissen Sie, was Studenten wirklich interessiert, das ist die Praxis der Architektur, was genau Sie machen, und wie Sie angefangen haben. Warum Sie geworden sind, was Sie geworden sind.«

»Ich bin mir nicht sicher, ob ich das selbst weiß.«

»Das ist gut genug. Sie brauchen keine Story abzuliefern. Kennen Sie das Buch über die Ambivalenzen?«

»Ich denke nein.«

»Es gibt sieben davon. Sieben unterschiedliche Ambivalenzen. Eine Art Regenbogen!«

Tom saß noch eine Weile auf dem Teppich unter dem Telefon und lauschte der Stimme nach. Er dachte an das Verfahren, Transparentpapier über Fotografien zu legen, um die Linien besser zu erkennen. Diese Wirkung hatte Ted Kuhn.

Am dritten Tag der Suche nach einem Atelier blies ein scharfer Wind unter einem in grauweißen Schlieren gepinselten Himmel. Die Kälte schien den Ratschlag des Mannes vom Reifenhof zu bestätigen, und Tom und Elise kreuzten nun in der Südstadt. Die meisten Firmen mit überregionalem Anschluß hatten in den Norden gewechselt, in die Nähe des Flughafens, während die alten Schneisen des Südens, eng und gepackt mit Ladenzeilen und Hofeinfahrten, noch das Traditionsgewerbe hielten, Schweißerbetriebe und Kugellagerhersteller, Farben, Eisen, Werkzeug und, überraschend, einige Bücherantiquariate am Rande der Agonie. Tom und Elise, auf der Manchester Road, die laut und grau ihrem Namen gerecht wurde, westwärts und ostwärts pendelnd, waren auf den Big Bend eingebogen, weil ihnen der Name gefiel, und machten Station in einem schmalen Ladengeschäft mit zwei Stehtischen, das auf einem Schild für seine »weltweit unübertroffenen« Sandwiches warb. Kauend starrten sie auf eine Lieferung gegenüber, die sich nach einer Weile als Abtransport von Verkaufsvitrinen herausstellte. Sie ließen die mittelmäßigen Sandwiches liegen und stürzten auf die andere Seite der Straße.

Die nicht mehr ganz jungen Männer mit zotteligen Frisuren, die bis weit über die Schultern fielen, und Bluejeans, die wie schlaffe Säcke über den Hintern hingen, waren amüsiert von Elises mit Beatlesakzent vorgetragenem Begehren. Sie hatten sich, wie sie wissen ließen, mit ihrem Schallplattenladen in Richtung der Webster University verbessert und mußten den Mietvertrag bis Ende März bedienen. Es gab nicht nur eine Heizung, sie war tagsüber nicht einmal auszuschalten. Man beschloß, den Eigentümer zu umgehen. Elise wurde Untermieter in den kahlen Räumen von A-Z Records, mit einem gewaltigen festinstallierten Tresen und einem kümmerlichen Rest schwarzer Schallplatten in falschen Hüllen, die beim Umzug zurückgelassen worden waren. Unter einer Deckenverkleidung, die beim Lösen Kunststoffpartikel regnete, fanden sich intakte Neonleuchten, denen ihre jahrelange Stillegung nichts hatte anhaben können. Der Glanz in Elises Augen – um sieben hatte die Heizung ausgesetzt, und der Winter zog durch den Laden von den Einfachfenstern vorn bis zum Lieferantentor hinten – signalisierte Triumph. Sie hielt den kleinen Messingschlüssel der Eingangstür vor ihre Brust wie einen Talisman, einen kostbaren Fund.

Unter dem Rauschen und Rufen der Autos am Morgen hörte Tom nicht, wenn Elise in ihrem Zimmer früh aufstand, das ferner gelegene Badezimmer benutzte und wenig später die Wohnungstür hinter sich zuzog. Die Jalousien geschlossen wie Augenlider, verschlief er das Spektakel des Sonnenaufgangs über dem Park. Provisorisch angezogen, nur das Gesicht eilig gewaschen, nahm er den Fahrstuhl sechs Stockwerke abwärts, um am Tresen die »New York Times« zu holen. Wenn er mit der Zeitung – der Titelschriftzug noch immer Fraktur, aber als Aufmacher ein farbiges Funkbild von überraschender Qualität und Schärfe – den Teppichboden der Wohnung betrat, an der Tür seine Schuhe verlierend, fühlte er sich aufgehoben in Amerika, gewiegt, endlich verschont von den immer unaufschiebbaren Fragen und Anfragen seines Berufs, einem unaufhörlichen Fluß elektronischer Post.

Der große Schreibtisch von Ed war ergänzt durch einen amerikanischen Bürostuhl mit gußeisernen Füßen auf Rollen aus dem Thrift Store der Heilsarmee am Forest Park Parkway, die kunstlederbezogene Sitzfläche schwer und nachgiebig, die Lehne dagegen ein karger Schild, aber schwenkbar und höhenverstellbar. Tom dachte an ein berühmtes Bild aus einem amerikanischen Rekrutierungsbüro, fünfziger Jahre: Der Officer sitzt in einem solchen Stuhl, zurückgelehnt, die Schuhe auf dem eigenen Schreibtisch. Über ihm, schwarzweiß, die Flagge der Vereinigten Staaten.

Tom bewunderte die Linoleumfläche des Schreibtischs, ihren unregelmäßigen, matten Glanz, ihr ehemaliger Nutzen betont durch die aufgelösten Stellen in den Ecken. Die Jalousie nun geöffnet, fing das Taubenblau der Schreibfläche die Blässe des Winterhimmels auf. Nicht einmal ein Stift lag auf dem Tisch. Später am Tag würde er Notizen machen für den Dienstag: eine grobe Übersicht der Architektenbüros in Deutschland, oder ein Resümee des asiatischen Baubooms. Oder lieber nicht. Nein, kein Vortrag mit ungesicherten Daten, die durch eine Recherche im Netz schnell widerlegt werden konnten. Vielleicht das C.V.:

»Ich, Tom Schwarz, habe in Braunschweig, auf englisch Brunswick, Architektur studiert. Nach dem Studium habe ich in Hamburg im Büro von Benthien und Göckjohann angefangen, wo ich eine Menge Details gezeichnet habe für Eigentumshalbhäuser im Stadtteil Volksdorf. Später, mit der plötzlichen Öffnung Ostdeutschlands, ist unser Büro ...«

Viel zu kompliziert, zu deutsch-intern, dachte Tom. Die Verbindung zur Washington University war schließlich Uwe Jens Niehuus, der nach fünfzehn Jahren Lehre zurückgekehrt war nach Deutschland, um sich einen Namen zu machen. Also:

»Schon als Student, vor zwanzig Jahren, habe ich ein gewisses theoretisches Interesse entwickelt. Als ich gerade in Hamburg anfing, als Architekt zu arbeiten, erschien in einer Zeitschrift mein Aufsatz über Deutsche Architektur, der ziemlich provokativ war. Auf diese Weise habe ich Niehuus kennengelernt, der – anders als die meisten Architekten, die Ignoranten sind – fast alles las. Niehuus verwickelte mich in das Vorhaben, über einen entstehenden Neubau, die Erweiterung des Kunstmuseums Hamburg, eine Schrift zu verfassen. Gleichzeitig war ich aber angestellt als Detailzeichner bei Benthien und Göckjohann ...«

Er fuhr den schweren Stuhl zurück und legte die Füße auf die Schreibtischfläche. War es nicht Lichtenberg, der geschrieben hatte, man dürfe nie mit dem Anfang anfangen?

»Ich, Thomas Schwarz, bin seit zehn oder elf Jahren Frühstücksdirektor bei Cox Schliesser Serdani, also bei CSS. Ich entwerfe schon lange nichts mehr. Wir sind ein Büro von meist über siebzig Leuten, das schwankt, und bauen von London über München bis nach Guanzhou. Mein Job heißt offiziell communications director, das hat sich Nader Serdani ausgedacht, ein schlauer Fuchs. Der Punkt ist, daß es ab einer bestimmten Größe eines Unternehmens Leute braucht, die ausschließlich organisieren. Ich bin die Brücke zwischen den Klienten und den Architekten, die entwerfen. Dafür muß ich erstens selbst Architekt sein. Und zweitens hat es mir sehr genützt, daß ich vor fünfundzwanzig Jahren ein Schuljahr in Ohio verbracht habe. Denn die Klienten sprechen mit uns fast alle englisch.«

Tom mußte über sich lachen. Den Studenten auf englisch erklären, daß man Englisch spricht. Was für ein altes und lästiges Problem: Wie oft hatte er Vermittler, Werbeleute und Strategen über ihre Arbeit sprechen hören, und es hatte sich angehört wie Kampf gegen Windmühlen? Hochglanzartikel über Art-Direktoren, in denen es hieß, sie seien »immer innovativ« und verblüfften ihre »Partner durch immer neue Lösungen«? Wie wäre es, wenn er gegen das amerikanische Gesetz verstoßen würde, eine Geschichte als Erfolgsgeschichte zu erzählen?

»Ich, Thomas, bin der Sohn eines Richters aus einer deutschen Kleinstadt. Mir ist früh gesagt worden, daß man einen ordentlichen Beruf haben muß. Mein Schulfreund war der Sohn eines Bauunternehmers. So bin ich Architekt geworden. Architekten gibt es in Europa seit rund zweihundert Jahren, der Anfang liegt in der Militärgeschichte. Architekt zu sein gilt als respektabel. Aber mal ehrlich: Die meisten Architekten sind Versager. Sie bauen vermurkstes

Zeug, und wenn sie damit nicht weiterkommen, gehen sie in die städtische Behörde. Ich selbst wollte auch einmal in eine Behörde, aber es hat nicht geklappt. Zu jener Zeit, das ist schon lange her, hat mich ein früherer Kommilitone namens Nader Serdani angeworben. Sie kennen den Namen. Dieser Mann kann wirklich etwas. Ich arbeite seit einem Jahrzehnt für zwei, und was ich mache, hat nichts zu tun mit dem Traum davon, ›Architekt‹ zu sein. Ich kann mich kaum erinnern, was ich mir gedacht habe, als ich mich für diesen Beruf entschieden habe.«

Schon besser. Tom ging ins Wohnzimmer, wo sich der Balkon der identischen Wohnung im siebten Stockwerk im Glastisch spiegelte. Er blätterte geistesabwesend in der »New York Times«. Er brütete eine Weile über dem schweren Klo, das eigentlich ein Wasserbassin war. Dann kehrte er zum Schreibtisch zurück mit einem Schreibblock, den er in einer Schublade gefunden hatte, einem Karton mit einer einzigen linierten, gelben Seite, und einem Bleistift aus Elises Zimmer. Er schrieb:

»Mein eigentliches Vorbild ist ein unbekannter Architekt namens Bavendam. Er hat in meiner Heimatstadt Lüneburg einige wunderschöne, gemauerte Bungalows gebaut, die weiß angestrichen sind. Der Bauunternehmer, der ihn beschäftigte, hieß Osterkamp. Mit dessen Sohn war ich befreundet. Er heißt Claes Philip. Ich habe mir damals keine Gedanken gemacht, was aus Claes Philip wird, weil er ein Alleskönner war, aber ich wollte Architekt werden. Er wohnt heute sehr komfortabel in einem der besten Viertel Hamburgs und plant für eine politische Partei die weitere Abschließung der Innenstadt gegen die Autos ihrer Bewohner. Ich bin auch nicht eigentlich Architekt geworden, noch nicht einmal im Kleinen, wie Bavendam. Manchmal träume ich von Claes Philip, aber die Träume sind nicht gut.«

Die Seite war ganz beschrieben. Tom riß sie vom Block, drehte das gelbe Blatt um, stellte sich vor seinen riesigen Schreibtisch und zog Kreise um drei Stichworte, die er mit Strichen verband: »Entwurf – Theorie – Kommunikation«.

Zwölf Uhr mittags, die Arbeit war getan. Es würde mindestens acht Stunden dauern, bis Elise mit dem Auto zurückkehrte. Er machte sich zu Fuß auf zur Bibliothek der Architekten, um der Gefangenschaft des Müßiggangs zu entkommen.

Norddeutsche Ebene

Architekt wird man, wenn man zur Kunst keinen Mut hat und Physik auf die Dauer zu anstrengend findet. Das Semestercurriculum hatten die meisten unterschätzt, froh, von zu Hause fort zu sein und manche mit zwanzig Jahren noch unberührt. Nun waren sie eingesperrt in eine studentische Männerwelt, in die Routine der Werkstätten, in die hellhörige Trostlosigkeit der Wohnheime. Sie stürmten die Konzerte, die Feten und die Kneipen, und was an Trieb sich staute, wurde aufgelöst in Bier. Die Freundinnen, die sich vom dritten Semester an einstellten, waren bleich und protestantisch, beredt und pragmatisch, und wurden aus Dankbarkeit kurz nach dem Examen geheiratet. So zeugt sich, ohne Hintersinn und Arg, die norddeutsche Familie fort.

Einer der Erstsemestler kam aus Franken, der Sohn eines Försters, und einer aus dem Markgräflerland. Die anderen waren Eingeborene der norddeutschen Ebene, die Walmdächer nur aus Büchern kannten und Backsteinbauten mit falschen Sprossenfenstern für den ultimativen Ausdruck baulicher Gemütlichkeit hielten, und Gemütlichkeit für eine gute Sache. Trotz redlicher Bemühungen des Lehrpersonals verhärteten sich diese Ansichten eher, als daß sie sich lösten. Die jüngeren Sparkassenfilialen, wie man sie bald darauf von Oldenburg bis Rostock bewundern konnte, waren davon die Folge.

Unter den siebenunddreißig Erstsemestlern hatte es fünf Frauen gegeben, von denen drei nur einige Monate blieben. Übrig blieb Dolores, eine knabenhafte Gestalt aus Barcelona, die einem Mann nie näher kam als bis zur Nachbarschaft an der Werkbank, und Miyako, ein Kind japanischer Eltern, in Düsseldorf geboren. Sie war eine Schönheit, geschickt und klug, und die Jungen wagten sie kaum anzusehen. Manche, die es taten, erröteten.

Claes Philip Osterkamp war Einserabiturient gewesen und hatte die Sendung verspürt, sich zum Juristen ausbilden zu lassen. Das Universitätsroulette hatte ihn nach Heidelberg verschlagen, wo das Milieu der Aufsteiger und Aufschneider, der Schmeichler und Rechthaber ihn seiner Sendung entfremdet hatte. Regelmäßig zu Besuch im Braunschweiger Wohnheim, wo die Zimmer von Wochenendpendlern weitergegeben wurden, fand er Gefallen an meinem Studium der Architektur, für das er sich mit einem Jahr Abstand einschrieb. Den anstrengenden Teil, die Grundlagen, bewältigte er mühelos. Sein erstes Baustellenpraktikum hakte er im Unternehmen Osterkamp ab, wo er als möglicher Erbe respektvoll behandelt wurde.

Claes Philip war nach der Schule zur Bundeswehr gegangen, und ich hatte anderthalb aufreibende Jahre im praktischen Dienst eines Jugendgefängnisses verbracht. Die Geschmeidigkeit des Schulwissens war verlorengegangen. Wir kaprizierten uns auf das, was wir für »die praktische Seite der Sache« hielten, »das Anpacken«, und behaupteten – ohne uns damit Freunde zu machen –, daß »nicht Architekten, sondern Baumeister« gebraucht würden.

Um unsere Scheine einzusammeln, mußten wir die Vorlesungen eines Assistenten anhören, der für die Architekturtheorie zuständig war. Es war ein übergewichtiger Mann, der früh sein Haar verloren hatte und dessen näselnde Stimme, zu hoch für seine Statur, zu Imitationen einlud. Im ersten Jahr führte seine »Baugeschichte von der Höhle bis zum Wolkenkratzer«; dann kamen »Die Schriften der Architekten« dran; und schließlich die Theorie. Wir hielten durch bis zu seiner Vorlesung über »Fragment, Supplement, Dekonstruktion«, die wir nur mit unterdrückten Lachanfällen überstanden: Dekonstruktion, das war das

Haßwort, das uns, den Praktikern, noch gefehlt hatte. Wo doch jeder wußte, daß ein Stein auf den anderen gehört!

Da Claes Philip später gekommen war, hörte er auch die Vorlesungen zur Geschichte und Theorie meines Vorjahrs, und über seine clownesken Imitationen kamen die Namen, Bauten und Begriffe wie ein Repetitorium zu mir zurück. So begeistert waren wir von den hechelnden Nasallauten der entleiblichten Stimme, daß wir gar nicht merkten, wie geläufig uns der Stoff wurde, den Dr. Thomä zu bieten hatte. Natürlich versuchte sich Claes Philip auch an einer Parodie der Vorlesung zur Dekonstruktion, aber es wollte ihm nicht gelingen, Thomäs Syntax und Melodie zu treffen; statt dessen hörte man das Unverstandene heraus. Wir saßen in der Küche des Wohnheims, als uns ob des ausgebliebenen Spaßes Nachdenklichkeit überfiel. Noch unter dem Zeichen burschenhafter Verweigerung verglichen wir, was wir glaubten unter Dekonstruktion verstanden zu haben – angeblich nicht verstanden zu haben –, und fanden Gefallen an der Idee, daß »die Voraussetzungen der Architektur in ihre Segmente zu zerlegen zur Bedingung eines zeitgenössischen Bauens werden kann, und vielleicht auch muß«, und sobald wir Dr. Thomäs Formel hatten, konnte Claes Philip sie auch wieder näselnd dozieren, aber wir lachten nun weniger über den Dozenten als vielmehr über unsere eigene Borniertheit.

Verglichen mit unserer gemeinsamen Schulzeit war das Curriculum in Braunschweig und das Pendeln nach Lüneburg eine Strapaze. Das Auto gab dreimal im Semester auf, besonders gern an feuchtwindigen Abenden zwischen Fallersleben und Uelzen. Claes Philip, der nicht fuhr, übernahm, wenn der Wagen rollte, die Aufgabe des Kassettenjockeys. Das Abspielgerät lag lose in der Vertiefung, die der kleine Renault statt eines Handschuhfachs bot, und die nackten Lautsprecher waren mit je dreißig Bahnen Tesafilm wie abstehende Ohren auf die Metallrahmen der Rücksitze geklebt. Claes Philip spielte seine anstrengenden Lektionen – Gentle Giant, Colosseum, Return to Forever –, Harmonien gestapelt, verzwickt und schnell. Zur Erholung, wenn die B 4 durch den Wald schnitt und die roten Türme Lüneburgs nicht mehr fern waren, ertönte eine klare Stimme vor dem Hintergrund einer zu dumpf abgemischten Gruppe, das war Isabella mit siebzehn, mit achtzehn, mit neunzehn Jahren. Sie sang nicht mehr, aber wir trafen uns immer noch im Dachzimmer meines Elternhauses in der Barckhausenstraße.

Isabella hatte, als Dreierabiturientin, keinen Statusstudienplatz bekommen und sich statt dessen zur Krankenschwester ausbilden lassen. Während Claes Philip und ich noch spekulierten, wie lustig die Theorie sei, war sie schon im Beruf und wohnte in Harburg gegenüber dem Krankenhaus, in dem sie ihren Schichtdienst versah. Im Lüneburger Dachzimmer hatte ich das Bett weggeschafft und unter der Dachschräge Schaumstoffmatratzen nahtlos installiert. Diese wurden zur Spielwiese einer Reihe junger Lüneburger aus dem Umfeld unserer längst aufgelösten Folkrockband. Bevor ich mir darüber klar wurde, hatte sich ein Netzwerk von Nutzern gesponnen, die in meiner Abwesenheit die Schlüssel weiterreichten.

An einem sommerlichen Freitag hatte es in der Tonwerkstatt einen Ofenbrand gegeben, so daß die Übungen am Nachmittag ausfielen. Ich war mit Claes Philip unter einem bleich aufsteigenden Vollmond ohne Eile von Braunschweig nach Lüneburg gefahren. Tatsächlich hatten wir gleich am Weghaus Meinholz haltgemacht – die Leitplanke der B 3 war auf zwei Armeslängen an die Fassade des Lokals herangerückt, was für uns die Definition eines »Weghauses« ausmachte –, und unser damaliges Lieblingsthema besprochen, ob es eine Architektur der Armut werde geben können, eine Art Masterplan für die Barrios. Die Frage war letztlich von Dr. Thomä nahegelegt worden, aber wir glaubten, selbst darauf gekommen zu sein. Während wir auf Lüneburg zufuhren, war unsere Stadt uns immer prächtiger erschienen, nicht das Vorbild einer Architektur, die wir vorantreiben würden, sondern das unschuldige Abbild einer geduldigen Geschichte; das Ausbleiben von Bombardierungen wie ein Siegel darauf. Als wir ankamen, fuhren wir in der Dämmerung eine Runde durch die Gassen, auch durch die offiziell bereits gesperrten der halb verfallenen, halb luxusrenovierten Altstadt.

Später, schon vom Auto aus, sah ich, daß mein Zimmer schwach beleuchtet war. Ich ließ mein Gepäck im Eingang des Treppenhauses, dessen Licht ich nicht anschaltete. Ich war mir nicht sicher, ob ich das sehen wollte, was ich gleich sehen würde, aber folgte dem Sog. Die Zimmertür war nicht verschlossen. In der Matratzengruft saßen drei nackte Teenager, zwei auf ihren Fersen und ein dritter im klassischen Lotussitz. Es waren nicht, wie ich in einer ersten Täuschung gemeint hatte, zwei Jungen und ein Mädchen, sondern drei Knaben, die nicht die geringsten Vorkehrungen trafen, um sich meinen Blicken zu entziehen. Ihre Körper glänzten im Widerschein des Vollmonds und eines Altars von Kerzen. Einen Moment lang war es möglich, sie zur Rede zu stellen. Während ich sie anstarrte – keinen kannte ich namentlich –, hielten sich ihre Erektionen. Nun mußte ich etwas tun. Ich sagte, ich käme in einer Stunde wieder; sie murmelten etwas, ich verschwand. Ziellos fuhr ich nach Wilschenbruch, das Gepäck wieder im Auto, damit nicht jemand im Dachzimmer nach mir suchte. Die Jungen, obwohl Eindringlinge, sollten haben, was sie haben wollten.

Ich ging in den schwarzen Wald mit seinen silbern funkelnden Stellen und beugte mich immer wieder über das dunkle, gurgelnde Wasser der Ilmenau, aus dem mir das Bild der schwulen Jungen entgegenkam wie eine Erscheinung. Erst jetzt wurde mir bewußt, daß einer von ihnen am Penisschaft einen Stahlring getragen hatte.

Als ich zurückkam, fand ich eine unleserliche Notiz, gekritzelt mit einem Filzstift, der gerade aufgab. Die Jungen hatten sich keine Mühe gegeben, ihre Spuren zu beseitigen. Ich zog die alkalisch riechenden Bettdecken ab, erregt und angeekelt zugleich. Auf der geraden Wand hatte jemand mit Bleistift, aber ohne besonderes Geschick, eine Faust gezeichnet, mit dem Slogan: Fuck Thatcher! Das Musikregal war weiter ausgedünnt, aber es waren auch Platten dazugestellt worden, eine von Ian Dury, der Erstling von Nina Hagen und »London Calling« von den Clash.

In Braunschweig hatten wir über den Allgemeinen Studentenausschuß durchgesetzt, daß die Männer-Frauen-Trennung der Wohnheimgruppen aufgegeben wurde. Die unvorhersehbare Wirkung war, daß sich die wenigen Frauengruppen sofort auflösten; »Frausein ist eben keine Qualifikation«, wie Claes Philip bemerkte. Wir fingen Miyako in der Mensa ab und überredeten sie, uns in die freigewordenen Zimmer ihrer Gruppe ziehen zu lassen. Sie sagte zu, unter der Bedingung, daß wir einen Architekten im achten Semester namens Nader Serdani überreden würden, der Vierte zu sein. Als Deutsch-Iraner war es ihm gelungen, jeglicher Wehrpflicht zu entgehen. Mit vierundzwanzig Jahren, schwere, lüsterne Lider hinter der wie vom Fahrtwind angeschrägten Nickelbrille, war er der Liebling gleich mehrerer Professoren und der Tutor in Dr. Thomäs Theorieseminar.

Es war der Oktober einundachtzig, wir standen wie zwei Hausierer um den sehr viel kleineren Mann mit dem Klassikerkopf und dem europäischen Teint bei gänzlicher Schwärze der Haare, der Wimpern und der Brauen, im Foyer des

Uniturms an der Pockelsstraße, dessen mehrfach manns-
hohe Fenster schon länger nicht mehr gereinigt worden waren. »Mich interessiert nicht, wer die schönsten Sushi rollt.
Für mich gibt es nur die Arbeit.« Claes Philip berührte
mich am Arm, als ich etwas sagen wollte, so daß ein kurzer
Moment der Verlegenheit entstand. »Na gut«, sagte Serdani, »wenn in meinem Zimmer beim Einzug ein Wassily von
Marcel Breuer steht, bin ich von der Partie.«

Den Sessel gab es beim Lüneburger Architekten Bavendam. Dort diente er als Ablage für den Posteingang. Ich war
dabei, als Claes Philip log, wir hätten ihn gern für zwei
Wochen geliehen, um ihn in der Metallwerkstatt nachzu-
bauen. Er paßte knapp in den Renault. Wir bekamen Serdani, und so bekamen wir Miyako.

Ohne darüber nachzudenken, war ich mit Claes Philip
zusammengezogen. Er baute sich mit geleimten Hölzern
ein Regalsystem, das als Extra ein integriertes Bügelbord
bekam. Mit Hilfe Miyakos, deren Geschicklichkeit im Detail unsere bis zur Beschämung übertraf, hatte er das Vier-
zehn-Quadratmeter-Zimmer mit einer gestreiften Tapete
fehlerlos tapeziert. Die vertikale Ordnung der Streifen,
schilffarben und lindgrün, gab dem Zimmer das Licht eines
Gemäldes von Carl Blechen, deutsches Italien. Mir reichte
es, die Rauhfaser nach dem Gesetz des Ripolin weiß zu tün-
chen und eine schwarze Kaiserleuchte an eine ausrangierte
Tür zu schrauben, die als Schreibtischplatte diente.

Miyakos Eltern waren längst wieder in Tokio, und Serdanis Familie war mit dem Ende des Schahregimes zerrissen worden und zerstritten. Nun zeigte sich, daß die
Wohngemeinschaft mit den norddeutschen Kommilitonen,
die am Wochenende ihre schmutzige Wäsche nach Winsen
und Gifhorn brachten, von Vorteil gewesen war, was Isabella betraf. Wenn sie jetzt zu Besuch kam, waren wir in der
kleinen Wohnung zu fünft. Claes Philip war immer da,

wenn ich blieb, und fuhr immer mit, wenn ich das Wochenende in Lüneburg verbrachte. Dort hatte ich die kursierenden Schlüssel meiner Dachkammer wieder eingesammelt. Isabella kam, wenn sie keinen Dienst hatte, von Harburg. Ihr kleiner, melancholischer Augustin war immer sofort bei ihr, anhänglich wie ein Hund; wir gewöhnten uns an die Gegenwart des Kindes. Es schlief bei uns, und wir schliefen miteinander, wenn wir es schlafend glaubten.

Sie paukte ihre Anatomie und ihre Heilkunde, aber hatte nie das Bedürfnis, darüber etwas mitzuteilen; ich war eingespannt von Statik und Entwurf und brauchte dringend jemanden, um darüber zu sprechen. Derjenige war, natürlich, Claes Philip. Wir nahmen unsere Dialoge mit von Braunschweig über die B 4 nach Lüneburg und trugen sie wie gutgehütete Akten ins Dachzimmer, in die Pizzeria, die Am Sande lag und sich ausgerechnet Campus nannte, und ins Schallander, hinten am Stintmarkt. Bella ließ sich treiben, einlullen von unserem fortgesetzten Symposion, und kultivierte einen schelmischen Blickwechsel mit Claes Philip, dessen Rollenspiel – das Gesicht zu den plattdeutschen Charakteren der Radiohörspiele – manches bedeuten konnte, Beobachter oder Teilnehmer, bester Freund oder Liebhaber im Wartestand. Ich war ein guter Vertreter jener Zeit, die ihre libertären Reserven hütete wie rar gewordene Schätze; selbst meine Eifersucht gegenüber dem Kontrabassisten Henning, mit dem Bella in Hamburg Alte Musik probte, hielt ich verborgen. Eifersucht und Begierde hatte ich als Gewichte gesehen, die sich die Waage hielten, aber für Bella galt das nicht. Ihren hitzigen und stechenden Verdacht, was die Unwiderstehlichkeit Miyakos betraf, konnte ich nur noch unter Kontrolle halten, indem ich Bella zu verstehen gab, daß sie ihre Neugier, andere Männer betreffend, nicht zu zügeln bräuchte. Auf diese Weise holte sie sich den Blankoscheck.

Im Frühjahr, zwischen den Semestern, schoben wir Dienst in der Bauaufsicht bei Osterkamp. Es wurde nicht viel gebaut, und selbst Praktika waren nicht mehr leicht zu haben. Wir überwachten die Ergänzungen und Aufstokkungen von Bungalows in Wilschenbruch, die für Dreikopffamilien gebaut worden waren, während Bavendam auf Gran Canaria Ferien machte. Mein Vorsprung um ein Studienjahr wurde auf der Baustelle bemerkt. Ich erkannte rechtzeitig, daß ein Fundament zehn Zentimeter tiefer gegossen worden war, als der Plan es vorsah. Das brachte Claes Philip und mich in die Position, Bavendams Entwurf verändern zu können und zu müssen. Mit geschwollener Brust standen wir am Zeichentisch und diskutierten die Alternativen. An der Stelle des Breuersessels stand nun ein monsterhafter Stokke, schon wieder bepackt mit unerledigter Post.

Isabella verdiente im Schichtdienst so viel, daß sie im Campus und im Schallander die Rechnungen bezahlte. An einem Abend vor Ostern – fast genau ein Jahr bevor Sandy geboren wurde – hatten wir wiederum Augustin dabei, einen schmächtigen Jungen im ersten Jahr des Gymnasiums, ihr Möppelken, das lockige Haar und der zu kleine, strahlende Mund. Auf der Sitzbank, die den hinteren großen Tisch im Schallander rahmte, war er über Eck eingeschlafen, den Kopf auf Bellas Schoß und die Füße auf den Bügelfalten von Claes Philips Hose. Ich, mit mehr Strichen auf dem Bierdeckel als üblich, komplettierte die merkwürdige Familie.

Es ergab sich, daß wir den Rückweg zu viert antraten, Augustin, halbwegs im Schlaf, auf Claes Philips Schultern. Ich schob ihn dann, ein Marzipankind in taubenblauer Unterwäsche, in die Ecke der Schlafgruft, wo sich die Schrägen trafen. Mich selbst schloß ich, in alkoholischem Solipsismus und vager Vorhersehung, in einen Schlafsack der Bundeswehr ein, der die Gerüche seiner Benutzer ununterscheidbar verdichtet hatte, wie ein großes Komma hingeworfen um den Leib des träumenden Jungen. Später in der Nacht weckte mich das Stechen der Blase, und am anderen Ende, kaum zu sehen, aber zu ahnen aus dem unterdrückten Tuscheln und Atmen, fand ich die polaren Freunde im Vollzug, der um so leichter fallen mußte, als ich ihn herbeigeredet hatte: die Vereinigung von Theorie und Praxis, voilà.

Ich griff nach meinem Mantel auf dem Weg zum Treppenklo, sah wie mit fremden Augen das Erbrochene sich mit dem weißen Urin in der grauen Schüssel mischen und stand später, das Saure in Mund und Nase, im schwarzen Wollmantel in der Barckhausenstraße, die Füße in karierten Filzpantoffeln und ansonsten nackt. Ginster in einem Vorgarten war mit handgefärbten Hühnereiern behängt.

Havarie

Isabella hatte fast nichts von dem, was männliche Glieder strammstehen läßt: den kindlichen Schmelz mancher blonder Mädchen, die aufs lieblichste erröten; den sadistischen Appeal der zurückgeworfenen Mähne und hochgestellter Fersen; oder das mütterlich Runde, das jenseits des Schlüpfrigen so zuverlässig nach Besamung ruft. Sie hatte ihren Eigensinn, ihre magnetische Passivität und den Schatz ihrer Stimme, wenn auch inzwischen vergraben. Männer, die ihre Freunde wurden, waren gewiß keine Beutejäger. Sie nahmen sie zunächst hin wie beruhigendes Beiwerk. Dann entdeckten sie die Vorzüge der Frau, die ihnen und nicht den Frauen vertraut. Und wenn sie ihnen nahe war, paßte sie den Zeitpunkt ab, in dem sich Einsamkeit und Erregbarkeit lange Blicke zuwerfen. Sie schlief mit Männern im Plural, mit dem einen aus Liebe, mit dem anderen aus Freundschaft, mit dem dritten, weil es ihre Art war, Konversation zu machen. Einige Jahre gelang es mir darüber hinwegzusehen.

Sie gewähren zu lassen war das einzige Mittel, ihre grundlose Eifersucht zu drosseln. Daß sie mich gänzlich für sich beanspruchte, war mir als Zeugnis ihrer Zuneigung ausreichend. Aus den verschwitzten Bettschlachten der Schülerzeit war ein Wochenendexerzitium geworden, etwas, das ich, in Braunschweig über meine Berechnungen und Modelle gebeugt, wie einen zweiten Körper in mir wachsen spürte und das, entwichen wie ein Geist, mich auf der Rückfahrt in einen Rausch der Entschlacktheit versetzte. Das nähmaschinenhafte Geräusch des Automotors drang dann bis in meine Knochen.

Es gibt ihn, den Verlust der Unschuld, aber er dauert Jahre. Der Neugier, die einen treibt, sitzt Furcht im Nakken. Die Bewunderung, die man sich selbst zollt, macht blind. Die Lust räkelt sich behaglich unter dem Mäntelchen der Liebe, bis ihre Gliedmaßen beginnen hervorzublitzen. Selbst die Scham, in reiner Gier ertappt zu werden, erlischt. Jedenfalls war es so bei Bella und mir, die wir uns aneinanderklammerten, bis es in jeder Weise zu spät war.

In der Schwesternausbildung zur weichen Medizin konvertiert, hatte sie zur Temperaturmessung gewechselt, die sie mit der Freude der Buchhalterin in den Kalenderleporello einixte und zum Beginn der Periode zur sogenannten Kurve verband, die aber eher dem Profil eines Bergmassivs mit zweierlei Gipfeln ähnelte. Sie kam zu dem Schluß, daß ihr Zyklus unfehlbar sei, mit dem Eisprung am dreizehnten Tag.

Die Tortur an Ostern, als ich aus der Dachkammer geflüchtet war, hatte sich in der Entdeckung gelöst, daß mich ihre Übertretung noch lüsterner machte, so wie ihre Tränen. Nicht, daß wir dafür Worte gefunden hätten, aber es war unmöglich, an ihre Treue zu appellieren, weil das, was uns geschah, unter dem Strom stand, den andere erzeugten. Isabellas schleichende vaginale Kollektivierung wurde dem Alltäglichen zugeschlagen, indem sie mir das entdeckte, was sie »die falsche Luke« nannte. Als Schülerin empört über das enthemmte Gekicher, rauchte sie nun frisches Gras bis zur Schmerzlosigkeit. So schritten wir fort, von der Kammer der Neugier zur Kammer der Gewohnheit zur nächsten Kammer, wo weniger Licht ist und die Kinder keine Kinder mehr sind.

Den Sommer verbrachte ich auf der Goseburger Wiese, einem Gewerbegebiet im Norden Lüneburgs, wo Osterkamp für einen Reifenhandel einen glitzernden Kasten in eine Gewerbeparzelle stellte. Bavendam hatte sich richtig Mühe gegeben, mit strukturierten Blechen, wuchtigen Oberlichtern und einem sehr zurückgenommenen Reifenmotiv für die Fassade: ein schwarzemailliertes Hufeisen, das den Zugang zum Verkaufsraum einfaßte. Er hatte meine Intervention auf der Bungalowbaustelle nicht vergessen und überließ mir für seine Mallorcaabwesenheit die Bauleitung. Claes Philip hatte sich einen Praktikumsplatz in Hamburg verschafft – »Sonst denken die in Braunschweig, ohne Vitamin B kann ich nicht« – und war in eine für die Semesterferien verwaiste Wohnung in der Hein-Hoyer-Straße gezogen. Ein Motto von Dr. Thomä hatte er für seinen Aufenthalt abgewandelt: Learning from the Reeperbahn.

In Braunschweig hatte ich die strenge Zucht des Grundstudiums hinter mir und das, was ich mir als kreatives Abenteuer ausgemalt hatte, vor mir. In unsere Wohngruppe hatten mit Nader Serdani auch seine Modelle Einzug gehalten, die er auf Wandkonsolen in der Küche und im Flur ausstellte. Er brachte vor, daß er seine Arbeit vor Augen haben müsse. Es waren allerdings sämtlich Lösungen von Wochenendaufgaben – genannt Stegreif –, die Miyako und ich und ein Jahr später Claes Philip noch vor uns hatten: eine Brücke über die Weser, eine Mall für Braunschweig-Oeker, eine Ergänzung von Aaltos Stadtbibliothek für Wolfsburg. Naders Entwürfe hatten immer zwei kontrastierende Ansichten, die durch eine kühne statische Konstruktion verknüpft, ja geradezu aufgespannt waren. Wer im Hauptstudium war, hatte von seinen Entwürfen mindestens gehört. Manche kamen in unsere Wohnung, nur um sie zu besichtigen. Ein geduldiger Kommilitone hatte die von Nader eilig gewerkelten Pappmodelle elegant in Sperrholz, Draht und Plexiglas kopiert.

Mit der Gewerbebaustelle allein gelassen, kam mir die Idee, Bavendams Entwurf zu verbessern. Ich versuchte einige Zeichnungen in der Dachkammer, die darauf basierten, das Gebäude umzudrehen, damit die Fassade keinen Westwind fing. Nach der Arbeit auf der Baustelle wollte der Entwurf nicht vorwärtskommen, und die ersten Blätter hatte ich in Ungeduld zerknüllt, als an einem Sonntag – Bella hatte Tagschicht und wurde erst für den Abend erwartet – einige Zeichnungen gelangen, die das Gebäude von Süden konvex und von Norden konkav zeigten.

Bella studierte die Zeichnung, mit nacktem Oberkörper darüber gebeugt, ihre festen weißen Brüste praller als gewöhnlich, die nahezu farblosen Warzen hart wie Radiergummi. Ihr Schweigen hatte nun auch unsere Zweisamkeit erfaßt. Sie sagte einfach gar nichts mehr.

Am Montag gab es Schwierigkeiten, große Aluminiumplatten mit dem Kran in Position zu bringen, weil auf der Goseburger Wiese ein kräftiger Wind stand, ungewöhnlich, mitten im Juli. Der Polier war, wie man sagte, krank geschrieben, und der Kranführer und zwei Vorarbeiter zuckten mit den Schultern und machten Witzchen über Bavendam auf Mallorca. Osterkamp-Chef hatte am Horster Dreieck seinen zweiten Porsche an die Planke gesetzt und war noch nicht wieder ansprechbar. Eines der reflektierenden Aluminiumstücke zappelte im Wind wie ein Fisch an der Angel.

Ausgelaugt von der Nacht, mit Rissen im Nervenkostüm vom Guinnessexzeß im Schallander, verordnete ich um elf Uhr der Baustelle die Mittagspause. Ich stand mit laufendem Motor an der Kreuzung, wo die Lüner Rennbahn in die Artlenburger Landstraße mündet, es wurde grün, es wurde wieder rot, und ich dachte im Ernst daran, in die Küche meiner Mutter zu flüchten, wie ich es als Junge getan hatte, lange, sogar noch nach der verlorenen Schulsprecherwahl in der zwölften Klasse. Es wurde wieder grün, der orangefarbene Bulli des Vorarbeiters stand hinter mir und hupte, und ich bog nach Norden ab, nahm wie fremdgesteuert den Adendorfer Weg nach Bardowick und fand mich Minuten später allein im riesigen Schiff des Doms.

Bardowick war nicht das geworden, was es hatte werden sollen, und die uralte Kirche lag mit ihrem Backsteinpanzer herum wie ein versteinertes Reptil mit zwei himmelwärts ragenden Hörnern. Mit drei großen Traditionskirchen gesegnet, neigten die Lüneburger dazu, den Dom im übernächsten Dorf zu übersehen. Nur einmal, für einen Ostergottesdienst, hatte man uns in diese Kirche gebracht, bombastisch geschmückt, damals, und voller Erstkläßler; die letzte Generation wild in die Welt gesetzter Kinder. Siebzehn Jahre später glaubte ich noch immer zu hören, wie die vielen aufgeregten Stimmen mit den ersten Tönen säuselnder Orgelpfeifen unter dem »Pst« und »Sch« der Mütter verstummten.

Der Dom war vor der Reformation gebaut. Als Protestanten waren wir Rechtsnachfolger oder Usurpatoren des kirchlichen Gutes, in dem wir uns über Jahrhunderte so gründlich eingerichtet hatten, daß wir vergaßen, in diesen Glauben unter Androhung von Tod und Folter gepreßt worden zu sein. Längst sprachen wir, ohne die Ohren der Priester und Stellvertreter der Göttlichkeit, zum Herrn, zum Herrn Jesus, zum Vater. Noch immer spürte ich in mir Reste des Kinderglaubens, immer und jederzeit und ohne Kreuzgang und Altar mich an diesen männlichen Gott wenden zu können oder zu sollen. Im Bardowicker Dom flackerte der Wunsch wieder auf, den Kummer in die Stummheit der allerhöchsten Instanz zu verladen. Aber die Vaterformeln wollten sich nicht mehr einstellen. Wie gern wäre ich nun Katholik gewesen, jemand, der seine Bitte einer Mutter anträgt, damit sie beim Vater, wenn es denn nötig ist, die Sache mit Nachdruck zu Gehör bringe.

Bei der Rückkehr zur Baustelle sah ich die Lösung vor mir: der Kran mußte die Silberbleche am äußersten Ende seiner Reichweite in Bodennähe zwischen den bereits errichteten Betonträgern hindurchführen, im Detail gelenkt von vier Arbeitern mit Handschuhen. Es gab ein Risiko, aber bei geringer Wahrscheinlichkeit, daß wirklich etwas geschah. Auf diese Weise bewegten und montierten wir ein Blech pro Stunde, die doppelte der vorgesehenen Zeit, und um halb vier signalisierten die Männer Müdigkeit und Feierabend. Ich bestand auf der Montage eines vierten Blechs und legte, um zu überzeugen, selbst Hand an. Das Blech, trotz unserer lauten Rufe vom Kranführer einen Meter zu hoch geführt, havarierte auf halbem Weg, von einer Bö in einen T-Träger gedrückt, und dort, wo es auf das T-Stück stieß, verbog es. Die Arbeiter standen schließlich um das Blech, das wir plan auf dem Fundament abgelegt hatten, wie um einen Verletzten, halb triumphierend und halb auch bedrückt. Sie bepackten das Blech mit Ytongsteinen, damit es nicht wegflog, und verabschiedeten sich »bis mor'n«.

Ich fuhr zur nächsten gelben Telefonzelle, warf eine Mark ein und wählte Claes Philips Nummer in der geliehenen Wohnung. Sein Praktikum schien frühen Feierabend zu gewähren, denn er war am Apparat. Eine Stunde später stand ich vor dem Lüneburger Bahnhof, der mit Kopfsteinpflaster gedeckte Vorplatz damals offen und vom Norden wie vom Süden her zu befahren. Ich hatte keinen triftigen Grund, Claes Philip zu rufen, außer daß ich ratlos und einsam war. Kaum war er nach Hamburg gegangen, fehlte er mir. Sogar beim Autofahren hatte ich mich an seine Begleitung gewöhnt. Er reichte fast bis ans Blechdach und ließ sein linkes Knie aus Bequemlichkeit bis an mein rechtes sinken, was technisch nur deshalb möglich war, weil der Renault über einen Stab geschaltet wurde, der horizontal aus dem Armaturenbrett stak. Claes Philip war von allen übriggeblieben. Bella sprach nicht mehr, Henning interessierte sich nur für Bella, Florian war ein wohlig grinsender Kiffer geworden, mein Bruder ließ sich in Lüneburg nicht mehr sehen, Hans-Jürgen war fixiert auf seine kleinen Geschäfte. In Braunschweig hatten sich Nader und Miyako verschlossen zu einer Wabe; er warf Ideen ab, Miyako destillierte sie mit Engelsgeduld. Claes Philip aber war immer da, er teilte mit mir die Tage und die Nächte, die Kassetten und die Bücher, die Stichworte und die Haßworte. Sogar Bella, seit der Nacht zuvor. Bellas Schweigen war, durch seine Gegenwart, eingerückt in die Logik eines Gesetzes.

Auf den Stufen des Bahnhofs erschien Claes Philip in kurzen Hosen, die große Tüte eines Versandhandels schwenkend, mit dem Portrait von Miles Davis. Ich fuhr ihn zur Baustelle, wo er sich den Schaden mit furchterregendem Ernst besah und dann verkündete:

»Ist nicht weiter wild. Du gibst dem Lieferanten das verbogene Blech als beschädigt geliefert zurück. Die wollen auch im Geschäft bleiben. Da mußt du dir keinen Kopf machen. Hat mein alter Herr immer so gemacht.«

Südlich der Stadt lag ein nahezu runder Teich, umgeben von Gebüsch und Bäumen, die sich wie in einem riesigen Auge in ihm spiegelten. Leicht zurückversetzt von einer ohnehin schmalen Landstraße, war das Wasser nur wenigen bekannt, verglichen jedenfalls mit dem Freibad, und hatte den Ruf, in warmen Sommern giftige Algen zu erzeugen. Nun war dies kein warmer, sondern ein launischer Sommer, dessen Juliregen den schwarzen Grund des Rundwegs aufgelöst hatte zu Schlamm, teils fast Torf, und die Brennesseln und Brombeeren schossen ins Kraut.

Der Teich war so klein, daß man die Stimmen und oft auch halbe Sätze über den Radius hinweg hören konnte. Aber er war so groß, daß man allenfalls als Weitsichtiger eine Figur am anderen Ufer so gut erfassen konnte, daß man sie bei »Spar« Am Sande ohne weiteres wiedererkannt hätte. Keiner der fünf Stege hatte eine private Markierung, ein Tor oder Namensschild oder auch nur ein vertäutes Ruderboot. Sie waren baulich nicht gleich, aber ähnlich, jeder nicht länger als zwei Betten und nicht breiter, als daß man zu zweit am Kopfplatz darauf bequem sitzen konnte. Nur der vorderste Steg, der Straße am nächsten, hatte einen Quersteg oder Ponton vorgebaut. Dort versammelten sich die Beverbecker Bauernkinder. Claes Philip und ich setzten uns zu ihnen, was sie still werden ließ, und wechselten, als er frei wurde, auf den zweiten Oststeg, der Licht hatte bis fast bis zum Sonnenuntergang.

Auf dem ersten Oststeg saß, mit geradem Rücken, eine Offizierswitwe, die bei Isabellas Vater Patientin war und zu den Gründern der Lüneburger »Grünen« gehört hatte. Auf dem Nordsteg, der dem Ponton gegenüberlag und deshalb auf dem Rundweg so gut wie nie passiert wurde, lag ein stilles Kinderpaar, bäuchlings, und hielt eine unhörbare Zwiesprache, die Köpfe über das schwärzliche Wasser gebeugt. Der Weststeg war von einer Familie besetzt, nur die Stimme des Kindes zu hören.

Aus Claes Philips großer Tüte kam ein Frotteehandtuch, groß genug für uns beide, eine neue Badehose mit den berühmten drei Streifen, die Zeitschrift »Sounds« und ein gebundenes Buch. Ich blätterte in der Zeitschrift, während sich Claes Philip in sein Buch vertiefte. Man hörte gelegentlich das Rufen des Kindes, irgendwann unterbrochen vom Platschen, mit dem die Offizierswitwe eingetaucht sein mußte. Ihr Steg war von uns aus hinter dem Wildwuchs verborgen, aber dann zog sie ihre Bahnen bis in die Mitte des Sees, wo sie sich auf den Rücken drehte, so daß man mit Gewißheit sagen konnte, daß sie splitternackt war. Als sie wieder an Land ging, war die Familie verschwunden. Bei den Bauern machten sich die Jungen vor den Mädchen wichtig, »kann sich wo' koin Badea'zuch loisten«, »mahnn, jetz' kohk doch ma' wech« drang herüber. Das Paar auf dem Nordsteg reckte die Köpfe und sprach dann wieder unhörbar in die eigene Spiegelung.

Claes Philip las laut: »Die erste Komplikation ergibt sich also daraus, daß wir bei Analysen differenzierter Systeme und erst recht bei Analysen der Änderung der Differenzierungsform differenzierter Systeme stets mehrere Systemreferenzen im Auge behalten müssen: die des Gesamtsystems der Gesellschaft und die seiner einzelnen Teilsysteme. Dabei ist die Gesamtgesellschaft selbst System und zugleich Umwelt ihrer Teilsysteme, so wie jedes Teilsystem, sei es als soziale Schicht, sei es als Funktionssystem, als eine besondere Form der Differenzierung von System und Umwelt von einem spezifischen Standpunkt aus die Gesamtgesellschaft rekonstruiert.«

So wie er Dr. Thomä persifliert hatte, las er auch dies in einem leicht gereizten Ton. Kaum hatte er abgeschlossen, brach er in begeistertes Lachen aus. »Die Systemreferenzen im Auge behalten«, schnaubte er. Ohne Übergang todernst, schlug er das Buch wieder auf und las denselben Abschnitt noch einmal, gleich darauf wieder geschüttelt von Lachen, hingerissen von seiner Entdeckung.

Claes Philip konnte rechnen, memorieren, argumentieren, er tat sich leicht mit dem englischen »th« und den französischen Nasalen, er lief hundert Meter in zwölfeinhalb Sekunden; aber schwimmen konnte er nicht. Während ich zweimal die Runde zog, planschte er vor unserem Steg wie eine angeschossene Ente und war schon halb wieder trocken, als ich zurückkam. Für den Rest des Nachmittags gab er mir Kostproben aus seinem Buch, das er, wie mir nur langsam dämmerte, nicht durchlas, sondern nach Zitaten abgraste.

Claes Philip liebte Anekdoten, chemische Formeln, Aphorismen und Titel von Musikstücken, Dinge, die er, wenn er gerade nichts Neues gefunden hatte, wiederholte, so wie man beim Schachspiel bewährte Kombinationen wiederholt. Ihm schien die Welt auf ihn zugeschnitten wie seine Hemden. Triumphierend zeigte er mir am späten

Abend den Klappentext: »Niklas Luhmann, geboren 1927 in Lüneburg ...« Dies war seine Theorie, eine Claes-Philip-Theorie, die er grotesk fand, bürokratisch, bizarr, pedantisch, unwiderstehlich, und ich folgte ihm, weil es leichter war, ihm zu folgen, als ihn zu führen. Sein kauziges Gelächter zeigte von jeder Sache zwei Seiten, die eine die Unwahrscheinlichkeit ihrer Entstehung und die andere die Unausweichlichkeit ihrer Wirkung.

Die Offizierswitwe war schon längst fortgeradelt. Als nächstes brachen die Bauernkinder auf, ruhig geworden mit der Schwere und Klarheit des Abends. Nachdem das Paar am Nordsteg sich aufrecht gesetzt hatte, die Füße im Wasser, sahen wir, daß es ein Junge und ein Mädchen waren, vielleicht elf oder zwölf Jahre alt. Das Mädchen stürzte sich zuerst ins Wasser, zog mit kräftigen Zügen, den Kopf jeweils tauchend, bis in die Mitte des Teichs, verspottete den Jungen, der zögerte und ihr dann folgte. Zurück kamen sie nach einigen Minuten gleichzeitig, hievten sich auf ihren Steg und pellten sich stehend die nasse Kleidung von den Leibern, die Hose der Junge und den Anzug das Mädchen. Weder betrachteten sie sich gegenseitig, noch spielten sie das Guck-weg-Theater. Sie trockneten sich gründlich, ohne mehr als aus dem Augenwinkel zu uns herüberzusehen. Ihre frühadoleszenten Körper leuchteten wie japanische Lampions vor dem geschlossenen Hintergrund der Büsche und Bäume.

Für Claes Philip waren die Leute Figuren eines Welttheaters, zu dem er den Zutritt suchte, und vielleicht sollte es nicht nur ein Zutritt sein, sondern ein Auftritt, in dem sich seine Sendung materialisieren würde. Er hatte einen Plan, aber keine Pläne; er hatte eine Zukunft, aber jede Menge Zeit. Die Jahresuhr raste, aber er schien es nicht zu merken. Er war auf den letzten Seiten des Buchs angekommen und amüsierte sich über die »Temporalisierung der

Zeit«. Diese Formulierung würde er benutzen, trinken wie eine Medizin, die ihn stärken würde, stärker machen als die anderen, die sich keine Zeit nahmen für die Suche nach dem geheimen Kabinett hinter dem falschen Schrank mit doppeltem Boden. Es war dies, was mich zu Claes Philip hinzog, daß er sich treiben ließ, furchtlos. Er wußte nicht einmal, wovor man sich hätte fürchten können.

Dies war die sechste Auflage des hohen norddeutschen Sommers für Claes Philip und mich, seit wir aufgehört hatten, Feinde zu sein. Es waren noch einige Minuten Zeit bis zum Abendschnellzug nach Hamburg, und Claes Philip dirigierte mich durch die verlassenen Kopfsteinpflasterstraßen. Hinter dem Bahnhof, auf einem Sandplatz, ließ er mich haltmachen, und ich schaltete den Motor ab, damit wir in Ruhe das Blechschild mit der Aufschrift »Getränkehandlung Luhmann« bewundern konnten.

Und dann konnte ich nicht wiederstehen, trotz des Katers und der Havarie, ihn nach Hamburg zu fahren, wo er mir in der Hein-Hoyer-Straße von seinem Uher ein Musikstück vorspielte, das sich so anhörte, als wären mehrere Soundtracks übereinandergelegt worden. Das Stück dauerte nur eine Minute, die er nutzte, um seine neue Badehose mit Hilfe von drei Klammern über der Wanne aufzuhängen. »John Zorn«, rief er, wobei er den Zunamen deutsch aussprach. Dann spulte er das Band zurück und spielte das Stück so oft von vorn, bis mir nichts mehr übrigblieb, als es auch gut zu finden, ja geradezu phantastisch, und wir gingen hinunter zur Reeperbahn – er in einem gebügelten Button-down-Hemd und immer noch in kurzen Hosen –, vollgepumpt mit Luhmann und Zorn.

Auf der Reeperbahn gab es noch immer die schäbigen Lokale für die Verlorenen, während sich bereits Varietés eingerichtet hatten, die Busladungen angestachelter Provinzehepaare aufnahmen. Es hatten sich die ersten Onanistenvideotheken etabliert mit ihren unbemannten verspiegelten Eingangspassagen. Wir stiefelten sogar dreist in die Fußgängersackgasse, hinter deren hölzerner Barriere sich in den rosa beleuchteten Schaufenstern heruntergekommener Giebelbauten die Huren räkelten. Einige zeigten auf Claes Philip in seinen Shorts.

Aufgepeitscht vom Nachmittag am Wasser, vom Abend im Rotlichtmilieu, entschied ich mich auf den Elbbrücken, einen Abstecher nach Harburg zu machen. Ich stellte das Auto quer auf dem schmalen Parkplatz des Harburger Schwesternheims, der mit kleinen Fords und Toyotas zugestellt war. Wie an so vielen Abenden zuvor ging ich zuerst um den Wohnblock herum und sah hoch an der schmucklosen Fassade mit ihren identischen Thermopenfenstern, manche schmutzig und stumpf, andere die warmen Augen orange und braun gestrichener Zimmer mit Papierlampen an den Decken. Manche der Bewohnerinnen hatten die tristen sandfarbenen Standardgardinen gegen dunkelblaue oder maronenfarbige Baumwoll- oder Leinenstoffe ausgetauscht, was durch die Ähnlichkeit über die ganze Fassade gesehen zu Paarbildungen führte, ein Memoryspiel mit aufgedeckten Motiven.

Isabella hatte die Behausung wie ein Hotelzimmer angenommen, was nicht verwunderlich war, weil sie die freien Tage und Nächte ohnehin in meiner Dachkammer verbrachte. Die Gardinen des Heims waren belassen, nun auf dem Fensterbrett drapiert, penibel geschlossen, keinen Einblick in das Zimmer im zweiten Stockwerk erlaubend. Dahinter sah man den leicht bewegten, diffusen Lichtkegel, der von einer Ansammlung von Teelichtern stammte, die Bella immer auf Vorrat hielt und einem einzigen Zweck gewidmet hatte. Es traf mich dumpf und häßlich, wie ein Schlag auf eine überwachsene Narbe. Es war schlimmer, als dabeizusein.

Auf der Fahrt nach Lüneburg, weit nach Mitternacht, kam mir der Gedanke, Isabella zu verlassen.

Mittwoch und Donnerstag abend klingelte in der Dachkammer das Telefon, aber ich nahm nicht ab. Am Freitag kam Isabella, war weich gestimmt, mütterlich zärtlich, rauchte nicht, und nachdem wir, etwas befangen und in Gedanken, die Routine absolviert hatten, offenbarte sie mir das Unvermeidliche. Ich nickte mehrfach und stumm, der Tick von Leuten, die sich nicht entscheiden können.

Erwischen lassen

Hinter der Tonwerkstatt hatten sich Füchse einquartiert, die man von der Treppe des Seminarsaals beobachten konnte. Es war eine Mutter mit ihren Jungen. Sobald Dr. Thomäs Veranstaltungen begonnen hatten, kamen sie aus ihrer Höhle, blinzelnd, und räkelten sich in der Sonne, wenn sie über Braunschweig einmal schien. In der Unruhe der Pausen verzogen sie sich in ihren unterirdischen Bau. Nur Miyako brachte es fertig, ihre Rückkehr abzuwarten und dem hedonistischen Minimalismus der rotgrauen Familie über die Länge eines Seminars regungslos zuzusehen.

Ich wiederum sah Miyako zu, wie sie die Sperrholzkopien von Nader Serdanis Modellen von den Konsolen nahm, am Küchentisch nachbesserte und retuschierte. Nach dem Abendessen stellte sie sich manchmal hinter ihn und flocht aus seinem herausgewachsenen schwarzen Haar einen Zopf, einen perfekten, engen, schimmernden Zopf, den sie dann löste und mit den Fingern auskämmte, bis man davon nichts mehr sah. Serdani hatte nicht nur seine Verachtung für Makisushi aufgegeben, die sie mit Passion zubereitete, sobald ein Briefumschlag ihrer Mutter mit dem notwendigen Vorrat an Algenblättern aus Tokio eingetroffen war. Er war Miyako gänzlich erlegen.

Der eifersüchtige Blick Bellas auf Miyako hatte auf mich eine immunisierende Wirkung gehabt. Es machte mir Spaß, sie um mich zu haben wie ein Parfüm oder wie Musik, wie etwas, das einen anstiebt und das man doch nicht physisch begehren kann. Claes Philip brachte es nicht bis zur Kunst des erotischen Zen. In der Mensa gestand er mir unvermittelt, er könne Miyako »kaum eine Möhre schälen sehen, ohne einen hochzukriegen«. Miyako hatte den Unterschied natürlich bemerkt und war diskret in Claes Philips Gegenwart. Ich durfte mir die Zähne putzen, während sie in der Badewanne lag.

Claes Philip war leicht abgelenkt. Er schwänzte mitten in der Woche den Statikkurs, um mit Umsteigen in Hannover und Minden nach Bielefeld zu fahren, wo er, sein Uher in einer gewaltigen Aktentasche, aus der ersten Reihe eine Luhmannvorlesung mitschnitt, dann zurück mit der Bahn über Minden und Hannover und die Fortsetzung in der Woche drauf. Er verbrachte seine Lüneburger Samstage mit einer Gruppe von Leuten, die den »Grünen« beigetreten waren, die Offizierswitwe auch dabei. Samstagabend verschwand er aufs Land – er wurde von seiner Freundin abgeholt und gebracht wie ein Kind – und nahm am Sonntag den D-Zug nach Hamburg, um für Henning und Bella deren Proben auf Originalinstrumenten des siebzehnten Jahrhunderts mitzuschneiden, bis dahin nicht die Musik seiner Wahl. Die Schwangerschaft stand ihr gut. Sie hatte ihren Jeans-Overall aus der Schulzeit wiederentdeckt. Auf ihre wortlose Art glänzte sie in Gesellschaft.

Die fernere Zukunft schien somit festzustehen; Isabella, ich und ein X. Die nähere Zukunft wollte selbst beim vierten Bier keine Form annehmen, zumal Isabella nicht mehr trank und auch nicht mehr zahlte. Wir hatten uns eingerichtet in unseren Wohnheimschachteln in Harburg und in Braunschweig, und das kleinste gemeinsame Vielfache war darauf berechnet, in einer Lüneburger Dachkammer unterzukommen. Die Geburt des Kindes würde auf Ostern fallen, in die Ferien zwischen dem fünften und sechsten Semester. Bella wollte ihre Harburger »Stelle« – das Wort benutzte sie mit einer gewissen Leidenschaft – nicht aufgeben; ich hatte in Braunschweig Boden unter die Füße bekommen und würde, mit Disziplin, im Sommer vierundachtzig abschließen können. In der Logik des Bilderbuchs kam das Kind ein Jahr zu früh.

Im Herbst wurde mir klar, daß ich das Bilderbuch nicht wollte. Mir war sogar entgangen, daß Isabella mich als mustergültigen Mann im Visier haben könnte, als jemanden, der rechnen und planen kann und vielleicht, eines Tages, ein Haus für die eigene Familie bauen würde. Sie sagte das alles nicht, weil es nicht üblich war, es zu sagen, oder weil sie das alles für unvermeidbar hielt oder weil sie dachte, daß sie nicht so weit denken mußte, weil ich für sie denken würde. Auf ihrem Harburger Bett, die Teelichter gaben uns warme Schatten, sah ich über mir zwischen Büchern von Carlos Castañeda und Stanisław Lem den zerliebten Teddybären sitzen, und es drängte sich mir etwas auf, etwas, das ich in mir niederlegte wie die Grafik in einem Lehrbuch, um später die passenden Legenden einzusetzen. Jetzt, mit ihrem feierlich gespannten Bauch über mir, hingegeben an ihre Bewegung, an den Einschluß durch den saugenden Kanal, an dessen spürbarem Ende der Embryo, wie hinter einer Gummitür, an die man pocht, schlummern mußte, blieb der Gedanke verborgen, der daraus folgt. Später, auf der Bundesstraße, gefangen im Novembernebel, den Motor des R4 mit der Wirkung eines elektrisch verzerrten Instruments unter mir, weil der Unterboden ein faustgroßes Loch hatte, stellte sich der Satz ein und war nicht mehr zu löschen: Sie will mich zum Vater machen, damit sie Kind bleiben kann. Im Traum tauchte das Bild wieder auf, aber die Bücher waren von Grimm und Andersen, und der Teddy war ersetzt durch eine dunkelgelockte Puppe mit einem delikaten Kopf aus Porzellan, dessen helles Gesicht ein strahlendes Kirschmündchen trug und fliegenpilzrot lasierte Bäckchen.

Alle Sylvesterabende seit dem Ende der Schulzeit hatten im Schallander angefangen und in meiner Dachkammer geendet, aber dieses Mal sollte ich nach Harburg kommen, wo eine Kollegin Isabellas einen Arzt geheiratet und ein

Haus geerbt hatte. Es zeigte sich dann, daß die Kollegin genauso sichtbar schwanger war wie Bella selbst und wie zwei weitere Frauen; eine Herde, als habe es nur ein Manntier gebraucht. Das Fest war aus Sorge um den Nachwuchs als rauchfrei deklariert worden. Die Gespräche galten den Details der Schwangerschaft, dem Geschlecht der zu erwartenden Kinder, den möglichen Namen und der Zukunft ihrer Familien. Um mich nicht zu langweilen, gab ich eine Lektion zur Baufinanzierung, die auf großes Interesse stieß. Meine ersten Klienten!

Das Haus war am äußersten Hamburger Stadtrand gelegen. Der Bus, dessen Route am Harburger Bahnhof begann, brauchte fast eine halbe Stunde, um die merkwürdigen Verflechtungen von Dorfkernen, Höfen, Feldern, Brachflächen, Bauplätzen, Gewerbewildwuchs und Neubauinseln zu durchkreuzen. Eine der letzten Haltestellen lag an der Hauptstraße von Seevetal, mit der üblichen Bestückung aus Sparkasse, Modestübchen, Drogeriemarkt und Kleinst-Edeka, alles geschlossen, als wir am Sylvesterabend gegen acht Uhr ausstiegen. Von der Hauptstraße zweigte eine Siedlungsstraße ab, die schnurstracks in die Landschaft zeigte, abwechselnd vernachlässigte und überpflegte Häuser und Gärten. Die Telefonnummern waren noch hamburgisch, die Autonummernschilder schon Winsen an der Luhe.

In manchen Vorgärten wurden bereits Feuerwerke für die Kleinen entzündet. Minuten geradeaus, bog ein unasphaltierter Stichweg in steilem Winkel ab, an dessen Ende sich das Haus der Kollegin befand, mit großen Fenstern im Stil der sechziger Jahre. Sie gaben den Blick auf einen Rasen frei, der nur noch durch einen grünen Maschendrahtzaun von der Koppel dahinter getrennt war; an einem Winterabend nicht mehr als eine finstere Bühne von rätselhafter Tiefe, aus der beißende Feuchtigkeit stieg. In einer ersten

Umbaumaßnahme hatten die neuen Eigentümer das gesamte Erdgeschoß mit großteiligen mattgrauen Fliesen auslegen lassen, die in diagonaler Ordnung durch das Ensemble von Eß- und Wohnzimmer liefen. Drei von vier Schwangeren priesen das als »praktisch«. Bella hielt den Mund. Die Wortführer des Abends waren schließlich nicht die Schwestern, sondern die Ärzte, deren Anwesenheit die jungen Frauen in der Pose der Bewunderung gefrieren ließ.

Nicht lange nach Mitternacht wurden an die verbliebenen Gäste Schlafplätze verteilt. Das obere Stockwerk des Hauses, über das Treppenhaus als separate Wohnung zugänglich, war im alten Zustand belassen, mit Parkettboden im Hauptraum und Linoleumböden in den kleineren Zimmern. Ausgestattet mit billigen Lampen, Matratzen und Luftmatratzen, war dies ein improvisiertes Lager von kühlem Charme. Bevor wir die Lichter löschten, offenbarte Bella ihren Plan. Wir würden das Dachgeschoß mieten. Ich sollte im Semester in Braunschweig sein und an den Wochenenden zurückkommen. Mit dem Ende des Studiums könnte ich mir »eine Stelle« in Hamburg oder Harburg suchen und von Seevetal aus pendeln. Sie würde sich dann, oder schon früher, mit der Kollegin die Babybetreuung teilen, und beide würden auf halbe Stellen zurückkehren ins Krankenhaus, bei alternierendem Schichtplan, soweit als möglich. Mir wurde der Gaumen trocken. Ich fürchtete ihren Porzellanwerferzorn. Ich wußte, wie schäbig es wäre, sie zu verlassen. Aus dem Nebenzimmer drangen Geräusche, die das Neujahrsglück einer Krankenschwester ahnen ließen. Es hatte wieder ein Herr Doktor angebissen.

Bella und ich, bis dahin ein fast unsichtbares Paar ohne schwiegerelterliche Pflichten, wurden nun mit Freundlichkeiten und Hilfsangeboten überhäuft. Zu Weihnachten waren die ersten Babysocken eingetroffen, selbstgehäkelt von Bellas Mutter, die außerdem die ganze Säuglingsparaphernalia, die zuletzt bei Augustin Anwendung gefunden hatte, in einem Laufstall anhäufte, aufgestellt im früheren Probe-keller der Band. Meine Eltern boten in der Barckhausen-straße einen Dachausbau an; ich lehnte rundheraus ab, indem ich mit so viel Begeisterung wie möglich vom Zweifamilien-plan in Seevetal berichtete. Meine Mutter wartete ab, bis der Vater nicht mehr im Raum war, und fand die Worte: »Ihr könnt es zumindest probieren.« Der Vater sagte, als die Mutter es nicht hörte: »Gefährde dein Studium nicht. Das ist deine Zukunft.« Ich war so überzeugend wie ein Predi-ger mit dem Flachmann im Talar.

Im Lauf des Semesters kam Claes Philip in Schwierigkei-ten. Dr. Thomä hatte ihm die Theoriearbeit der Zwischen-prüfung »zur Überarbeitung« zurückgegeben, eine Reaktion auf seine Luhmannschen Pirouetten, von denen Thomä be-hauptete, daß sie »am konstruktiven Element der Architek-tur« vorbeigingen. Kurz darauf wurde sein Stegreif zur Er-weiterung der Stadtbibliothek Wolfsburg abgelehnt: »Es handelt sich um die Nachahmung eines Entwurfs, der uns seit zwei Jahren bekannt ist.« Serdani lachte herzlich:

»Man darf alles, Claes, man darf sich nur nicht erwischen lassen.«

Im Februar packte Claes Philip seine Sachen endgültig und schloß sich einer meiner Wochenendfahrten an. Er ließ seine luxuriösen Regale zurück, aber lud den Breuersessel ein, den wir Bavendam vorgeblich zerknirscht zurück-gaben, wegen der Verspätung. Dann fuhr ich ihn nach Hamburg, wo er sich im Dammtorpalais einmietete, ein prächtiges Kontorhaus mit ärmlichen Pensionen. Er war inzwischen einer politischen Organisation beigetreten, die sich in Hamburg Grün-Alternative Liste nannte und mit der neuen Umweltschutzpartei liiert war.

»Claes Philip, die GAL ist eine Chaostruppe. Das sind genau die Leute, die du nicht ausstehen kannst.«

»Es ist eine völlig neue Partei, in der man sich noch durchsetzen kann.«

»Wenn du ehrlich wärst, müßtest du zur CDU gehen.«

»Die in Hamburg nie regieren wird.«

»Du willst regieren?«

»Ich will Einfluß nehmen.«

»Die lachen dich doch aus mit deiner Krawatte.«

»Das ist der Test. Man wird sehn.«

Ende März mietete er anderthalb Zimmer im Souterrain einer Jugendstilvilla westlich der Alster, bei einer alten Dame. Er rief am Gründonnerstag von ihrem Haustelefon aus in Seevetal an und fragte Bella, ob wir beim Umzug helfen könnten, ein Scherz auf ihre Umstände. Sie beschloß, die Geburt falle auf den Ostersonntag. Ich machte mich auf den Weg.

Es war mittags, als ich in der Moorweidenstraße vor dem Dammtorpalais parkte. Wir verstauten sein penibles Gepäck noch einmal im rostigen Renault. Einige Minuten später bogen wir mit knirschenden Reifen in die Auffahrt der Villa ein. Die Souterrainwohnung war frisch gestrichen. In der Mitte des großen Raums stand in schweren Karton genietete Ware. Dies war, wie Claes Philip mich wissen ließ, die Schrankwand von Interlübke. Er hatte Werkzeug von Stanley gekauft. Die Stunden des Nachmittags vergingen mit der Montage des Schranks, den ersten mit gefrosteten Glastüren, den ich sah, und der Installation der elektrischen Beleuchtung innen. Wir begeisterten uns für die Lagerung der Schiebetüren – oder für unsere Montage –, als die Vermieterin herunterkam und meldete, das Telefon habe geklingelt, wahrscheinlich schon länger, aber sie habe es nicht gehört, und als sie dran war, sei schon aufgelegt gewesen.

Wir stürmten hoch in die Wohnung von Frau Hansen, ich wählte unsere Seevetaler Nummer, es war besetzt. Ich wählte bei den Seevetaler Vermietern unten, und es war auch besetzt. Ich wiederholte beide Nummern, und es wurde nicht mehr abgenommen. Claes Philip und ich sprangen in den R4 und verbrachten die nächste dreiviertel Stunde im Innenstadtverkehr, bis wir die Elbbrücken passiert hatten. In Harburg stellten wir den Wagen mitten in der Stadt auf dem Fußweg ab und liefen zum Krankenhaus, Bellas Arbeitsplatz, das sie gewählt hatte mit dem Argument, man sei nie besser versorgt als von Kollegen.

Als wir eintrafen, war die Nabelschnur schon durchtrennt und das Kind zur Beobachtung weggebracht. Man hatte Bella, die noch in ihrem Blut lag, eine Pause gegönnt und sie zugedeckt. Neben ihr saß ein Klinikarzt, der seine Kautschukhandschuhe abgestreift hatte und Bellas matte rechte Hand hielt. Er drehte sich zu uns um, als wir eintraten, aber ließ sie nicht los.

Da standen wir, ich außer Atem und verschwitzt, Claes Philip heiter und im fliederfarbenen Hemd. Den Schlips mit dem wiederholten Motiv eines grinsenden Engels auf einer Wolke mußte er sich auf der Fahrt gebunden haben, ich hatte es nicht bemerkt. Der Arzt schob besorgt Bellas Hand unter die Decke, gab Claes Philip seine und sagte, »Gratulation. Es ist ein Mädchen.«

Chillicothe High

Kein Zweifel, daß St. Louis am Wasser lag, aber man spürte es nicht. Es gab nicht den tropfenschweren Nebel, wie er von der Elbe her bis ins holsteinische Grün kriecht und die Stadt Hamburg ihrer Konturen beraubt, nicht das grelle Glitzern kleiner Wellen, wie es sich mit dem Himmel kurzschließt, die Neugier passierender Schiffe in Halbdistanz. Ein paar Meilen ins Binnenland fühlte sich St. Louis an wie eine Siedlung auf einer planen Ebene, auf der beißender Wind und stechende Sonne konkurrierten, als wenn es, im Januar, irgendwo einen Sensor gäbe, der auf geringe Schwankungen von Wind und Feuchtigkeit reagiert und alle Kräfte, die in die eine Richtung wollen, binnen Stunden aktiviert, um mit einem Sonnenstrahl, genauso entschieden, die Lage zu verkehren: Winter am Morgen und Frühjahr am Abend oder umgekehrt. So verlor man nicht nur die Empfindung für den Jahreszyklus, sondern auch für den Ort und ein bißchen für sich selbst.

Den kleinen Sekretär in ihrem Schlafzimmer hatte Elise als Telefonbüro ausgestattet, mit einem Stapel frischen Papiers, einigen gelben Kugelschreibern mit blauen Kappen, und den Yellow Pages von Stadt und Region. Sie hatte ihren altgedienten Laptopcomputer mitgenommen, aber es stellte sich heraus, daß er mit hundertzehn Volt nicht kompatibel war. Tom riet ihr, aus seiner Erinnerung nordamerikanischen Einzelhandels, bei Radio Shack anzurufen. Es war aber nicht mehr möglich, bei Radio Shack anzurufen und zu fragen, ob sie das Kabel auf Vorrat hätten. Radio Shack fing den Anruf über eine automatische Anlage ab, die Elise über die Klangtastatur des Telefons mit Spezialabteilungen verbunden hätte, vorausgesetzt, das Telefon im Dorchester hätte schon tönende Tasten gehabt. Die Servicenummer von Canon war ähnlich organisiert. Man sollte wählen, ob man registrierter Kunde sei oder nicht, ob man eine Garantieleistung in Anspruch nehmen wolle, ob man Hardware- oder Softwareprobleme habe. Das alles, uniform und schnell von einer männlichen Stimme gesprochen, mußte man auf englisch verstehen können, um zu wählen, vorausgesetzt, man hätte wählen können. Sie hatte einige Male aufgelegt, bis sie bemerkte, daß das System in einer Sackgasse endete, wenn man nichts tat: Und da war, nach mehreren Minuten, ein Softwareberater am anderen Ende, der Elise als erstes grußlos nach ihrer Kreditkartennummer fragte. Als sie ihm vortrug, worum es ging, wurde sie zurückgeschaltet zur zentralen Ansage, und das Ganze begann von vorn. Als sie wieder bei der Softwareabteilung ankam, hatte sie ihr Anliegen mit den zentralen Vokabeln so weit skizziert, daß sie weiterverbunden werden konnte an die Bestellabteilung für Hardware mit Geräten jenseits der Garantiegrenze. Das Netzteil sollte mit dem Eilpaketdienst kommen, anders war es nicht zu haben, und kostete soviel, wie ihr Laptop nach fünf Jahren wert war. Der Mann, der ihre Bestellung aufnahm, artikulierte sich überdeutlich, als spräche er mit einer Erstkläßlerin, und hatte eine Strenge in seinem Ton, als versuchte das kleine Mädchen, ein Dutzend Maschinengewehre zu ordern.

Ihren Besuch in St. Louis betrachtete Elise als neue Disziplin im Kunstsport. Niemals zuvor hatte sie versucht, am gleichen Ort zu unterrichten und auszustellen, weil beides nicht möglich ist, wie sie fernen Goetheinstitutsleitern über wacklige Telefonleitungen immer wieder erklärt hatte, sich gleichzeitig zu öffnen und zu verschließen, auch wenn sie das Verschließen vielleicht anders bezeichnet hatte. Sie hatte sich wissentlich in eine paradoxe Situation gebracht. Eine Woche nach ihrer Ankunft pendelte sie zwischen dem Dorchester und dem Laden-Atelier am Big Bend, fünfzehn

Minuten, dem Atelier und der Akademie, fünfzehn Minuten, der Akademie und dem Dorchester, fünf Minuten: Das war mehr als eine halbe Stunde auf der Straße, ohne Besorgungen bei Handwerksbetrieben und Fachgeschäften; die »Spurensuche«, auf der ihre Arbeit beruhte, nicht mitgerechnet. Täglich mußten die Wege mehrfach gefahren werden.

Die Nacht zum Freitag hatte Elise wenig geschlafen, weil sie begonnen hatte zu rechnen, ob das üppige Gehalt ihrer Zweimonatsprofessur minus ihr Anteil im Dorchester minus ihr Anteil am Mietwagen reichen würde, um eine kleine Gruppe von Helfern zu beschäftigen, die sie aus den Studentinnen, das waren fünf, und den Studenten, das waren vier, ihrer Klasse rekrutieren wollte, wobei sie zu dem Schluß kam, daß fünf Helfer, eher stunden- als tageweise, zu bezahlen möglich wäre, bei Investition sämtlicher Mittel in Dollar, nur daß es schwierig wäre, manchen den Job anzubieten und andere auszuschließen, wobei diejenigen, die annehmen würden, am Ende den größten Verlust allein dadurch erleiden könnten, daß ihre eigene künstlerische Arbeit, die Elise voranbringen sollte, liegenbleiben würde. Als sie am Morgen, erschöpft und ratlos, in ihrer Klasse fragte, wer unter eher spärlichen Konditionen an ihrer Ausstellung in der University Gallery mitarbeiten würde, stundenweise über sieben Wochen, meldeten sich fünf, drei Männer und zwei Frauen. Am Mittag suchte sie Helen auf; ein vertrautes Gesicht, ein beständiger Charakter, beruhigende Worte für schwierige Dinge. Allerdings bestand Helen darauf, alle bürokratischen Gänge mitgerechnet, daß es sehr unwahrscheinlich sein würde, Elise früher als in zwei Wochen den ersten Scheck geben zu können. Am Nachmittag rief sie vom Dorchester aus ihre fünf Rekruten an, um zu fragen, ob sie auf ihre Bezahlung, fest versprochen, im Zweifelsfall drei Wochen würden warten können.

Nachdem der Tag nahezu verloren war, nahm sie frisches Papier von ihrem altertümlichen Schreibtisch, einen sehr weichen Bleistift, warf sich auf das Bett und versuchte aus der Erinnerung, einige der schwer gebrauchten Funktionsmöbel zu zeichnen, die sie beim Einsiedler Ed einige Tage zuvor gesehen hatte. Um sich herauszufordern, zeichnete sie liegend mit der linken Hand.

Tom saß nebenan an seinem riesigen Schreibtisch, auf dem wenige Blätter wohlgeordnet liegengeblieben waren. Es rieselte Ideen, nachdem der Tee mit Ted und seinen Studenten am Dienstag so erfreulich verlaufen war. Sie hatten für diesen Anlaß etwas zu fein gekleidet in Teds Office gesessen, kein Dozentensprechzimmer, sondern auf den wöchentlichen Anlaß hin ausgestattet mit Sesseln und einem niedrigen Tisch. Es waren nur die Graduierten geladen, zwölf, zwei attraktive Ladies, die Brownies auf Blechen brachten, und zehn große Jungen sämtlicher Konfektionen. Sie hatten begierig Toms Selbstbeschreibung aufgegriffen. Einst sei sein Architektenleben aufgespannt gewesen zwischen Entwurf, Theorie und Kommunikation – schließlich entschieden zugunsten der Kommunikation. Auf dem Teetisch lagen Toms zweisprachige Schrift über das Kunstmuseum Hamburg und etliche Jahrgänge, gebunden, der »Architekturen« aus der Bibliothek, mit Post-its, um seine Beiträge zu markieren. Die volle Stunde, die dem etwas zwanghaften Beieinander – denn in dieser Runde zu fehlen, galt als unsozial – gewidmet war, wurde auf die Betrachtung verschwendet, daß über Architektur nachzudenken unerläßlich sei, auch wenn das Schreiben-und-Lesen und das Aufsuchen von Baudenkmälern verschiedene Disziplinen seien. Niemand fand es verwunderlich, daß Tom Schwarz vom Schreiben für zwanzig Dollar pro Rezension Abschied genommen hatte, um am communications desk von CSS sämtliche gewonnenen Erfahrungen einzubringen und dadurch ein substantielles Gehalt einzufahren. Nur die Aktivität von CSS für große Banken in Hongkong und Osaka sei doch bitteschön zu hinterfragen, fand Timothy, das Kritikmonster, was Professor Kuhn dankbar hinnahm, um den Tee zu beenden und Tom freundlichst zu bitten, die Fragen der Kommunikation für ein großes Büro – »und wenn ich ein alternatives Wort beibringen darf: der administrativen Praxis« – am nächsten Dienstag mit den Studenten zu erörtern, was Tom, verblüfft und geschmeichelt, annahm.

So weit also hatte Tom reisen müssen, um nach all den Jahren ein einziges Mal gefragt zu werden, was er in Hamburg geleistet habe. Vielleicht brauchte er nur den Studenten seine Geschichte erzählen – Bavendam, CPO, Stüssgen, Niehuus ... Serdani –, und die merkwürdigen Träume würden von ihm abfallen wie alte Borken. Vielleicht war Teds Dienstag das Vehikel in die Gegenwart.

Für den Aufenthalt in St. Louis hatte sich Tom von seiner Bank einen Stapel von hundertfünfzig Zwanzigdollarscheinen geben lassen, genug, um seinen Anteil an Miete und Auto zu decken, und vielleicht ein Ausflug nach Chicago oder nach Ohio oder beides in einem. Als Angestellter bei Benthien und Göckjohann und dann bei CSS hatte er ein kleines Vermögen angehäuft, das er in dem backsteinroten Gebäude, Vorder- und Hinterhaus, in der Admiralitätsstraße versenkte, in dem CSS ihren Sitz hatten; ein Anteil von zehn Prozent, für den er sich hatte zusätzlich verschulden müssen. So war er ein vorsichtiger Konsument geworden, jemand, der seinen Dispositionskredit nicht anrührte und die Heizungsabrechnung der Wohnungseigentümer mit dem Taschenrechner prüfte. Thomas hatte an einem eigenen Konto festgehalten, um, wie er gelegentlich zu Kollegen sagte, »nicht zusehen zu müssen«, was Elise tat, die sich, mitten in einer großen Arbeit, um größere Beträge verschuldete, die durch stattliche Verkäufe ihrer Galerie plötzlich verwandelt wurden in schwarze Zahlen. Das Geld verschwand dann innerhalb von Wochen in Atelier- und Lagermieten, Materialien, Löhnen für Assistenten und Honoraren für Fotografen. Es war über die Jahre zur Gewohnheit geworden, daß Elise ihren Anteil für die Mietwohnung über Monate zurückbehielt und dann in einem Bündel von Fünfhundertmarkscheinen bezahlte, Elise der Beweis, daß es ihr gutging, und Thomas ein Zeichen für Entbehrungen, ein Leben am Abgrund, für das er Elise mit einem gewissen Schauder bewunderte. Nun hatte in St. Louis das Leihen bereits wieder begonnen: die Miete der Wohnung, die Entlohnung der Assistenten, die Bestellungen und Käufe auf Kreditkarte. Tom hatte ihr zwei Drittel seines Bargelds gegeben, um die Schallplattenhändler am Big Bend zu entschädigen.

Im Vorraum der Bibliothek hatte Tom Ted Kuhn getroffen, der ihn durch die randlose Brille aus seinen braunen Augen – nicht die tiefen, sondern die stechenden – von unten fixierte, und aus diesem Moment heraus hatte er den Professor, die guten Gefühle vom Dienstag noch lebendig, zu einem Abendessen im Dorchester eingeladen, auf den Freitag, was ihm am späten Nachmittag einfiel, als er die Wohnungstür in der Ferne sich schließen hörte. Er lief zum Telefon und ließ den Portier Elise stoppen, die unterwegs war zum Ladenatelier.

»Aber da geht doch nach sieben die Heizung nicht.«

»Das ist nicht weiter schlimm.«

»Was willst du denn da machen?«

Sie sagte nichts.

»Ich meine, mir fällt jetzt gerade ein, daß ich Ted eingeladen habe. Und ich bräuchte das Auto, um einzukaufen.«

Bald waren sie im Dunkel und bei Schneeregen unterwegs zum Big Bend. Tom begleitete sie in den dunklen und kalten Laden. Er blieb, bis die alten Neonlichter sich ganz entzündet hatten. Elise hatte ihre Hämmer und Meißel an der Wand aufgehängt wie Orgelpfeifen. Es waren Plastikwannen aufgestellt, in denen sich Flüssigkeiten in verschiedenen Stufen von Grau befanden, und auf einer Leine hingen Laken, nein, nicht Laken, sondern riesige T-Shirts, seitlich aufgetrennt, so daß die Flächen verdoppelt waren, und ihr Baumwollweiß war getränkt von verschiedenen Batikmustern, psychedelischen grauen Verläufen, die die gewaltige Form des T-Schnitts vollkommen entstellten.

»Das sind nur Versuche«, sagte Elise.

»Die Dicken.«

»Ja, es ist die größte Größe, die man überhaupt kaufen kann.«

Auf dem Rückweg machte er einen Schlenker zu Schnuck's und kaufte eilig Delikatessen und kalifornischen Wein, Roten und Weißen. Als er ins Foyer des Dorchester trat, Dienst hatte Joe, waren die cremefarbenen Sessel gegenüber der Pförtnerloge besetzt. Im einen saß, als sei dies seine tägliche Gewohnheit, Ted Kuhn und im anderen ein Junge mit einem spitzen Gesicht und hellen Augen. Später setzten sich Ted und Jonah unbefangen an den ungedeckten Tisch, der in eine Nische des Wohnzimmers so gestellt war, daß er die Verlängerung der offenen Küche bildete, in der Tom, die Gäste im Blick, das Abendessen zuzubereiten begann. Das Geschehen auf der langen Achse setzte sich dann in der Spiegelung des großen Fensters fort. Die Scheiben vibrierten von den Motoren auf dem Boulevard.

Ted, während er seine Geschichte erzählte, blickte nur beiläufig zu Tom in die fahl beleuchtete Küche. Er ließ seine Blicke auf dem Jungen ruhen, der ihm gelegentlich nickend zustimmte, als sei es ein Kindermärchen, dessen richtigen Erzählverlauf er beaufsichtigte.

»Ich bin in einer Kleinstadt bei Bremen aufgewachsen.

Meine Eltern waren seltsame, konservative Leute, nicht konservativ in ihrem Geschmack, sondern in der Vorstellung, was in der Welt um sie herum vorgeht. Meinen ersten Vornamen, Heinrich, verdanke ich Kleist, und meinen zweiten Theodor Fontane. Mein Vater war Deutschlehrer, sehr engagiert und sehr versponnen, und später auch enttäuscht, weil seine Begeisterung für die Geschichte der Literatur bei den Gymnasiasten nicht die ganz große Resonanz fand. Meine Mutter war Hausfrau und fand, daß mein Vater recht hatte. Ich bin weggezogen, sobald ich konnte, nach Bremen, als die Hausbesetzungen begannen – aber denken Sie nicht, daß ich da mitgemacht hätte, dazu war ich viel zu feige –, und einige Zeit lang hatte ich ernsthaft Schwierigkeiten, mir einen Reim auf das zu machen, was los war. Ich war hinter sanft getönten Gardinen aufgewachsen, und die waren plötzlich ...«

»Torn apart«, sagte der Junge.

»Ja, zerrissen. Weg. Ich habe dann ziemlich viel ausprobiert, bin durch ganz Europa nach Nordafrika getrampt, über Spanien hin und über Sizilien zurück, war zwei Monate in Madrid in einer echten Dopehöhle untergetaucht, und als ich wieder in Bremen war, war ich so durcheinander, daß ich mich auf die höhere Laufbahn bei der Polizei beworben habe.«

»But he didn't make it.«

»Nein, die haben mich natürlich nicht genommen. Es hat dann noch ein ganzes Jahr gedauert, bis ich auf Architektur gekommen bin. Für mich war das die Rettung, weil ich so nicht zurückmußte auf diesen alten Kern von Bildung, das, was mich letztlich bedrückt hat. Aber daß ich kein Aussteigerleben führen würde, oder mein Leben lang in einer Kneipe bedienen, das hatte ich mit zweiundzwanzig dann auch begriffen.«

»Du warst spät«, sagte der Junge, ohne Akzent.

»Ja, ich war spät dran. Die Entwurfspraxis hat mir schon Spaß gemacht. Aber anders als die anderen Studenten hatte ich kein Leitbild, es gab keinen Architekten, den ich wirklich bewunderte.«

»You like Lou Kahn.«

»Ja, jetzt. Aber damals wußte ich gar nicht, wer das ist, obwohl ich als Kuhn hätte auf ihn stoßen müssen! Dann habe ich spät im Studium nach Zürich gewechselt, wo die Atmosphäre ziemlich rauh war, es gab nur stramme Moderne und ein paar hartnäckige Störer, Jenckianer. Es gab da einen Theoriemann, der hieß Norbert Schwerdtfeger. Der hörte sich geduldig mein Philip-Johnson-Referat an, bestellte mich förmlich in die Sprechstunde und sagte: Sie haben etwas, was Sie von allen anderen Studenten unterscheidet, Sie sind gerecht.«

»Being just?« fragte der Junge.

»Fair. Thoughtful. So was in der Richtung.«

Der Junge sah seinen Vater mit offenem Mund an.

»Und das war für mich die Entscheidung. Schwerdtfeger wurde nach Los Angeles berufen, ich machte ruckzuck meinen Abschluß und ging als Assi mit. Er hat dann ja leider nicht mehr lange gelebt, aber ich bin nie mehr zurück.«

»Doch, für Ferien.«

»Ja, klar, Sonja und ich waren natürlich öfters in Europa, und mit Jonah auch schon dreimal.«

»Viermal.«

Tom brachte extralange Bavette und Okragemüse mit roten Zwiebeln. Er nahm einen kalifornischen Chardonnay aus dem Tiefkühlfach und fragte beiläufig,

»Jemand Bier?«

»Ja«, sagte der Junge.

»Be careful«, raunte sein Vater, als Jonah die Dose aufspringen ließ.

Der Schneeregen hatte sich vor dem Fenster verdichtet

zu einem weißen Vorhang. Tom saß am Kopf des Tisches, den Rücken zur Küche, deren Lichter nun gelöscht. Während Jonah an seinem Bier nippte, leerten Ted und Tom zügig die erste Flasche aus dem Napa Valley. Dann kam die zweite dran. Da war man schon zum allgemeinen Du übergegangen.

Aus Teds braunen Augen war das Stechende verschwunden. Er hatte sein Jackett abgelegt. Den Kopf leicht geneigt, blickte er abwechselnd auf Tom und zu Jonah, durch die lange nicht geputzten Gläser seiner Brille. Seine Lippen hatten ein spitzes Lächeln angenommen, so, als suche er nach einer Pointe. Er war offensichtlich froh, mit einem Kollegen deutsch sprechen zu können. Wie um die Grenzen seiner Integration im akademischen Amerika zu demonstrieren, rauchte er, während der Zwölfjährige Bier trank, Zigaretten.

Sie spürten Toms sofortige und instinktive Zuneigung, seine Leichtigkeit als Gastgeber. Schon waren sie bei ihrem Lieblingsthema angekommen, der Holzarchitektur der Siedler.

Ted: »Erzähl ihm, wie wir drauf gekommen sind.«

Jonah: »Ich war acht oder sieben Jahre, und es gab auf dem Weg zu meiner Elementary School so eine Hütte. Der Bus fuhr aus einer Siedlung heraus, und bevor die nächste begann, gab es einige Blocks freies Land. Da stand eine total windschräge Hütte. Überhaupt nichts Besonderes. Der Bus fuhr immer ganz schnell vorbei. Dann sagte ich zu Papa, an einem Nachmittag: Können wir die Hütte mal genau ansehen? Mit dem Auto extra hin und sie ansehen. Das haben wir sofort gemacht, und auf der Rückseite war eine Tür, die offenstand. Die Hütte sah aus wie hundert Jahre alt, aber wir haben sie später auf neunzehnhundertfünfzig datiert.«

»Ja, das erforschen wir jetzt seit fünf Jahren. Für mich war das ein völlig neues Thema, die vernacular architecture.«

Tom: »Das meint volkstümlich, oder?«

Ted: »Sag's ihm.«

Jonah: »Vernacular ist all das, wofür man nicht plante. Vielleicht eine Handzeichnung, aber mehr nicht. Es ist regionales Wissen. Something from experience.«

Ted: »Vernacular architecture ist eigentlich eine Paradoxie, weil die Profanbauten gar keine Architekten hatten, die Läden, die Hütten, die Garagen und so weiter.«

»Und diese Bauten ... ich meine, ihr erforscht doch nicht Garagen?«

»Doch!« rief Jonah. »Ich habe zwölf Garagen vermessen und beschrieben, die von Schulfreunden, wo die Eltern wohnen, und keine ist gleich!«

Von St. Louis aus hatten sie Dutzende von Wochenendfahrten in den Westen unternommen, in ehemalige Boomtowns der Ebene, die zwischen der Planwagenzeit und dem Ford T in Blüte gestanden hatten. Von den heruntergekommenen Städtchen war meistens nicht viel geblieben, eine triste Mainstreet mit vier oder fünf Parallelstraßen, die Tankstelle geschlossen, das Kino aufgegeben, die Ladenfronten verfallen und vernagelt. Ihre eigene Garage, ausgelegt für zwei Autos, hatte nur noch Platz für den vierradgetriebenen Subaru, ihr Forschungsvehikel, wegen der Sammlung handgemalter Schilder von Glasern, Tischlern, Schmieden, Bars, Barbieren, Bürgermeisterämtern, Schulen – und Schilderläden –, die sie »gerettet« hatten. Ihre erste Studie über Siedlungsbauten handelte von der Entwicklung der Fassade in der Boomtown. Zunächst waren die Holzbauten Schuppen gewesen, mit der schmalen Seite zur Straße und einer Tür in der Mitte. Dann wurde der Giebel hinter einer falschen Fassade verborgen, die den Schuppen aussehen ließ wie einen Kasten. Was erst reguläre Fenster waren, links und rechts der Tür, wurden später Schaufenster, der Anfang der amerikanischen Mainstreet. Diese Beobachtungen hatten sie, unter beider Namen, in einer Schriftenreihe mit dem Namen »Perspectives in Vernacular Architecture« im Jahr zuvor publiziert, den Umstand nutzend, daß die Autorenbiographien üblicherweise keine Geburtsdaten trugen. Jonah war demnach ein »independent research historian«. Selbst die schematischen Feinzeichnungen der Gebäudebeispiele wurden, wie er erzählte, Jonah F. Kuhn zugeschrieben.

»And correctly so«, ergänzte Ted.

»Yeah, I'm just a bit more accurate with black ink than my daddy ever will be.«

Der Junge hatte noch keine Männerstimme, aber auch keine Kinderstimme mehr, etwas abgetönt Helles dazwischen, wie Messinggefäße, wenn man sie zum Klingen bringt. Sein Amerikanisch war nahtlos, gurgelnd, ohne jede Schärfe in den Silben und in den Falten zwischen den Silben, begleitet von einem kleinen, flüchtigen Lächeln.

Weil den Archäologen der amerikanischen Hütte offensichtlich nichts zu gering war, erzählte Tom ihnen von Ross County, einem vergessenen Distrikt im südlichen Ohio, ein Vierteljahrhundert zuvor. Dort waren die Hügel bewachsen von Birken, Buchen, Pinien und buschartigem Wildwuchs, der an mangelhaft oder gar nicht asphaltierten, gewundenen Straßen endete. Die Straßen und Wege zwischen Bourneville, Harris, Yankeetown und Knockemstiff waren im Sommer staubig, im Herbst matschig und im Winter, bei schwerem Schneefall, nur mit Lastwagen oder Traktoren befahrbar gewesen. Die ältesten Häuser waren aus massiven Balken gezimmert, Farmhäuser mit sanft geneigten Dächern und Eingängen, die gleichzeitig Terrassen waren …

Jonah: »The front porch!«

der vornehmste Raum, genannt …

Jonah: »Parlor!«,

verschalt und vergipst, die anderen Zimmer so roh von innen wie von außen. Später hatte man die Bauweise variiert. In den Rohbau wurden isolierende Platten eingelassen, diese von außen mit gehobelten Planken verkleidet und getüncht, von innen vergipst und tapeziert, Teppichboden von Leiste zu Leiste. Hinter dem Haus, das nicht unterkellert war, stand in einem Verschlag eine fauchende Maschine, die im Sommer kalte und im Winter warme Luft über Lamellenquadrate in der Decke in die Zimmer pumpte. Diese, die neueren Häuser, hatten niedrige Dächer, unter denen niemand wohnte außer gelegentlich ein Opossum. Es waren eigentlich Baracken gewesen. Wer sich den klimatisierten Luxus nicht leisten konnte, hatte an irgendeinem halbwegs trockenen Platz, in einer waldnahen Ausbuchtung des Weges, einen fünfzehn oder zwanzig Meter langen Wohnwagen geparkt ...

Jonah: »Trailer!«

auf mindestens zwei Achsen, der beizeiten durch eine roh gezimmerte Holzhütte verdoppelt wurde, das Dach mit Blechen gedeckt, unterbrochen von einem windschiefen Schlot, der mit einem Allesbrenner im Inneren verbunden war. Die Bewohner der Farmhäuser, der klimatisierten Baracken und der für immer geparkten Trailer lebten ihr anstrengendes Leben zwischen Industrie und Tierzucht ohne Dünkel gegeneinander: Ihre Familien waren seit mehr als zwei Jahrhunderten dort, hatten die Shawnee besiegt, 1812 die Engländer geschlagen, im Bürgerkrieg auf der Seite der Föderation einen kleinen Haufen Helden hervorgebracht und im Winter 1918 einige Dutzend deutscher Gefangener in ehemalige Kasernen gesperrt. Der gelbe Schulbus schunkelte montags bis freitags mit heulendem Motor kreuz und quer durch eine Landschaft, die keine war, durch Wälder, die keine waren, zu Bauernhöfen, die Autofriedhöfen glichen, um die Mädchen und Jungen zur Chillicothe High

School zu bringen, Landkinder, deren Pausbäckigkeit zu tun haben mochte mit der Hühnerbrühe und gekochten Maiskolben mit Butter, Niereneintöpfen und roten Bohnen, Pancakes mit Sirup zum Frühstück. Sie waren, wie weitläufig auch immer, sämtlich miteinander verwandt, ein Netzwerk von Cousins und Cousinen und Schwippschwägern. Wer das College mit zwanzig abgebrochen hatte, heiratete in der First Methodist Church, einer weißgestrichenen Scheune mit einem Glockentürmchen, die erste Liebe; fünfzig Automobile mit staubigen Reifenprofilen vor der Tür.

»Ist das«, rief Tom, »nicht verdammt vernacular?«

Die drei kicherten, und ihre Spiegelung ahmte das Wakkeln ihrer Körper nach.

Aus einer alten europäischen Fachwerkstadt kommend, war Tom Schwarz abgetaucht in den lose bewohnten Hügeln südlich von Chillicothe, das irgendwann einmal die Hauptstadt Ohios hatte werden sollen und es nicht geworden, sondern ein winziges Städtchen geblieben war, dessen Kino sechs Wochen lang den »Weißen Hai« zeigte. Der Schüler aus Deutschland war eine Sensation, herumgereicht vom German Club über den French Club bis zum Camera Club, eingeladen auf jede Samstagabendparty der McMullens und der Jones und der Tiffins, bewundert für seinen Akzent, gerühmt für sein Vokabular, zehnmal in drei Monaten gebeten, seine Dias aus Norddeutschland zu zeigen, bis man nach Weihnachten vergessen hatte, daß er ein Fremder war. Tom lernte in einem Jahr all die Dinge, von denen er keine Ahnung gehabt hatte: Wie man ein Pferd aufzäumt, einen Baum beschneidet, einen Traktor schaltet, einen langen Nagel mit zwei Schlägen ins Holz treibt und schließlich, wie man ein Mädchen küßt. Bei diesem Stichwort biß sich Jonah auf die Lippen; Ted Kuhn lächelte in sich hinein.

Tom hatte von Schnuck's einige der schweren, phantastischen Tortenstücke mitgebracht, die dort, in transparenten Plastikcontainern einzeln auf einem von der Decke abgehängten Bord ausgestellt waren. Er hatte, als wären die Gäste Familie, die Spülmaschine beladen und sämtliche Speisereste in der Spüle versenkt, wo sie tief unten von einem röhrenden Mörser zerkleinert wurden, bevor sie in der Kanalisation verschwanden.

»An American machine!« rief Ted, über den Krach hinweg.

»The sound of America!« brüllte Jonah, während Tom das Gerät abschaltete, so daß der Ruf »America!« aus der messingtönenden Kehle des Jungen für einen Moment monumental im Raum stand.

Während der Mörser noch lief, trieb es Tom die Hitze ins Gesicht, ein lange nicht mehr erfahrenes Gefühl des Versagens; er hatte Elise vergessen.

Elise hatte um Viertel nach zehn die Neonlichter ausgeschaltet und in ihrem wollenen Wintermantel an der Tür von A-Z Records Aufstellung genommen, in Erwartung Toms. Gegenüber lag, ebenfalls im Dunkeln, der Imbiß mit den weltbesten Sandwiches, dessen Eigentümer sie inzwischen kennengelernt hatte. Am Tag waren genug Studenten unterwegs, um den Big Bend in seiner beschaulichen Kurvenlage vom Verfall zu retten. Bei Dunkelheit fiel die Gegend in ein brummendes Nichts. Angst hatte Elise nicht. Sie legte ihren Kopf in den Nacken, um das Tierfell zu spüren, das jemand dem damals teuren Mantel als Kragen aufgenäht hatte, irgendwann zwischen ihrer Geburt und ihrem zehnten Geburtstag.

Sie wartete, ohne zu merken, daß sie wartete. Schließlich wandte sie sich um und durchmaß in Meterschritten das Geschäft bis zur hinteren Tür. Es waren zweiunddreißig Schritte. Sie hatte den Grundriß der University Gallery noch nicht bekommen, aber der Hauptsaal war länger und breiter ohnehin, und es gab noch einen Nebensaal. Sie war noch nie in die Lage gekommen, zu viel Ausstellungsraum zu haben. Meist waren die Ausstellungsräume groß, aber die Konkurrenz unter den Künstlern beträchtlich, wie in der alten Seilerei in Venedig. Aber die alten, umgenutzten Bauten vertrugen sich gut mit den zusammengetragenen und einzeln behandelten Fundstücken, die über viele Jahre das Markenzeichen von Elise Katz gewesen waren, die »äußerste Kompression von Ortsbezug und Treue zum Material«, wie es einmal in »Flashart« geheißen hatte. Ihre Versuche mit dem, was sie Keramiklandschaften nannte, und die Lumpenmobiles und die »Schundlöcher« aus mit der Flex versehrten MDF-Platten, das war alles neu, eine Sache der letzten drei Jahre. Sie war reicher geworden an Möglichkeiten, aber sie spürte auch das Mißtrauen der Sammler, wenn man dabei war, sein Markenzeichen preiszugeben.

Dieses fürchtete Elise tatsächlich: Daß man irgendwann ihre Kunst als gestrig abtun würde. Mitten im Studium hatte sie eine Galerieausstellung von Bridget Riley gesehen, die ersten ihrer diagonal laufenden Farbfelder, von Elise bestaunt, aber in »Time Out« hatte jemand geschrieben: »It seems, at fifty-something, Riley has run dry.«

Sie hatte sich gesagt, daß die Ausstellungshalle einer amerikanischen Provinzuniversität nicht die Aufmerksamkeit der Kunstschickeria haben würde, und die ihrer beißenden Hunde. Es hatte allerdings, Wochen vor ihrer Ankunft in St. Louis, am Rande von Downtown das Museum der Pulitzers eröffnet, Musterbeispiel des eleganten Brutalismus, bestückt mit Rothkos und Serras und Ellsworth Kellys der ersten Wahl. Das zwickte Elise. Könnte sie ihre Verpflichtung zurückschrauben auf ein einzelnes Stück in sieben Wochen, würde sie den klassischen Weg wählen: Am Mississippi ein verkommenes Ruderboot suchen, das Boot zerlegen, die Teile schleifen, bemalen, schleifen, und mitten im Raum zusammenlegen wie Stäbe beim Mikado-spiel, die in Verschränkung gestürzt und zum Liegen gekommen waren. Keine Arbeit dieser Art hatte sie jemals nach Hamburg zurückbringen müssen.

Das Straßenlicht, gedämpft durch die feinen Striche des Schneeregens, fiel als müder Keil in den Raum und erhellte zweieinhalb der gebatikten Formen, die mit unsichtbaren Nägeln aufgespannt waren. Die Vorder- und Rückseiten der T-Shirts, an den Ärmeln sich überlappend, erinnerten nur noch entfernt an Kleidungsstücke, eher an eine Parade kopfloser Ungeheuer. Elise dachte daran, die Arbeit »Fatty Cats« zu nennen, als Spiel mit dem eigenen Namen. Dann verwarf sie den Gedanken, denn Titel, hatte sie irgendwann herausgefunden und als Notiz in ihrem Tagebuch niedergelegt, »verführen dazu, an der Form einer Arbeit festzuhalten, die aus sich heraus noch nicht bis an ihr Ende variiert ist. Insbesondere männliche Künstler machen sich viel aus gewitzten Titeln.«

Das Sammeln war Ausdruck der Disziplin, sich selbst zu sammeln, und erst die Einladungen an entlegene Orte hatten sie darauf gebracht, sich für die Geschichte der Gegenstände zu interessieren. Ein Stück Holz in Thailand war etwas anderes als ein Stück Holz auf Island. Was anfangs Versenkung war, Negation von Deutung, wurde dann Gewohnheit, eine Sicherheit in der Wahl der Bearbeitung, der Form im Raum. Später schien es, als wenn das Abstrakte von den Objekten abgefallen war wie eine Schale, um das Konkrete freizugeben, etwas, das mit einer verborgenen Stimme sprach wie ein Bauchredner. Sie hatte sich verschlossen gegen diese Stimme, aber sie war lauter geworden. Die fetten Ladies, als psychedelische Blasen, dienten ihr nun als Übergang von der Form in die Unform. Man würde sehen, was dann kommt.

Ted und Jonah und Tom, jeder einen Plastikcontainer

mit einem Kuchen in der Hand, fuhren im kleinen ruckelnden Fahrstuhl des Dorchester abwärts, immer noch kichernd.

»An American machine«, grunzte Ted.

»Knockemstiff«, jauchzte Jonah.

»Vernacular«, stöhnte Tom, als der Fahrstuhl aufsetzte und die Tür sich krachend öffnete.

Wise Street

Vom Mercedes war sie verschwunden, während der Lincoln mit den dunklen Scheiben die amerikanische Flagge noch zeigte. Die Festnahme eines Amerikaners in Afghanistan, der mit den muslimischen Fanatikern gemeinsame Sache gemacht hatte, war die verheerende Botschaft des neuen Jahres gewesen, gefolgt von Spekulationen über das unaufhaltsame Ende eines texanischen Energiekonzerns, die sich bald bestätigten. Mit diesen Themen, begleitet vom fernen Bombenkrieg, bestritt die »New York Times« im Februar die Titel und die Hintergrundseiten. Die Zeitung erreichte St. Louis wie eine tägliche Chronik vom Hofe, Erzählungen vom Aufstieg und Fall der Reiche, ihrer Führer und ihrer Söldner. St. Louis hatte etwas von einer Kolonie, die einst wichtig gewesen und nun nahezu vergessen war, schwer erreichbar für schlechte Nachrichten, weil sie sich von den guten, was mögliche Folgen betraf, nicht wesentlich unterschieden.

Auf dem breiten betonierten Gehweg am Forest Park Parkway stand vor einer Lagerhalle ein schwarzes Paar in auffälliger Verklammerung, zwischen seitwärts und frontal, der Mann schwer und einen Kopf größer als die Frau, diesen Kopf himmelwärts gerichtet. Mit lauter Stimme sprach er ein Gebet oder einen Segen, die Worte der Frau als nahezu tonloses Echo aus dem Einschluß seiner Gestalt.

Tom war von einem studentischen Helfer Elises zum Autoverleiher gebracht worden, wo er, konfrontiert mit achtzehn Modellen aus fünfundzwanzig Jahren, sich, ohne zu zögern, für ein fast neues karamellschimmerndes Auto entschied, das gewaltige, altmodische Kotflügel trug wie Limousinen aus den dreißiger Jahren. Allein die Typenbezeichnung PT Cruiser hatte auf ihn eine unwiderstehliche

Anziehungskraft ausgeübt, die vage Anspielung auf die Kreuzfahrt, und genau das hatte er vor, die Flächenstadt zu durchkreuzen, um hier und dort den Anker auszuwerfen. Das auffällige Auto hatte er zwischen bescheidenen GM-Kisten und Fords auf dem Parkplatz einer christlichen Organisation geparkt, die in der Lagerhalle ein Gebrauchtwarenkaufhaus betrieb, der Heilsarmee gegenüber, die dasselbe tat. Tom blieb einen Moment vor der Tür stehen, einerseits, um die Fassade zu studieren, in die links und rechts riesige Schaufensterscheiben gesetzt waren – dazwischen der Eingang, vertieft, um einen Windfang zu bilden –, und andererseits, um das religiös verzückte Paar auf dem Trottoir zu beäugen.

An dieser Straße, auf halbem Weg nach Downtown, war der Winterhimmel weiter, und die Achse, schmucklos bebaut, zeigte sauber nach Osten und nach Westen, bis sich der Blick verlor. Frische weiße Fassaden deuteten darauf hin, daß das mittelständische Gewerbe nicht aufgegeben hatte. Der Thrift Store, als Verbindung gemeinnütziger Helfer und Spender zu nahezu mittellosen Kunden, brachte die letzte Nutzung eines Gebäudes, das als Lager nicht mehr gebraucht wurde und als Geschäft am falschen Platz war. Es barg die Reste aufgelöster Büros und geräumter Haushalte. Es gab Abteilungen für Kleider, Küchengeräte, Geschirr, Möbel, Fahrräder und High-Fidelity oder was einmal HiFi gewesen war. Tom zählte acht Freiwillige, zwei davon an der Kasse, alle anderen damit beschäftigt, den eingelieferten Unrat, von der Kundschaft grob befingert, in eine nachvollziehbare Reihung zu bringen, bei ehrenamtlicher Kriechgeschwindigkeit. Die Auskunft »Ich weiß nicht« galt als erschöpfend.

Die Reihung aber war makellos: Die weißen Hemden bei den weißen Hemden, die gestreiften bei den gestreiften und die karierten Baumwollhemden für sich. Ein Mann wie

Tom, von gewöhnlicher Größe, hätte sich aus dem Fundus ebensogut für eine Mittelstandshochzeit in den fünfziger Jahren einkleiden können wie für ein Busineßlunch 1975. Es gab Cordjacketts und Tweedsakkos und Blazer und Tuxedos, spitze Schuhe und schwere Schuhe, tausendmal gewaschene Bluejeans und seidenglänzende Hosen mit unauslöschlichen Bügelfalten. Aber die weißen Hemden hatten gelbe Kragen, und die Sakkos waren erstarrt im Unterarmschweiß ihrer Benutzer. Tom verwarf den Gedanken einer exzentrischen Epochengarderobe: im Stresemann mit Melone im PT Cruiser.

Er prüfte die Haushaltsgeräte und die Werkzeugmaschinen, bevor er in der Abteilung der Schreibmaschinen zu stehen kam, schwarzlackierte Ungetüme aus der Hemingwayzeit und schwere elektrische Maschinen mit breiten Wagen für Querformate. Im Gegensatz zu anderen Geräten hatten die Schreibmaschinen die Jahrzehnte überdauert, ohne Verlust der Buchstabenintarsien in der Tatastur, ohne Bruch bei den Typenhebeln. Farbbänder, lange nicht mehr bewegt, produzierten auf Anschlag schwarze Buchstaben, wie Tom herausfand, nachdem er an der Kasse einen weißen Bogen Papier erbeten hatte, im breiten und kürzeren amerikanischen Format. Ihn erfaßte ein gewisses Bedauern für diese Maschinen, die nicht aufgegeben hatten und dennoch überflüssig geworden waren, kollektiv verdrängt von den Speichermaschinen, deren Drucker anfangs den Schreibmaschinen nachgebildet waren und einige Jahre lang wenigstens den Krach des mechanischen Zeitalters aufrechterhalten hatten und dessen entschlossenes Schriftbild auch. Toms Sympathie schlug um in Rührung, als er die Kugelkopfschreibmaschine entdeckte.

Die erste hatte er in Chillicothe gesehen. Es war ein Anwaltsbüro an der Main Street gewesen, im siebten Stock des Hauses der First National Bank, von wo man die verwaisende Innenstadt gut beobachten konnte. Die dunkle Möblierung, die Club- und Ehrenmedaillons an den Wänden, der durchgehende moosgrüne Teppichboden hatten Tom, er war sechzehn und trug langes Haar, ehrfürchtig werden lassen. Aber die Mutter von Mark Wehba, die sie am späten Nachmittag besuchten, war den Jungen zugetan gewesen, heiter und geduldig, als es darum ging, einen Brief aufzusetzen. Mark und Tom hatten für eine Schulproduktion ein Bühnenbild entworfen, das, wie ihnen ihre Drama-Lehrerin vorrechnete, zweitausend Dollar kosten würde. Sie müßten sich etwas Machbares ausdenken oder Sponsoren gewinnen. Nun saßen sie Missis Wehba gegenüber, an ihrem Schreibtisch aus dunkel lasiertem Holz mit Messingbeschlägen, und in der Mitte von diesem Schreibtisch stand die Kugelkopfschreibmaschine von IBM. Mit jedem Buchstaben, den Missis Wehba tippte, bei nur flüchtiger Berührung der Tastatur, brachte sich der Kugelkopf in Position, so daß der entsprechende Buchstabe papierseitig erschien. Dann wurde der gesamte Kopf auf den Wagen geschlagen, kam zurück, nahm den Befehl für den nächsten Buchstaben entgegen und wiederholte den Vorgang, das Ganze so schnell wie die Tipperin, und Missis Wehba war eine sehr schnelle Tipperin. Sie machte, während sie schrieb, Vorschläge für elegante Sätze, die die beiden Jungen auf der anderen Seite des Schreibtisches begeistert abnickten, und einmal, als sie das Wort »support« schreiben wollte, zog sie den Kugelkopf aus seiner Halterung und ersetzte ihn durch einen anderen, schrieb »support« und tauschte den Kugelkopf nochmals. Auf dem fertigen Brief an die Electric Company of Southern Ohio erschien das Wort »support« kursiv.

Tom hievte die Maschine vom unteren Boden eines Stahlregals und setzte sie auf dem Kassentresen schnaufend wieder ab. Fast scheiterte der Kauf, weil er die Maschine, taxiert auf dreißig Dollar, mit einem Hunderter bezahlte. Es waren zwar drei Fünfziger in der Kasse, aber kaum kleine Noten und Münzen. Keiner der Angestellten konnte wechseln. Schließlich mußte eine der Kassenladies zum Fotolabor auf der anderen Seite der Avenue gehen. Die andere Lady zog derweil einen Flunsch und glotzte Tom angelegentlich an, als habe er nicht alle Tassen im Schrank. Bei der Washington University war endlich Zahltag gewesen, und Elise hatte ihm das Geliehene in Hundertern zurückgegeben.

Während Tom unter der Kofferraumklappe des PT Cruiser stand wie unter einem Vorzelt, versuchte er, einen Grund für seinen Kauf zu finden, aber ihm fielen nur Argumente dagegen ein. Sie würden kaum noch fünf Wochen bleiben. Er würde die Maschine niemals mitnehmen nach Deutschland. Er hatte sich vom professionellen Schreiben – elektronische Post und Memos ausgenommen – längst verabschiedet. Und wenn es etwas zu schreiben gäbe, wenn etwas in den nächsten fünf Wochen geschrieben werden mußte, dann wohl kaum auf einer Maschine, die den Text zwar drucken, aber nicht speichern konnte. Sobald er mit dem Auto unterwegs war, verloren sich die Bedenken. Er kreuzte durch die Innenstadt bis hinunter zum Mississippi und machte sich erst bei Dämmerung auf den Rückweg, um eine Verabredung mit Elise in der Wise Street einzuhalten.

Der silberne Neon war vor Eds Haus geparkt. Tom brachte den PT Cruiser auf der anderen Straßenseite zum Halten und hörte zu, wie der neue Motor blubberte und genau mit der Drehung des Schlüssels aussetzte. Er blieb im Auto sitzen und sah die Straße hinunter in ihrer Flucht, die ein- und zweistöckigen Holzhäuser mit ihren knappen Vorgärten und kurzen Auffahrten, wenige von ihnen kärglich eingezäunt, alle grasbewachsen, zwei davon mit den Metallschildern eines Maklers, die Flaggen symbolisierten.

Im diffusen Kegel altmodischer Straßenlaternen trieb ein schwacher Regen in der Diagonalen. Das altertümlich geformte Automobil ergänzte das Genrebild. Nun sah er Elise in Bluejeans und einem schwarzen Rollkragenpullover frierend im Regen stehen und nach ihm Ausschau halten. Er zögerte einen Moment, sie zu rufen, weil sie ihm gefiel, im Dunkel des frühen Abends, dramatisiert durch die dunkle Scheibe seines Autos. Bis zu den Knien verdeckt von der Motorhaube des Neon, wirkte sie wie eine zum Leben erwachte Kühlerfigur. Ihn rührte es, daß er selbst es war, auf den ihre Anspannung gerichtet war. Er ließ die Scheibe herunterfahren und winkte.

»Ein Gangsterauto!« rief sie, als sie einstieg, Tropfen im Gesicht wie eine Frucht.

Am Haus ging das Fliegengitter auf und Ed, mit seiner eckigen Brille und seiner weißen Mähne, trat heraus und hakte die Tür fest, hinter ihm das diffus beleuchtete Interieur seines Gespensterhauses.

Tom: »Willst du ihm das wirklich antun?«

Elise: »Er ist schon ganz aufgeregt.«

Tom: »Wollen wir nicht einfach nur das Inventar filmen? Kann man ihn nicht rauslassen?«

Elise: »Findest du ihn nicht interessant?«

Tom: »Doch, doch. Aber irgendwie tut er mir leid.«

Elise: »Warum?«

Tom: »Weil er nicht wirklich begreifen kann, was du von ihm willst.«

Elise: »Kein Wunder, das weiß ich ja selbst nicht.«

Tom schwieg.

Elise: »Steigst du aus?«

Tom: »Aus dem Auto?«

Elise lachte. »Okay, los.«

Eds »Hello« klang schüchterner als beim ersten Mal. Elise hatte ihm nicht gesagt, daß sie mit zwei Kameras kommen würden, eine für das Möbellager, eine für ihn selbst. Tom war angewiesen, die panische Ordnung der Regale in langsamen Schwenks nach rechts und links abzufilmen, während Elise ihn portraitierte. Wie verlangt und ohne ein Wort von den Besuchern erklärte Ed die Stühle, Lampen, Heizlüfter und Garderoben, ihren Nutzen, ihr Alter, ihre Qualität und ihren Preis. Manchmal krallte er sich fest am Gegenstand, über den er sprach, oder kroch in das Regal hinein, um etwas Verborgenes ans Licht zu ziehen.

Als sich die Runde durch die beiden zweckentfremdeten Zimmer vollendete, wandte sich Elise von ihm ab, um in die Schlafküche hinein zu filmen, was Ed dazu brachte, sich im Türrahmen zu postieren. In ihrem Sucher erschien Eds Bild vor den grellerleuchteten Schränken der Küche. Tom, wie angewiesen, ließ seine Kamera am ausgestreckten Arm hängen, auf Kniehöhe, und filmte das Matratzenlager. Niemand hatte Zeit zu beobachten, daß er dabei leicht errötete. Ed sprach hastig in Elises Kamera:

»Dies ist das Haus, in dem ich aufgewachsen bin. Ich bin kein unglückliches Kind gewesen, ich und mein Bruder, auch wenn wir zu Weihnachten nicht alles bekamen, was wir uns wünschten. Nachdem mein Bruder in Vietnam gefallen ist, da wohnte ich schon längst nicht mehr hier, haben sich meine Eltern getrennt. Warum, habe ich nie verstanden. Mein Vater hat dann in einem Reihenhaus hinter dem Heman Park gewohnt, nichts Besonderes. Meine Mutter ist zuerst verschieden, und seitdem wohne ich wieder hier. Mein Vater starb am zehnten September letzten Jahres, er hat Glück gehabt, ich meine, er hat dieses Desaster knapp verpaßt. Ich habe aus seiner Wohnung alles hierher gebracht, was man verkaufen kann. Es ist eng geworden. Dies ist alles, was mir geblieben ist. Aber das dürft ihr nicht verwenden.«

Aus ihrem Autoradio knödelte Ibrahim Ferrer, während

Elise die zwei Sequenzen in Eds Haus versuchte vor ihrem inneren Auge zu montieren. Sie hatte noch nie einen Protagonisten sprechen lassen – »Die Biographie führt mich zur Anekdote, aber wie überführe ich die Anekdote in Skulptur?« hatte sie in der Woche zuvor zu einer Studentin gesagt, die sich seit zwei Jahren mit ihrer Viertelherkunft als Hopi befaßte. Eds Leben war wie ein Tunnel, den sie passieren mußte, um das amerikanische Herzland zu schauen.

Tom, der über die regennassen Boulevards ihren roten Rücklichtern folgte, graste seine Erinnerung ab, um zu prüfen, woher er Ed zu kennen meinte, jemanden wie Ed, den Typ. Irgendwann geschätzt für seinen Ordnungssinn und wegen seines Eigensinns gefürchtet, zeigt er sich bald als Pedant, der alles, was ihm begegnet, rigide fixiert, von der kleinsten läppischen Vereinbarung nicht lassen kann und später Beruf für Beruf, Job für Job verliert, wobei das Feld dessen, was der unausweichlichen Ordnung bedarf, an Bedeutung einbüßt, aber der Blick sich nicht mehr lösen läßt. Er fragte sich, wie Eds Anfänge gewesen sein mochten, daß er dort herauskam, wo er jetzt war, als Bewohner eines Inventars, das die Reste seiner Seelenlandschaft spiegelte. Als sie ins Dorchester zurückkamen, entging es Tom nicht, daß nun auch der schwarze Lincoln nicht mehr Flagge zeigte.

Die Zweisamkeit der Gäste auf dem nachgiebigen Teppichflor des Dorchester war nicht mehr dieselbe wie vier Wochen zuvor. Elise wirkte dieser Tage, als wenn sie von einer großen, wilden Reise zurückgekommen wäre. Sie war nicht nervös, aber geladen, nicht abweisend, aber auf dem Sprung. Sie zerhackte Zwiebeln, als wäre sie Gast in einer Kochshow. Sie faltete Laken, als betreibe sie ein Hotel. Sie sah fünfzehn Minuten Jay Leno und hatte am Ende neun Bleistiftskizzen eines Gastes gemacht, flüchtige Portraits, die so aussahen, als hätte der Baseballer unmittelbar vor ihr gesessen. Tom blätterte die »New York Times«, und er nahm sich zehn Minuten, um einen kanadischen Lachs zu entschuppen, und er beobachtete den Strom der Autos auf dem Skinker Boulevard. Die Kugelkopfschreibmaschine trug er am späten Abend in das große Schlafzimmer, wo sie auf dem blauen Linoleum von Eds Riesenschreibtisch zu stehen kam. Er zog ein weißes Blatt ein und tippte: »Ich, Thomas Schwarz«, wobei die Buchstaben kursiv erschienen. So würde alles, was er in die Maschine tippte, den Anschein des Dringlichen haben. Er ergänzte das fällige Leerzeichen und ließ das Blatt in der Maschine, die er, als er aufstand, mit beiden Händen abtastete, ihre eisernen Hüften.

Elise lag auf dem Sofa, den rechten Unterarm über dem Gesicht und den rechten Fuß über dem linken Knie. Als der Kühlschrank sich ausschaltete, hörte sie durch die offene Klimakiste gelegentlich den Motor eines Autos, als hätte sie ihr Ohr am Schacht eines Tunnels. Sie hatte den Tag Revue passieren lassen und war ruhig geworden: Es war Geld gekommen, die studentischen Helfer waren begeistert vom Workshop, die XXL-Shirts waren eine wandfüllende Arbeit geworden – die melancholische Faltung wie bei Eva Hesse, der psychedelische Kontrast wie bei Bridget Riley. Sie hatte sich die Videobänder vom Besuch bei Ed auf dem Monitor angesehen; Toms Schwenks durch die Regale sahen aus wie die Allegorie einer verwunschenen Stadt. Im Portrait erschien Ed wie ein Prophet in der Diaspora, ohne die Aura der Angst, die ihn von den Menschen trennte.

Tom beobachtete sie. Er hatte ihr immer gern zugesehen, seit dem Herbst neunundachtzig im Barmbeker Güterbahnhof. Sie besaß die Anziehung von Frauen, denen man als Mädchen keine Komplimente gemacht hat. Sie war nicht empfänglich für Schmeichelei. Sie war nicht die Hüterin ihres Lochs.

Elise spürte seine Nähe, seine Berührung wie ein Frage-

zeichen. Fast hätte sie ihn zurückgewiesen damals, weil sie
hinter seiner Vorsicht männliche Schüchternheit vermutet
hatte. Ganz im Gegenteil war er ein einfacher Junge mit
prallem Glied, wenn sie ihn brauchte. Zehn Minuten später
keuchten sie im wandernden Halblicht des Boulevards wie
ein bleiches Tier, ein zweileibiges Ungetüm mit vielen Armen, das nicht von der Stelle kam.

»Übrigens«, sagte Tom, als sie nebeneinandersaßen, auf
dem Glastisch der kalifornische Weiße, »hat mich Theodor
Kuhn gefragt, ob ich mir vorstellen könnte, an der Washington University eine Stelle zu übernehmen. So etwas
wie eine Professur für angewandte Architektur oder Mar-
keting, er hat den Begriff noch nicht.«

»Das wäre die Hölle«, sagte Elise.

Tom sah sie an. Er erschrak über ihre Schönheit.

»Nicht unbedingt«, murmelte er und spürte, wie der
Wein die Speiseröhre balsamierte, um den Geist außer Ge-
fecht zu setzen.

Munchscher Garten

Hamburg kam mir bei der Rückkehr aus Kopenhagen schäbig vor.

»Die Stadt war halb weg«, sagte Elise.

»Sie hat keinen Hof, der auf sie abstrahlt.«

»Von deutschen Kaisern weitgehend verschont.«

»Du willst nicht verstehen.«

Wir verbrachten vierundzwanzig Stunden in der dröhnenden Wohnung über dem Riffifi, bevor ich zurückkehrte in die Unordnung, die ich hinterlassen hatte. Auf dem Fax hatten sich die einzelnen Seiten des automatisch geschnittenen Thermopapiers zu silbergrauen Röhren gerollt. Göckjohann bestellte mich mit freundlichen, aber unmißverständlichen Worten nach Leipzig. Niehuus wartete »mit Ungeduld« auf die zweite Fassung des Manuskripts. Claes Philip und Enrico Stüssgen hatten gemeinsam eine Einladung unterschrieben zu einer »sommerlichen Sitzung mit illustren Gästen« der Rathauskommission im Garten jener Villa, in deren Souterrain Claes Philip am Tag der Geburt Sandys eingezogen war.

In den siebeneinhalb Jahren, die vergangen waren, hatte Claes Philip seltsame Dinge vollbracht. Er war trotz Kommunistenphobie und Seidenschlips in die Grün-Alternative Liste eingetreten. Dort hatte er abgewartet, bis die Blut- und-Boden-Fraktion aufgegeben hatte und die Esoteriker marginalisiert waren. Dann begann er sich für die Integration der Hamburger Regionalpartei der Alternativen in die Bundespartei der Grünen einzusetzen. Als das gelang, hätte er bereits einen Anspruch auf einen unteren Listenplatz bei der Bürgerschaftswahl erheben können, unterstützte aber statt dessen eine »Frauenliste«, die mit zehn Prozent der Stimmen in das Stadtparlament einzog. Umgehend wurde er von der Fraktion der Frauen als Geschäftsführer ins Rathaus geholt, »der einzige vernünftige Mann bei denen« aus der Sicht mancher Sozialdemokraten, die, wie Enrico Stüssgen, Bündnispartner suchten, um nicht später von den Grünen entmachtet zu werden. Bei der alternativen Liste als »Unternehmensberater« aufgetaucht, von den Grünen inzwischen zum Sprecher für Stadtentwicklung erkoren, war er der erste seiner Partei, der in die politische Hierarchie der Verwaltung eindrang, ohne jemals gewählt worden zu sein; Jahre bevor die Grünen tatsächlich mitregierten. Mit Fokke Brinkmanns Rückendeckung berief Enrico Stüssgen ihn in sein Amt für Stadterneuerung und Bodenordnung. Im Rathaus hieß er CPO.

Es war nicht zu unterscheiden, was er sich nahm und was ihm zufiel. Seine Vermieterin, von ihm nun Omi Hansen genannt, fand großen Gefallen an dem Untermieter mit der exquisiten Garderobe, seinem Engagement in der »Naturpartei« und seiner Bereitschaft, an Sonntagnachmittagen mit der alten Dame die komplette »Carmina Burana« anzuhören. Er pflegte sie über eine kritische Lungenentzündung hinweg und machte für sie Erkundigungen in wohlgeführten Altersheimen. Schließlich bekam sie ein Zimmer im besten Stift mit Alsterblick. Claes Philip mußte für die Kosten aufkommen und bekam die Villa im Tausch, ein Vertrag, der ihn nahezu mittellos ließ, wie er mir zu verstehen gab. Deshalb blieb Omi Hansens Wohnung weitgehend intakt, ein Museum der Vor- und Nachkriegszeit, mit dunkel polierten Schränken und Thonetstühlen. Nur das, was einst eine große Küche gewesen war und einen Zugang von außen hatte, wurde das Büro des Bundes für Umweltschutz. Das Souterrain mieteten die Hamburger Fahrradkuriere, und unter dem Dach wohnten bald, dem Sozialamt in Rechnung gestellt, Flüchtlinge vom Hindukusch, die dem Märchenhaus das Haschischhäubchen aufsetzten. CPO wurde nun für vermögend gehalten, aber das galt der wilden Schar der frühen Parteigänger als Teil des eklektischen Bildes, das sie von sich hatten. Ihre maoistisch geschulten Anführer schickten schließlich auch ihre Rassepferde auf die Trabrennbahn.

Die sechsunddreißig Stunden bis zum Fest verbrachte ich in der Wohnung unter dem Fernsehturm über dem Manuskript für das Niehuusbuch. Dafür hatte ich sämtliche Seiten auf einem Tapeziertisch ausgelegt, um der leidigen Frage der Chronologie Herr zu werden. Erst die bescheidenen Wohnbauten aus den fünfziger Jahren, dann die Zeit der Lehre von den Siebzigern bis in die achtziger Jahre, und abschließend die Rückkehr in die Praxis mit ihren internationalen Kommissionen; der erste Platz im Wettbewerb um das Hamburger Kunstmuseum als Krönung. Die Umstellung der Textsegmente am Computer war eine Frage der Anschlüsse, wohl kaum ein ganzer Tag Arbeit. Ich kopierte die Datei auf eine weitere Diskette und begann, die Textteile zu verschieben. Chronologisch betrachtet, wurde die Frage seiner Rückkehr in die Praxis zwingender: Hatte er in den sechziger Jahren den Anschluß verpaßt? War er schließlich der Lehre überdrüssig geworden? Oder bedeutete die Lehre die Transformation der einen Praxis in eine andere? Die Lehre hatte ihn zur Urformel gebracht, der Einsicht, daß das Quadrat ohnehin die mathematische Einheit eines jeden Raums darstellte, es also naheliege, ihm baulich auch zu folgen bis zum Würfel und seinem Vielfachen – so wollte es Niehuus hören. Die Idee, dachte ich, war ihm eher spät gekommen, als Reflex auf die Nostalgie der amerikanischen Showarchitekten. Bevor eine erste Generation von Studenten soweit war, das Dogma in die Praxis umzusetzen, hatte sich Niehuus entschieden, nach Europa zurückzukehren, um seinen eigenen Namen zum Markenzeichen auszubauen. Das wiederum, oder etwas

Ähnliches, konnte man in den Text seiner ersten Monographie gewiß nicht hineinschreiben, wie ich mir nach Stunden des Brütens – unterbrochen nur durch eine Vorstellung der Exhibitionistin gegenüber – eingestehen mußte. Überhaupt lagen die Qualitäten seiner Bauten eher in edlen Materialien und exzeptionellen Lagen. Wie hatte ich es übersehen können: Die Idee mit dem Quadrat war nicht die Wurzel eines Gedankens, sondern eine dogmatische Verhärtung, die seine Bauten nur mit Mühe kaschieren konnten. Ich hatte die Chronologie ignoriert, um sein Feingefühl als Auftragnehmer – und was sollte einen Architekten sonst vor anderen auszeichnen – herauszukehren. Ich hatte versucht zu verschleiern, daß ich mich für Niehuus' professoralen Triumph über die verschnörkelte Postmoderne nicht erwärmen konnte.

Es waren so viele Leute in CPOs Garten, daß der Gastgeber kaum zu finden war. Einige der Kommissionsmitglieder hatten ihre Ehepartner mitgebracht. Susanna von Wulffens Mann war ein Unternehmer von schlichtem Ernst, der, wie er mir im Laufe des Nachmittags anvertraute, mit Miettoiletten ein Vermögen gemacht hatte; eine erstaunliche Ergänzung zur drallen, puppenhaften Erscheinung Susannas mit ihrer Obsession für städtisches Grün. Seine Augen waren matt und grau, eher auf Du als auf Sie, und ihre funkelten als tiefschwarze Knöpfe. Enrico Stüssgen wurde beschattet von einer Frau mit erheblichem Hüftumfang, die das Ungleichgewicht des Volumens durch eine aschfarbene Dauerwelle versuchte wettzumachen. Ihr Gesicht war entstellt durch eine verschnörkelte Brille aus Hornimitat mit Messingbeschlägen, deren Bügel die Fassung am unteren Ende, statt wie üblich am oberen, erreichten. Ihre Haut fahl und knittrig, der Mund zu einer waagerechten Spur geronnen, war sie wahrscheinlich nicht älter als Stüssgen selbst, der wieder eifrig seine Peter-Stuyvesant-

Maske trug. Und doch drängte sich der Eindruck auf, er wäre in Begleitung seiner Mutter gekommen.

Erst als ich Claes Philip sah, der ein Grüppchen distinguierter Herren unterhielt, wurde mir klar, daß dies nicht im geringsten eine erweiterte Sitzung der Kommission, sondern sein zweiunddreißigster Geburtstag war. Zum ersten Mal sah ich ihn bei einem geselligen Anlaß in Begleitung einer Frau. Sie war nicht ganz vollständig die schwarze Schönheit, die ich Claes Philip in innerer Anteilnahme am Erdbeben von Los Angeles zugedacht hatte. Einen Kopf kleiner als er, mit Nickelbrille, waren ihre Haare bronzen getönt, zu winzigen Zöpfen gerollt, nach hinten gezogen und am Kopf festgesteckt, so wie eine Fracht von Baumstämmen, die geflößt werden. Die Haut ihrer Stirn war weniger rein, als man bei dieser Frisur erwartet hätte. Ihr grellroter, dünner Rolli, an den Ärmeln weit geschnitten, stellte ihre Brüste aus wie eine kleine Festung. Die weiße Leinenhose, mit Bügelfalte, endete über nagelneuen, weißen Sportschuhen mit einem komplizierten Sohlenaufbau, eine in Deutschland nie gesehene Kombination.

Es gab ein freudiges Hallo mit Biga Brzeski, die darum bemüht war, den Garten mit ihrem Lieblingsparfüm zu weihen, dem der Marlborozigarette. Sie war in zwei Monaten um ein halbes Jahr gealtert.

»Was macht der Lada?«

»Fährt. Was macht der Panda?«

»Friedhof.«

Ich setzte mich zu ihr auf eine vor langer Zeit weiß gestrichene Eisenbank, die vor der moosigen Backsteinmauer des angrenzenden Grundstücks quergestellt war. Es war, mit etwas Phantasie, noch zu erkennen, daß Birken, Eichen und Kiefern einst zu beiden Seiten so gepflanzt worden waren, daß in der Mitte ein Rasenplatz als Rund ausgespart blieb. Die Villa, in verkommenem Altrosa, blickte altjüngferlich auf das herunter, was davon geblieben war. Die Wäldchen waren durch Gras und Buschwerk unzugänglich geworden; auf dem Rasen waren Clematis, Taubnessel und Lupinen hochgeschossen und offenbar in Vorbereitung dieses Festes teils gekappt, teils belassen worden. Es waren zwei Grillplätze aufgebaut, einer Fleisch und einer Fisch, und auf einem langen Tisch stand rohes und gekochtes Gemüse unter dem Banner der Bauernmarke Bioland. Das Buffet hatte noch niemand angerührt. Unter dem Einfluß eines Glases weißen Toskanaweins verschwamm der unübersichtliche Garten zu einem glibberigen Bild meines inneren Auges, eine Naturbühne mit der gleichmäßigen Beseeltheit Munchscher Landschaften.

Die Gesellschaft stand still, als man ein Glas läuten hörte. Enrico Stüssgen ergriff das Wort »für unseren Freund und Kollegen Osterkamp, der eine Rundreise des Bausenats, mit dem Ziel, sich der amerikanischen Kultur zu nähern, besser zu nutzen wußte als wir alle, so daß wir am heutigen Tag freudig Shimelle Bethune« – es klang wie »be soon« – »begrüßen dürfen, die soeben ihre Studien in deutscher Literatur an der Stanford University abgeschlossen hat. Gleichzeitig läuten wir die Herbstsaison neunzehnhundertneunzig ein, in der uns der Vollzug der deutschen Wiedervereinigung gewiß intensiv beschäftigen wird. Ob Hamburg davon profitieren wird, kann man zur Zeit nicht sagen, aber wir wollen – wie es unsere Art ist – optimistisch sein. Wir wollen heute launisch sein. Launig sein. Wir wollen launisch sein, und dieses Fest genießen.«

»Was denn nun«, murmelte Dr. Brzeski.

Im Gedrängel an den Töpfen stieß ich auf Nader Serdani. Sein Haar hatte sich gelichtet und war dabei, vom Schwarzen ins Graue umzukippen. Er trug es wieder lang. Vom Lüsternen in seinen Augen war nur noch eine gewisse Verschmitztheit übriggeblieben.

»Du und Osterkamp«, sagte er, »immer noch dicke?«

»Wir haben die Verbindung gehalten.«

»Bist du in dieser … Geisterkommission?«

»Das ist keine feste Runde. Aber ich war ein paarmal dabei.«

»Wo soll denn das hin?«

»Das ist offen.«

»Seid ihr ein Fokke-Brinkmann-Club? Stadt-am-Wasser, Umverteilung von Brachflächen, Lebensqualität verbessern? Oder kommt da was Neues?«

»Was wäre denn das Neue?«

Serdani sah mich durch seine Nickelbrille an wie jemanden, der Zucchini mit Gurken verwechselt. Auf seinem Pappteller, fiel mir auf, gab es weder Fisch noch Fleisch.

»Was macht denn Miyako?«

»In zwei Wochen kommt unser zweites Kind. Vielen Dank für die Vermittlung übrigens. Ich war damals etwas weltfremd.«

»Bleibt sie denn in eurer Sozietät?«

»Sie will raus. Wahrscheinlich macht sie Büroleitung, wenn sie wieder kann. Dann kommt ein neuer Dritter dazu, falls wir jemanden finden, der jung ist und ein paar wichtige Dinger gebaut hat. Und wenn wir beim Schnellbahnhof Rhein-Main den Zuschlag bekommen, ziehen wir innerhalb von vierzehn Tagen von Düsseldorf nach Hamburg.«

»Warum Hamburg?«

»Bist du nicht in Hamburg?«

»Doch.«

»Na also.«

Inkompatible Geschwindigkeit! Nader war dreimal, viermal so schnell wie ich und, zu meiner Verteidigung gesagt, schneller als die meisten Zeitgenossen. Außerdem war ich etwas abgelenkt durch den Umstand, daß ich für einen Moment, als ein paar Anzüge auseinandertraten, Omi Hansen in einem Rollstuhl sitzen sah, ihre Augen in quasi religiöser Verehrung gerichtet auf jemanden, der meinem Blick verborgen war.

»Na, unser Freund Claes Philip ist wohl gut gelandet«, sagte Nader.

»Ich würde das nicht überschätzen. Eine politische Karriere, das ist auf Sand gebaut.«

»Aber die Villa!«

»Ist ja nicht seine.«

Serdani durchfuhr ein Glucksen, wie ein elektrischer Strom.

»Eine Leibrente an eine Hochbetagte ohne Sockelbetrag, davon kann man doch nur träumen.«

»Das hat er dir erzählt?«

»Ach wo, diese Frau Hansen.«

»Was hast du sie denn gefragt?«

»Ob die Villa zu kaufen ist.«

Als CPO das Wort ergriff, stand Shimelle neben ihm wie ein Adjutant. Er hatte seit Jahren diese geschnitzte Gestik geübt, die andeuten sollte, daß seine Gedanken grundsätzlich und seine Schlüsse umfassend waren. Während die Gesten links in den freien Raum stießen, verdeckten sie rechts für Bruchteile von Sekunden Shimelle, fast sie berührend. Man starrte also auf sie in der Erwartung, daß sie zurücktreten oder in anderer Weise die Unbehaglichkeit der Situation zum Ausdruck bringen würde. Statt dessen lauschte sie mit Hingabe. Mit einer gelegentlichen Bewegung der Lippen, die auch nur ein Zittern sein konnte, bildete sie Silben nach. Er hatte für diesen Auftritt seinen norddeutschen Ton hamburgisch poliert, mit leicht gehobener Stimme, eine Melange aus weltläufig und beschränkt. Angekündigt wurde Bartholomäus Seitz, »der uns mit seinen Überlegungen zur Frage von Öffentlichkeit und Intimität in der Architektur an diesem Abend das nötige gedankliche Fundament legen wird. Barthel – Sie haben das Wort!« Die Kombination von Sie und Vornamen wies beide Seiten aus als Insider des Rathauses, wo Manierismen Konjunktur hatten.

Die Hälfte aller Männer war formal gekleidet, die anderen gehörten zur Pulloverfraktion. Seitz war der typische nachlässige Träger informeller Kleidung, der jedoch aus einem Anlaß wie diesem vor Jahren zu einem Herrenausstatter gegangen und sich »einen Anzug« gekauft hatte. Dort war ihm der Dreiteiler zu streng, das steigende Revers der Zweireiher mafiös und das Leinensakko zu salopp erschienen, abgesehen von den absurden Preisen, die sogenannte Markenhersteller verlangten. Auf diese Weise war er mit einem dunkelblauen Zweiteiler davongekommen, in dem nur ein eingenähtes Schildchen des Herrenausstatters selbst auf die Herkunft hinwies. Bei zehn oder zwanzig Buffets war der Stoff ranzig und sein Träger umfangreicher geworden. Die zunehmende Diskrepanz zwischen Leib und Kostüm ließ ihn zwar derangiert aussehen, aber authentisch. So schlecht sahen die Regeln der feinen Gesellschaft aus, wenn man einem Freigeist wie Seitz sie aufzwang. Die gleiche Wirkung hätte er mit einem Pullover nicht erzielen können.

Über der Alster kreiste ein Hubschrauber, dessen hämmerndes Motorengeräusch bis in den Garten drang. Ich hatte mich zurückgezogen auf die Eisenbank zu Biga Brzeski, zu der sich niemand setzte, weil die einen sie nicht kannten und die anderen sie fürchteten. Man hatte Bartholomäus Seitz kein Mikrophon gegeben, so daß von seinem Vortrag vieles verlorenging. Er hatte eine jungenhafte Stimme, die er auf wohltemperierten Bahnen gedrechselter Sätze in eine Art Gesang übergehen ließ, der, an pointierten Stellen, in Kiekser umbrach, denen die Begeisterung, die eigenen Erkenntnisse betreffend, anzuhören war. Dabei warf er mit Verve seine Landsknechtsfrisur in Richtung linker Schulter, worauf sie – wie ein sich schließendes Visier – in sein talgiges, nahezu faltenloses Gesicht zurückfiel. Seine Augen leuchteten. Währenddessen hatte er, leicht vorgebeugt, die Hände hinter dem Jackett verschränkt, wie der Schulmeister bei Wilhelm Busch.

Er sprach ohne Manuskript, ohne Notizzettel, selbst die Zitate waren, man mußte sie ihm glauben, in seinem überdimensionierten Kinderkopf aufgehoben: Rousseau, Sennett, Foucault. Soweit der Flugmotorenlärm es zuließ, rekonstruierten wir uns auf der weißen Eisenbank tuschelnd seine Rede, die mit der verstörenden Beobachtung begann, daß der Platz der Öffentlichkeit ursprünglich der Platz des Strafens sei. Das Strafen sei dann versteckt und der öffentliche Raum durch das Vergnügen eingenommen worden. Seit es der privaten Wirtschaft aber gelinge, das Vergnügen zu kontrollieren, habe der öffentliche Ort an Bedeutung verloren, daher seine architektonische Krise.

»Gute Idee«, zischelte Brzeski, »man könnte ja Architekten öffentlich auspeitschen lassen.«

Die Intimität sei zu definieren als gesellschaftlicher Gegenpart der Öffentlichkeit. Der Einblick in die Dinge der Herrschenden, durch Sklaven und durch Diener, mache die Räume der Herrschenden, die sie vor den Dienenden nicht schützen können, nicht öffentlich. Es sei ein intimer Raum mit einem Informationstabu. Spiegelbildlich könne der Dienende keinen Raum beanspruchen, der intim zu nennen sei, weil es in Opposition dazu keine Repräsentation des Dienenden gebe, die Repräsentation als Vorläufer von Öffentlichkeit. Der intime Raum der Herrschaft sei entwickelt in Nuancen von Intimitätsgraden, die sich bis ins Bürgertum tradiert hätten: Schlafzimmer, Bibliothek, Raucherzimmer und »geheimere Räume«.

Brzeski zu mir: »Ich rauche nicht auf dem Klo.«

Der intime Raum des Bürgertums habe mit der Vorherrschaft der Kleinfamilie seine Nuancen verloren. Es sei eine Polarität von Öffentlichkeit und Intimität entstanden, die er, der Redner, als »plan« bezeichne. Die merkwürdige Öffentlichkeit eines Fernsehers erdrücke den Raum, den die Familie als wenigsten intimen oder als noch intimen, aber intern schon öffentlichen am dringendsten brauche. Daher der Verfall der Nuancen in der Architektur: »Wo es sie gibt, sind sie phantasy. Sie werden nicht mehr gebraucht.«

Da der Redner kein Manuskript hatte, das er sinken lassen konnte, und sich für die Aufmerksamkeit nicht bedankte, gab es einen Moment der Verblüffung. Dann folgte wohlwollender Applaus.

Brzeski und ich sahen uns für einen Moment an. Sie hatte das Gesicht der intelligenten Mädchen, die aus Faszination für die Phänomene vergessen, in den Spiegel zu sehen. Der Mund war in einer wegwerfenden Pose gefroren, die Augen schossen hin und her wie Suchscheinwerfer. Gelegentlich fuhr durch dieses Gesicht ein Schauer, eine Irritation von Millisekunden, mit Gewißheit nur zu erkennen an einem Nachbeben der Nasenflügel.

»Sie sehen glücklich aus«, sagte sie unvermittelt.

Ich grinste schafshaft.

»Ja«, sagte ich, wissend, daß das keine Antwort war. »Aber ich bin auch in der Klemme. Niehuus – «; in dem Moment sah ich Niehuus im Gespräch mit Seitz.

»Schildern Sie das Problem doch abstrakt, ohne Namen und Bauten!«

Am liebsten hätte ich ihr das ganze Ding vor die Füße gelegt, Manuskript und Honorar. Frei sein für Elise, alles andere egal! Brzeski qualmte einem wirklich unverschämt den parfümierten Rauch ins Gesicht.

»Okay.«

Ich erzählte ihr also, wie das Manuskript mißraten war, aber meine Skepsis dennoch angemessen verberge, während die brave Nacherzählung eines Lebenswerks meine Zweifel offenbaren würden.

»Erfaßt Ihr Zweifel auch die Person, deren Werk Sie beschreiben?«

»Nein. Ein Denker. Hat Geschmack. Kann mich leiden.«

»Ist es denn so, daß Sie sein Spätwerk verwerfen?«

»Nur den Dogmatismus. Ein rigides Konstruktionsprinzip. Die Frage, wie ein Gebäude zum Licht steht und welche Materialien verwendet werden, ist davon nicht berührt.«

»Und wenn Sie das genau so aufschreiben?«

»Dann geht's nicht durch.«

»Woher wollen Sie das wissen?«

»Ich fürchte die Mühe.«

»Eben. Sehen Sie, Eitelkeit ist überall. Sie wollen, daß das gelobt wird, was Sie geschaffen haben.«

»Okay, sagen wir, ich fange noch einmal an.«

»Dann würde ich Ihnen sagen, daß apologetische Texte Grenzen haben. Sie wollen sagen, daß ein Werk Ihres Architekten schwach ist? Dann vergleichen Sie es mit einem besseren, aber einem besseren von ihm selbst. Sie finden ein theoretisches Argument von ihm etwas halbseiden? Finden Sie einen Klassiker, der es schöner gesagt hat, und stellen Sie das Zitat daneben. Sie zweifeln am Dogma, das er als Architekt praktiziert? Kehren Sie heraus, daß die Qualität seiner Bauten jenseits des Dogmas liegt. Finden Sie zwei oder drei Kernsätze für Ihre zentrale Kritik. Schreiben Sie diese an die richtige Stelle. Kehren Sie zu dieser Kritik nicht wieder zurück. Sie dürfen mit Göttern hadern, verstehen Sie? Sie dürfen sie nur nicht zu Menschen machen.«

»Woher nehmen Sie das alles?«

Sie wandte sich von mir ab und sah – in die Bank gelümmelt, die Beine von sich gestreckt und die Schultern hochgezogen – in die bewegte Idylle des Hamburger Gartens. Sie trat die Zigarette aus, ohne nach ihr zu sehen.

»Meinen Sie, daß Sie das Rad neu erfinden müssen?«

Der Hubschrauber war nun nicht mehr zu hören, aber aus einem geöffneten Fenster streuten stark rhythmisierte Klangfiguren eines Streichquartetts in den grünen Bauch des verwilderten Gartens. Für die Gäste mag es wie ein Zufall erschienen sein, oder wie eine unauffällige Beigabe. Für mich aber war klar, daß Claes Philip aus dem Inneren der Villa zwei Bose-Präzisionslautsprecher auf Stativen in den Garten gerichtet und aus seinem Archiv mit Bedacht gewählt hatte: den Mitschnitt eines kalifornischen Senders zu später Abendzeit. Aus vielen tausend analogen und digitalen Tonbändern, Vinyl- und Kompaktschallplatten hatte er diese Musik gezogen, mit ihren Anteilen von Kammermusik, Beats und Folklore; afrikanische Musik im Kodex der Notenliteratur, von Nordamerikanern zur Aufführung gebracht.

Ich fand Claes Philip in dem Zimmer, aus dem die Musik kam, den Finger wie einen Zeiger über die durchhängenden Borde des Musikregals bewegend, auf der Suche nach einem passenden Anschluß. Er war im neuen Stil gekleidet, mit einem Hemd von kräftiger Textur und einer Wildlederjoppe, der, durch einen Kunstgriff in Schnitt und Borten, eine koloniale Reminiszenz mitgegeben war. Nun ohne Schlips, hatte er sich dunkel gekräuselte Koteletten stehen lassen, liebevoll gerade gehaltene Stege, die sein immer noch wildes Gesicht rahmten, in dem sich die Poren der Nase wie winzige Krater geöffnet hatten. Das Haar, noch in voller Üppigkeit, war schon etwas herausgewachsen, aber im Nacken plötzlich mit äußerster Sorgfalt zurückgestutzt, in stufenlosem Übergang bis auf die Haut zurückgetrimmt. Das brachte etwas Burschenhaftes in seine männliche Erscheinung. Ich gab ihm die Hand, um zu gratulieren; seine war trocken und meine nicht.

Wir standen eine Weile im offenen Fenster und sahen aus

der Beletage auf die kleine Gesellschaft herab. Dort unten hatte sich stehend eine Gruppe gebildet, deren Zentrum der soeben angekommene Oberbaudirektor Fokke Brinkmann war. Enrico Stüssgen hatte ihn wahrscheinlich zuerst begrüßt und war mit seiner heiter-bedenklichen Miene – launig oder launisch, man wußte es nicht – neben ihm stehengeblieben. Uwe Jens Niehuus hatte seine Prominenz eingebracht. Susanna von Wulffen hatte ihre dralle Weiblichkeit dazugestellt. Seitz kam herbei, vor- und zurückschießend im Gang wie ein Ganter, was durch die Verschränkung seiner Hände auf dem Rücken zu erklären war. Und schließlich stand Shimelle in der Runde, bündelte die Blicke auf sich, wandte sich an Brinkmann, bekam von ihm die Hand gereicht. Es war nicht zu verstehen, was gesprochen wurde, bis Brinkmann laut ausrief: »Hölderlin!«

Die andere Gruppe im Garten hatte sich sitzend gebildet um Frau Stüssgen, die ihr schweres Becken in einem weißen Plastiksessel ruhen ließ. Zwei Frauen, die ich den Grünen in Eimsbüttel zuordnen konnte, und der ratlose von Wulffen nahmen die anderen Stühle ein, wobei einer frei geblieben war. Nun zeigte sich an der Gestik Brinkmanns sein Unbehagen, im Empfangskomitee hängengeblieben zu sein, und er brach aus der Gruppe aus in Richtung Grill, an dem sich ein sozialdemokratischer Ratsherr aus Langeweile als Fleischwender engagierte. Die Gruppe, die Brinkmann hinterließ, blieb für einen Moment intakt zurück, bevor sie, ihres Magnets beraubt, auseinanderfiel. Währenddessen erhob sich Biga Brzeski von der eisernen Bank im rückwärtigen Teil des Gartens. Wir folgten dem Geschehen, als Claes Philip sagte:

»Die Analyse selbstreferentieller Systembildung auf der Basis doppelter Kontingenz zwingt uns, die verbreitete Vorstellung, ein soziales System bestehe, wenn nicht aus Personen, so doch aus Handlungen, zu überprüfen.«

Es gab dort unten ein Geschrei, weil ein Glas Rotwein über einen sommerlichen Leinenanzug gestürzt worden war. Ich antwortete:

»Das bedeutet: Die interpenetrierenden Systeme bleiben füreinander Umwelt. Die Komplexität, die sie einander zur Verfügung stellen, ist für das jeweils aufnehmende System unfaßbare Komplexität, also Unordnung.«

Niemand im Garten konnte uns lachen hören, auch nicht, als wir schon Tränen in den Augen hatten.

Shimelle war, aus der Nähe betrachtet, geschmeidiger, ihre Stimme tief und reich moduliert, ihr Eifer, die deutsche Sprache betreffend, anrührend. Sie brachte fehlerlose Beugungen hervor, nur daß die Modi und Zeiten der Nebensätze nicht immer so aufgingen, wie das grammatische Ohr es hören mochte. Sie hatte allerdings eine Neigung zu schwierigem Deutsch, das sie an Grimmelshausen, Hegel, Nietzsche, Fontane und Thomas Bernhard geschult hatte. Nun glaubte sie, in das Land gereist zu sein, in dem mit diesen Stimmen gesprochen und im Sinne dieser Geister gedacht würde. Ihr Dissertationsprojekt über Hölderlin, das sie mitgebracht hatte, war für die Mehrzahl der im Garten Versammelten unverständlich. Ich selbst versuchte, dies nicht durchblicken zu lassen.

Durch Shimelle merkte ich erst, wie bedeutsam es ist, ob jemand sich allein repräsentiert oder in der Figur des Paares. Claes Philip war, über die Jahre, gewiß nicht einsam gewesen, aber er war immer allein erschienen und hatte den Platz, der sich ihm auftat, in verläßlicher, aber auch in schillernder und expansiver Weise ausgefüllt. Während Bartholomäus Seitz umweht war von der Frage, ob er zu Frauen oder Männern neigte oder ob er über den Büchern diese Frage vergessen hatte, haftete Claes Philip nichts Zölibatäres an. Niemand konnte von seiner seit der Schulzeit gepflegten Landliebe etwas wissen, mich ausgenommen. Diese Frau, älter als er, hatte ihn beleuchtet wie die Sonne den Mond.

Als wir so plötzlich von Gegnern zu Freunden geworden waren, hatte ich zugesehen, wie er seine Rolle übte. Das am besten geeignete Objekt kommunikativen Trainings war seine Mutter gewesen, die ihn gelegentlich mit wohlfundierten Argumenten bedrängte. Es wäre, im Sinne des Symposions, einfach gewesen, den Gegenpart darzustellen. Claes Philip aber schwieg, bis die Argumente wiederholt und ihre Begründungen verändert wurden, signalisierte Dissens, aber positionierte sich nicht. Die Mutter, auf diese Weise ihrem eigenen Monolog preisgegeben, begann sich zu widersprechen; das Ressentiment gegen den geschiedenen Ehemann trug sie jedesmal davon. Das war Claes Philips Moment. Auf solche konfusen Forderungen, ließ er wissen, werde er sich nicht einlassen.

Ein weiteres Objekt seiner Übung war seine Schwester gewesen, die sein Schweigen mit gänzlichem Rückzug beantwortet hatte. An ihre Stelle, mehr oder weniger, war ich selbst getreten, der ich, von Zwist und Eifersüchteleien seiner Familie nicht betroffen, sein Zögern als naturgegeben hingenommen hatte, mit dem Vorteil für mich selbst, immer einen Zuhörer zu haben.

Als Funktionär war dies sein Markenzeichen geworden: der Mann, der niemandem ins Wort fällt; einer, der nicht in Aufregung spricht; einer, der abseitige Interessen von Notwendigkeiten unterscheiden kann. Während in der politischen Arena so viele Hähne zur Unzeit krähen, um überhaupt gehört zu werden, hatte CPO durch sein pfauenhaftes Äußeres – kombiniert mit der Fähigkeit, nicht abzuschalten – eine grundsätzliche Aufmerksamkeit auf sich gezogen, die anderen versagt geblieben war. Sein Schweigen war gedeckt durch seine Rede, die Rhetorik der Versöhnung, die Parade modischer Begriffe.

Nun, mit Shimelle, war die CPO-Formel komplett. Eine schwarze Frau aus Kalifornien an seiner Seite erweiterte das Spektrum der Ämter beträchtlich, die ihm mit der Stabilisierung seiner Partei zugedacht werden konnten.

Der Abend, wie er einen Hauch von Feuchtigkeit brachte, ließ zu früh das Ende des Sommers ahnen. Die Grills waren abgegessen, aber es wurden Süßspeisen und immer noch gutgekühlte Flaschen Toskanawein gebracht. Zwei Gymnasiastinnen, die eine schmal und farblos, die andere eine durch Mast entstellte türkische Schönheit, machten den Service, beobachtet von Frau Stüssgen, die gelegentlich ungefragt Ratschläge austeilte, zum offensichtlichen Unbehagen der Mädchen, die sich lange Blicke zuwarfen.

Ich war nun auch schon einunddreißig, und, zugegeben, der gute Glaube läßt nach, und das Maliziöse kitzelt unter der Oberfläche, um in der nächsten Saison zu schlüpfen. Shimelle, ausgerechnet sie, nahm ich mit in die Runde der Plastikstühle, immer noch präsidiert von Stüssgens Frau, ein Kommen und Gehen, weil es keiner dort länger als zehn Minuten aushielt.

»Und wo komm Sie ganz her, Frau Stüssgen?«

»Jaoh, wir wohn draußen in Ohlstedt.«

»Ein Haus für sich?«

»Halbhaus. Aber mit Garten und was dazu gehört.«

»Na, das is ja schön.«

»Jaoh, sehr schön is das.«

Das war aber nur das Aufwärmen. Sieben Minuten später wußte ich, daß Friederike Harms es mit zwanzig Jahren von Schleswig-Holstein an der Grenze zu Hamburg nach Hamburg an der Grenze zu Holstein geschafft hatte. Dort war sie, Bedienung im Blumenladen, auf einen Rheinländer gestoßen, der zur Beerdigung einer Großtante gekommen und einen »wunderbaren Kranz« gekauft hatte, »nur leider ohne die Schleife, denn so schnell geht das joh nich«. Die feurige Verbindung hatte zur schnellen Eheschließung plus Geburt der ersten Tochter geführt, und zu dem ihr immer noch unheimlichen Tausch des Namens Harms gegen »Stüssgen, den Nohm gibs hiä joh nich«. Stüssgen, damals Berufsschullehrer, hatte sich in der nordhamburgischen Sozialdemokratie verdient gemacht und war auf ungewöhnlichen Beförderungswegen an jenen Schreibtisch gelangt, den er, bewundert von seiner Frau, im Rathaus jetzt einnahm. Vom Hochhaus an der Peripherie waren sie ins Reihenhaus und von dort ins Familienhalbhaus gekommen, das in fünf Jahren abbezahlt sein würde, und das bei drei Kindern, gar nicht zu reden von den fünf Enkeln. Die zwei Mädchen waren wieder Hausfrauen geworden; der Nachzügler hatte sich soeben, gleich nach dem Abitur, bei der Bundeswehr verpflichtet. Friederike Stüssgen war zuständig für das Essen, die Wäsche und den Garten, und ihre Ohlstedter Existenz füllte sie so aus, daß sie »minneszens seit Weihnachten« die Alster nicht mehr gesehen hatte, »abä vorleszes Johr«. Mein enormes Interesse an ihrem Leben lohnte sie mir mit der Preisgabe ihres wertvollsten Küchengeheimnisses, der Backanleitung für einen Pflaumenkuchen.

»Das muß ich auch mal ausprobiern.«

Die Frau guckte unter ihrer Haubenfrisur hervor wie jemand, der nichts in der Welt, nichts, was irgend von Belang ist, entziffern kann, die Ratlosigkeit vergrößert durch die Gläser der falschherum gerahmten Brille: ein stumpfes Augenpaar. Auf der anderen Seite Shimelle, zunächst interessiert, bald verwundert; dann blieb ihr der Mund offenstehen. Madame Stüssgen sah Shimelle an und sprach, als wenn die Jüngere kein Deutsch verstünde:

»Pflaumkuchen. Das kenn die wohl nich in Kalifonnien.«

Die Szene hatte sich inzwischen gelichtet, Biga Brzeski hatte sich verdrückt, die von Wulffens waren abgezogen, und Barthel Seitz sah ich, die Arme im Kreuz verschränkt, wie die Holunderbüsche seine Figur aufnahmen und verschluckten, auf dem Weg nach draußen. Es zeigte sich, daß der mit Rotwein Begossene Niehuus war, der, nachdem er seinen hellblauen Leinenanzug abgeschrieben, nun die unverwüstliche Platzsicherheit gewonnen hatte, die Fußballer entwickeln, wenn sie ins aufgeweichte Terrain gestürzt sind. Der Verlust an Noblesse stand ihm gut.

Er war dabei, sich mit Fokke Brinkmann zu betrinken. Das Gespräch kreiste um ein soeben fertig gewordenes Gebäude, von Niehuus »das Phantom der Oper« genannt, eine Blockbebauung mit Büros und Geschäften an einer Hauptverkehrsachse, in deren Innerem ein Musicaltheater versteckt war. Durch eine einst verschleppte Entscheidung des Senats hatte das Architekturbüro nicht einmal zwei Jahre Zeit gehabt, das Gebäude zu planen, zu entwerfen, im einzelnen zu gestalten und zu vollenden. Nun stand es da wie ein gewaltiger Wohnblock aus den zwanziger Jahren, den man an der Ecke aufgerissen hatte, um mittels einer Treppe und eines fliegenden symbolischen Blechdachs eine feierliche Öffnung halb zu schaffen und halb zu simulieren. Vier Wochen zuvor war der Theaterbetrieb angelaufen.

Niehuus, dessen kleines Büro eine solche Aufgabe in Eile nicht hätte bewerkstelligen können, galt nicht als jemand, der übergangen, anders als Benthien und Göckjohann, deren fahriger Erstentwurf zu den Akten gelegt worden war. Brinkmann war nun in der unbequemen Position, das politisch opportune Gebäude gegen Einwände verteidigen zu müssen, die er mit seinem eigenen wachen Verstand selbst hätte mühelos erheben können. Das wußte Niehuus, und Brinkmann wußte, daß er es wußte. Niehuus, als erster Preisträger in der Ausschreibung der Kunsthalle, war der neue Günstling des Senats, der nun einerseits seine kritische Stimme erheben durfte, als Lehrer von internationalem Rang. Andererseits war eine gewisse Loyalität gegenüber Brinkmann zu zeigen angebracht. Sobald Niehuus mich sah, spannte er mich ein.

»Was ist denn Ihre werte Meinung zum Phantom der Oper?«

Brinkmann sah an mir herauf und herab. Er konnte mich nicht zuordnen.

»Die Bühnentechnik gilt als sehr gut. Der Zuschauerraum hat einen gewissen kühlen Charme. Tolle Akustik. Das ganze Drumherum ist reines Understatement.«

Niehuus: »Und ist das nun gut oder schlecht?«

Brinkmann: »Ist auf jeden Fall hanseatisch.«

Ich: »Es ist unvermeidbar. Die Fassade eines Gewerbeblocks kann nicht die Theatralität eines Theaters angemessen zum Ausdruck bringen. Es sei denn, man hätte zu dem Long-Island-Duckling-Modell Venturis gegriffen, innen eine Kiste und außen ein bildplastisches Symbol ohne jede Beziehung zur Bauwirklichkeit des Gebäudes.«

Niehuus: »Wo denken Sie hin! Hamburg ist nicht Las Vegas!«

Brinkmann: »Da sind wir uns einig.«

Ich: »Wenn man aber so etwas verwirft, dann kann man den Architekten nicht damit kommen, daß ihr Entwurf ein Hybrid ist. Als Hybrid bestellt, als Hybrid herausgekommen.«

Brinkmann: »... geliefert! Nicht ganz falsch. Der Bau ist ein Zwitter.«

Niehuus: »Sag ich ja, ein Phantom.«

Brinkmann: »Sie müssen immer auch die Politik sehen. Die Flora im Schanzenviertel war nicht so flott loszueisen. Wir können aber nicht warten, bis alle Städte schon ein Musicaltheater haben, und dann eins bauen.«

Niehuus: »Aber was sind das für Zustände, wo die Hausbesetzer die halbe Stadt regieren.«

Ich: »Unregierbar machen, höchstens.«

Niehuus: »Schlimm genug.«

Brinkmann: »Sie können nicht jedes Problem mit ein paar Hundertschaften Polizei lösen.«

Pause. Niehuus brütete.

Dann sah er mich an, die Augen schwer vom Wein. »Und was wird mit uns?«

»Ich geh noch mal ran.«

An dieser Stelle fragte Fokke Brinkmann, wer ich sei. Ich gab ihm meine Karte mit der Adresse und dem Signet von Benthien und Göckjohann.

»Na, dann sind Sie ja Cosa Nostra.«

»Ich bemühe mich.«

Die Herren lachten ein wenig schlapp. Als ich aufstand, sah ich, daß Claes Philip hinter mir gestanden hatte, still. Ich grinste. Er zeigte keine Regung.

Enthaltung

Elises Archiv bestand aus zwei Umzugskartons mit einigen hundert Skizzen, im Tausch eingeheimsten Blättern anderer Künstler und Zeitungsartikeln zu Themen aus der Kunst, der Wirtschaft und der Politik. Im August hatte ich angefangen, während der Woche nach Leipzig zu pendeln, und wenn ich Freitagnacht spät – mit dem gemütlichen, fast leeren Prager Zug bis Berlin, mit dem vertrauteren Intercity über die nebligen Felder Brandenburgs, Mecklenburgs und Holsteins – in Hamburg ankam, holte sie mich mit dem K 70 ab, zwei Pizzaschachteln im Fußraum der Rücksitze, und wir verbrachten die halbe Nacht im Atelier.

Damals wurden von den wohlhabenden Städten und Regionen Westeuropas temporäre Skulpturausstellungen ins Leben gerufen und gleichzeitig internationale Biennalen und Triennalen der Kunst begründet. Elise war auf dem Sprung nach Glasgow, wo sie Fundstücke sammeln und in der monochrom lackierten Fassung präsentieren würde. Im Herbst wurde sie in Istanbul erwartet, wo bei einem Aufenthalt von fünf Wochen das Thema erst zu entwickeln war. Die Teilnahme an zwei deutschen Ausstellungen – sogenannte Eingriffe ins urbane Umfeld – für das folgende Jahr stand in Aussicht. Mitten im Winter sollte sie, zum ersten Mal, Arbeiten in der Hamburger Produzentengalerie zeigen. Dies war das Programm des ersten Jahres nach ihrer Rückkehr aus London.

Ich sortierte die Zeitungsartikel nach Tagen und klebte sie auf DIN-A 3-Blätter, die gelocht – und die Löcher durch kreisrunde Aufkleber verstärkt – in mehreren Ordnern niedergelegt wurden. Die Arbeit dauerte viele Tage, weil ich die meisten Artikel überflog oder ihr vorlas. Einer handelte von der Versammlung einer jüdischen Gemeinde in London, Leute, die, wie der Berichterstatter anmerkte, mit blitzenden BMW-Limousinen vorfuhren. Sie berieten über die damals in England und Frankreich auch offiziell gestellte Frage, ob die Öffnung der deutschen Grenze und die wahrscheinlich bevorstehende Vereinigung als Gefahr oder Drohung anzusehen war. Dabei wurde eine Meinung artikuliert, die sich im Laufe des Abends durchsetzte: Die Deutschen seien für die Todeslager mit der Teilung bestraft worden, und man müsse es nun für möglich halten, daß diese Zeit vorbei sei und eine neue beginne. Vor einer deutschen Wiedervereinigung müsse man sich nicht fürchten.

Der Artikel las sich wie von einem Schmeichler erfunden. Aber er entsprach dem Gefühl der Erleichterung, das das nahende – offizielle – Ende der DDR mit sich brachte, eine gewisse Heiterkeit, die sich der meisten Menschen bemächtigt hatte. Das Gefühl des Augenblicks hatte aber nichts mit der Frage zu tun, was eine deutsche Union für den einzelnen bedeuten würde. Für Elise folgte daraus überhaupt nichts. Für sie war das Zeitgeschehen Denksport. Sie horchte den Stammtisch ab und kümmerte sich ansonsten um das, wovon sie etwas verstand, den Unterschied von leicht und schwer, massiv und hohl, stumpf und glänzend.

Für mich allerdings hatte sich in die Heiterkeit eine Spur von Ängstlichkeit gemischt, von vorn beginnen zu müssen, erfaßt zu werden von einer Revision der Politik, der Ökonomie, der Architektur. Nicht daß viele der ostdeutschen Architekten hätten konkurrieren können. Dazu fehlte ihnen die freiberufliche Praxis. Aber allein der Umstand, daß Benthien und Göckjohann ihr gesamtes Team nach Leipzig geschickt hatten, kam einer Entwurzelung gleich.

Einmal, um die Sitzung der Ideenkommission zu erreichen, mußte ich von Leipzig aus ein Flugzeug nehmen. Ein anderes Mal, der Sitzungsabend fiel auf einen Dienstag, hatte ich in der Jarrestraße von Montag bis Mittwoch Telefon-

dienst angemeldet. Der Aufwand, den ich für die Rathaus-
termine treiben mußte, nährte meine frühen Zweifel am
Mandat einer beratenden Kommission. Wir liefen seit neun
Monaten im Kreis herum. Nur, daß in der Zwischenzeit
Gutachten vergeben worden waren, vier, wie sich herausstellte, und fünf, wie es jetzt hieß, waren geplant. »Das geht
nicht nach Proporz und nicht nach Titel«, sagte CPO, als
ich nachfragte, wie das gekommen sei. »Ein stimmiges Exposé ist natürlich Voraussetzung.«

Um der Runde Futter zu geben, war Susanna von
Wulffen gebeten worden, ihr Exposé zum »Elbuferfußweg
West« vorzustellen. Sie machte einige Vorbemerkungen
zum städtischen Grün, behauptete, daß der Deutsche am
liebsten den Wald in die Stadt hole, während der Franzose
noch immer verwurzelt sei im Schloßpark – »eine unerbitt-
liche Zurichtung der Natur« – und allein die Engländer sich
des Gartens rühmen dürften, in dem die Planung hinter den
Wildwuchs zurücktrete, aber dem klugen Individuum in
großartigen Sichtachsen dennoch präsent bleibe. Glück-
licherweise sei es so, daß Hamburg als Bürgerstadt zeitig aus
diesen Traditionen gelernt habe. Während keiner der Hamburger Parks sich wörtlich »Englischer Garten« nenne, sei
»fast jeder ein solcher«. Ihr Lieblingspark war der Jenischpark, eine grüne Idylle im Herzen nahezu unbezahlbarer
Stadtviertel jenseits der Einfahrt zum Autobahntunnel
– was sie *so* nicht sagte –, und wenn es nun darum ginge, das
Elbufer »den Menschen zurückzugeben«, dann mit Ziel-
richtung auf den Jenischpark, der über eine »kleine, aber
feine Fußgängerbrücke über die Elbchaussee verknüpft
sein wird« mit dem grünen Pfad, der, »so der Kern meines
Plans«, vom berühmten Fischmarkt bis nach Övelgönne
reichen würde. Bartholomäus Seitz, der anfangs durch ein
hospitalistisches Nicken Zustimmung signalisiert hatte,
wiegte sich im weiteren Verlauf des Referats in Wohlwol-

len. Die Beine übereinandergeschlagen, die Hände im Schoß zusammengelegt wie zum Gebet, erfolgte das Wiegen in seitlicher Ausrichtung. Stüssgen war weit davon entfernt, sein Reklamegesicht aufzugeben, dem er aber – die Lippen gespannt, als sei er kurz davor, ein Welträtsel zu lösen – die optimistischste aller möglichen Fassungen gab, ausgedrückt durch paternalen Glanz in den Runzeln um die Augen. CPO machte sich Notizen, wahrscheinlich, um seinen neuen Montblanc-Füllfederhalter zum Einsatz zu bringen, das Wahrzeichen Hamburgs, gewissermaßen.

Die Sitzung, bis dahin immer im Schummer der traditionellen Säle mit ihrer altväterlichen Patina, war verlegt worden in ein modernes Konferenzzimmer, das durch halbrunde, in dunklem Stahl gerahmte Doppelfenster auf die immer noch schmuckreiche Ostfassade des Rathauses hinaussah. Die hellen Tische waren im Viereck aufgebaut, gleichmäßig überstrahlt von einer Batterie Energiesparlampen, die aus einer Kassettendecke herausschauten, unterstützt durch weichgezeichnete Kegel aus winzigen Halogenscheinwerfern.

Die Heizkörper, rippenlos, waren elegant in die Tiefe der Fensteröffnungen eingehängt, verkleidet durch gefrostetes Glas, das seinerseits mit Hilfe vertikaler Röhren illuminiert wurde. Erst jetzt nahm ich mir die Zeit, die Finessen des Ausbaus zu studieren. Ein Jahr zuvor hatte ich – bei der Präsentation des Wettbewerbs zum Kunstmuseum – dafür kein Auge gehabt. In diesem Raum hatte ich Elise entdeckt, in ihrem weinroten Janker.

Vor unseren Augen, durch das Ausstattungskino geübt, bewegten sich die Figuren des neunzehnten Jahrhunderts, Herr und Frau Biedermeier, die Herren die Melone zum Gruß gezogen. Die Damen, noch immer in streng taillierten Kleidern, die sichtbare Haut reduziert auf Gesicht und Hände, erhoben ihre Augen vom Boden und fixierten auf einmal den Weltgeist, in Vorausahnung dessen, was die Töchter ihrer Töchter einmal bekommen oder sich nehmen würden. Susanna von Wulffen war so eine Figur, mit ihren prallen Wangen, sorgfältig verschnürt in Schwarz und Braun, weiße gebrochene Bänder und Borten; die Personifizierung des Weiblichen in dieser Runde. Sie war ein schlaues Kind gewesen und eine ehrgeizige Besucherin des Mädchengymnasiums und eine gute Partie. Niemals hätte sie Partiale ihres Körpers ausgestellt, schon gar nicht ihren Wunderbusen. Sie trug einen fast unsichtbaren Lippenstift. Eine scharfe Zunge hatte sie, und sie beäugte mit ihren Hamsterknopfaugen, ohne den Satzbau zu vernachlässigen, ihre Zuhörer wie Kinder, die beim Piepvogelzeigen mit Sicherheit erwischt würden.

Im postmodernen Sitzungszimmer hatte eine krasse Umverteilung von Aura stattgefunden. Randfiguren der Kommission, wie der beredt schweigende Unternehmensberater Vincent Hauff oder Angelika Schadow, Geschäftsführerin bei der Hamburger Dependance eines Tabakkonzerns – mit kastenförmig ausstaffierten Schultern und einer Kurzhaarfrisur von Udo Walz –, waren nun in ihre Zeit gerutscht, größer oder fester geworden, Leute, die man im Laufe einer zweistündigen Sitzung ein dutzendmal unwillkürlich musterte. Enrico Stüssgen war immer derselbe, eine Pappfigur dort wie hier; sein Adlatus CPO hatte durch die amerikanische Wende in seiner Garderobe den Ortswechsel, den Zeitwechsel vorweggenommen. Biga Brzeskis akademische Nervosität wirkte so fremd wie zuvor. Bartholomäus Seitz war gut aufgehoben gewesen im alten Saal; jetzt stand sein Spleen heraus, fast nach Hilfe rufend. Susanna von Wulffen wirkte immer noch wie eine Frau, die neunzehntes Jahrhundert spielt, aber hatte hier etwas von einer Schauspielerin in der Drehpause, ihres Metiers beraubt.

Man hörte jetzt die mädchenhafte Schärfe ihrer Stimme, ein Instrument, dessen Tonerzeugung metallisch war und und der Resonanzraum keramisch. Laut und leise war ihr fremd, sie schnitt ins Ohr.

Den niederen Ständen in unerbittlicher Freundlichkeit zugeneigt, hatte sie sich über die Zukunft des Stadtteils Altona Gedanken gemacht: »grüne Reurbanisierung, Rückbau des Durchgangsverkehrs, Stärkung der kommunalen und familialen Strukturen«. Es sollten »Anreize geschaffen« werden, die »Belebung der Höfe« voranzutreiben, was nichts anderes bedeuten konnte, als das verbliebene Handwerk, die Schuppen der Kleinkrämer und die Autoschrauberplätze zu verdrängen und durch sekundäre Architekturen zu ersetzen. Wie sollte man den Straßenraum beruhigen, wenn nicht durch ein Labyrinth von Einbahnstraßen und Sackgassen, Blumenkübeln und Pollern; genau jene Stadtmöblierung, die von Kritikern bespöttelt wurde? Und welche familialen Strukturen sollten denn gestärkt werden, wenn nicht die der deutschen 1,5-Kind-Familie in der 4,5-Zimmer-Wohnung, denn die Türken brauchten diese Stärkung nicht: Sie setzten ihre Kleinkinder auf den Kassentresen und ließen sie zuschauen, wie Mama weit über die legalen Öffnungszeiten hinaus die Kundschaft bediente. Sie aßen im Zwanzig-Quadratmeter-Zimmer zu acht und zu zehnt, die Vorratskammer bewacht von der Oma aus Anatolien.

Meine Gedanken waren abgeschweift. Ich dachte an die geisterhafte Innenstadt von Leipzig, die verfallenen Kolonnaden und aufgelassenen Plätze. Mit weniger als einem Ohr hörte ich die Generaldebatte, die folgte, sah Biga Brzeski sich ins Zeug legen; registrierte die seltsame Beglückung, die ein Redebeitrag von Bartholomäus Seitz über die Gruppe brachte; und fixierte schließlich in völliger Geistesabwesenheit meinen Blick auf die Gesten Enrico Stüssgens, die in Kreisen und Ellipsen den Zusammenhalt des großen Ganzen bedeuten sollten.

Ich kehrte erst dann aus meinem Tagtraum zurück, als abgestimmt wurde. Es war in dieser Kommission noch nie über irgend etwas abgestimmt worden, und ich hatte nicht einmal gehört, worum es ging. Ich sah zu Biga Brzeski hinüber, die resigniert dasaß, während die Hände aller Anwesenden in die Höhe gingen. »Die Neinstimmen« wollte Stüssgen zählen, Dr. Brzeskis Arm hob sich müde; Stüssgen sah mich an. »Enthaltungen?« Ich machte eine unentschlossene, winkende Bewegung.

»Damit hat die Kommission mit großer Mehrheit beschlossen, dem Senat der Stadt Hamburg zu empfehlen, sich um eine umweltfreundliche Reurbanisierung zu bemühen. Alle Baupläne, sämtliche Planungen sollten die Empfehlung der Kommission berücksichtigt, den Autoverkehr in der Stadt Hamburg bis zum Jahr 2005 um zehn Prozent zu reduzieren. Hamburg, die Hansestadt am Wasser, soll ihren Stadtraum öffnen, für Bürger und Fußgänger attraktiv machen, unter besonderer Berücksichtung des Elbufers und der angrenzenden Straßen und Wege.«

Als ich am Mittwochmorgen die Hamburger Innenstadt mit dem Auto durchkreuzte, stand mir Lüneburg vor Augen, wo die Altstadt Zug um Zug verriegelt worden war. Fußgängerzone war in den siebziger Jahren nur die Bäckerstraße gewesen, die den südlichen Platz Am Sande mit dem nördlich gelegenen Marktplatz verbindet. Dann war die Grapengießerstraße dazugekommen, womit Am Sande seine Funktion als Passage auf der Ost-West-Achse der Kernstadt verloren hatte. Ein geräumiger Platz, einst das Kreuz vierer Wege, war zu einem Showstück geworden, einer Preziose, die der Autofahrer nur noch als Verirrter erreichte. Da die Bäckerstraße ohnehin nicht passierbar war, schien es nun folgerichtig zu sein, die angrenzenden Gassen der Fußgängerzone zuzuschlagen, was auch geschah, mit der eigentümlichen Folge, daß Traditionsgeschäfte erst aus den Ecklagen, dann auch aus entlegeneren Gassen verdrängt wurden. Daran war abzulesen, daß die Bewohner der Stadt und des Landkreises, die Besucher und Touristen als Fußgänger auf eigenem Terrain zu willigen Konsumenten geworden waren. Es war erstaunlich festzustellen, daß diese Planung keine Gegner hatte: nicht meine Eltern, nicht Isabella, nicht Hans-Jürgen, den Antiquar. Sandy, die die Schilder der Boutiquen kaum entziffern konnte, fand eine Altstadt ohne Autos »total super«.

In Hamburg hatte der Senat die Verriegelung von Stadtteilen schon eine Weile lang vorangetrieben, am krassesten in Altona, wo es mit dem Auto nicht mehr möglich war, nach Himmelsrichtung zu fahren: Man wurde so lange umgeleitet, bis man dort wieder ankam, wo man losgefahren war. Die Idee war offensichtlich, in jedem bedeutenderen Stadtteil die Elemente Fußgängerzone und Anwohnerstraßen zu wiederholen und das Netz durch Magistralen und Ausfallstraßen zusammenzuhalten. Man fuhr dann nicht mehr »in die Stadt«, sondern wurde von Leitsystemen in die Schlünde der Parkhäuser gesaugt. Der Fußgänger und der Autofahrer waren nicht mehr dasselbe Subjekt in zweierlei Rollen, sondern mit politischen Bedeutungen geladene Antagonisten, so wie Pazifisten und Krieger, Abtreibungsärzte und Abtreibungsgegner.

Benthien und Göckjohann hatten angefangen, nachlässig zu werden. Der Bildschirm des einzigen Computers flakkerte, der Eingang von Honoraren war den Sommer über nicht mehr geprüft worden, und ein flüchtiger Entwurf für die Stadthalle in Holstein, Abgabe Freitag zwölf Uhr, war in einem Aktenordner »eilig« niedergelegt, der schon Staub angesetzt hatte. Ich notierte die Anrufe vom Beantworter, machte die Rückrufe, schrieb einige Zahlungserinnerungen für den Monat Juni – frische Eigentümer in Volksdorf, fast alle säumig – und nahm eine Kopie der holsteinischen Ausschreibung mit in die Mittagspause. Am Nachmittag machte ich mir einen Spaß daraus, den Entwurf auszuarbeiten: ein Blick ins Foyer, ein Sitzblock im Auditorium und eine Seitenansicht des Gebäudes, das Benthien nur in schräger Ansicht der Vorderseite skizziert hatte. Weil ich mir Mühe gab – mit einem freistehenden Treppenhaus und einem wild auskragenden Dach, das das Bild einer Schneewehe transportieren sollte –, sah Benthiens Fassadenskizze im Vergleich wurstig aus. Also ergänzte ich sie noch um ein in Rottönen changierendes Relief, auf dessen unruhige Ordnung ich ohne Elises Bodenskulpturen nicht hätte kommen können. Da im Ordner kein Anschreiben abgelegt war, kritzelte ich selbst schnell eines unter den Briefkopf des Büros, das ich mit meinem Namen abzeichnete, verpackte das Ganze mit Sorgfalt und nahm ein Taxi zum Hauptbahnhof, wo ich das Paket auf die Post gab. Der Zug nach Berlin verließ Hamburg bei Nieselregen.

Ich hatte den »Baumeister« und die »Architekturen« im Büro liegenlassen, so daß mir nichts übrigblieb, als in die Landschaft zu starren, oder in das, was man im silbrigen Licht gegen die Spiegelungen aus dem Inneren des Intercityzugs davon erkennen konnte. Wie so oft zuvor gab mir der Sachsenwald einen leichten Märchenschauer und erschien mir Reinbek als Hort des Possierlichen, die ideale Kulisse für eine verlangsamte Durchfahrt. Die Sensation der Strecke wäre einem Novizen entgangen: Daß der Zug ohne Halt durch den Grenzbahnhof Schwanheide rollte, die grellen Lichter abgeschaltet.

Das mecklenburgische und das brandenburgische Land hatten zarte Erhebungen und kleinere wilde Wälder, die sich besonders lieblich vor dem mystagmatischen Blick des Bahnreisenden auffalteten, wenn man von Hamburg nach Berlin fuhr und auf der nördlichen Fensterseite saß. In der anderen Richtung war das Erlebnis nur annähernd zu simulieren, indem man rückwärts fuhr. Ich wartete auch diesmal auf jene Öffnung, die ich für mich »die toskanische Stelle« getauft hatte, aber der weiche Schwung der Landschaft, dort, wo ich ihn vermutete, war durch einen flimmernden Regenschleier verborgen, den der Wind hin und her trug. Die wenigen Dörfer, die an der Bahnstrecke lagen, waren durch graue Baracken entstellt. Es gab keine traditionellen Bauernhöfe mehr, und die großflächigen Felder waren durch zweispurige Betonwege gerahmt. Aus dem Westen kommend, entwickelte man als Betrachter eine gewisse Scham, als sei man beteiligt an der Entdeckung eines Riesen, der erwachend mit Schrecken wahrnimmt, daß die Lebenszeit vorüber und der Körper matt geworden ist.

Aber nicht jeder schien diese Scham zu empfinden. Scharen von Bankleuten, Juristen und Beamten waren auf dem Sprung, sich der demnächst entrechteten Körperschaften anzunehmen, und die jungen Architekten unseres Büros, nur drei und vier Jahre jünger als ich, sahen Leipzig als persönliches Abenteuer, ein Abenteuer allerdings, bei dem man viel gewinnen und nichts verlieren konnte. Daß sie ihren Beruf anders auffaßten als ich, mag daran gelegen haben, daß sie monatlich Benthien und Göckjohann eine Rechnung ausstellten, als wären sie freie Unternehmer. Sie sahen sich weder als Dienende noch als Lernende.

Sie taten sich schwer damit, genau umschriebene Aufgaben auszuführen, und waren bedacht darauf, meinen kleinen Vorsprung in der Praxis nicht zu würdigen. Das hatten sie in Hamburg schon geübt.

Von den sechs oder sieben jungen Männern, deren Konstellation sich innerhalb der vergangenen zwei Jahre mehrmals geändert hatte, bildeten Heinrich und Gregor den Kern. Als Benthien in Aachen zu unterrichten begonnen hatte, hatte er Heinrich kennengelernt, bevor dieser in einem riesigen Londoner Architekturbüro untertauchte, sein erstes

Berufsjahr, das er beim Wechsel nach Hamburg herausputzte, als sei er in Kürze eine Autorität für Stahl- und Glashochhäuser geworden. Heinrich war ein kleiner Mann mit dunklen Augen, der sehr schnell begriff, aber nie eine Meinung äußerte, bevor nicht das Stimmungsbild feststand. Er sagte gern »ich verstehe« oder »das leuchtet mir ein«, solange es um Banales ging. Es war schwer, ihn nicht zu mögen, aber man hatte nichts davon.

Während Heinrich sich nachlässig zeigte, fast wie ein Kind, war Gregor einer von denen, die sich ihre Augenbrauen in Form zupfen. Immer glattrasiert und die Haare geschoren, hatte er die Knochigkeit seiner Gesichtszüge mit einer randlosen, gebogenen Brille geschmückt, von der mir Heinrich verriet, sie sei teurer gewesen als seine eigene HiFi-Anlage. Schwarze Rollkragen und Leinenhosen mit Bügelfalten fand Gregor den angemessenen Aufputz im seriösen Alter von achtundzwanzig Jahren. Kind deutschschweizer Eltern, hatte er an der Zürcher ETH studiert, über deren rigide Auffassung von Architektur er sich gelegentlich im Dialekt lustig machte. Während Heinrich eine gewisse Bildung mitbrachte, hatte sich Gregor eingerichtet in technokratischem Eifer; er korrigierte routinemäßig Göckjohanns Entwürfe, die charmant, aber fehlerhaft waren. Seine eigenen Entwürfe, die er ungefragt produzierte, waren sämtlich Kopien von Prestigeobjekten, die er in japanischen oder neuseeländischen Hochglanzzeitschriften entdeckt hatte. Die runden Fenster in den Eingängen der Volksdorfer Halbfamilienhäuser hatte er, kaum angeheuert, gezeichnet und gegen mich durchgesetzt.

Fast zur gleichen Zeit eingetreten ins Büro, der eine Benthiens Aachener Mitbringsel, der andere Göckjohanns kleiner Finger der rechten Hand, hatten sie darauf geachtet, unter sich keine Konkurrenz aufkommen zu lassen. In Leipzig verbrachten sie ihre Tage in einem Systemcontainer, den man außerhalb des Rings im Ödland abgestellt hatte. Dies war Göckjohanns Büro. Dessen Auftrag lautete, einen Passagenkomplex in der Altstadt baulich und in seinen Details zu analysieren – Jugendstil, Art deco und all die falschen Furniere und Profile, die wir Leipziger Allerlei nannten. Geplant war ein gigantischer Eingriff, an dessen Ende eine neue Passage mit einem überdachten Innenhof stehen sollte, wobei die historische Substanz, zumindest im Dekorativen, gerettet werden würde. Gregor gefiel sich darin, diesen Stil von Stadtentwicklung als »histo future« zu bezeichnen.

Ein zweites Containerbüro, versteckt auf dem Gelände eines darniederliegenden Metallbetriebs in der Oststadt, wurde von Bernd Stieber unterhalten, auch wenn es in keiner Weise beschildert war. Wer hier hofhielt, erkannte man nur an dem mattgrünen Bentley mit Düsseldorfer Kennzeichen, der auf dem vom Unkraut hochgetriebenen Pflaster des Betriebshofs geparkt war, ein oder zwei Tage in der Woche. Unter geltendem Recht gab es keine Möglichkeit, die Passage zu kaufen, aber Stieber hatte die Eigentumsverhältnisse sondiert, die Leipziger Behörden ins Gebet genommen und ein Kreditmodell aufgestellt, so daß es als hochwahrscheinlich galt, daß er den ganzen Komplex »nach dem dritten Oktober und vor Weihnachten«, wie Göckjohann es hoffnungsvoll rahmte, würde übernehmen können. Was dann bevorstand, sah aus wie mindestens drei Jahre Arbeit für unser Büro, vorausgesetzt, daß wir eigene Entwürfe würden durchsetzen können. Von Hamburg aus hatte ich nicht begriffen, warum man ein Rudel von Architekten brauchte, bevor irgend etwas beschlossen war. Bei meinen kurzen Besuchen in Leipzig wurde klar, daß dort Dinge innerhalb eines Jahres zur Entscheidung anstanden, die im alten Westen eine Dekade brauchten. Die Willensbezeugung war das Mittel, um sich durchzusetzen.

Göckjohanns Partnerschaft mit Benthien brachte zwar noch den Klang des Namens, aber Benthien hatte das Modell durch die Professur in Aachen geschwächt. Göckjohanns Entscheidung, sich in Leipzig an zentraler Stelle festzusetzen, war ein Versuch, das Büro als große Adresse zu retten. Ich hatte nicht in Leipzig gefehlt, um grünlasierte Jugendstilkacheln zu zählen, sondern nur in der Dynamik des Büros: Meine Hamburger Lethargie lähmte das Leipziger Projekt. Auch mußte Göckjohann selbst seine Kontakte im westlichen Deutschland wahren. Er brauchte einen Stellvertreter, und es war klar, daß weder Gregor noch Heinrich geeignet waren, dem jeweils anderen einen Vorgesetzten abzugeben.

Stieber kam immer in Begleitung von Bankleuten, die er einfliegen ließ und selbst am Flughafen – eine Piste mit einigen halbverwaisten Betontrakten – abholte. Er kam mit seinen accountants und consultants, deren wohlrasierte Verwechselbarkeit sich gegen die Figur Stiebers – Bauch über der Hose, die Haare in den Nacken gewachsen, die Augen von fettigen Brillengläsern mikroskopiert, zwei Ringe auf einer Hand – merkwürdig ausnahm. In Abwesenheit überließ er das Büro drei Frauen Anfang zwanzig, die sich Nicole, Natascha und Jana nannten und in kleinen schwarzen Opels von Sixt auch die Kurierdienste zwischen den Containern leisteten. Es dauerte nicht lange, bis mir klar wurde, daß die ostdeutschen Mädchen ihre Abende wechselweise mit den jungen Architekten unseres Büros verbrachten, Gregor und Heinrich eingeschlossen. Im Laufe des Sommers hatten unsere Architekten in schäbige »Einraum-« und »Zweiraumwohnungen« in Connewitz gewechselt, wo die Untermiete pro Monat weniger kostete als eine Nacht im Hotel. So blieb die Übernachtungspauschale, die Stiebers Büro ausschüttete, bei den Empfängern in bar übrig und machte sie zu unwiderstehlichen Magneten für das

Trio, das Trio bald erweitert durch diverse »Freundinnen«. Die Abende endeten mehr oder weniger zuverlässig auf den nagelneuen Latexmatratzen der Connewitzer Unterkünfte, die für die Hamburger Jungs zudem den Vorteil boten, kein Telefon zu haben, wodurch der dauerhafte und kollektive Betrug an den Hamburger Partnerinnen überhaupt erst möglich wurde. Nur eines blieb für mich im dunkeln, nämlich ob Stieber die Mädchen dahin steuerte oder ob er diese Beziehung zwischen den Büros übersah. Göckjohann war besorgt, auch wenn er darüber nicht sprach.

In Berlin blieb keine Zeit, den rasenden Wandel zu bestaunen. Die S-Bahn brachte mich ohne Kontrolle in den Osten, wo ich den letzten Zug nach Leipzig nahm, der jenen dumpfen und säuerlichen Geruch mit sich führte, dessen endgültige Beseitigung letztendlich unsere Mission war. Irgendwann würde der Osten nicht mehr nach Schweiß und Gummi und Salmiak riechen. Dann würde auch das Mitleid von uns abfallen, mit dem wir den Alltag der eingesperrten Landsleute betrachtet hatten.

Noch fühlte ich mich geborgen vom hanseatischen Nachleuchten, von der Annahme einer andauernden Prosperität, die weder hatte erkämpft werden müssen noch in meiner Lebenszeit verlorenzugehen drohte. Der Trübsinn der Städte, durch die der Zug nach Leipzig rollte, rief nach einer gewaltigen Anstrengung, und ich war mir immer noch nicht sicher, ob ich daran teilhaben wollte, und noch weniger für den Fall, daß ich mußte.

Im Leipziger Container waren inzwischen Computer installiert worden – die, die in Hamburg fehlten –, grauweißliche, mit Spaltöffnungen versehene Schachteln, riesige milchige Augen, verbunden mit radiatorgroßen Rechenzentren, die unter den Zeichentischen standen, bedient über klappernde Buchstabenfelder, die wie Gebisse auf den Tischflächen herumlagen. Die Bedienung der Geräte war offenbar so spannend, daß sie gleich mehrere Arbeitskräfte band, die immergleiche Rückenansicht der vornübergebeugten Jungen, deren Jacketts und Lederjoppen sich an den Schultern berührten, als müßte ein Strom durch ihre Körper geleitet werden. Bei drei Geräten war von sieben Gestalten plötzlich keine mehr zuständig für die historischen Pläne, die Fotografien, die Frottagen und die Listen der Materialien und Ornamente. Ich nahm einige Tage Einsicht in die angehäuften Unterlagen, als Göckjohann, eingeflogen von einem Klientenbesuch in Stuttgart, mir vor versammelter Runde, so daß ich nicht widersprechen konnte, die Leitung des Teams übertrug.

Foyer

Shimelle hatte ihre Rolle als multikulturelle GAL-Braut bald angenommen und spielte sie nicht ohne Lust. Ihre bronzene Tönung wuchs heraus. Es zeigte sich ein dichter Afro, der sie um eine Handbreit größer machte. Die Sportschuhe waren getauscht gegen Mokassins von Timberland, ihr Po gefaßt wie ein Schild durch die A-Form der Levis 501, und unter den Nickis, die man nach langer Pause wieder kaufen konnte, trug sie außerhalb offizieller Anlässe gar nichts. Der feste Frotteestoff konnte die kraftvollen Spitzen ihrer Brüste nicht verbergen und sollte es wahrscheinlich auch nicht.

Die Fragestellung ihrer Hölderlinstudien blieb mir unbegreiflich, aber es machte Spaß, sich von ihr hineinziehen zu lassen in die altertümliche Sprache und die Figuren der Antike. Ihr Ehrgeiz wurde forciert durch die tröpfelnde Einsicht, daß die Deutschen um sie herum »Aber bös sind / Die Pfade« genauso gut oder schlecht verstanden wie sie selbst. Um diese Entdeckung mit Hölderlins Worten zu beschreiben, hatte sie einen Vers auswendig gelernt, der laute- te: »Nicht will wohllauten / Der deutsche Mund, Aber lieblich / Am stechenden Bart rauschen / Die Küsse.«

Als Elise in Glasgow war und dann, länger, in Istanbul, wurden mir die Hamburger Wochenenden öd, und ich begann mich auf die Pflichttage mit Sandy zu freuen. CPO hatte Shimelle von Lüneburg erzählt, aber war offenbar noch nicht soweit, sie den Personen vorzustellen, die irgendwann als seine Eltern firmiert hatten. Also hängte sich Shimelle, von Neugier getrieben, an mich. Als gute Hilfsgrüne zwang sie mich sogar, mit dem Zug zu fahren. Ich hatte es nicht für nötig gehalten, meine Begleitung anzukündigen, so daß es an einem Samstagmorgen im Oktober auf dem mit Pflastersteinen belegten Vorplatz des Lüneburger Bahnhofs zu einer merkwürdigen Begegnung kam. Isabella, aus Wendisch Evern kommend, hatte den dunkelblauen Passat mitten auf dem Vorplatz geparkt. Sandy kniete auf der Rückbank, um meine Ankunft abzupassen. Aus dem Bahnhof tretend, noch bevor wir die Treppen hinuntergingen, sah ich das vertraute Auto, und weil die Sonne hineinstrahlte, beobachtete ich Sandy, wie sie ihrer Mutter aufgeregt etwas berichtete. Sandy entstieg dem Auto plötzlich wie ein Wegelagerer, die offene Tür hinter sich. Anders als sonst umarmte sie mich nicht – nicht gleich –, sondern blieb stehen und versuchte im Gegenlicht Shimelles Gesicht zu lesen. Ich sah Shimelle von der Seite an, wie sie ihre Nickelbrille in einem Anflug von Verblüffung zurechtrückte, Sandys wilde Visage gesteigert durch die Blendung. Auch Isabella war ausgestiegen und sah über das verdreckte Dach des Volkswagens unsere Torsi ohne das Kind. Ich fixierte Isabella, der Mund abwärts deutend wie ein Sichelmond. Sie hatte sich schon wieder mit der Unerschütterlichkeit der Krankenschwester gewappnet, als ich ihr Shimelle als Claes Philips Freundin vorstellte. Nun nahm ich Sandy in die Arme, die sich den Anteil von Tröstung, der darin lag, nicht erklären konnte.

Anders als in Hamburg glich das Erscheinen einer Schwarzen in Lüneburg einer Sensation, was Sandy auszukosten wußte. Wir besichtigten zuerst den Markt vor dem Rathaus, wo wir den Architekten Bavendam am Stand des Fischhändlers trafen. Dann folgte die Führung durch das Rathaus einschließlich Folterkammer. In der Dritte-Welt-Boutique mußte ich für Sandy einen rohrgeflochtenen Minikoffer mit geblümtem Innenfutter kaufen. Schließlich eroberten wir einen Tisch beim Traditionscafé mitten auf der Bäckerstraße. Unausgesprochen war es zwischen Shimelle und Sandy abgemacht, daß Lüneburg das leuchtende Beispiel einer unschlagbaren, urigen europäischen Lebensform hergab, das Trio der Marzipantorten als dessen fällige Krönung. Ich überlegte mir, ob man das Phänomen als kommerzielle Kopie des schwedischen Volksheims karikieren könnte, aber sagte darüber kein Wort.

Um in der Barckhausenstraße herauszukommen, wo ich Shimelle ein Backsteinhaus der späten zwanziger Jahre zeigen wollte, schloß unsere Fußgängerstadtbesichtigung Am Sande ab. Hier endete der Konsens von Gemütlichkeit. Shimelle war entsetzt über das Lokal von McDonald's in der Achse der Johanniskirche. Für Sandy war dies die Botschaft der USA mitten in ihrer Stadt.

»Wie kann so etwas geschehen?« fragte Shimelle.

»Die Stadtoberen behaupten, abgelinkt worden zu sein.«

»Ge-link...?«

»Getäuscht. Mit Hilfe eines Strohmanns oder so.«

»Ein Stroman?«

»Ein Agent.«

»Ach so.« Der Kehllaut klang noch hart, aber sie war dicht dran.

Während wir am Eingang herumlungerten – er bot Sicht auf den Platz der Länge nach –, war im Windfang, aus dem Schnellrestaurant kommend, ein Paar erschienen, ein sehr junger Mann, der sich mit einem flüchtigen Kuß im Schatten des Windfangs von einer Frau abwandte und in der Roten Straße verschwand. Sandy, aufgeregt, starrte ihm hinterher, während uns Dörte Peters gegenüberstand. Wir wechselten einige Worte über die Geschäfte Hans-Jürgens.

Ihr prächtiger Wuschelkopf von damals war geschrumpft zu einem Fell, das auf den Ohren saß. Nervös schoß sie davon in die Rote Straße, ihrer Beute nach.

»Das war mein Onkel«, platzte Sandy heraus.

»Deine Tante, meinst du«, sagte Shimelle.

Ich mußte laut lachen – auf norddeutschen Plätzen eigentlich das Privileg der Trinker –, halb wegen des Onkels Augustin, der Sandys Zeugung wahrscheinlich schlafend verpaßt hatte, und halb wegen Dörte Peters, die von den jungen Männern nicht lassen konnte.

Ich war nicht der einzige, der CPO und sein alsternahes Idyll durch Shimelle zugänglicher fand. Barthel Seitz kam gelegentlich vorbei und, wer hätte das gedacht, brachte ihr Blumen. Susanna von Wulffen fand, man müsse sämtlichen Freundinnen aus Othmarschen den »reizenden Garten, ein Traum zivilisierter Wildheit«, vorführen. Ein Abiturient namens Patrick, jüngstes Mitglied der Grün-Alternativen Liste Hamburgs, fühlte sich berufen, Shimelles Deutsch durch kostenlose Nachhilfestunden zu verfeinern. Der ständige Gast dieses Herbstes aber war Omi Hansen.

Die zweihundert Meter vom Altersheim zur Villa waren beschwerlich, insofern die Alte sich mit einer vierbeinigen Stütze bewegte, keuchend, aber um so triumphaler war es, wenn sie auf dem Art-deco-Sofa Platz nahm, das ihr einst gehört hatte. Sogar den Fries von Fotografien, schwarzweiße Bildchen in schmalen schwarzen Rahmen, hatte man belassen. Sie war eine athletische Figur mit Sophie-Scholl-Frisur und großen, clownshaften Augen gewesen: mit dem Vater im Kontor der Reederei, im Frauenvierer rudernd im Fleet, kaum zu erkennen unter ihrer Schwesternhaube am Ende des Kriegs. Dem Fries von links nach rechts folgend, war sie später Bewohnerin der elterlichen Villa, zusammen mit einer kurzhaarigen Frau von ähnlicher Statur, ein sportliches Paar im Munchschen Garten; die Freundin allein am Klavier; ein altertümlicher Grabstein mit der Inschrift »Wilma Storm, 1910-1975«. Omi Hansen war offensichtlich weder Mutter noch Großmutter gewesen, eine Rolle, die sie um so lieber annahm. Mit ihrem weißen Haarkranz, kunstvoll gelockt, die Wangen rot und die Augen grün wie ein Teich, sah sie unter dem fotografischen Fries aus wie die leibhaftige Erscheinung der Farbe, der Triumph des Lebens über die Erinnerung.

Während andere Bewohner die täglichen Besuche als bedrängend oder bedrohlich wahrgenommen hätten, war Omi Hansen für Shimelle die lebendige Geschichtswerkstatt. Beflügelt durch die Wiedervereinigung – auch wenn Omi Hansen ihren Zeigefinger hob und rief: »Es ist nicht das Deutsche Reich!« – fühlte sie sich erinnert an ihre behütete Jugend in Harvestehude, die ihr erlaubt hatte, ein modernes und gebildetes Mädchen zu werden. Sie hatte den Sommer 1925, achtzehnjährig, mit der Mädchengruppe der Naturfreundejugend in Finnland verbracht und war, nach einer Lehrzeit bei Günther in München, in der Hamburger Dependance einer Schule für Ausdruckstanz Ausbilderin geworden. »Niemand sagte prima ballerina, in unseren Kreisen. Das war verpönt.«

Shimelle: »Ver-was?«

Anders als in der Geschichte, die wir in Oedeme gelernt hatten, endete das Glück Weimars für Omi Hansen nicht mit den Aufmärschen der braunen Uniformen, sondern reichte bis zur Olympiade in Berlin, wo sie, als Assistentin der wenig älteren Gunhild Keetman, zu Orffs Musik Hunderte von Kindertänzern choreographieren hatte helfen dürfen. Die Olympiade war Shimelle insofern geläufig, als Jesse Owens den Hundertmetersprint gewonnen hatte, ein Name auf der Liste afroamerikanischer Helden.

»Wieso afroamerikanisch?« fragte Omi Hansen.

»Das sagt man so. Wir sind nicht mehr ›schwarz‹. Oder bin ich schwarz?«

So kurios es zuerst gewesen war, suchte ich nun die Gesellschaft Shimelles und Omi Hansens, die ich inzwischen auch so nannte. Die beiden betrieben einen Teesalon, der sich vom frühen Nachmittag bis in den Abend zog, jedenfalls an den Tagen, die ich in Hamburg zubrachte, im

Plüsch der frühen Moderne, bei geöffneten Fenstern und wehenden Vorhängen. Es stellte sich heraus, daß die alte Frau ein geschultes Ohr für die deutsche Sprache hatte, und sie hatte Reste von Latein, einige Theatersätze Englisch und französische Floskeln parat. Shimelle war in Los Angeles im Ballett getrimmt worden, hatte aber mit zehn Jahren auf eine Schule für freien Tanz gewechselt. Omi Hansen hatte in Berlin und Hamburg alles gesehen, was in ihrer Jugend an Shows, Revuen und reformerischen Darbietungen geboten worden war. Das mochte der Grund dafür sein, daß sie sich an Bühnen, Szenen und Kostüme erinnern konnte, aber nicht an die Choreographie eines bestimmten Abends oder einer einzelnen Tänzerin. Sie war fest davon überzeugt, Josephine Baker gesehen zu haben, aber Shimelle, nach einigen Stunden in der Staatsbibliothek, gab mir zu verstehen, Bakers parodistisches Powackeln sei ein untrügliches Markenzeichen gewesen, finde aber bei Omi Hansen keine Erwähnung. Sie sei sicher, Omi Hansen verwechsele Josephine Baker mit Isadora Duncan oder einer ihrer Pariser Schülerinnen.

Als ich Shimelle zum ersten Mal tanzen sah, war die Sache schon weit gediehen. Die Aufführung begann mit ihrer Deklamation aus Hölderlins »Antigonae«. Es war ein Text des Chores, den Shimelle und Omi Hansen gemeinsam sprachen, die eine auf dem Parkett, die andere auf dem Sofa. Er enthielt gleich anfangs die Zeilen: »Du Friedensgeist, der über / Gewerb einnicket, und über zärtlicher Wange bei / Der Jungfrau übernachtet«; Shimelles Stimme wie das Tönen eines Krugs und Omi Hansens wie das Klimpern von Silberschmuck. Shimelle trug einen hellen, wollenen Poncho mit Kapuze und sprach die Zeilen in die eine und die andere Richtung – so wie Komödianten Dialogpartner darstellen, wenn sie auf der Bühne allein sind –, wobei sie allerdings in den Knien nachgab und die Wendung nicht mit dem Oberkörper, sondern mit der vollen Kraft der Beine vollführte, die bloßen Füße hörbar auf dem Holz. Ihr Profil, durch die Kapuze auf Altertum stilisiert, zeigte sie bis zum Stichwort »Schönheit«; als das Wort »Gesetz« fiel, hatte sie sich vom Publikum – es bestand aus Omi Hansen und mir – abgekehrt. Aus der Höhe des Raums hallte zurück »Da in das alles schweigende Bett«, während sie, geduckt sich zu uns wendend, die Augen verdeckt, leise ergänzte: »Ich seh Antigonae wandeln«.

Sie verschwand in Claes Philips Ankleide und kehrte zurück mit Baseballmütze und Muscleshirt, dunkelgrüne Samthosen mit der Schere grob gekappt. Vom Tonband kam eines jener unwahrscheinlichen Quartette, die man wenige Wochen zuvor im Garten gehört hatte, ornamental, stampfend, repetitiv. Sie hatte es über die Boseanlage laut gestellt, so daß das Cello dröhnte wie eine Trommel. Ihre Bewegung war eine Mischung aus Revue und Kraftsport, dominiert von einer Geste der Hände, die zunächst so aussah, als wolle sie jemanden segnen, aber dann endete, als werfe sie etwas von sich. Sie konnte auch sehr schnell in die Hocke gehen und ohne jede erkennbare Mühe, hochschießend, in eine neue Bewegung überleiten, inklusive der Wendung um die eigene Achse auf einem Bein. Das machte sie in ihren kompliziert gebauten Joggingschuhen. Omi Hansens Lippen zitterten.

Die vorletzte Geste zeigte den Hintern der Tänzerin herausgestellt, bevor sie, ohne sich umzudrehen, in der Ankleide verschwand. Das Tonband lief stumm weiter. Dann kam der Ton, langsam aufgeblendet, zurück, ein symphonisch vergrübelter Tanz, dessen Motive untergepflügt wurden, bis ein schwermütiges Thema sich herausschälte, worauf Shimelle wiederum erschien, barfuß, in einem weißen Baumwollkleid, das zuvor ein Nachthemd gewesen sein mußte. Es war an den Seiten bis auf Bauchnabelhöhe geöffnet und an den Schultern mit wenigen Stichen gerafft, so daß Vorder- und Rückteil ihren Körper einfaßten wie der umgedrehte Kelch einer Calla. Ihr Afro war hochgebürstet, ihre Bewegungen waren getragen, ihre Arme in Zeitlupe gewinkelt, verdreht, gereckt, angelegt, ausfahrend; die Jungfrau aus dem Hölderlinchor leibhaftig, Griechenland, Sturm und Drang und Fin de siècle zugleich. Die Gesten ließ sie rhythmisch weiterlaufen, während die Musik dünner wurde, mit säuselnden Akkorden, die etwas Statuarisches andeuteten. Während der letzten Takte war sie am anderen Ende des Saals, im Halbdunkel des Kaminplatzes, die Tür zum Treppenhaus halb geöffnet. Auf den Fußballen stehend, hatte sie die Arme gehoben, den Blick zur Decke, beugte sich zurück bis zur äußersten Neige des Gleichgewichts, drehte die Figur seitwärts und ließ, mit den letzten sphärischen Tönen des Orchesters, ihr Kleid verrutschen, eine Sekunde einer halbabgewandten Entblößung, bevor sie im warmbeleuchteten Treppenhaus abtauchte.

Omi Hansen sah mich mit schwimmenden Augen an und wisperte: »Afroamerikanisch!«

Ich war nie Abonnent des Thalia Theaters gewesen: Mit Shimelle war eine neue Inszenierung zu versäumen nicht akzeptabel.

»Wie findest du …«, fragte sie, als sei es eine Selbstverständlichkeit, zu Robert Wilson eine Meinung zu haben. Tatsächlich war das Foyer voller Leute, die Wilsons »Parzival« »hinreißend« oder »eine Zumutung« fanden, unter ihnen Fokke Brinkmann, der mich zunächst nicht, Shimelle aber sofort wiedererkannte. Brinkmann war ein bäriger Typ von nervösem Habitus, die Stirn in Falten geworfen bis zum rötlichen Kahlschlag, der von wilden Resten rotblonder Locken gesäumt war. Er arbeitete für zwei und trank für drei. Bisher gebannt von seinem hohen Amt, war ich nun überrascht, wie zugänglich er war; Leipzig war mir im Sinn, und ich erzählte ihm von Stiebers großem Coup mit Göckjohann im Gefolge.

»Das sind große Pläne.«

»Schlechte Pläne?«

»Die Leute denken, das ist wie Westdeutschland neunzehnachtundvierzig, Stunde Null mit D-Mark. Aber was passiert eigentlich, wenn denen die Leute davonlaufen?«

»Welche Leute?«

»Na, alle die, die schon immer wegwollten und jetzt dürfen. Ein, zwei, viele Parzivals!«

»Dann muß man um so schneller Anreize schaffen, um das zu verhindern.«

»Sie sind aber sehr optimistisch.«

»Ich muß.«

Nach der Vorstellung paßte er uns ab und führte uns in ein italienisches Lokal an der Ellerntorsbrücke, genau jener Punkt der Innenstadt, an dem Brinkmanns Pläne Wirklichkeit geworden waren, eine Vermischung aus historischer Substanz und coolem Neubau, der Zuschnitt angelehnt an Straßen und Plätze der Vorkriegszeit. Das Lokal war vom Zugang her ein Keller, öffnete sich jedoch unten über eine ganze Seitenwand zum Fleet hin. Er plazierte Shimelle mit Aussicht und befragte sie zu Los Angeles. Ihre kurze Abwesenheit aber nutzte er für eine Unterredung.

»Ich höre gute Dinge über Sie von Niehuus.«

»Das freut mich.«

»Was haben Sie denn noch so vor?«

»Erst mal muß Leipzig ...«

»Nein, ich meine nicht den Fünfjahresplan. Eine größere Aussicht. Wollen Sie zwingend in einer Bürogemeinschaft bleiben?«

»Was wäre die Alternative?«

»Lehre, Politik, Administration, Publizistik. Manche Architekten denken bis zum Ende ihres Lebens, sie müßten ein Haus bauen und ein Apfelbäumchen pflanzen.«

»Architektonische Praxis kann doch kein Irrtum sein.«

»Ist es fast immer. Sehen Sie, die Architektur muß auch geleitet werden, herausgefordert – gerettet, bisweilen, und bewahrt. Wie alt sind Sie?«

»Einunddreißig.«

»Haben Sie mal daran gedacht zu promovieren?«

»Ohne Dach über dem Kopf?«

»Es geht flott, wenn Sie's geschickt anstellen. Sehen Sie ...«, er sah Shimelle zurückkommen, »in der Verwaltung werden immer gute Leute gebraucht. Und auf die Dauer sind formale Qualifikationen vonnöten. Sie können die Geschicke der Stadt nicht aus dem Ärmel bestimmen. Verstehen Sie?«

An einem Novembertag mit drei Wolkenschichten, die keinen Regen hergaben, aber das Flachland düster und leblos erscheinen ließen, nahm ich den Regionalzug nach Norden. Benthien hatte die Leute in Holstein wissen lassen, daß »unser Büroleiter« die Vorstellung des Entwurfs der Stadthalle übernehmen würde, und der war, durch die Leipziger Ernennung, ich. »Nicht runterziehen lassen«, hatte er mir auf den Weg gegeben, »diese Städte sind ein Graus und die Bürokraten Schnecken. Sie müssen einfach daran denken, daß *wir* es sind, die der Stadt ihr Wahrzeichen verpassen. Wenn wir es packen, wird es das Beste sein, was sie haben.«

Das erste, was man von der Stadt sah, war eine Fabrikhalle aus dem neunzehnten Jahrhundert mit Hunderten von eingeworfenen Fensterscheiben; das nächste eine ängstliche Backsteinkirche, dicht an die Gleisanlagen geklemmt; das dritte eine Aussicht auf den Bahnhofsvorplatz, nicht eigentlich ein Platz, sondern ein von Fünfzigerjahreriegeln umstelltes Feld mit einem halben Dutzend kastiger Linienbusse als zentrale Attraktion. Das vierte war der Bahnhof selbst, eine rundderneuerte Station der bescheidenen Sorte. Die

Aussteigenden verließen den Bahnsteig nach links und rechts. Ich blieb ratlos stehen und registrierte im Augenwinkel eine Figur, die sich ebenfalls nach Norden wandte, dann nach Süden und sich nicht entscheiden konnte. Unsere Blicke trafen sich. Es war Nader Serdani mit Aktentasche.

»Hey, Nader, was machst du denn hier?« Ich war überwältigt von der Koinzidenz.

»Stadthalle, du Leuchte!«

Wir nahmen gemeinsam ein Taxi zum Rathaus, sechshundertfünfzig Meter weiter, ein neugotischer Hybrid von Burg und Bürgerpalais, das man nach den Bombardements mehr oder weniger detailgetreu wiederaufgebaut hatte. Das Wetter hatte dem ziegelroten Backstein nichts anhaben können, aber von Patina konnte auch nicht die Rede sein. Serdani tat so, als wenn er nichts sähe.

Der Sitzungssaal mit Fenstern zum Parkplatz und Funzeln an den Decken war beherrscht vom Geruch eines Pfeifentabaks, der mehr als einmal angezündet worden war. Der zugehörige Sozialdemokrat war, wie sich zeigte, die treibende Kraft hinter der Stadthalle, ein leitender Angestellter der Post mit einem unablässigen Blinzeln der Lider, was ihm etwas Schalkhaftes gab, der Eindruck konterkariert durch ein dröhnendes Lachen, mit dem er jede seiner Äußerungen, die wenigsten davon humorig, abschloß. Die Runde war tatsächlich eine, gruppiert um einen riesigen ovalen Tisch mit trüb gewordenem Furnier, etliche Männer und zwei Frauen, durch die Parteigrenzen getrennt, aber vereint in einer Sprache mit bis zur Unkenntlichkeit abgeschliffenen Konsonanten und langgezogenen Vokalen.

In der Runde bereits Platz genommen hatte ein unauffälliger Zeitgenosse in einer gewachsten Jacke, die Kopie einer Stone Island, über deren Kragen sein Haar wie ein Schwalbenschwanz herausgewachsen war. Er war nicht, wie man hätte raten mögen, Sportlehrer am lokalen Gymnasium, sondern praktizierender Architekt mit Sitz in einem Schönsten Dorf bei Kiel. Er, angesprochen als Herr Rohwer, war geladen worden, so wie Serdani und wir; der Vorrat für eine Erst-, Zweit- und Drittplazierung, über die bald zu befinden war. Mit zwei Anläufen, lispelnd und haspelnd zugleich, drang der Bürgermeister doch vor zu seiner Frage, ob wir unsere Entwürfe nacheinander oder in gemeinsamer Runde vorstellen wollten. Serdani und ich antworteten gleichzeitig.

Er: »Eins nach dem …«

Ich: »Warum nicht zu …?«

Herr Rohwer schob lärmend Kaffeetassen beiseite und breitete seine Pläne aus, aufwendig ornamentierte Zeichnungen von Grundrissen, Aufrissen und Ansichten eines gelbgrau verklinkerten Ungetüms mit einem Portal wie ein Loch, die passable Seite entstellt durch die Zufahrt zur Tiefgarage. Er hatte die Ausschreibung buchstäblich genommen: die Größe des Theaters, die zwei Konferenz- und Festsäle, die Möglichkeit einer »Passage« – einer zum Trübsinn verdammten Einkaufszone. Dies zeigte sich in der Runde als der kritische Punkt: Es gab, unabhängig von der Parteizugehörigkeit, Befürworter und Gegner einer »Passage«, vor allem aber Unentschiedene, die sich vom Architekten eine schlüssige Antwort erhofften. Herr Rohwer sprach den Dialekt in einer kunstvoll gesetzten Weise, die Volksfassung von Pastor, Richter und Lehrer; Witzchen vom Fußballplatz. Serdanis Auftritt ahnend, wiederholte er: »Die Stadt soll genau das bekommen, was sie will, nicht weniger und nicht mehr, im Rahmen des Budgets.« Heftiges Nicken in der Runde.

Mit einer Geste des linken Arms ließ Serdani mir den Vortritt. Unsere Pläne – die, die ich einige Wochen zuvor vom Hauptbahnhof aus versandt hatte –, waren spärlich im

Vergleich, aber immerhin zeigten sie einen freundlichen, großzügigen Bau mit einigen ausgefuchsten Details.

»Wir würden vorschlagen«, ergänzte ich, »auf eine Einkaufspassage zu verzichten. Der Grund ist folgender: Eine Halle, die vor allem kulturellen Zwecken gewidmet ist, braucht ein Foyer. Bauen Sie ein Foyer hier, eine Passage rückwärtig, zerschneiden Sie das Gebäude oder überladen es. Nehmen Sie die Passage anstatt Foyer, kommen Sie psychologisch immer in der Nähe des modernen Bahnhofs raus. Einen Bahnhof aber haben Sie schon.« Gelächter.

Serdanis Pläne waren keine; es gab eine Serie lockerer, kleinformatiger Zeichnungen, Graphit- und Buntstift, die Bezeichnung der Ansicht in delikat verrenkten Großbuchstaben – Miyakos Handschrift – und jedes Blatt versehen mit dem imposanten Stempel des Büros, das jetzt Cox Schliesser Serdani hieß, mit Sitz in Hamburg. Serdani gab dem Gebäude zwei Gesichter. Die Südseite war ein Garten, der fließend in den Eingangsbereich überging, Pflanzen und Glas, Stein und Grün. Die Nordseite, im Prinzip die Rückseite des großen Saals, war als Säulengang verblendet und bot, in seinem Schatten, ein »box office«, das farbig wie ein Holzspielzeug halbrund aus der Fassade heraustrat, flankiert von einigen gläsernen Aussparungen. »Da hätten Sie, wenn Sie möchten, Ihre Passage.« Das Kernstück war ein dekoratives Treppenhaus – ein suspendiertes Labyrinth –, das alle Funktionen des Hauses verband. Die Zufahrt zur Tiefgarage hatte Serdani auf die andere Straßenseite gelegt.

»Das Grundstück ist aber nicht städtisch«, wurde eingewandt.

Serdani betrachtete seine Pläne in Trance und zuckte mit den Schultern. Er murmelte: »Dies ist zunächst eine Studie von Ideen.«

»Ich sehe hier drei Ideen«, ergänzte ich. »Das Foyer ist ein schwebendes Treppenhaus. Der Garten erinnert an die

Flußseite der Fabrikantenvilla, an die geschützte Seite der Innenstadt. Und die Fassade ist eine clevere Maskerade, bullig und ironisch zugleich.«

»Aber auch ein Hauch faschistischer Architektur dadrin«, ließ der Pfeifenraucher vernehmen, und sein bellendes Lachen kam hinterher.

Serdani sah in die Runde, ein Weiser mit müdem Blick, rückte seine Brille zurecht und schwieg.

»Unsere nordische Baukultur ist reicher, als man denkt«, versuchte ich und hatte die Aufmerksamkeit der Entscheidungsträger. »Ich denke an Oslo, an Århus, an Stralsund. Es gibt eine sehr schmuckreiche Backsteinarchitektur der Gründerzeit, imposante Fabriken – auch in dieser Stadt, daran ließe sich anknüpfen – und sehr strenge Kolonnaden des Wilhelminismus. Man sollte einerseits nicht unterschätzen, was es bedeutet, etwas wiederzuerkennen, und andererseits liegt es in der Hand eines innovativen Architekten, alten Formen neue Bedeutungen zu geben.«

Danach folgte ein wildes Gespräch über Architektur, das Serdani mit Bonmots schmückte. Rohwer sagte kein Wort. Eine Stadtverordnete brachte zum Ausdruck, ein kommunaler Bau müsse aber »auch gemütlich« sein. »Deshalb der Garten«, sagte ich, als wäre der Garten von mir.

Der Oberbürgermeister, der bis dahin die Sitzung nur formal geleitet hatte, fragte mich plötzlich:

»Sie sind ja recht engagiert, was den Vorschlag Serdanis betrifft. Wie sehen Sie denn Benthien und Göckjohann im Vergleich?«

Ich sah Serdani an, hoffend auf seinen Einsatz. Er lächelte gütig. Rohwer lehnte sich zurück, in einer unauffälligen Gestik des Triumphs.

»Benthien und Göckjohann stehen in einer reichen Tradition der architektonischen Moderne. Wir sind Diener der Funktion, aber wir haben auch einen ausgeprägten Sinn für das Soziale. Serdani sehe ich in einer anderen Rolle. Er ist für mich ein Architekt, dessen Architektur einen zwingt, über Architektur nachzudenken.«

Für einen Moment war Stille im Saal. »Vielen Dank«, sagte der Oberbürgermeister, »an die drei geladenen Architekten.« Serdani und ich waren schon in der Tür, als Rohwer noch saß. Er grüßte nicht.

Ich teilte die Zeit, die mir in Hamburg verblieben war, zwischen der Unterhaltung im Salon Shimelle, den Begegnungen mit Sandy und meinem Laptopcomputer. Ich hatte mir vorgenommen, dem Aufsatz über deutsche Architektur ein zweites Stück folgen zu lassen, in dem ich die »Politik des Automobils« – der etwas zweideutige Ausdruck, dachte ich, würde die Neuigkeit des Themas anzeigen – in Westeuropa umreißen wollte. Was war eigentlich die Absicht des Gesetzgebers: die Automobilindustrie zu schützen oder zu schwächen? Was wollten eigentlich die Bauverordnungen hervorbringen: stehende oder bewegliche Automobile? Warum träumten noch die reizlosesten Kleinstädte, in die und in denen zu fahren schon kein Spaß war, von der Austreibung der Autos und der Ausdehnung der Fußgängerzone?

Zunächst würde ich den Marktplatz und den Park vergleichen:

»Der Park ist in seinem Ursprung ein Stifterpark, die Öffnung und Umwidmung des Gartens einer Villa, eines Schlosses oder einer Orangerie. Der Park, als nicht kommerzialisierbares Terrain, ist die Antithese zur Stadt, aber lebt ausschließlich von ihr, denn sein Unterhalt ist aufwendig und anders als ein Forstbetrieb nutzlos. Der Marktplatz dagegen ist die Urfunktion der Stadt – Städte sind Ansiedlungen um Märkte.

Dabei zeigt der Wochenmarkt die älteren Funktionen an, die Bindung ans Land, die Freude am menschlichen Kontakt, die Herkunft aus dem Warentausch. Und doch ist der

Wochenmarkt heute nichts anderes als ein Parkplatz, auf dem gehandelt wird. Sieht man sich den Marktplatz vor acht Uhr morgens und nach dreizehn Uhr am Mittag an, wird klar, daß die Marktzeit einer Theateraufführung gleichkommt, einer Idyllisierung des Urbanen in einem choreographierten Stillstand des Automobilen.

Diese Idylle hat man versucht in eine ständige Einrichtung zu überführen. Das ist die Fußgängerzone. Die Besucher der Fußgängerzone sehen sich selbst auf einem Forum, einer städtischen Öffentlichkeit, und die Waren sind, in dieser Vorstellung, vom Himmel gefallen. Tatsächlich sind die Einkaufszentren an der Peripherie nichts anderes als Imitationen dieser Idyllen. Ikea in Schnelsen ist städtebaulich eher die Zukunft als die Fußgängerzone Niendorf Markt.«

Ich erzählte Biga Brzeski von meinen Überlegungen, und als wir uns verabschiedeten, sagte ich: »Also bis morgen abend.« Und sie: »Was?«

Zu Beginn der Sitzung nahm Enrico Stüssgen mich beiseite. Er hielt zwei Blätter in der Hand, die ich eingereicht hatte, um Unterstützung für ein Gutachten zu bekommen. Es ging um die Wiederentdeckung einer proletarischen Hafenenklave mit reformerischen Wurzeln, Rothenburgsort, deren Name mir seit meiner Kindheit bekannt war. Aber erst auf einer langen Autokreuzfahrt mit Sandy durch die weitläufigen und komplizierten Anlagen des alten Hafens hatte ich das Wohngebiet entdeckt. »Total gruselig« war es der Besucherin aus Lüneburg erschienen.

»Wir teilen natürlich Ihre Überlegungen«, ließ Stüssgen wissen und sah mir väterlich in die Augen. »Im Hafen muß etwas geschehen und wird etwas geschehen. Aber der Containerhafen ist noch lange nicht Konsens. Die Westausrichtung des Hafens ist immer noch ein heißes Eisen.« Er machte eine Pause, als hätte er etwas Bedeutsames gesprochen. Ich fixierte ihn nachlässig.

»Wir schätzen natürlich Ihre Mühe mit dem Thema, aber wir haben nicht den Eindruck, daß Rothenburgsort ein Beispiel sein kann. Verstehen Sie – daß es für eine Neuentdeckung des Hafens exemplarisch sein wird. Es ist vielleicht nicht beispielhaft genug. Seien Sie uns nicht böse, aber wir denken nicht, daß Ihr Gutachten in diesem Rahmen nun zwingend wäre.«

Exemplarisch dagegen war Bartholomäus Seitz' Generalplanung für »eine weitgehend autofreie Innenstadt«, die er »in groben Zügen« vorstellte, offensichtlich auf dem Weg dahin, den Zuschlag für das fünfte und letzte Gutachten der Kommission zu bekommen. Seine »Idee« war, »den Plan der historischen Stadt von der Speicherstadt im Süden bis zum Wall im Norden wieder erfahrbar zu machen, aber nicht fahrbar, denn diesen Stadtkern kann man zu Fuß in dreißig Minuten durchschreiten. Dazu wird es notwendig sein, den urbanen Zusammenhang durch gezielte Eingriffe erlebbar zu machen und außerhalb dessen Infrastruktur zum Abstellen von Autos zu bieten, so unauffällig wie möglich.«

Nun gab es in Hamburg allerdings nicht sehr viele Zeitungsredakteure, die ohne Partner und Führerschein vor sich hinlebten und nichts Besseres zu tun hatten, als eine Stadt zu besichtigen, die nach dem Brand von 1842 und dem Bombardement hundert Jahre später nur noch in der Phantasie bestand.

Nach Abschluß des Referats – das mehr als höflichen Beifall fand –, fragte ich, was Seitz gedenke, mit der gewaltigen Autoschneise namens Ost-West-Straße zu tun, deren Existenz in dieser Runde schon mehrmals beklagt worden sei, die aber durch »Gesperrt«-Schilder an beiden Enden sich gewiß nicht zurückverwandeln würde in ihre historische Substanz. Seitz lächelte wie ein Siebenjähriger, der gerade seine Schultüte bekommen hat. Stüssgen machte fahrige Bewegungen, um eine Rede vorzubereiten, die dann nicht kam.

»Also, wenn meine Wenigkeit dazu etwas beisteuern darf«, meldete sich Susanna von Wulffen, die Runde betörend mit ihren schwarzen Augen – Stüssgen gab ihr mit ausfahrendem rechten Arm das Wort, das sie sich bereits genommen hatte –

»... dann habe ich Barthel Seitz so verstanden, daß die Rückgewinnung der Innenstadt schrittweise erfolgen soll und daß sowohl der Gedanke wie die Wirklichkeit Gewöhnung brauchen werden. Der Stadtraum muß vom Citoyen wieder aktiv belebt, ja geradezu bespielt werden. Das neue Kunstmuseum«, damit wollte sie mich ködern, »wird eine entscheidende Rolle spielen. Aber auch andere Marksteine sind denkbar.«

»Aber Frau von Wulffen, das neue Kunstmuseum liegt jenseits des Walls. Es gehört gar nicht zur historischen Stadt, im Gegenteil, es liegt in der Flucht des Bahnhofs, der doch historisch das Pendant bildet.«

Inzwischen hatte sich Stüssgen gefangen. »Das sollte man nun nicht als Haarspalterei betreiben.«

»Die Idee ist entscheidend.« Das war die erste Bemerkung des Unternehmensberaters Vincent Hauff, ganz offensichtlich ein Mann der Weichenstellung. Man nickte dankbar in seine Richtung.

Ich dachte nicht daran aufzugeben.

»Entscheidend ist, ob es eine Idee *ist*. Hamburg ist eine Stadt von zwei Millionen Einwohnern mit mehr als hunderttausend Arbeitslosen. Gleichzeitig wohnen hier die reichsten Leute Deutschlands. Wir haben eine Drogenszene in Sankt Georg und eine Autonomenburg in der Hafenstraße. Warum ziehen denn die Familien nach Allermöhe, warum schließt denn Hertie in der Fußgängerzone Altonas? Warum sprechen wir nicht über die Tristesse von Wandsbek?«

243

CPO legte seine Stirn in Falten, eine Kopie der Maske Stüssgens.

»Nun, für Altona habe ich einen Plan der Belebung vorgestellt, wie Sie wissen.« Susannas Knopfaugen hatten etwas Bohrendes bekommen.

»Sie müßten Ihren Ansatz anspitzen«, sagte Stüssgen. »Also zuspitzen.«

»Hamburg ist keine autoproduzierende Stadt. Wir haben den Flugzeugbau und die Werften. Wir setzen ein ungeheures Volumen von Waren um. Ein großer Teil dessen sind Automobile. Die Bauvorschriften zwingen unter jeden Neubau eine Tiefgarage. Wie kommt es nur hier zu dieser mittelalterlichen Sicht auf das Automobil? Ist das nicht eine Einbahnstraße, alle Nachteile der Stadt im Auto, und alle Vorzüge jenseits des Autos zu sehen?«

Worte ohne Publikum: Es fehlte das Alter ego, die zweite Stimme, die rhetorische Korrektur. Es fehlte der scharfe Intellekt Briga Brzeskis, und daß sie nicht mehr geladen war, war kein Versehen. Dr. Brzeski und ich hatten, erst moderat und dann renitent, Fraktionsbildung betrieben; nun war ich der Nörgler, der die Gruppe daran hinderte, sich glanzvoll auf dem rechten Weg zu sehen. Ein wenig schämt sie sich, weil sie ein Argument wegsperrt wie ein lästiges Tier. Das gehört nicht zum Selbstbild der demokratischen Kinderstube. Nun hält sie Ausschau nach einer Gelegenheit zu beweisen, daß der Konsens mit lauteren Mitteln gewonnen wurde.

CPO räusperte sich. Stüssgen sah ihn hilfesuchend an. »Nun kann man Bartholomäus Seitz nicht vorwerfen, seine Gedanken nicht auf historisches Fundament gestellt zu haben. Niemand hat gesagt, daß wir das Auto abschaffen wollen. Aber es ist Konsens in dieser Kommission, daß die Zeit der Autostadt vorbei ist. Ein Paradigmenwechsel steht an. Nichts anderes ist ja gemeint, wenn wir der Stadt empfehlen, die Reduktion des Individualverkehrs auf ihre Fahnen zu schreiben.«

Wahrscheinlich hätten Claes Philip und ich an diesem Abend aus freiem Willen nicht an einem Tisch gesessen, aber Shimelle hatte mich eingeladen, an einem Gespräch teilzunehmen, das CPO mit einigen Mitgliedern seiner Partei und einigen Externen führen wollte. Er brauchte die Stimmen der Externen, um seine Partei zu einer Korrektur ihres Kurses zu überreden. Sie hatte im Frühjahr beschlossen, den Fortbestand der DDR zu befürworten, nicht aus Bewunderung für das verkrachte Regime – mit wackligen Atomkraftwerken im Betrieb –, sondern aus Furcht vor einer Wiedererrichtung der deutschen Nation in voller Pracht. Das hatte die Partei nahezu gespalten, und die Aussicht, bei den Bundestagswahlen im Dezember wieder Hamburger Grüne nach Bonn schicken zu können, galt als gering. Nun, nach der formalen Vereinigung, in der Presse laufend Skandalgeschichten über die Staatssicherheit, erschien die Empfehlung der Partei vom Frühjahr als unentschuldbare Torheit. Es mußte etwas geschehen.

Shimelle gab aus diesem Anlaß ein imposantes Essen mit Hilfe der beiden ungleichen Mädchen, die man von der Gartenparty kannte. CPO ließ eine ganze Stunde vorübergehen, um den Geladenen die Gelegenheit zu geben, sich kennenzulernen oder sich auszusöhnen; denn er hatte auch drei Leute des Grünen Forums geladen, das sich von der Grün-Alternativen Liste wegen der Deutschlandfrage abgespalten hatte. Nach dem Hauptgericht fragte er mich quer über den Tisch nach meinen Erfahrungen in Leipzig. Ich erinnerte daran, daß die Führung der DDR ihre Innenstädte absichtlich hatte verfallen lassen, um ihre Bevölkerung sukzessive in standardisierte Wohnsilos zu zwängen, als perfektem Ausdruck des uniformen Alltags.

»Vielleicht sollte ich an dieser Stelle erwähnen, daß Claes

Philip und ich uns schon seit der Schulzeit kennen und daß er mich kennengelernt hat als Verfechter einer Gesellschaft, die ihre Güter gleichmäßig verteilt. Ich dachte damals, daß die DDR trotz gewisser Mängel darin das Vorbild wäre. Dabei habe ich mich allerdings für diesen Staat in der Wirklichkeit so wenig interessiert, daß ich noch nicht einmal für einen Tag eingereist bin, was leicht möglich gewesen wäre. Leipzig habe ich im August dieses Jahres zum ersten Mal gesehen. Zwei Dinge sind mir dabei aufgefallen. Erstens glauben selbst die letzten Verteidiger der nun verblichenen DDR nicht an die gerechte Verteilung der Güter. Im Gegenteil, sie glauben an die politische Kontrolle der Menschen zu irgendeinem besseren Zweck. Und zweitens hat diese Gesellschaft nicht die Güter hervorgebracht, die ihre Menschen hätten haben wollen, angefangen mit den grotesken, stinkenden Winzautomobilen, aber noch nicht einmal die Güter, die es braucht, um andere Güter in größeren Mengen verläßlich herzustellen, für spezialisierte Industrien. Die Schlote rauchen, daß einem übel wird, die Lacke und Kleber sind giftig, die pharmazeutischen Produkte um Jahre hinterher. Das einzige Restaurant in Leipzig, das passables Essen hat und wo das Wort »vegetarisch« überhaupt verstanden wird, wird von einem Hotelier aus Köln betrieben, seit vier Wochen. Die Angleichung der Währung hat Wunder bewirkt, auch wenn wir uns darüber ein bißchen ärgern, weil wir es nicht vorausgesehen haben.«

Claes Philip, wie gewohnt, kommentierte das nicht, sondern beobachtete, welche Reaktionen meine Rede bei den anderen auslöste. Die Argumente wurden eher vorsichtig getauscht, bis sich schließlich der alte Riß abzeichnete, die Furcht vor einer Rückkehr des Deutschen Reichs, von der die einen besessen waren und die den anderen als frevelhafte Kritik an der Überwindung der politischen Systeme erschien. CPOs Joker war Shimelle. Sie entschuldigte sich zunächst, in eine »innendeutsche Debatte« einzugreifen; das wurde selbstverständlich von der gesamten Runde, die sich als kosmopolitan begriff, zurückgewiesen.

»Sie müssen bedenken ... Ihr müßt bedenken, daß die Vereinigten Staaten auch einmal unterteilt waren. Der Süden war reich und angeschlossen an die Welt, aber es wurde nicht nur mit Baumwolle gehandelt, sondern auch mit Menschen. Das sind meine Vorfahren gewesen. Wie ihr wißt, hat die Frage von Sklaverei die Nation gespalten. Das mußte überwunden werden, obwohl es damals Krieg bedeutet hat. Ihr habt eure deutsche Einheit ohne Krieg bekommen, sogar ohne Bürgerkrieg. Ich finde, ihr solltet nicht soviel Angst tragen vor der Verantwortung.«

Die gut vorbereitete Rede verursachte einige Rührung; keiner der späteren Sprecher, darunter einige der geübten Spalter, wagte ironisch auf die Analogie zurückzukommen. Patrick, der Abiturient und Nachhilfelehrer, wendete das Shimelle-Bekenntnis in eine andere Richtung:

»Ich bin erst zehn Jahre alt gewesen, als die Partei der Grünen gegründet wurde. Als ich fünfzehn war, begann die Sowjetunion, sich vom Sozialismus zu verabschieden. Das müßt ihr mal aus meiner Sicht sehen. Die DDR ist für mich – anders als für manche von euch – keine feste Größe. Und ...« Da übernahm ich:

»Und wenn man sich in die Rolle eines Zehnjährigen in Leipzig versetzt, jetzt, und wir würden uns in die Innenstadt stellen und verkünden: Die Hamburger Grün-Alternative Liste war vor einem dreiviertel Jahr für den Fortbestand der DDR ...«

»Aber bitte«, widersprach jemand, »doch mit allen Reisemöglichkeiten ...«

Die Sache war noch lange nicht ausgestanden, aber CPO hatte, ohne zum Thema zu sprechen, die Akteure an den Fäden, und er würde sie verknüpfen, die Abweichler rückbinden, die Scharfmacher zum Schweigen bringen. Wenn das Werk bis zum Dezember nicht zu vollbringen sein würde, dann vielleicht bis zur nächsten Bürgerschaftswahl. Es mußte. Falls die Hamburger Grünen aus dem Parlament verschwänden, wäre CPO als grüner Arm Enrico Stüssgens nutzlos.

Patrick blieb, Shimelle tanzte ihre Rappernummer zum afrikanischen Quartett, Patrick ging, und schließlich saß ich mit Claes Philip allein auf dem Art-deco-Sofa, während Shimelle vor dem offenen Kamin weitertanzte, drapiert, halbnackt und nackt. Es war die Nacht, in der Omi Hansen starb, auch wenn die Nachricht in der Villa erst am Mittag des folgenden Tages eintraf.

Wir hatten seit der Schulzeit darüber gesprochen, auf die Politik Einfluß zu nehmen. Nun war Claes Philip mittendrin und bereits ihr Produkt, vorsichtig und biegsam, beredt und floskelhaft. Er hatte aus seinem Kämpferprofil etwas gemacht, die Szene durch seine geschäftliche Aufmachung lange irritiert und schließlich durch Shimelle für sich eingenommen. Wir sprachen schon lange nicht mehr im Ernst über Luhmann, nur noch gelegentlich über Musik. Meine drängende Frage zu diesem Zeitpunkt war, ob ich die praktische Architektur hinter mir lassen sollte, und CPO war von den wenigen, die ich Freunde nannte, der einzige, der die Verwaltung kannte und, wenn er in den folgenden zehn Jahren soviel Geschick beweisen würde wie in den vergangenen fünf, mitreden würde bei der Vergabe der administrativen Posten.

Das Thema unseres letzten Gesprächs war die Kommission.

»Sag mal, wie ist es denn zu der Ausladung Biga Brzeskis gekommen?«

»Aber es ist doch keine Ausladung. Es war von vornherein vorgesehen, daß sich die Kommission erneuert.«

»Wie willst du denn dem Senat ungewöhnliche Vorschläge machen, wenn du die ungewöhnlichen Leute ausschließt?«

»Da bin ich natürlich auf Enrico angewiesen. Der hat ein immenses politisches Feingefühl.«

»Aber was er sagt, ist doch eigentlich … nichts.«

»Du solltest ihn nicht unterschätzen. Er ist wirklich ein feiner Kerl.«

»Und was ist mit dieser von Wulffen? Die sitzt da draußen in Othmarschen oder Blankenese und phantasiert von einer Gartenstadt Altona.«

»Nimm Altona mal nicht so ernst, aber der Elbstrandweg West ist eine grandiose Idee. Und das wird auch was.«

»Oder Bartholomäus Seitz mit seiner autofreien Innenstadt. Das ist doch der Killer!«

»Für wen?« Das war in der Tat die Frage.

»Für alle Geschäfte, die etwas anderes verkaufen als Armani-Anzüge.«

»Ich habe nichts gegen Armani-Anzüge.«

Er war längst unerreichbar. Nicht zuletzt war er ja Fußgänger geblieben, und er wohnte selbst in einer Villa, und er sprach wie Stüssgen und hatte sich auch die Miene dazu abgeguckt, die Zigarettenreklame von 1965.

Einige Tage später waren wir, Sandy und ich, unter den wenigen Gästen auf dem Nienstedtener Friedhof, wo Omi Hansen in Wilma Storms Grabstätte, mit einem Vierteljahrhundert Abstand, zur Ruhe kam. Sandy hatte Claes Philip wohl drei Jahre nicht mehr gesehen.

»Kenn' ich den von Wahlplakaten?« fragte sie, etwas atemlos.

»Noch nicht«, flüsterte ich.

Büro der Zukunft

Es mangelte in Hamburg nicht an Kollegen, die unseren Einsatz in Leipzig als interessant bezeichneten, was bedeuten sollte, daß es Besseres zu tun gäbe; andere begannen Um- und Neubauten in Schwerin, in Ost-Berlin und in Halle zu entwerfen und zu betreuen. Mit Hamburg und Leipzig fühlte ich mich zurückversetzt in die Zeit, als ich zwischen Braunschweig und Lüneburg gependelt war und sämtliche Stunden der Muße auf der B 4 gelassen hatte. Jetzt waren die Wege noch weiter, und an beiden Enden saß ein Monster namens Buchhaltung, dem ich hörig war; Göckjohann hatte mich mit seiner einkommensneutralen Beförderung wirklich eingesackt. Ich war in Leipzig der Sachwalter Göckjohanns, der nach Stiebers gelungenem Coup, gleich im Oktober, eine Fülle von Entwürfen für die Zukunft der Passage lieferte – histo future –, die ein scheuer Student der Hochschule für Grafik und Buchkunst mit farbigen Dekorationen aufwertete: herbstroter Wein an honiggelben Backsteinfassaden, orangefarbene Kneipentische in der Aufsicht des zukünftigen Innenhofs und artige Bäume und schreitende Figuren in den Stadtansichten der Fassaden. Wer wollte nicht, wie Bernd Stieber den Übergangshonoratioren bei einem üppigen Abendessen im ersten westlich geführten Restaurant der Stadt nahelegte, auf diese Weise »eine vom Sozialismus an den sozialen Rand gedrängte Innenstadt beleben und somit zwangsläufig weitere Investoren anziehen?«

Aus der Leipziger Passage wurden – ausgerechnet! – die letzten privaten Ladeninhaber vertrieben. Ein Geschäft übernahmen Heinrich und Gregor als Bauleitungsbüro, von dem aus sie eine Hundertschaft von Polieren, Maurern und Hilfsarbeitern dirigierten. Eine Seitenstraße war abgesperrt worden für den monströsen Betonsockel des Krans, dessen Seile in den Innenhof reichten. Göckjohanns mondäne Pläne waren bei den Investoren durchgegangen; die Stahlkonstruktion des zukünftigen Glasdachs wurde in Essen bestellt. »Abr ds häddn unsre doch ouch machn gennen«, war auf der Baustelle zu hören.

Im Container, wo die Buchhaltung bei Nacht vom Schäferhund eines Wachdienstes verteidigt wurde, liefen die Rechnungen auf, wurden fotokopiert, addiert und abgelegt, die Originale zweitägig per Kurier nach Düsseldorf geschickt. Ich nutzte einen Montagabend, um die gezahlten und geforderten Summen zu vergleichen mit den Kalkulationen vom Frühjahr, und kam zu dem Schluß, daß Stieber nach drei Jahren Bauzeit zwanzig Jahre lang Mieten einfahren müßte wie in der Hochhausstadt Frankfurts am Main, ohne Ausfälle und Leerstand, um in die Nähe der Kostendeckung zu kommen. Göckjohann, der empfänglich war für meine Unruhe, lud mich zu einem Abendessen in Auerbachs Keller ein und hörte sich ohne Aufregung meine Einwände an.

»Ich sehe das von der Architektur her. Die Stadt hat das Potential, das Potential muß gerettet werden, und die Wiederherstellung des Status quo von neunzehnnullsieben wird nicht helfen. Stieber hat mächtige Geldgeber im Hintergrund, und an die Übernahme der Passage sind lukrative Grundstückskäufe gekoppelt, die in der Kalkulation gar nicht genannt sind. Insofern ist es ein weiter Weg bis in die Insolvenz. Aber das entre nous: Was zählt, ist das Haus, seine Substanz, seine Anziehung, seine Funktionalität.«

»Es gibt aber auch Bauruinen.«

»In weniger glücklichen Lagen, ja. Aber letztlich … Wo Investoren scheitern, stehen immer andere bereit. Das ist schon oft passiert, daß glänzende Projekte den Ideengebern entgleiten und in andere Hände übergehen. Für die Architektur ist das kein Mißerfolg.«

»Sie meinen: Architekten bestehen, Bauherren vergehen ...«

Darauf erzählte er mir die Geschichte seines ersten Hauses. Er hatte nach einem Studium in Kopenhagen 1967 mit vier anderen in Hamburg das »Baumeisterkollektiv« gegründet und sich auf sozialen Wohnungsbau spezialisiert:

»Sehr offen, Mitsprache zukünftiger Mieter, gemeinsame Nutzgärten, ungleiche Einheiten. Sie wissen ja, die Zeichen standen auf Sturm, und viele, auch viele Architekten, haben sich jahrelang im ›Kapital‹ vergraben und rote Fahnen geschwenkt. Wir, die echten Kriegskinder, sind da etwas pragmatischer gewesen. Der Anfang war irrsinnig schwer, das ist klar, aber ich dachte, wenn ich ein Modellhaus habe, kommen auch die Aufträge. Ich hatte zu der Zeit ein kleines Grundstück in der Wandsbeker Gartenstadt von meiner Oma geerbt, und es gelang, die Bebauungsrechte zu beschaffen, weil es ein Experiment für den sozialen Wohnungsbau sein sollte, ein Modul für etwas Größeres. Bei einer Veranstaltung im Amerikahaus lernte ich ein Mädchen kennen, Philosophiestudentin, und innerhalb weniger Wochen hatten wir beschlossen zu heiraten. Das war typisch damals. Man heiratete ›nie‹ oder heimlich ganz schnell. Sie war eine Pendlerin zwischen unserem Kollektiv, das sie mit ihren Theorien herausforderte – und mit ihrer Figur, Sie hätten die mal sehen müssen ...« Er war einen Moment in Gedanken.

»... und der Uni. Außerdem modelte sie für Charlotte March, falls Sie die noch kennen. Sie hatte so eine Art ... ikonischen Busen, und sie hat ihn auch eingesetzt, aber nicht als Nacktmodell, sondern auf der Straße, bei Demos, Sit-ins. Sie finden diesen Busen auf berühmten Fotografien der sechziger Jahre. Wie aus Stein gehauen.«

»Das Haus, Herr Göckjohann.«

»Das sollte natürlich für eine Kleinfamilie sein, oder eben nicht natürlich. Es waren ein paar pfiffig ineinandermontierte Kästen – die modulen Apartments von … wie hieß er noch mal … in Montreal gewiß als Inspiration –, und als sie den Rohbau sah, kriegte sie einen Schreck. Ich hatte aber mein Geld drin, und auch etwas von ihr. Als es auseinanderging, wollte sie ausbezahlt werden, und das hat mich ruiniert. Aber die Familie, die das Haus gekauft und nach meinen Plänen vollendet hat, lebt da heute noch.«

»Ah, der zweite Investor als Sieger.«

»Der erste als Verlierer. Aber verstehen Sie mich nicht falsch, ich bedaure das nicht. Das Haus, meine ich. Die Ehe war vielleicht ein bißchen kurz.«

»Das ist eigenartig«, sagte ich. »Wir, oder die meisten in meiner Altersgruppe, schieben alles auf. Man heiratet nicht und baut auch keine Häuser und gründet auch keine Kollektive.«

Während ich die Dekoration eines Nachtischs auf einem viel zu großen Teller versuchte zu rearrangieren, spürte ich seinen Blick auf mir. Ich sah ihn an; er war ruhig. Die Leipzig-Partie hatte er ohnehin gewonnen, und ich entschloß mich, ihm zu vertrauen. Ich erzählte ihm, wenn auch mit Auslassungen, die Geschichte von Elise, ihrem plötzlichen Auftauchen, ihrer handwerklichen Leidenschaft, unserer Freundschaft, die unserer Liebe vorausging, und unserer Sommerreise nach Århus, Kolding und Kopenhagen, die Göckjohann aus eigener danophiler Erinnerung ergänzte.

»Jetzt spielt sie ein Jahr nach dem Collegeabschluß schon in der Oberliga. Es ist nicht so, daß ich … daß ich es ihr nicht gönne. Im Gegenteil. Ich frage mich nur, ob ich je dazugehören kann.«

»Wollen Sie denn?«

»Für mich sind da – ein Haufen Manipulateure zugange.«

»Das ist in unserer Branche nicht anders. Mir ist schon lange aufgefallen, wie moralisch Sie sind, wie Sie lieber auf Prinzipien beharren, als etwas Unüberschaubares zu beginnen.«

»Sie meinen, ich bin retro?«

»Das weiß ich nicht. Das schadet auch nicht. Ich wollte Ihnen durchaus keinen Vorwurf machen.«

»Hätten Sie denn Ihre Modellfrau behalten können?«

»Um ehrlich zu sein, hatte ich keine Kraft für diese Gegenwelt, die totale Politisierung … und die erotische Revolte, die sich damit eigentümlicherweise verband.«

Ich dachte an Elise und fand keine Worte.

»Darf ich Sie etwas fragen?« setzte Göckjohann nach.

»Ja, gewiß.«

»Glauben Sie an die Kunst Ihrer Freundin?«

»Glauben!«

»Ja, glauben Sie daran?«

»Ich bewundere sie, wenn Sie das meinen.«

»Ihre Freundin oder die Kunst?«

»Beides. Beide.«

»Dann sollten Sie nichts leichtfertig preisgeben.«

»Warum sollte die Kunst dabei so wichtig sein?«

»Weil es das ist, was die Künstlerin von den anderen unterscheidet, von den anderen Künstlern, meine ich. Die anderen, der ganze Betrieb kann Ihnen herzlich egal sein, wenn Sie begreifen, *warum* sie sich in diesem Milieu bewegt, dem Sie nicht trauen.«

»In der Gegenwelt.«

»In der Gegenwelt. Eben.«

In Hamburg klingelte das Telefon, bevor ich das Haus verließ.

»Nader hier. Das haben wir ja wohl schön in den Sand gesetzt.«

»Was haben wir in den Sand gesetzt.«

»Holstein. Die Pfeifen haben sich gestern abend im Ratskeller mit Herrn Rohwer den Wanst fettgefressen und beschlossen, sein Ungetüm auf Platz eins zu setzen.«

»Ist das schon durch?«

»Das geht heute durch. Fraktionsdruck. Beziehungen. Rohwers Frau hat übrigens bis zum letzten Jahr die Stadtbibliothek geleitet.«

»Nader, woher willst du denn das alles wissen?«

»Kannst du dich erinnern an diesen sehr kleinen, schmalen Blonden von der FDP?«

»Nein.«

»Inhaber eines Herrenausstattergeschäfts. Ich habe mir bei ihm einen Anzug ausgesucht und dabei ein bißchen plaudern lassen.«

»O Mann. Ich habe mir echt Hoffnungen gemacht.«

»Nimm's nicht schwer. Die haben nichts Besseres verdient. Wie wär's mit heute um eins bei dem Stehitaliener im Grindelhof. Miyako wäre auch dabei.«

Der Grindelhof war eine Straße mit einer hohen Dichte von Geschäften und Handwerksbetrieben, der Universität nah, aber auch den Quartieren der Vermögenden. In einem neuen Geschäftshaus an der Ecke zur Rutschbahn hatte der Stehitaliener unter dem Büro meines Steuerberaters einen Tagesbetrieb eingerichtet, der um zwölf öffnete und um neunzehn Uhr schloß. Wenn die hungrigen Angestellten sich versorgt hatten, übernahm die Boheme. Die Preise, mit Selbstbedienung, waren moderat; das Geschäft lief gut, von der ersten Woche an. Die Glaswände, die über Eck den Gästen Aussicht auf das Geschehen gaben, und auf ihre regelwidrig abgestellten Autos, kompensierten das zeitgenössische Allerweltsinterieur, in der Deckenverkleidung versenkte Halogenspots und Marmortische auf verchromten Trägern.

Ein schwarzer Wagen fuhr vor, ein leises, an allen Ecken

und Kanten geschliffenes schwedisches Auto, dessen Technologie und Kraft die Erfinder absichtlich nicht mit einem äußeren Zeichen von Überlegenheit versehen hatten. Beim Vor-Vorläufer war das Rückfenster in eine Mulde eingelassen, da hieß die Typennummer 90, jetzt hatte man das Heck bis zum Äußersten gestreckt, so daß die Mulde fast verlorenging, und das Modell 9000 genannt. Der Fahrerseite entstieg Miyako, der Beifahrertür eine sehr junge Frau, unser Au-pair, wie Nader im Inneren des Restaurants erläuterte, die eine der hinteren Türen von außen entriegelte, um ein Kleinkind herauszulassen. Im Kofferraum, der sich weitausgreifend öffnete wie ein Baldachin, war ein Kinderwagen verborgen, der sich dann mit wenigen Handgriffen öffnen und stabilisieren ließ; ein robustes Modell mit ungewöhnlich großen Rädern. Das ältere Kind, das bleiche Gesicht gerahmt von schwarzen Locken, schaute zu wie in Trance, während das Baby darin gebettet wurde. Dann machte sich die kleine Gruppe davon in Richtung Alster, während Miyako die Straße kreuzte, mit Blicken nach links und rechts und wieder links wie aus dem Album der Verkehrswacht.

Nader und Miyako waren, noch kein halbes Jahr in Hamburg, bereits eingetaucht in das Gewebe der Kanzleien, Showrooms und Nachtbars, Neulinge, unberührt vom kommerziellen und publizistischen Inzest der Stadtinsel. Sie waren Hautevolee, aber noch lange nicht hanseatische Schnösel. Man konnte sich gar nicht vorstellen, was ihnen nicht gelingen würde – abgesehen von einer Stadthalle für Bauern und Bonzen. Nader hatte drei Gläser Prosecco kommen lassen.

»Auf die Zukunft des Hauses Rohwer!«

Beide hatten das gleiche kurze Maß, Miyako immer noch mit der Frische des Mädchens und Nader schon angeflogen von den Stimmungen des Alters. Da es gerade in Mode kam, daß einsame Männer asiatische Frauen nach Deutschland heirateten, hätte man mit einem flüchtigen Blick dieses Modell unterstellen können. Ich aber, der ich die Geschichte kannte oder vielmehr meine Rolle darin gespielt hatte, sah in ihnen das verschworene Paar, Nader für den Rest seines Lebens beglückt und beflügelt durch die Aufmerksamkeit Miyakos und Miyako für immer eine Ehefrau von doppelter Kraft, weil sie das Ganze erfunden hatte. Sie hatte als erste erkannt, wie weit Nader es bringen würde, und daß es so gekommen war, betrachtete er, in unverbrüchlicher Zuneigung, als ihr Verdienst.

Wenige Wochen zuvor hatte ich die beiden in Feststimmung gesehen, bei der Eröffnung des Büros von Cox Schliesser Serdani, einem mittelständischen Betrieb von Neuankömmlingen: die offene Etage mit Blick auf die Fleete und auf das weitläufige neue Verlagsgebäude der Architekten Steidle und Kiessler mit seiner berühmten Titanzinkverkleidung. Das Großraumbüro mit seinen Zeichentischen und Computerarbeitsplätzen war unterteilt durch die Metallschränke von USM Haller in Rot, Blau und Schwarz mit ihren niedlichen verchromten Systemrahmen.

Unser Treffen im Grindelhof unter ehemaligen Kommilitonen konnte nur den einen Zweck haben, nämlich mich, der ich in Holstein mehr verloren hatte als Nader Serdani, kollegial zu trösten. Die Art der Tröstung allerdings war überraschend. Miyako war mit der Winterluft hereingeweht, hatte Nader geküßt, dann mich; nur dieses eine Mal, nie zuvor und nie danach. Der Prosecco trieb in den Schädel.

Nader: »Das Ding haben wir ja grandios in den Sand gesetzt.«

»Du weißt, daß Benthien und ich noch mal oben waren.«

Nader: »Klar. Aber ich wollte dir sagen, daß dein Einsatz in der großen Runde echte Klasse hatte.«

Miyako: »Er kam nach Haus und hat gesagt, du hast in Zungen geredet.«

»Danke. Aber seht mal, was dabei herauskommt.«

Nader: »Das ist oft so. Man wird als Auswärtiger geladen, damit der Insider neutral gedeckt ist. Instrumentalisierung. Vergiß nicht, auch der drittplazierte Entwurf wird bezahlt. Das ist, wenn ich das sagen darf, übrigens eurer.«

»Woher weißt du?«

Nader: »Ist vor einer halben Stunde durch. Ratsbeschluß.«

Der Alkohol am Mittag setzte mir zu. Nader beobachtete mich durch seine Nickelbrille. Miyako lächelte sphinxhaft zum großen Fenster hinaus, wo eine Politesse unter einem Scheibenwischer ihres Saabs einen Strafzettel festklemmte.

Nader: »Mich interessiert nicht so sehr, was die Pfeifen denken, *falls* sie denken. Du hast unser Bauvorhaben, und eures, mit treffenden Worten geschildert, und das hilft – verstehst du, mir. Der Entwurf ist das eine, wie man ihn an die Bedarfsseite andockt, das andere. Ich könnte nie so mit einem Klienten sprechen.«

Die Gnocchi kamen, ich aß still, mich wundernd, wozu die Eloge gut sein sollte, und faßte mich wieder. Miyako gab einen Laut von sich, weder ein Räuspern noch ein Rufen, der überraschend ihre asiatische Herkunft offenbarte. Es war das Signal für einen Einsatz.

Nader: »Hör, um es kurz zu machen, wir brauchen einen Architekten, der mit dem Kunden spricht. Wir sind fünfundsechzig Leute kopfüber in Phantasia und Kleinscheiß. Wir sind sehr ungeschickt mit unseren Klienten. Miyako hat in den letzten Wochen Bürodienst gemacht und sieht die Sache genauso.«

»Siehst du«, sagte Miyako, »wie ungeschickt er ist? Versucht dich anzuwerben und redet wie ein Tölpel.« Nader grinste in Antizipation seines Sieges.

»Miyako« – mich rührte ihr Name immer noch, nach Jahren –, »was habt ihr vor?«

Miyako, inzwischen nicht mehr Teilhaberin der Partnerschaft, war stundenweise ins Büro zurückgekehrt und hatte erkannt, daß die Klienten ein Gegenüber brauchten, das sich nicht entzieht. »Das Büro braucht eigene Stimmen, Leute, die jedes Projekt, das in Arbeit ist, bis ins Detail verstehen und nichts, was an der Angel ist, vergessen, auch an Land zu ziehen. Ich bin bereit auszuhelfen, Urlaubsvertretung vielleicht.«

»So eine Art tägliche Konferenz mit Serdani, Cox und Schliesser?«

»Nein«, sagte Nader. »Das ist der Punkt. Du bist communication director oder so was. Du entscheidest allein. Du formulierst policies. Du lenkst alles, was man lenken kann, also alles, was nicht unmittelbar kreativ ist. Kein Papierkram, keine Rechnungen. Dafür gibt es ein Sekretariat.«

»Und wie finden das … Cox? Und Schliesser?«

»Schliesser ist sehr introvertiert. Der läßt sich sogar am Telefon verleugnen, wenn er zeichnet, und er zeichnet immer. Cox ist offener, aber er kann nur sehr mangelhaft Deutsch. Der Sprachtransfer gehört dazu.«

Ich sah die beiden an. Sie waren ruhig und entschlossen. Ich versprach, mir das bis Weihnachten zu überlegen. Tatsächlich war es schon entschieden. Ich hatte die Seite gewechselt. Ich war kein Architekt mehr, nicht auf dem gläsernen Papier unserer Profession.

Biga Brzeski, deren Rat ich suchte, begriff sogleich, daß ich keinen brauchte. Sie teilte mit mir einige Erinnerungen an die Kommission, versuchte sich an einer Satire auf Susanna von Wulffens artiges Geschwätz und zuckte aufmunternd mit den Schultern.

»Es ist doch so, daß die Ambition irgendwie kindlich

bleibt. Man wird am ehesten das wollen, womit man als Dreijährige dem Vater glaubte gefallen zu können. Und wer sagt, daß die vielen anderen, die man trifft, nicht am Ende viel besser wissen, was man kann? Dieser Serdani ist natürlich ein Fuchs, das wissen Sie besser als ich. Die Frau kenne ich nicht, aber wenn Sie sich zu ihr nicht mehr hingezogen fühlen, als kollegial gerechtfertigt ist, könnte die Sache doch gutgehen.«

Sie rauchte eine ganze Marlboro schweigend herunter bis zum Filter und zertrat sie. Wir saßen auf einer Holzbank mit Blick auf die Außenalster und froren. »Sie sind ja traurig«, sagte Brzeski. Mir schoß durch den Kopf, wie ungewöhnlich sie war, buddhistisch und zynisch zugleich. Sie stand von der Bank auf und faßte mich am Arm, wie einen Freund zur Heinezeit, während sie den Uferweg in Richtung Rathaus einschlug. Sie sagte nichts. Wie Störche überschritten wir den komplizierten Verkehrskreisel, in dem sich die großen Straßen mit den beiden Brücken verbinden, darüber die Bahn. Wir sahen hinüber zum Kunstverein, dessen Abriß begonnen hatte, um Niehuus' Kunstmuseum Platz zu machen. Sie nahm ihren Arm nicht von mir, als wir die steinernen Treppen zur Binnenalster hinuntergingen. Das Alsterhaus war, nicht anders als im Vorjahr, weihnachtlich erleuchtet.

»Vielleicht ist es so, daß sich der Vater, dem man gefallen will, aufspaltet in mehrere Figuren. Man denkt oder hofft, man würde in eine Richtung gezogen, und dann, wenn eine der Figuren den Kurs wechselt, stellen sich eine Menge Fragen. Aber ich glaube, daß die Fragen der Zukunft immer zu beantworten sind, und sei es durch eine Art von Spekulation, während ich mir bei den Fragen der Vergangenheit nicht so sicher bin.«

Wir hatten das Binnenalsterbecken stadteinwärts abgeschritten. Biga Brzeski wendete uns beide, zum Stehen gekommen, wie Spielfiguren auf einem Brett in Richtung Norden, als würde sie mir die ganze Schönheit der Stadt zeigen, bisher übersehen.

Einen merkwürdigen Triumph hatte die Bundestagswahl Claes Philip und seiner Fraktion beschert: Der ostdeutsche Zweig der Grünen, das Bündnis, fand sich im Bonner Parlament wieder, während die westdeutschen Grünen in die Marge der Splitterparteien zurückfielen. Wie Osterkamp die Hamburger Grünen erneuern wollte, las man in der »Morgenpost«. Die Kommission tagte ohne mich.

Claes Philips Boxergesicht erschien nicht auf Wahlplakaten, was nur dem Umstand geschuldet war, daß die Hamburger Grünen eine »personalisierte Politik« ablehnten. Für die Bürgerschaftswahl am zweiten Juni hatte er sich einen respektablen Platz auf der Landesliste seiner Partei gesichert. Tatsächlich hielten sich die Grünen dann ohne Verluste in der Bürgerschaft, während die Sozialdemokraten mit mehr als der Hälfte der Abgeordneten ihren blonden Stadtkapitän wiederwählten. Dieser tadelte Enrico Stüssgen in einem internen Papier, das nicht intern blieb, für die Verschwendung von Geldern auf nutzlose Gutachten – »naheliegende Vorschläge, auf die eine Baubehörde aus eigener Einsicht hätte kommen müssen, und Eskapaden, die gänzlich unrealisierbar sind« – und stufte ihn um eine Position zurück, auf jene Stelle, die CPO innehatte und nun aufgeben mußte. Claes Philip wechselte also wieder das Büro im Rathaus und gab sich fortan beschäftigt mit der Steuerung seiner Fraktion in einem Feierabendparlament. Die Mitgift Shimelles aus Kalifornien, als die beiden im Lüneburger Rathaus heirateten, muß erheblich gewesen sein. Dies trug mir Göckjohann zu, der mich freundschaftlich gehen ließ, als ich bei Serdani annahm.

»Warum sagst du nichts?«

»Wozu soll ich was sagen?«

»Zu Ted Kuhns Vorschlag.«

»Weil mir dazu nichts einfällt.«

»Das wäre das erste Mal, daß dir nichts einfällt.«

»Das kann schon sein.«

»Du bist dagegen.«

»Wie kann ich dagegen sein.«

»Dann bist du dafür.«

»Ich habe keine Zeit, darüber nachzudenken.«

»Mir läuft die Zeit davon.«

»Wieso das.«

»Weil Angebote kommen und gehen.«

»Ich dachte, das wäre nur eine Idee, alles ganz kompliziert, und es dauert Monate, bis die Uni eine Professur bewilligt.«

»Ja, das stimmt. Deshalb fragt mich Ted Kuhn, ob er die Sache vorantreiben soll. Wenn wir nach Europa abhauen ohne Zusage, dann ist das so, als wenn man die Verhandlung abbricht.«

»Dann sag doch jetzt zu. Du kannst ja später immer noch absagen.«

»Ich will gar nicht absagen.«

»Was stellst du dir denn vor?«

»Daß wir im Herbst zweitausendzwei mitten in Amerika leben.«

»Hier?«

»Wo denn sonst?«

»In St. Louis!«

»Aber das ist doch die Konsequenz daraus.«

»Ich weiß nicht. Daran habe ich nie gedacht.«

»Was hattest du dir denn vorgestellt?«

»Nichts so richtig. Vielleicht, daß du das für ein Semester machst, als Gast, letztlich wie ich jetzt.«

»Aber das ist nicht die Idee, Elise. Die wollen, daß ich bei einem weltweit operierenden Unternehmen aussteige, um Kommunikation zu lehren. Wenn ich das mache, muß ich Serdani das rechtzeitig sagen. Mehr oder weniger gleich.«

»Du setzt mich unter Druck.«

»Ich versuche mit dir die Zukunft zu planen.«

»Eine Zukunft in St. Louis, Missouri!«

»Warum nicht?«

»Weil Elise Katz eine europäische Künstlerin ist.«

»Das bleibst du ja auch.«

»Deshalb geht es nicht.«

»Wir können ja einen Testfall konstruieren. Wenn die Pulitzers eine Arbeit kaufen, dann geht es.«

»Eine Arbeit, das bringt mich vier Monate weiter.«

»Und dann kommt das St. Louis Museum of Art und will auch eine.«

»Vielleicht.«

»Sie haben Beckmann gekauft, als er hier war. Und retrospektiv auch noch.«

»Europa lag in Trümmern. Der wollte weg!«

»Eben. Du kommst aus freien Stücken, das ist doch viel günstiger.«

»Du vergißt, daß man als Künstler mit einem Ort identifiziert wird.«

»Nach Amerika kann man immer gehen. De Kooning, Fahlström, Duchamp.«

»De Kooning ist in Amerika erst Maler geworden. Fahlström wäre ohne die schwedischen Ankäufe in New York verhungert. Duchamp war in Amerika zwischen neunzehnhundertzwanzig und neunzehnhundertsechzig so gut wie vergessen, ein Kauz, den niemand kannte außer den Arensbergs, die ihn quasi adoptiert hatten.«

»Aber du kannst mir doch nicht erzählen wollen, daß man, wenn man nach Amerika geht, so gut wie nicht mehr existiert?«

»Es kommt darauf an, *wo* in Amerika.«

»Die New-York-Legende.«

»Es ist keine Legende. New York geht für Europäer.«

»Weil sie New York fälschlicherweise für europäisch halten.«

»Weil New York eine Art Schaufenster ist.«

»Das Angebot ist aber nicht New York. Sondern St. Louis.«

»Eben. Deshalb geht es nicht. Nicht für mich.«

»Eben hattest du noch nicht drüber nachgedacht, jetzt geht es nicht.«

»Ich wollte dir den Spaß nicht verderben. Ich dachte, es wäre für dich so eine Art Ehre.«

»Eine Ehrung, in der ich mich suhle, um dann stiftenzugehen?«

»Wem bist du denn verpflichtet?«

»Theodor Kuhn.«

»Dein neues Alter ego.«

»Ein Mann von großer Weitsicht.«

»Ich sehe ihn als Mann mit großem Herzen. Gebildet, passioniert, großzügig. Aber weitsichtig, Thomas, mal ehrlich. Ich finde es eher etwas beschränkt, über Jahre am Wochenende mit einem Four-wheel-drive übers Land zu jagen, um einen neuen Typ von Siedlerschuppen zu katalogisieren.«

»Das nennt man Forschung.«

»Klar, aber es ist vielleicht nicht gerade weitsichtig.«

»Das ist eben das innere Amerika. Man muß nach den Wurzeln suchen.«

»Du mußt vielleicht danach suchen. Weil du ein romantisches Faible hast für das Hinterland, Chillicothe und Knockemstiff. Das ist ja auch ganz lustig, aber andererseits war es dir nicht so lieb, daß du deine Leute in Ohio überhaupt besucht hast, obwohl du seit sechs Wochen hier bist.«

»Weil mich St. Louis in Atem gehalten hat. Ich hab mir fast dreißig wichtige Häuser angeguckt, das erste Stahlbetonhochhaus überhaupt und sämtliche Häuser ...«

»... von Frank Lloyd Wright, nämlich genau drei, und die kennst du jetzt, und wenn du das übernächste Mal hinfährst, wirst du dich langweilen.«

»Amerika ist groß.«

»Amerika ist riesig, und genau das ist das Problem. St. Louis ist zu groß, East St. Louis sieht aus wie die Reste eines Brettspiels, das ein Kind durch die Gegend geworfen hat. Jeder, der es sich leisten kann, verkriecht sich in der Suburbia. Wahrscheinlich müßt ihr bald die Einfamilienhäuser vor neunzehnhundertsechzig katalogisieren, bevor sie verschwinden.«

»Das sind die Standardvorwürfe gegen die USA, reiner Kulturpessimismus, wenn du mich fragst.«

»Von mir aus können Millionen von Leuten Millionen von Automobilen mit Tempo fünfundzwanzig durch eine Flächenstadt bewegen und sie abends nach zwei Stunden Fahrt in einer Doppelgarage parken, gleich neben der Tiefkühltruhe. Es ist mir recht, aber es ist nicht mein Traum, verstehst du? – Wo würdest du denn leben wollen in St. Louis oder außerhalb?«

»Wise Street, zum Beispiel. Ein zweistöckiges Holzhaus. Eine moderne Heizung reinsetzen.«

»Wise? Als Nachbar von Ed?«

»Was hast du denn gegen Ed? Du beschäftigst dich seit vier Wochen damit, wie er wohnt und wie er seine Möbel stapelt und was er denkt und wo er herkommt! Du bestückst deine halbe Ausstellung mit ihm!«

Pause. Nach einer Weile:

»Das meine ich doch. Dein Herzlandamerika. Ed, ein Verlierer. Ein sehr poetischer Verlierer. Ich widme mich seiner Lebenswelt, aber doch unter der Voraussetzung, daß ich nicht darin aufgehe. Das wäre ... so etwas wie ein sozialer Tod. Die absolute Sackgasse.«

»Ich versteh's überhaupt nicht mehr. Du hast dich doch nie vorher mit Menschen oder ihren Lebensgeschichten beschäftigt. Künstlerisch gesehen hast du doch einen riesigen Sprung gemacht, und zwar hier. Dafür könntest ... dankbar sein. Deshalb ist doch Ed nicht plötzlich ... der Teufel.«

»Er ist für mich, mit seinem ganzen absurden Inventar, künstlerisches Material. Ich gucke mir das an. Ich gucke mir das sehr genau an. Das ist alles.«

»Du beutest ihn aus. Und du sagst es auch noch.«

»Nur, um den Unterschied zu betonen. Du schlägst mir im Ernst vor, Hamburg zu verlassen, um in Eds Nachbarschaft als Professorengattin Wurzeln zu schlagen. Versteh doch, ich kann mich nicht so verbiegen. Ich finde Ed im Moment interessant, und ich bezahle ihn gut ...«

»Du bezahlst ihn?«

»Ja, ich bezahle ihn.«

Später:

»*Und* ich finde Theodor Kuhn einen sympathischen Mann und hätte gar nichts dagegen, wenn du dich mit ihm befreundest.«

»Aber?«

»Der Preis ist zu hoch. Ich bin nicht gemacht für die Teds und die Eds und die Holzhäuser.«

»Es gibt nicht nur die Holzhäuser. Es gibt auch das St. Louis Art Museum und die Symphonie und die Konzerte im Pageant. Und den Bogen.«

»Den Bogen. Wen interessiert denn der Bogen? Du warst selbst noch nicht da oben!«

»Es ist ein grandioses Denkmal, oder nicht.«

»Ein grandioses Denkmal, aber für was? Für eine Stadt am Mississippi, deren Ruinen abgeräumt worden sind für den Bogen, damit er auf einem Rasen steht. Sehr lustig eigentlich, daß ich dir das erzähle, denn ich hab es ja nur von dir. Der Bogen ist ein technisches Wunder, aber er bleibt dennoch ein Zeichen, das letztlich die Landnahme der weißen Siedler verherrlicht. Und wenn sie genug haben vom Goldschürfen und Schlägereien und düsteren Kaschemmen, dann besinnen sie sich und kaufen ein paar antike Statuen und bestellen ein symphonisches Orchester.«

»Das Theorem vom ungebildeten Amerikaner.«

»Vergiß nicht, daß ich es bin, die hier Professorin spielt. Die Erfahrungslücken bei den Studenten einerseits. Andererseits sind sie im Detail schon fast wieder verbildet.«

»Das müßte dich dann nicht kümmern.«

»Weil du der Professor wärest und nicht ich.«

»Eben.«

»Und was reitet dich, einen hochdotierten Bürojob zu verlassen, mitten in Europa, mit mindestens drei Fernreisen im Jahr, mit Kollegen wie Nader und Miyako Serdani?«

»Ich mach es schon zu lange. Es fordert meine ganze Aufmerksamkeit, und abends ist mein Kopf leer.«

»Was wäre dann die Alternative? Ich kann mich gut erinnern, wie du Benthien und Göckjohann verlassen hast. Da hast du gezeichnet. Du warst noch, wenn ich das so sagen darf, ein richtiger Architekt. Aber davon wolltest du weg.«

»Es war öd.«

»Es war langweilig, und nun ist es zu spannend. Und Professor sein in St. Louis, jeden Tag, jedes Jahr neue Studenten aus Alabama und Michigan und Utah, und immer von vorn referieren, wie man ein Büro zusammenhält und

Klienten angelt und Honorare eintreibt – das soll die Lösung sein?«

»Wieso die Lösung? Die Lösung zu welchem Problem?«

»Thomas, ich lege es nicht gegen dich aus, dieses ... Suchen. Daß du dieses und jenes probiert hast. Du wolltest einmal sogar ins Rathaus, wenn ich dich erinnern darf. Du hast in Leipzig Zugriff auf eine gewaltige Altstadtsanierung gehabt und es hingeworfen.«

»Ich bin zwölf Jahre bei Serdani!«

»Du übertreibst.«

»Wankelmütigkeit kannst du mir jedenfalls nicht vorwerfen.«

»Nicht zu vergessen, ihr habt Erfolg. Euch geht es gut. Baut ihr nicht in Berlin, baut ihr eben in Singapur. Du bist doch Teil dessen, das ist doch nichts, was man einfach so hinwirft.«

»Teil dessen! Schöner Versprecher! Sie lassen mich ja nicht Teilhaber werden! Sie denken, sie haben mich in der Tasche, ich bleibe sowieso, ich habe immer funktioniert, dann funktioniere ich auch in der Zukunft.«

»Das verstehe ich ja auch. Du bist bei Cox Schliesser Serdani ganz klar Management. Aber vom Aspekt der Unternehmenstreue gibst du ihnen nachträglich recht, wenn du weggehst. Dann können sie sagen: Sieh mal, der ...«

»Das ist mir ganz neu, daß du eine Vertreterin der Unternehmenstreue bist.«

»Wir leben in ziemlich schwierigen Zeiten, und ich merk es.«

»Das Elfter-September-Frösteln.«

»Wir Künstler leben nun mal von den Launen der Reichen, vom schlechten Gewissen der großen Unternehmen. Erst wird am Druckerpapier gespart, dann am Blumenabonnement, dann an der Kunst.«

»Manchmal auch andersrum. Nur, was hat das mit mir

zu tun? Du hast doch immer gesagt, daß dich die Kunst nur interessiert, wenn sie sich selber trägt.«

Pause.

»Ja, *wenn* sie sich trägt. Aber es braucht immer Leute, die sie tragen.«

»Das versteh ich nicht.«

»Vielleicht *mußtest* du es bisher nicht verstehen.«

Pause.

»Wie stellst du dir denn St. Louis vor?«

»Die Washington University richtet eine Stiftungsprofessur ein. Die bezahlt ein Bauunternehmer, einer der berühmten contractors, die für die Ausweitung des suburbanen Gürtels sorgen und der zu den Alumni gehört und etwas Gutes tun möchte. Die Stiftungsprofessur hat noch keine Bezeichnung, aber wahrscheinlich heißt sie ›for architectural management‹. Dabei verdiene ich nicht weniger als bei CSS. Das ist nicht zeitlich begrenzt. Ich verkaufe meine Anteile am Gebäude in der Admiralitätsstraße, und damit kaufen wir nicht nur ein ganzes Haus in einer mixed neigborhood, wie Wise Street, sondern, wenn du willst, ein kleines Gewerbegebäude dazu. Ein Atelier. Und wir werden ungleich besser fahren, weil wir gleich zwei Mieten nicht mehr werden bezahlen müssen, nämlich die unserer völlig überteuerten Wohnung und die deines auch nicht gerade günstigen Ateliers.«

»Und an welche soziale Sicherung hast du gedacht?«

»Die amerikanische, für beide. Die social security number hast du schon – ich bekomme wahrscheinlich ziemlich schnell eine Greencard.«

»Du willst auswandern.«

»Ich will etwas Neues beginnen.«

»Nur hast du dabei nicht an mich gedacht.«

»Ganz und gar.«

Am nächsten Tag:

»Mit der Idee von etwas Neuem könnte ich mich anfreunden. Aber ich sehe das nicht, daß du etwas Neues beginnen willst. Es ist mehr wie ein Vorwand. In Wirklichkeit willst du mit dem Alten brechen.«

»Ist das nicht wie der Streit darüber, ob das Glas halb leer oder halb voll ist?«

»Nein. Es hat auch nichts mit der Frage zu tun, ob das Huhn zuerst da war oder das Ei.«

»Sondern?«

»Es geht um deine Motivation, so einen Schritt vorzuschlagen.«

»Motivation! Goldsmiths!«

»Darin hat das Goldsmiths aber recht behalten. Motivation zählt. Du verlangst von mir, daß ich in einen Zug steige, an dem nicht steht, wo er hinfährt.«

»Und du klebst an Hamburg wie ein oller Spiegel-Redakteur.«

»Du willst von Hamburg weg wie eine Katze, über die man einen Eimer Wasser ausgeleert hat.«

»Du siehst mich als Verlierer.«

»Nein, *du* siehst dich als Verlierer. Und Ted Kuhn ist dafür die Kompensation.«

»Er ist immerhin der erste Kollege, der auch ein Freund sein könnte.«

Pause.

»Ist er nicht. CPO war dein Freund, definitiv.«

»Claes Philip war mein Freund, vielleicht sogar mein bester Freund, aber ein Kollege war er nicht.«

»Aber fast.«

»Fast.«

»Und Nader Serdani?«

»War ein bewunderter Kommilitone und ist jetzt mein Boß.«

»Miyako?«

»Ist eine gute Kollegin, die ich gern in meiner Nähe habe, aber sie ist nie da, wenn ich da bin, weil sie mich vertritt.«

»Das ist dein Ideal.«

»Welches?«

»Kollege und Freund.«

»Nur, daß es noch nie geklappt hat.«

»Und dafür willst du Hamburg bestrafen.«

»Wie kann man ›Hamburg bestrafen‹?«

»Du willst Serdani verletzen.«

»Er wird es bedauern.«

»Das meine ich mit Motivation. Für mich ist es eine Rache. Dabei weiß ich noch nicht einmal, an wem letztendlich. Aber eins steht fest: Ich werde nicht mein Leben ändern, damit du an jemandem Rache nimmst.«

Pausengemälde

Meine erste Erinnerung an den Namen Osterkamp war eine Pleite. Da gab es Leute in der Vorstadt, deren Neubauten unvollendet liegenblieben, und Osterkamp war schuld. Das wollte mir, soeben alphabetisiert, nicht in den Kopf: Wenn es einmal genug Geld gegeben hatte, um Häuser zu bauen, wo war es dann geblieben? Wenn der Bauunternehmer es genommen hatte, nicht vergraben und nicht verschenkt, dann mußte es doch irgendwo zu finden sein.

Später war davon keine Rede mehr. Osterkamp war nun der strahlende Unternehmer am Ort, dem es immer gelang, der Gemeinde etwas Wildwuchs, einen Hang an der Ilmenau oder einen Hektar Restwald mit blumigen Argumenten zu moderaten Preisen abzuquatschen. So kam der Mittelstand in weißgestrichene Backsteinbungalows im stadtnahen Grünen, ordentlich und modern, verschuldet und glücklich. Osterkamp hatte für sich selbst und seine kleine Familie etwas großzügiger gebaut, einen langgestreckten Riegel, dem ein hoher Kasten mit Oberlichtern zur Seite gestellt war, ein Atelier. Das wiederum hatte er dem Architekten Bavendam vermietet, der jene Kopien dänischer Moderne entwarf, die Osterkamp hochzog und schlüsselfertig, wie es hieß, den Besitzern übergab. Anders als diese hatte die Familie Osterkamp zwei Autos und, angeblich, ein Ferienappartement in der Schweiz.

Ich wußte von Claes Philip, bevor er je von mir gehört hatte, mir, einem Kind aus dem Roten Feld, das die Stadthäuser von hinten am besten kannte, die kleinen Schuppen und die wilden Gärten. Man sah ihn als kleine Figur auf der Rückbank einer DS 19, und seine Schwester, noch kleiner, in einiger Entfernung im Bogen des anderen Fensters; am Steuer Osterkamp, der Unternehmer, jünger damals als wir jetzt. Wenn Claes Philip ausstieg, schwang die vordere Tür weit aus, und der Junge schoß heraus, ohne den Hauch der Ahnung für den Neid Gleichaltriger, den er auf sich zog. Sein Gesicht hatte die Forschheit und Unregelmäßigkeit eines Boxers. Er war der bräunliche Typ, den man sich leicht gedrungen phantasiert, aber wenn er nicht groß war, dann war das seiner Neigung geschuldet, sich in Antizipation kommender Dinge leicht nach vorn zu beugen, eine Eigenschaft, die blieb. Sein Gesicht war damals wie aus frischem Ton geformt gewesen, mit einem Anflug von Willkür des Gestalters soeben erst fertig geworden.

Mit so einem wollte ich nichts zu tun haben, und die Kinder aus der südlichen Innenstadt sahen das genauso: Sollten die sich doch verstecken zwischen Tannen und Kiefern in Wilschenbruch. Mochten sie doch nach Hamburg ins Schauspielhaus fahren, um gesehen zu werden. Wenn sie wirklich glaubten, daß das Geigenspiel unter Anleitung eines aus Lübeck angereisten Privatlehrers die Persönlichkeit abrunde; wir waren mit der Kakophonie der Musikschule bestens bedient.

Im ersten Jahr am Johanneum sah ich ihn aus jener Halbdistanz, die ausreicht, um jemandes Imitator zu werden, die aber schwer zu durchbrechen ist, ohne daß die Absicht sich wie eine Waffe gegen einen kehrt. Überhaupt neigten wir dazu, die Schüler aus parallelen Klassen für grob, unterlegen oder mißglückt zu halten. Was Claes Philip betraf, war jedoch klar, daß er die Klügsten seiner Klasse um sich scharte und daß er keinen Unterschied machte zwischen den Musischen in ihren gewählten Levi's und den Merkwürdigen mit beschlagener Brille. Ihn umgab, insofern, eine Aura der Gerechtigkeit, Gleichmaß verbunden mit Voraussicht. Das machte ihn, trotz der rauhen Sitten des Jungengymnasiums, nahezu unangreifbar.

Mir war der Wechsel aus dem freundlichen Milieu der

Grundschule in die Düsternis des Traditionsbaus nicht gut bekommen. Im zweiten Jahr floh ich in das Provisorium des Schulzentrums am Oedemer Berg, wo man deutlich spürte, daß in Bonn die Adenauerzeit zu Ende gegangen war: Irgend etwas sollte anders werden. Das zu wissen reichte vollkommen, mit elf Jahren. Mächtig gestritten wurde über zweiundzwanzig Bäume, die gefällt werden mußten, um den Neubau mit Sporthalle und Schwimmbad zu errichten. Schließlich hatte die Raupe in die grüne Schräge eine Wanne gefressen, in die die Fundamente des ersten Bauabschnitts gegossen wurden, mit Bündeln von gedrilltem Stahl, die wie Fühler riesiger Insekten in die Höhe zeigten.

Osterkamp und Bavendam hatten wohl keine Erfahrungen im Schulbau und waren im Wettbewerb gescheitert. In der Tat waren die Betonschachteln, in die wir ein paar Jahre später wie strahlende Gewinner einzogen, weit entfernt von der feingestimmten nordeuropäischen Moderne, die Osterkamp nach Lüneburg gebracht hatte. Als es an die Planung des Schwimmbads ging, war ich Mittelstufensprecher und versuchte, den schulinternen und behördlichen Flurfunk abzulauschen; eine meiner geheimen Phantasien war, in einer Konferenz dem idealen Bau mit meiner Stimme den Zuschlag zu verschaffen. Jedoch verstand ich die Zeichensprache der Pläne nicht, und Modelle zu bestellen wurde für unnötigen Luxus befunden.

Die Bäume gefällt, schien der Kampf der Platzhirsche um das Schwimmbad entschieden für den Unternehmer, der bereits die Schule gebaut hatte, als Osterkamp beim Landesschulamt vorsprach und überzeugend darlegte, daß das Bad im Erschließungsplan ungünstig stand und zuviel Material verschwendet würde für eine unnötige Treppenkonstruktion. Er fand Gehör und brachte zum ersten Termin in der Schule selbst nicht nur Bavendam mit – der im weißen Anzug –, sondern auch das Modell eines Schwimmbads mit fliegendem Dach und versenkbarem Beckenboden, das er versprach für die projektierten Kosten zu errichten. Das fliegende Dach, erläuterte Bavendam, hebe nicht zur Stadt hin ab, wie man es in den fünfziger Jahren entworfen hätte, sondern laufe parallel zum ausgehobenen Oedemer Berg schräg an. Damit sei deutlich zum Ausdruck gebracht, daß man sich im Einverständnis mit den Dingen der Natur befinde. Man sah einige staunend geöffnete Münder in der kleinen Runde, zu der mich ein Kunstlehrer namens Berenson eigensinnig gebeten hatte. Es kam keine kritische Frage. Die Verblüffung wußte Bavendam zu nutzen, indem er draufsetzte, daß jeder Gebäudekomplex ein Symbol verdient hätte, etwas, das die Gefühle über Generationen bindet, und das bergan fliegende Dach seines Entwurfs könne das Symbol des Schulzentrums am Oedemer Berg werden, ein Zeichen sozialer Offenheit, wie die fortschrittliche Aufhebung der Schulsparten sie vorweggenommen habe. Osterkamp nickte begeistert, als hörte er Bavendams Gedanken zum ersten Mal.

Wie sich später zeigte, hatten die Wilschenbrucher gut gedacht, aber schlecht gerechnet, so daß im Winter einer Ölkrise der Rohbau eine Planungsruine zu werden drohte. In dieser Zeit, und als der Bau später wiederaufgenommen wurde, sah ich Osterkamp manchmal aus der Nähe. Er fuhr im Porsche vor, trug Wanderstiefel, Breitcordhosen und einen soliden, aber schon recht baustellenerfahrenen Anorak von grünlich glänzendem Popeline. Seine bullige Art, seine flotte Rede schien bei seinen Vorarbeitern gut anzukommen. Ein Gerücht machte die Runde, daß Osterkamp mit seinem privaten Propellerflugzeug in der Heide einen Absturz nur glimpflich in eine Bruchlandung habe verwandeln können, Claes Philip und seine Schwester an Bord. Das machte den Unternehmer Osterkamp in meinen Augen zu einem Helden der Luftfahrt.

Meine Bewunderung für seinen Vater ließ mich ratlos, was Claes Philip selbst anging, der mit dem Beginn der Oberstufe an meiner Schule auftauchte und vier Kameraden vom Johanneum mitbrachte. Nicht das Dach, sondern der versenkbare Boden der Schwimmhalle, längst eingeweiht, erschien nun wie ein Vorbote des Kurssystems, mit dem die Schulklassen der Oberstufe ausgehebelt worden waren, ein progressives Zeichen. Claes Philip hatte nicht mehr das frisch wie aus Ton geformte Gesicht, sondern eine Kämpfervisage mit spektakulären Passagen wie einem gewichtigen Kinn, einer vorpreschenden und etwas zu großporigen Nase; zwei Denkerlinien in der leicht konkaven Stirn. Seine Augen schienen sich durch Symmetrie und Klarheit für die Wurstigkeit seiner Züge zu entschuldigen. Sie waren in sich ruhend, tief und fest, aber als Organe von sprechender Geschwindigkeit. Claes Philip, hochgewachsen, leicht vorgebeugt, prüfte einen Neuen in der Gruppe im Zehntel einer Sekunde, und obwohl die Prüfung offensichtlich war, hinterließ er im Blick des Geprüften das Gefühl einer Zuwendung, so bedeutsam wie ein Händedruck.

Im neu gegründeten Kurssystem absolvierten wir anfangs ein Nullsemester, eine Runde, deren Bildung aufzunehmen Pflicht war, während man überraschend, wie ein Kindergartenkind, aus der Wertung für einen Winter entlassen war. Dafür konnte man danach Zensuren sparen bis zum Abitur, ein Hindernis für Prüfungsehrgeizler, eine Beruhigung für Prüfungsversager. Das Beste daran war die Durchlöcherung des Mythos des Gymnasiasten, die Kasernierung der Gedanken im Pauken. Wir waren so etwas wie Collegestudenten, noch verwurzelt im allgemeinen Curriculum, aber doch bereits Manager unseres eigenen Bildungsauftrags. Man hatte im neuen Gebäude sogar ein kleines Zuhause in der Schule bekommen, nämlich einen eigenen Spind. Manche ältere Schüler hatten schon Zimmer und Wohnungen in der Stadt; ich selbst war unter das Dach des Stadthauses gezogen, das unsere Familie, solange ich denken konnte, allein bewohnte.

Die Mitglieder der Sozialistischen Arbeiterjugend und ihre Freunde belegten im Nullsemester die Großen Kurse in Gemeinschaftskunde. Die Begeisterung für politische Themen wollte man schulseits bremsen, indem man die ökonomische Theorie zum zentralen Gegenstand der überfüllten Unterrichtsräume machte. Die Preisentwicklung beim Benzin in Relation zu den Restdaten der Volkswirtschaft war, im Vergleich mit den sogenannten brennenden Fragen der Zeit, eine wirksame Enttäuschung. Für die Arbeiterjugend aber war das Anlaß genug, den Kapitalismus, wie sie die freiheitliche Marktwirtschaft nannten, in Frage zu stellen und die Planwirtschaft der DDR mit kundiger Süffisanz dagegenzuhalten. Claes Philip nahm das als willkommene Einladung zum Debattieren.

»Klar, jeder bekommt Arbeit, weil Arbeit nicht viel kostet. Die Hälfte der Leute steht herum. Wer keine Arbeit will oder sonst nicht mitmacht, der kommt nach Bautzen.«

»Dennoch läßt sich gegen eine gerechte Verteilung aller Güter nichts einwenden«, hielt ich dagegen.

»Dafür müssen aber auch welche dasein«, setzte Claes Philip drauf. »Unternehmersohn, sitzt dick im Speck und ist Fachmann für die Chancengleichheit«, dachte ich. Niemand wagte das auszusprechen, denn auch die Arbeiterjugend stammte aus Haushalten von Rechtsanwälten, Kaufleuten und Ärzten.

»Nur weil es noch nicht realisiert ist, ist die Idee einer gerechten Gesellschaft nicht widerlegt«, legte ich nach. »Es bleibt eine Utopie.«

»Eben«, sagte Claes Philip, der vom altsprachlichen Gymnasium kam, »u-topos. Ein per Definition unerreichbarer Ort. Ein Fall für die Philosophie.«

Er brachte mich mit seinem Bildungsgeplapper in Rage, und das verwirrte die Ordnung meiner Argumente.

Das Amt des Mittelstufensprechers hatte ich mit dem Wechsel in die Oberstufe abgegeben. Wer sich in der Oberstufe wählen lassen wollte, mußte das Zeug zum Schulsprecher haben, und weil das Amt Festigkeit brauchte – wir in der elften galten als zu jung – und im Abitursjahr nur schaden konnte, verengte sich der Kreis der Kandidaten auf die zwölfte Klasse. Ich sah die Wahl im kommenden Herbst vor mir und fand mich auserwählt. Vorerst hatte ich Zeit, und mir begann zu dämmern, daß ein paar Sommerwochen Schmusereien und einiges verschwitztes Nesteln an BHs nicht die Erfahrung war, die man von einem Sechzehnjährigen erwartete.

Das Nullsemester endete, die Bäume waren noch kahl, aber die Sonne stand schon nicht mehr ganz flach. Es ergab sich ein Flickenteppich von Licht und Schatten, der Gesichter wächsern aussehen läßt, als wären sie von innen illuminiert. Im blauen Dunst einer Schulhofecke, wo soeben nichts gewesen war, sah ich plötzlich ein Pausengemälde, eine Gruppe tuschelnder Figuren, die wächsernen Gesichter durchzogen von filigranen Schatten.

Gemieden hatte ich Eberhard, einen Jungen mit einem verwachsenen Arm. Nie auch nur angesehen hatte ich Dörte Peters, eine kurz geratene Puppe mit Kräuselhaaren, jünger als ich. Befremdlich gewesen war mir Hans-Jürgen, der Name schon Ausweis eines Hangs zum Ältlichen. Nur flüchtig gegrüßt hatte ich Udo Schott, dessen aschblondes Haar zu einer Matte gewachsen war, die er regelmäßig aus dem Gesicht warf, damit sie auf dem Kragen seiner Jeansjacke nahezu hörbar niederfiel. Und völlig vorbeigesehen hatte ich an seiner schweigsamen Schwester Isabella.

An einem Tag mit so einem Flickenteppich von Licht waren meine Fragen drängend; der Mittelstufendampf, der mich noch durch das Nullsemester geschoben hatte, gänzlich entwichen. Ich kam vor dem Pausengemälde zu stehen. Meine Frage, ob auch andere Große Kurse tauschen wollten, wurde gründlich und vielstimmig beantwortet. Innerhalb von wenigen Tagen wuchs ich in die Gruppe hinein.

Eberhard las russische und französische Klassiker, dicke Bücher, deren Charaktergestalten er bei Gelegenheit wörtlich zitierte. Die Lektüre hatte ihm einen gewaltigen Wortschatz mitgegeben. Dörte Peters war eine wärmende Gestalt, aber eigensinnig und ausweichend, wenn man sie ansprach. Hans-Jürgen hatte nicht umsonst die Eichenmöbelaura; er handelte auf Flohmärkten mit Antiquitäten und, wie er sich ausdrückte, »Heimatölschinken«. Davon zeugte auch der rostige verschlossene Transporter, den er einige Wochen zuvor angeschafft hatte. Udo Schott war ein Witzemacher, der die Aufmerksamkeit der Gruppe genoß, aber sich jeder verwertbaren Stellungnahme entzog. Mit seiner stillen Schwester Bella verband ihn ausschließlich die Musik. Die beiden probten zusammen Folksongs und spielten mit dem Gedanken, eine Band zu gründen. Sie behaupteten, es fehle nur noch ein Baß- und ein Banjospieler, und der Name.

Ich erzählte von meinen Zweifeln an der Gemeinschaftskunde und daß ich nicht wußte, wie ich den Großen Kurs ersetzen sollte. Es kamen Empfehlungen, wo es leicht zu schaffen sei, begleitet durch die üblichen Warnungen vor bestimmten Lehrern. Es war dann Hans-Jürgen, der von dem neugegründeten Großen Kurs in Kunst sprach und ihn gegen das Grinsen der anderen verteidigte: Es sei gleichzeitig ein Kurs in Kunstgeschichte, und warum sollten die Farben bei Emil Nolde weniger wichtig sein als die Preispolitik der OPEC?

Die Aufgabe, die Kunst aus der musischen Nische zu führen und zum vollen Fach zu machen, war Gunnar Berenson zugefallen, jener, der mich mitgenommen hatte in die Vorstellung des Schwimmbads durch Bavendam. Berenson war ein beweglicher, zierlicher Mann in den Mittdreißigern mit einem scharfen Zug, der seine feingezeichneten Lippen rahmte. Er war ein neuer Typ von Lehrer, der die Fülle seines Stoffs eingebettet hatte in einen ihm eigenen Ernst, den er auf uns übertrug. Seine gänzliche Neutralität in bezug auf Jungen und Mädchen, strahlendere und fahlere Gestalten war Teil der täglichen Aufmerksamkeit, die er der Schule widmete.

Einer von vierzehn Teilnehmern dieses Kurses war Claes Philip Osterkamp, der sich ebenfalls der Gemeinschaftskunde entledigt hatte. In Berensons »theoretischem Programm« hielt er in der zweiten Woche ein Referat über »Das Rätsel Le Corbusier« – für eine Gruppe Lüneburger Kunstschüler der Beginn einer visuellen Registratur. Der Ehrgeiz der Architekten, neue Städte aus dem Boden stampfen zu wollen, sei damals als Utopie verlockend gewesen – er streifte mich mit seinem Zehntelsekundenblick –, hätte sich aber als gefährliche Phantasterei erwiesen, wie man an den tristen Satelliten moderner Metropolen leicht sehen könne, die Plattenbausiedlungen der DDR inklusive.

Vielleicht war es Berenson, vielleicht das Etikett der Kunst, daß es mir nun nicht mehr verlockend schien, die ideologische Debatte zu suchen. Auch gab es im Kunstkurs keine Verstärkung durch die Sozialistische Arbeiterjugend. Berenson erweiterte die Frage dahin, ob denn generell das Alte zu bewahren genügen solle, und wenn man etwas Neues wage, ob nicht immer ein unwägbares Risiko damit verbunden sei. So wie die Frage gestellt war, war es nicht verwunderlich, daß die Gruppe sich, mit Exkursen in Begriffsbildung und Systematik, bald darauf einigen konnte, daß das Neue nur dann wirklich neu war, wenn es eine Kritik am Alten einschließe, daß aber in der Architektur und Stadtplanung ein Miteinander unvereinbarer Gedanken materiell zu realisieren möglich sei. Wir waren so geschmeichelt von unserer eigenen Debatte, daß wir Berensons Methode der Konfliktentschärfung nicht bemerkt hatten. So begann meine Freundschaft mit Claes Philip Osterkamp.

Obertöne

Trotz ihrer zotteligen Frisuren und kreischenden Klein-kraftträder hatten Claes Philips Kameraden den Dünkel des altsprachlichen Gymnasiums nicht abgeworfen. Zu ihnen gesellten sich wohlerzogene und ehrgeizige Mädchen, die mit der Offenheit der Oedemer Schule nicht viel anfangen konnten. Bis dahin hatte ich keine Gelegenheit gehabt, ih-nen zuzuhören, aber als ich durch Claes Philip in ihre Nähe geriet, stellte sich heraus, daß sie ihre Zukunft planten. Sie wollten Jura und Medizin studieren. Dafür brauchten sie gute Zensuren, also sprachen sie über Zensuren; sie be-kamen gute Zensuren, was sie in ihrem Wunsch bestärkte, Juristen und Ärzte zu werden. Was sie verband, waren die Belange der Schule, weshalb sie keine Freunde wurden.

Claes Philip aber mußte nachmittags die chemischen Formeln und die englischen Vokabeln nicht pauken, denn die Dinge fielen ihm zu wie jemandem, der im Goldregen steht und einen riesigen Korb dabeihat. Tage nach seinem Corbu-Referat traf ich ihn nach Schulschluß, und er fragte mich, ob ich mit zu ihm nach Hause kommen wollte. So trottete ich mit ihm den Oedemer Berg herunter, etwas überrascht, daß er offensichtlich vorhatte, zu Fuß zu gehen, eine halbe Stunde, schätzte ich, nach Wilschenbruch. Statt dessen bog er auf halbem Weg ein in die bescheidene back-steinrote Siedlung hinter den Kasernen. Irgendwann zückte er einen Schlüssel und öffnete eine weißgestrichene Holz-tür mit einem als Karo eingesetzten Glas, das vergittert war. Neben dem Klingelknopf stand auf einem Messingschild in Schmuckschrift »Osterkamp«. Offenbar hatte ich ihn ver-wechselt.

Hinter dieser Tür fand sich, was zu erwarten war, ein wohldekoriertes Scheibchenhaus mit rückwärtigem Ausblick auf ein Stück Rasen, der Textilbezug der Sofagarnitur als Ersatz für das Blumenbeet und die Küche gekachelt mit holländischen Motiven. Oben lag das Zimmer der Schwester, dessen Tür geschlossen war, gegenüber sein eigenes. In die simple Form der Dachschrägen mit Giebel nach hinten und Veluxfenster nach vorn war eine vielfach gestufte Holzlandschaft gebaut, im Wechsel mit Sperrholz, lackierten Flächen, einem massiven Bett und einer Schreibtischplatte, die auf feingliedrigen Böcken stand. Das Ganze ruhte auf einem dunkelgrauen, gerippten Teppichboden. Auf einer Kommode oder Vitrine – die Genres waren vage gehalten – stand das Modell der Oedemer Schwimmhalle. Claes Philip kostete meine Verblüffung aus und erklärte dann:

»Ein Geschenk von meinem Alten zum Abschied. Hat er bei Bavendam bestellt.«

»Die Schwimmhalle.«

»Die sowieso. Die Möbelstadt. So nennt er das.«

»Die Schränke?«

»Klar.«

»Dein Vater nennt das eine Möbelstadt?«

»Bavendam. Alle Ideen kommen von Bavendam. Mein Alter ist nur der Verstärker.«

Schon damals war klar, daß Claes Philip nicht der treuherzige Typ war, dem man Bekenntnisse entlocken konnte. So gern hätte ich ihn gefragt, wohin denn sein Vater gegangen sei, und wann, aber irgend etwas sagte mir, daß es klüger sei zu warten, bis er es offenbarte. Statt dessen machte ich eine Bemerkung über das Schachspiel, das in seinem Zimmer stand, das ungewöhnlichste, das ich je gesehen hatte. Es war in Startposition aufgebaut. Claes Philip stellte es auf die Mitte seines Betts, das mit einer Filzdecke geschützt war, mischte einen weißen und einen schwarzen Bauern in der Höhle beider Handflächen, ließ mich den schwarzen wählen, und eröffnete mit dem Damebauern. Es war nicht eigentlich eine Figur, sondern nur ein kleiner, exakt geschliffener Kubus aus Birkenholz. Zwanzig Züge später stand fest, daß ich für ihn kein Gegner war.

Er zeigte mir einige Schätze, die in seiner Möbelstadt sorgsam aufgehoben waren: fünf Jahre »Asterix und Obelix«, lückenlos; Personenlexika zu Architektur, Kunst, Film und Musik; eine Olympia-Schreibmaschine mit breitem Wagen; und die Garderobe.

Die Garderobe war noch nicht so üppig, wie sie später werden sollte. Aber sie war von einer überwältigenden Akkuratesse. Zwei Anzüge, ein formaler und einer in weinrotem Cord. Die Hemden sortiert nach weißen, cremefarbenen und gestreiften; alle gebügelt. Ein Fach für schwere, eins für leichte Pullover. Eine Nische mit kleineren Einsätzen für Gürtel und Schlipse. Und in großen, leicht rollenden Schubladen zuunterst die Unterwäsche. Was hängen mußte, hing, was liegen sollte, lag. Es war kein Platz übrig für Neues, aber es war auch nicht unbeweglich eng.

»Bügelst du das alles selbst?«

»Wenn ich einen Anfall krieg, ja.«

»Was machst du, wenn es nicht mehr reinpaßt?«

»Schmeiß ich was weg.«

»Woher wußte denn Bavendam, wie viele Hemden du hast?«

»Er hat gefragt.«

Claes Philip tat so, als wenn er das Leuchten in meinen Augen nicht bemerkte. Aber es schmeichelte ihm. Aus der Küche hatte man seit einer Weile ein Klopfen und Scheppern gehört, jetzt roch es nach Steaks. Unten läutete eine Glocke.

»Meine Mama kann Überfälle nicht leiden«, sagte er. »Aber wenn du willst, melde ich dich für morgen zum Essen an.«

Mama Osterkamp war eine Dame mit spöttischem Blick,

türkisem Ohrschmuck, hochgestecktem grauem Haar und von einem furchterregend undurchdringlichen Teint. Sie grüßte mich mit einer Nonchalance, die durchblicken ließ, daß sie sich nicht als Hausfrau im Reihenhaus sah, sondern als Repräsentantin eines größeren Zusammenhangs von Familie, Arbeit und Vermögen.

»So ist es eben«, nuschelte Claes Philip sphinxhaft in der Tür. Erst jetzt bemerkte ich, daß er einen halben Kopf größer war.

Wir hatten uns entschlossen, wenn auch mit vorhersagbar unterschiedlichem Ergebnis, die Schule nebenher zu absolvieren. Tatsächlich aber war der Blick des Schulsystems auf jeden einzelnen entscheidend für das Urteil jeweils aller anderen. Die Einskommanochetwas-Fraktion mochte etwas beschränkt sein, sie war dennoch unangreifbar, und die Bei-Drei-herum-Herde genoß die Freiheit von Outlaws – ihnen war jegliches Vergnügen gegönnt –, unter der Voraussetzung, daß sie signalisierten, auf der Verliererseite zu sein. Eigenartig, daß ich ein Jahr lang als »Sprecher« gelaufen war, eine Art politischer Führer, ohne den Bau des sozialen Körpers zu ertasten. Jetzt, wo ich mich nach Freunden umsah und nicht nach Unterstützern, wurde ich Pendler zwischen den Einsern und den Dreiern. Das Pausengemälde der Geschwister Schott bestand aus Dreiern, die sich ein Päckchen Tabak teilten. Nur Eberhard rauchte nicht und hatte bei weitem bessere Zensuren. Man mußte wohl seinen verwachsenen Arm mitrechnen, um zu erklären, warum er mit den Outlaws besser fuhr als mit den Ehrgeizigen.

Die Sonne produzierte kaum Wärme, falls sie überhaupt die Gnade hatte, sich zu zeigen, aber hinter dem Gitter entlaubter Bäume wurden die Tage länger. Die Geschwister Schott hatten ihren Baßspieler gefunden. Ein Kellerraum unter der Praxis des Vaters wurde mit Hunderten von Eierkartons abgedämmt, mit Mobiliar vom Sperrmüll jugendzentrumstauglich gemacht und auf Kosten des Elternhauses elektrisch neu verkabelt. Ein Banjospieler war nicht zu finden gewesen. Statt dessen beschlossen Udo und Bella, ihren jüngeren Bruder als Fiddler zu engagieren. Mit dreizehneinhalb Jahren hatte er drei Jahre Violinunterricht genommen und war in den Tonarten sicher. Florian war ein Junge mit rot entflammten Pausbacken und kastanienglänzenden Augen, einem Kranz zarter Locken, konterkariert durch einen blaurot schimmernden Kirschmund über einem leicht zurücktretenden Kinn; Frans Hals mit einem Hauch französischer Dekadenz.

So wie es kein Band gab zwischen den Namen Udo und Florian, waren die beiden kaum als Brüder auszumachen. Udo, wie er seine langen Haare um sich warf, hatte sich die Freiheit jener Zeit, Feminines zu imitieren, genommen, aber darunter lauerte das Mackertum. Florian lebte wie unter einem Schleier, hinter dem ihm die Welt dunkel und verführerisch erscheinen mußte. Auf der Suche nach einem gültigen Modell kokettierte ich sowohl mit der in Witz getauchten Oberflächlichkeit Udos als auch mit der unwiderstehlichen Introspektion Florians. Während ich in den Wochen, als wir den Proberaum ausbauten, den einen mit dem anderen maß, tauchte in der Mitte Isabella auf.

Übersehen zu werden hatte ihr Zeit gegeben, mir mit den Augen zu folgen, was mir bis zur Starre des Schreckens klar wurde in dem Moment, als ich sie mit aufrichtigem Interesse anzusehen begann. Wie der Ponton einer Brücke verband sie, wie ich nun erkannte, die beiden Brüder: Udo, mit dem sie fast wortlos um die Entscheidungen stritt, und Florian, mit dem sie das Geheimnis der Stillen teilte.

Es wurde später ein Mythos des Pausengemäldes, ich sei Bella in dem Moment verfallen, als sie das erste angeschlossene Gesangsmikrophon mit dem Refrain von »Who Knows Where The Time Goes« testete. Das war ein eindrücklicher

Moment, durchaus, aber die Erscheinung Isabellas hatte einige Tage zuvor stattgefunden, als der Ausbau des Praxiskellers noch in vollem Gange gewesen war. Sie hatte einen Jeansoverall getragen. Die Bärenhaftigkeit ihrer Bewegungen in dem zu groß geratenen Gesamtkleidungsstück hatten in mir Gelüste geweckt.

Während ich mir die Schott-Geschwister ordnete – es gab noch einige mehr –, hatte ich kein Auge für die anderen Figuren. Dörte Peters allerdings, die sich darauf spezialisiert hatte, Spalten im Eierkartonarrangement mit von freier Hand geschnittenen Kartonschnipseln zu schließen, war meine Verwandlung nicht entgangen. Es war die Woche, als die Proben begonnen hatten, denen wir, die praktischen Helfer, natürlich zuhören durften, ohne darin eine Rolle zu haben. Sie nahm mich an einem Schulsamstag im frühen März beiseite und lud mich ein ins Hamburger Schauspielhaus. Wenn ich wolle, könne ich die Zahnbürste mitbringen, denn es gebe die Möglichkeit, im Studentenheim ihrer Schwester zu bleiben.

Dörte konnte ein Grinsen nicht unterdrücken, als sie mich am Lüneburger Bahnhof sah, mit einem vom Vater geliehenen schwarzen Wollmantel, Bügelfaltenhosen und polierten Schuhen mit Ledersohlen. Sie selbst hatte sich kaum Mühe gemacht, dem Theaterfoyer gerecht zu werden. Wir waren mehr als pünktlich und staunten über das große weiße Haus, ich mehr als sie, denn sie kannte es schon.

Die Bühne, von schräg oben gesehen, war eine schwarze Höhle, in der durch herabgelassene und plötzlich geöffnete Gazevorhänge künstliche Orte und Zeiten geschaffen wurden. Selbst das Wispern von Schauspielern drang wie übernatürlich aus der Schwärze bis in den Rang. Ich hatte mich an Dörtes Nähe gewöhnt und sah sie manchmal verstohlen von der Seite an. Ihr Profil war scharf geschnitten im Widerschein des Bühnenlichts.

Welches Stück sie selbst, Dörte, zur Aufführung brachte, begriff ich nicht bis zum letzten Akt. Im Mittelteil ihrer Inszenierung hatte sie mich in ein italienisches Lokal in der Langen Reihe mitgenommen, wo wir uns gegenübersaßen. Einmal nahm sie meine Hand, ruhig und bestimmt, und ließ sie wieder gleiten.

Daß Dörte Peters Gedanken lesen konnte, habe ich erst später begriffen. Nur der noch nicht Initiierte wußte nicht, wie ihm geschah. Sie redete mir im Lokal das zweite Bier aus, ging mit mir zwischen den Alstern über die Brücke, und ich hörte auf dem Pflaster das Echo meiner Ahnungslosigkeit, die Schritte meiner Herrenschuhe.

»Zieh das aus«, sagte sie. »Überhaupt, zieh diese albernen Sachen aus.«

Der Teppichboden war in bedauerlicher Weise abgenutzt. Es gab Ordner und Bücher im Regal, das dennoch halb leer stand. Dörte richtete die Schreibtischlampe auf wie einen Scheinwerfer und zog den speckigen Leinenvorhang davor, dessen gedämpfter Orangeton das Licht verwandelte in einen stillgestellten Sonnenuntergang. Sie ging ins Bad; ich hörte sie pischern. Erst jetzt wurde ich gewahr, daß ihre Schwester nicht nur nicht da war, sondern auch nicht kommen würde. Sie hatte das Zimmer für diesen Zweck hergegeben. Als Dörte zurückkam, hatte sie einen Bademantel an. Sie machte eine Kopfbewegung:

»Du bist dran.«

Ich ging auf Socken ins Bad, zog mich aus und sah mich in einem Spiegel an, dessen Befestigungshaken das gelackte Innere der Tür durchbohrten. Wieso, dachte ich. Warum jetzt sie? Und so groß, wie die Furcht war, war die Furcht noch größer, die Sache mißzuverstehen. Ich wusch mich, warf das gebügelte Hemd über, schloß zwei Knöpfe in der Mitte und zog die Unterhose hoch, gelber Frottee. Ihr knapper Schnitt konnte die Vorfreude nicht verbergen.

Als Junge war ich eingezwängt zwischen zwei Symbolen: dem Wunschgraffito von Rute und Sack auf den Toiletten und den weitverbreiteten Aufklebern der damaligen Frauenfraktion, die den nach oben weisenden Pfeil des biologischen Signets abgeknickt und durchgestrichen hatten, unlogisch die doppelte Negation, aber um so tiefer der Eindruck.

Das Zimmer war nicht nur warm, es war gründlich geheizt. Aus einer unbestimmten Ferne drang der Baß eines Reggaes durch die Wände. Dörte saß im Bademantel auf dem Bett. Sie streckte ihre Hand aus. Die Matratze gab nach wie ein Wackelpudding. Konzentriert sah sie mich an, streichelte über mein Gesicht wie über das einer Statue, öffnete die zwei Knöpfe und warf mein Hemd bis auf meine Schultern zurück. Da hing es wie ein schlaffer Flügel. Der Knüppel aber zeigte sich schon im Gummibund, kopflos der Kopf. Ein Zurück gab es nun nicht mehr, und ich ließ mich treiben.

Sie warf den Bademantel ab und saß nun vor mir. Die künstliche Sonne zeichnete ihren Körper dunkel und schimmernd; ihr Lockenkranz leuchtete. Was an ihr vorher untersetzt gewirkt hatte und puppenhaft, war übergegangen in ein ruhendes Ganzes. Sie saß mit dem Po auf den Fersen und hatte ihre Knie leicht gespreizt. Genauso hatte ich schwarze Frauen auf Postern gesehen, Poster, die Studenten hatten.

»Du siehst aus wie Angela Davis«, flüsterte ich.

»Ich weiß.«

Sie nahm meine linke Hand – es war die linke, mit der man weniger kann, aber mehr fühlt – und führte sie ins Dunkle. Bei aller Propaganda für die besonderen Wünsche der Frauen hatte ich mir den weiblichen Körper als Variante des männlichen gedacht. Aber hier war etwas schlagend Neues; wenige Sekunden und man konnte sich nicht mehr vorstellen, ohne das zu leben.

Wie sie mich als Kameradin verführt hatte, fand sie mühelos in diese Rolle zurück. Während ich noch überlegte, was nun zu tun sei, hatte sie schon entschieden. »Protz lieber nicht damit herum«, träufelte sie mir ein, bevor wir uns am nächsten Tag am Dammtorbahnhof trennten. Es war wie ein Bann, und er traf. Sie tauchte unter im Gefieder des Entleins, das sie in Kleidern war, ohne Tempo, zu kurz. Statt mich jedoch zu meiden oder zu umwerben, rückte sie näher an mich heran, mit einer rauhen Sorte von Vertrautheit. Innerhalb der nächsten Wochen wurde mir klar, daß sie zu mehreren Jungen derartige Beziehungen unterhielt – sogar zu Eberhard – und daß diese Jungen tatsächlich ihre Freunde waren. Nicht einer war darauf verfallen, sie als Liebhaberin binden zu wollen. Andererseits, ihre Laune als göttlich Belohnende vorausgesetzt, war nichts ausgeschlossen. Sie war für die Horde der von ihr Initiierten das personifizierte Versprechen.

Der eigentliche Schatz in Claes Philips Möbelstadt, wie sich beim zweiten Besuch gezeigt hatte, war eine Sammlung von Magnettonbändern, auf denen er nächtliche Jazzprogramme mitgeschnitten hatte. Sorgsam beschriftet und in einer Kartei alphabetisch gespeichert, hatte er eine Audiothek zur Geschichte des Jazz bereit, die er nicht nutzte, obwohl er sie ständig ergänzte. Es schien vor mir niemanden gegeben zu haben, der sich dafür interessierte, und selbst Claes Philip, der nun Gelegenheit hatte, ganze Nachmittage mit kundigen Griffen am Uhertonband den DJ zu geben, war von seinen eigenen gehüteten Quellen überrascht. Wir hörten uns durch die großen Bigbands und beschlossen, das wäre alles spießig, probierten es mit dem Bebop und fanden, Gillespie sei vor allen anderen der Vorzug zu geben, lauschten entlegenen Takes des frühen Miles Davis Quintetts und bedauerten sie für ihre schroffe Klangtechnik, von der wir glaubten, ihr Mangel wäre der Monokanal.

Entgegen der Absicht des Archivs enfalteten die Tonbänder ihre eigene Dynamik: Man ließ sie laufen. Wir stießen zu selteneren Interpreten vor, Don Ellis, Don Harris und Don Cherry, verzwicktes Zeug zwischen akademischem Aufruhr und synkopisiertem Blues. Im Schwarzwald gab es ein Studio, in dem halbwegs vergessene Genies für Tage versteckt und mit kristallklaren Aufnahmen ihres Werks katapultiert wurden in die Gegenwart. Eine der magischen Sprecherstimmen erwähnte, daß die amerikanische Gesellschaft, die alle diese großen Musiker hervorgebracht habe, sich für diese nicht mehr interessiere. Das Verstummen von Miles Davis wurde damit in Zusammenhang gebracht. Auf diese Weise wurden wir Teil einer deutsch-europäischen Mission, die mittels ihrer Wachsamkeit rettete, was zu retten war, und mehr noch, hatten wir teil an einem Kult, der uns den Musikern näher zu bringen schien.

Es konnte nicht extrem genug sein: Als Albert Mangelsdorff kam, um auf seiner Posaune ein Solokonzert zu spielen, waren wir die ersten, die Konzertkarten hatten. Bei dieser Gelegenheit merkte ich erst, daß Claes Philip keinen Schallplattenspieler besaß, so daß ich mir die Soloplatte Mangelsdorffs kaufen und ihn zu mir einladen konnte. Sein Reihenhaus war nicht weit weg, aber dennoch mußte er das Viertel wechseln. Wir wohnten ungleich viel prächtiger als seine – wie mir langsam klargeworden war – geschiedene Mutter, seine Schwester und er. Andererseits war sein Zimmer im Vergleich zu meiner Dachhöhle ein staubfreies Studio; den Ernst an der Sache brachten meine brüchigen Korbsessel gewiß nicht zum Ausdruck. Weil ich sonst keine Jazzschallplatten hatte, hörten wir uns durch den Bestand des Singer-Songwritertums, den mein Bruder mir, um das Beste gefleddert, hinterlassen hatte. Claes Philip nannte »Sweet Baby James« eine Schlagerplatte und Steeleye Spans

»Gaudete« Katholikenkitsch. Ich hatte die Platten arglos übernommen und oft gehört.

Es gab offenbar zu Höherem strebende Menschen, die ihr Leben einer »komplexen«, wie Claes Philip sich ausdrückte, Musik widmeten, und gewöhnliche Menschen, die zum Vierviertaltakt auf Dorffesten tanzten. Allein, um ihm zu gefallen, hätte ich sofort für die ersten Partei ergriffen, was aber den Abschied von der Band-in-spe und ihrer Crew bedeutet hätte; das war unmöglich. Schließlich war Dörte Peters kein Carla-Bley-Fan und hatte mir dennoch etwas gegeben, das größer war als alles, was der Norddeutsche Rundfunk nach zweiundzwanzig Uhr jemals würde senden können.

Mangelsdorff brachte uns wieder zusammen, mit seinem großen Atem, seinem Pathos und seinen Scherzen. Das Raffinement der gestapelten Akkorde und Obertöne, allerdings, wurde auch zusammengehalten von gefälligen Melodien, wie ich bei Gelegenheit feststellte: Wir stritten über Musik, Claes Philip und ich. Er sagte »hochinteressante Dissonanzen« und ich sagte »ein Refrain, der sitzt«. Er sagte »abgründige Experimente«, ich sagte »ein wirklich persönlicher Song«. Ich erwähnte die Schwierigkeit der neugegründeten Band, einen angemessenen Namen zu finden, der eine gewisse Bindung ans Keltische nahelegen sollte. Der einzige Kelte, von dem er wisse, sei ein mittelalterlicher Dichter namens »Täliéssin« gewesen, nach dem der Architekt Wright ein Anwesen benannt habe. Ich machte mir eine Lautschriftnotiz, um die Betonung nicht zu vergessen. Bei seinem nächsten Besuch in meiner Dachkammer spielte ich für ihn »So long, Frank Lloyd Wright«, aber er fand »das Gesäusel unerträglich«. Die Degenhardt-Platte wurde niemals gespielt, wenn er da war, nicht wegen der Musik, sondern wegen der DDR. Da kannte er keinen Spaß.

Löschung

Bella, in dem Sommer nach der elften Klasse, leuchtete, sobald sie auf der Bühne stand, aber wer sie gesehen hatte, erkannte sie in der Menge nicht wieder. Sie versteckte sich hinter ihren Haaren, sie sagte meistens nichts, und wenn es unvermeidbar war, ja oder nein zu sagen, sagte sie meistens nein.

Mit dem Beschluß, sich nach einem keltischen Barden »Taliesin« zu nennen, war die Gruppe gegründet. Ich war Zeuge ihrer kuriosen Anfänge. Es gab Fehlstarts mit dreierlei Methoden, den Takt zu zählen. Es gab verstimmte Saiten, brachiale Störgeräusche aus Tonabnehmern und Brummtöne im Baßverstärker, die sich nicht beseitigen ließen und dann rätselhafterweise verschwanden. Es gab Streit über das Ziel der Band. Florian, fast noch ein Kind, wollte so schnell wie möglich Taschengeld verdienen: »Schulfeste und so. Oder Hochzeiten. Das bringt fünfhundert Mark, wenn man ein bißchen Glück hat.« Udo wischte die Träumerei seines kleinen Bruders beiseite: »Mensch, wenn wir es auf die Clubschiene schaffen, dann sieht das schon ganz anders aus. Einmal als Vorgruppe auf'm Open-air-Festival, und du kannst dir zehn Hochzeiten sparen.«

Da waren sogar die älteren Geschwister sich einig: Sie wollten eine eigene Art von Musik. Aber sie waren sich uneins, welche. An einem Frühlingsnachmittag jammten sie sich ein rustikales »Whiskey In The Jar« zusammen und fielen danach in einen Moment des Schweigens, zusammengehalten vom Suchen des Bassisten nach einer blubbernden Phrasierung. »Das wird unsere Hymne«, beschloß Bella in einem ungewöhnlichen Anfall von Zukunftsfreudigkeit. »So ein Schmus«, konterte Udo. »Das spiel ich nie wieder.«

Ich war kein Leser des Rolling Stone und wußte nichts

über Bands. Niemals wäre ich auf die Idee gekommen, daß sich fast sämtliche Gruppen um eine Achse drehen, die aufgehängt ist an der Polarität zweier Musiker. Der Gitarrist ein Witzbold und Aufschneider, die Sängerin wortkarg und mit einem Tropfen Bitterkeit: Taliesin hatte keinen schlechteren Start als viele Bands, die es weiter gebracht haben.

Die Geschwisterband wäre sofort geborsten ohne die Non-Schotts, wie alle genannt wurden, die zur Familie der Band gehörten, aber nicht zur Familie selbst. Das waren Dörte, Henning, Hans-Jürgen und ich.

Henning war ein dunkler Typ mit einem ungekämmten Vollbart. Er, der bereits in Hamburg Musik studierte, war weit entfernt von den Ideen der Geschwister, was eine Band betraf. Weder wollte er auf Hochzeiten spielen, noch sah er in einer Bühnenband das Portal zu einer glamouröseren Zukunft. Es war eher ein Versuch, dem Kunstwollen der Akademie entgegenzuwirken. Unter dem Vorwand des Transportproblems ließ er seinen Kontrabaß in Hamburg und stöpselte in Lüneburg einen Fenderbaß in den PA.

Er stammte aus einer Familie am Rand der Heide, zu der er an den Wochenenden zurückkehrte. Henning hatte die Festigkeit der Bauernkinder, von der man so schwer sagen kann, ob sie eine der Seele oder des Körpers ist. Mit seiner Wahl für den E-Baß schien er Udo zu stärken, aber er hatte sein Ohr bei Isabella. Isabellas Stimme ruhte auf einem warmem mittleren Register, mit einem leichten Hauch. Das konnte sie nach oben schrauben, und ab einer bestimmten Note, die mit der Tagesform wechselte, wurde ihre Stimme hell, kindlich und schmal. Henning probierte auf dem Baß die sonoren Brummer, die stabilen mittleren Schrittfolgen und ein kleines Arsenal von Flageolettetönen, die er so verknüpfte, daß Bellas Stimme zu glänzen begann wie Schmuck auf Samt, schwarz, tanngrün, royalblau oder kaminrot.

Die Wochen vergingen mit Leichtigkeit, nachdem ich

entdeckt hatte, daß ich die Aufgaben eines Physikkurses meistern konnte vor dem Hintergrund der Proben. Isabella und ich hatten uns beäugt und befingert. Ich drängte nicht, weil Männer nicht drängen sollten, und Isabella hatte einen Plan, den sie nicht verriet. In meinem Dachzimmer, während ich die Schallplatten meines Bruders abhorchte auf ein Repertoire für Taliesin, hatte ich als Onanist ungewöhnlich glückliche Tage zwischen Ostern und Pfingsten.

Der Proberaum hatte einen Schallplattenspieler bekommen, der an den großen Verstärker gehängt wurde. Da wurde die Musik, die ich mitbrachte, laut und mächtig. Die Harmonien falteten sich auf, der Baßton tanzte durch den Raum, und die Stimmen der Sänger verbanden sich mit unseren Stimmen. Umgekehrt waren die Defizite der jungen Gruppe schmerzhaft hörbar, wenn über dieselben schwarzen Boxen die ersten Proben der nachgespielten Songs liefen. Florian stand mit leicht geöffnetem Kirschmund herum und fand seinen Einsatz nicht. Nach zwei Stunden Probe fand Udo jedesmal, daß es Zeit wäre für »eine Tüte«, und Isabella, die das Gekicher nicht ausstehen konnte, sank in sich zusammen. So verging eine Woche, die ich nur durchhielt, weil Bella sich von mir trösten ließ, wenn der Rest der Familie Schott verscheucht war ins Fernsehprogramm. Der Probekeller, auch weil er so hieß, war der ideale Ort für transitorische Rituale. In Jeans mit nacktem Oberkörper, auf einer groben indischen Baumwolldecke liegend, rauchte sie eine selbstgedrehte Zigarette und hatte eine Falte in der Nasenwurzel, in der sich Düsternis und Skepsis gute Nacht sagten. Ihre knappen, milchigen Brüste mit ihren rosa Spitzen glänzten im Schein einer Kerze als leibhaftiger Ausdruck ihrer beiden Stimmlagen, Kind und Frau zugleich.

Kassettenrekorder nannte man damals längliche Riegel in schwarzen Kunstlederhüllen, deren Bedienungstastatur an einem schmalen Ende herausschaute wie das Keyboard eines Synthesizers. Auf so einem Ding aus Japan hatten wir die Versuche der zweiten Woche aufgenommen. Am Wochenende kam Henning dazu, dessen schwere Cordhosen nach Stall rochen und auch so aussahen. Anders als wir, die wir über den Probekeller nicht hinausgeschaut hatten, war er zerknirscht über Meinhofs Selbstmord in einem schwäbischen Gefängnis. Er hörte sich unsere Bänder an, lieh sich meine Schallplatten für den Freitagabend und kam am Samstagnachmittag mit der Transkription. Am Sonntag klang das Material glatt. Am Nachmittag nahm er sich Bella vor, die er drängte, dem nachzugeben, was er einmal »die eigene Stimme« und ein anderes Mal »die unverwechselbare Phrasierung« nannte. Die Brüder hatten sich zurückgezogen, und ich schrieb keine Physikformeln mehr. Ich verfolgte das tête-à-tête. Henning sprach zu ihr mit sanfter Autorität, und er mußte zu ihrem Inneren gesprochen haben, denn sie löschte innerhalb weniger Stunden die Schleier von Affektiertheit aus ihrer Stimme, die aus der Kopie von Studiostimmen herstammten. Henning entdeckte die Zeitlosigkeit ihres Tons. »Du darfst nicht verführen«, mahnte er, ein Satz, dessen musikalischen Sinn ich erst erfaßte, nachdem ich mich durch das erotische Mißverständnis gequält hatte, in einem brennenden Zwiegespräch mit mir selbst.

Die Kondome in meiner Hosentasche wurden langsam alt. Ich bewahrte sie ohne den kleinen Karton auf, damit ich sie nicht aus Versehen statt eines Streichholzbriefchens herausziehen würde. Das Verpackungsplastik war von der täglichen Massage stellenweise milchig geworden, und die beiden schmalen Gummiringe in der trüben Flüssigkeit sahen nicht mehr vertrauenswürdig aus. Bella entdeckte sie an einem Abend in meinem Dachzimmer. Sie sagte, und es durchfuhr mich wie ein Stromschlag: »Bald.« Bis in den Sommer knirschte ich im Schlaf mit den Zähnen. Ich hatte Muskelkater im Kiefer, wenn ich erwachte.

Der erste Auftritt von Taliesin kam beim Sommerfest am Oedemer Berg. Noch waren wir die Vorgruppe, ich – es hatte so kommen müssen – am Mischpult, was wichtig aussieht. Den Aufbau und den Abbau machte die Band mit Hilfe von Dörte und mir, und Udo, der Führerschein zwei Tage alt, mit Hans-Jürgens Lieferwagen. Während die zweite Gruppe spielte, luden wir das Equipment schon wieder in den Probekeller des verlassenen Hauses, denn die Eltern waren mit den jüngeren Geschwistern schon unterwegs in die Sommerferien. Zum ersten Mal war die Gruppe versöhnt, glücklich nach dem ersten Gig. Bella überredete die Brüder, allein zum Fest zurückzufahren – Dörte hatte sich in weiser Voraussicht verzogen –, und nahm mich mit in ihr Zimmer.

Es war ein schmales Zimmer mit einem Fenster, eher eine Scheibe in einem Schlaftrakt als ein Raum in einem Haus. Wo das rote Plastikfurnier des Schreibtisches aufgegangen war, sah man darunter den Preßspan. Ein Kleiderschrank fraß auf, was an Volumen übrig war. Um den Kopfteil des Bettes, der ausgelegt war als Konsole, waren Puppen und Kuscheltiere aufgebaut. Sie sahen, trotz der Menge, einsam aus. Sie waren verstaubt.

Bella hatte die Aura der Bühne und klebrige Haut von der Schlepperei. Sie roch nach Lambrusco, und ihre Pupillen waren riesig und schwarz. Die graue Verhangenheit des Pausengemäldes hatte sie getauscht gegen etwas Schrilles und Maßloses, das sie mir allein zu zeigen beschlossen hatte. Obwohl sie sich nun berühren ließ, als bräuchte es vier Hände, sah ich sie noch immer vom Mischpult aus, wo die elektrische Energie der Bühne zusammenläuft. Ich war durchtränkt von ihrem dunkel grundierten Gesang, in Passagen plötzlich rauh, auf dem Sprung in den Rock 'n' Roll. Während ich am Mischpult diese Stimme retten mußte gegen das Gebaren der Band, gegen einen gerade erst angeheuerten Schlagzeuger ohne Gefühl für Pausen und Auslassungen, sah ich zugleich den Triumph des Augenblicks und die ungezügelt begehrlichen Blicke anderer Jungen, die sich an sie hefteten. Der Nachhall des Auftritts ließ sie schillernd und mondän erscheinen und nicht als enthemmtes, blasses Mädchen auf einem schmalen quietschenden Bett aus weißem Kunststoffurnier, das seine Tage hatte. Sie zog an dem blauen Faden und legte die rot durchtränkte Watte zu Füßen eines bis zur Haarlosigkeit geliebten Teddybären. Ich hatte viel und heimlich darüber gelesen, was Frauen »eigentlich« wollen und Männer, gezähmte Raubtiere, dafür tun können. Es war alles Unsinn. Sie drückte mich ins Laken, sah durch mich durch und senkte ihr blutiges Dingsda auf meinen einsamen Stengel, ein elektrisierender Einschluß, der – anders als in meiner Phantasie, in der die Eichel ein Auge gewesen war – nicht nur keine Gestalt hatte, sondern schwarz war, ortlos, der Ohnmacht nicht mehr fern. Jetzt erlosch der Nachhall ihres Bühnengesangs. Was dann kam, ließ an das erste Jahr eines Menschenlebens denken, insofern Regungen erinnerbar werden, bevor sie einen Namen bekommen. O ja, ganze Listen von Kränkungen werden auf einmal gelöscht. Für die Novizen ist dies das Geheimnis, das sie schützen müssen, sogar vor sich selbst. Für gütige Duldung und üble Nachrede sind sie blind und taub.

Ohio

An einem langen Vormittag hatte sich Tom auf das blaue Linoleum seines Schreibtisches sinken lassen, so wie die amerikanischen Studenten in der Bibliothek, die an ihren Plätzen dösten oder schliefen. Neben der Kugelkopfschreibmaschine lag ein kleiner Stapel von Typoskripten, manche der Blätter nur halb beschrieben, anderes drei oder vier Seiten lang, unpaginiert, vieles davon in Halbsätzen und Aufzählungen, sämtlich kursiv geschlagen mit dem typographischen Hammer der IBM, Buchstaben, deren Gestalt auf dem Papier silbern glänzte. Da war die »Notiz über Isabella als Sängerin«, die »Erinnerung an Lüneburg als mittelständische Idylle«, die »Notiz über Claes Philip«, die »Notiz zu Sandy«, der »Versuch, das vernacular zu begreifen«, das »Protokoll über St. Louis als Flächenstadt«; die »Notiz über die Schwierigkeit, amerikanischen Studenten die Nachteile der Fußgängerzone zu erläutern«.

Der Winterwind blies so heftig ums Dorchester, daß die Hausverwaltung die Kästen der Klimageräte mit schweren Lagen von durchsichtigem Plastik eingeschlagen und abgeklebt hatte, ein überraschender Angriff auf die Wohnlichkeit der Räume. Tom, eingelullt vom Stöhnen und Böllern der Heizung, richtete sich auf im schweren Drehstuhl, dessen Lehne zäh nachgab, zog die brummende Schreibmaschine zu sich heran, ließ den Automatismus ein Blatt Papier einziehen und schrieb:

Liebe Biga,
mehr als sechs Wochen weg vom Netz und kein Gedanke an CSS, das hat mir gutgetan. Man hat uns hier ein völlig altertümliches Apartment in einer Art Hotelhochhaus gegeben, wo fast nur alte Leute wohnen, Leute mit Geld, natürlich.

Alle Fenster gehen nach Osten, so daß man den Eindruck hat, nach Europa zurückzuschauen, obwohl auch bei bester Sicht nur ein Stück von Saarinens Bogen auftaucht, gewissermaßen statt Horizont.

Ich habe die Zeit genutzt, um ein bißchen in mich hineinzuschauen, wobei ich an unsere Gespräche denken mußte, in Hamburg, vor so vielen Jahren. Stell Dir vor, nun hat der sogenannte Ruf auch mich erreicht: Die Washington University bietet mir – na ja, die Sache ist ehrlich gesagt noch nicht ganz 100 %ig – eine Professur in »architectural management«. Deine gewissen Enttäuschungen mit den Möglichkeiten der Lehre stehen mir durchaus vor Augen – allerdings ist eine amerikanische Hochschule nicht so ein öder Schuppen wie eine deutsche TU. Die Architektur besetzt hier die Hälfte eines Akademiebaus und ist ausgestattet wie CSS (manchmal frag ich mich schon, was die überhaupt von mir lernen könnten!).

Elise ist natürlich entsetzt, wobei mich ihr Widerstand durchaus auch amüsiert, oder jedenfalls anfangs amüsiert hat. All die Klischees der Europäer gegenüber Amerika – wir sind ja so schrecklich kulturell inmitten unseres Nachkriegsbarocks. Was mich allerdings wirklich wundert, ist eine bestimmte Wendung in ihrer Kunst. Zur Zeit hat sie einem armen Wicht, der sein Elternhaus mit angeschlagenem verkäuflichen Mobiliar zugestellt hat, das ganze Haus leergeräumt. Sie läßt zweihundert Stücke von Studenten in Polyurethan nachschnitzen und teils »echt«, teils »abstrakt« bemalen. Soweit ist es noch ihre Art von halb-realistischer Skulptur, die man kennt. Das Merkwürdige ist, daß sie den armen Kerl auch interviewt hat und offenbar vorhat, ihn als Figur oder Charakter in ihre Ausstellung in der University Gallery einzufügen – die Kuratorin dort hat ein Vorwort zu einem Katalögchen verfaßt und von Elise Katz' »turn toward a political content in sculpture« geschrieben. Mir läuft

es kalt den Rücken runter. Aber ich habe mich in die Deu-
tung nie eingemischt und werde es auch jetzt nicht tun.

Ansonsten ist die Lage inzwischen eher ernst, weil ich die
Zeit gekommen sehe, bei CSS auszusteigen, überhaupt mei-
nen Weg in der Architektur, der mir eher vorkommt wie ein
riesiger Umweg, zu überdenken. Merkwürdig, daß mich
das Nichtstun und Herumfahren in der großen Stadt dahin
gebracht hat. Elise arbeitet achtzehn Stunden durch und re-
det schon qua Müdigkeit kaum noch ein Wort zu mir. Au-
ßerdem hat sich Sandy angekündigt, meine Lüneburger
Tochter, die sieben Wochen vor dem schriftlichen Abitur die
Schule schwänzen will, um ihren zur Zeit amerikanischen
Dad mit ihrer Gegenwart zu beglücken, den ersten (oder
wahrscheinlich dritten) Boyfriend im Gepäck.

Falls Dir zu dem allen etwas einfällt, laß von Dir hören.

Herzlich, Thomas

Danach, einer plötzlichen Eingebung folgend, packte er
seine Sachen für vier Tage, rasierte sich, kaufte bei
Schnuck's für vier Tage ein, füllte damit den Kühlschrank
auf, schrieb eine Nachricht an Elise und fuhr, es wurde
gerade dunkel, über die Autobahnbrücke nach Illinois und
nördlich über das Land vier Stunden geradeaus, um am
Abend in den Hof eines Motels zu rollen, die turmartige
Schnauze des PT Cruisers immer vorweg, die sich in den folgenden zwei Tagen durch die Schluchten Chicagos schnüf-
felte, als sei dies ihre Bestimmung gewesen. Er nahm gleich
am Morgen die Führung durch Frank Lloyd Wrights Haus
und Atelier – und um die Geschichte des labyrinthischen
Baus zu begreifen, die zweite Führung auch. Er bewunderte die goldbraunen Wohntürme am Lake Shore Drive, freute sich an den eleganten Zwillingstürmen von Marina City,
bestach am Abend den Nachtwächter des Monadnock, um
nach dem Feierabend der Büros und der Schließung der

Geschäfte die Passage zu begehen und die Aufzüge zu bewegen. Nachts schaute er vom Hancock Center auf die erleuchtete Stadt, scharf geschnitten gegen die Schwärze des großen Sees. Der nächste Tag war der Architektur Louis Sullivans gewidmet, bis zum frühen Nachmittag, als sich Tom, kurz vor seiner Abreise, verpflichtet fühlte, die Museen eilig zu durchschreiten, das Art Institute, wo er perplex vor dem gigantischen Panorama eines bewölkten Himmels stehenblieb, und das Museum für Zeitgenössische Kunst, das hätte er eigentlich wissen müssen, ein Spätwerk von Niehuus – auf der Basis des Quadrats –, dessen Videokammern und Installationen, alles vom Jet-Set europäischer und New Yorker Künstler, er flüchtig zur Kenntnis nahm.

Am späten Abend schmückte der PT Cruiser ein halbwegs verfallenes Wegrandmotel südlich von Detroit. Am Mittag des dritten Tags erreichte er Chillicothe. Die First National Bank, wo Missis Wehba gearbeitet hatte, stand leer. Südlich der Stadt, entlang der Bundesstraße 51, war ein Gewerbegebiet errichtet worden, das sich in die Landschaft fraß. Die Farm von Onkel Alistair war dadurch abhanden gekommen, nicht einmal Reste zu finden. Das Haus der Gastfamilie stand leer, die Nachbarn kannten den Namen nicht. In Yankeetown fand Tom schließlich einen Cousin, der neun gewesen war im Jahr seines Aufenthalts. Er begrüßte Tom freundlich, als dieser sich vorstellte, aber konnte sich nur noch vage an ihn erinnern. Jason hatte in der örtlichen Asbestindustrie gearbeitet, war zuerst krank und dann arbeitslos geworden; sein Vater, für Tom Onkel Curt, war als Witwer in seiner Sägerei unter ungeklärten Umständen verbrannt. Am Abend fand er Ramona, die fünfundzwanzig Jahre zuvor heftig seine Triebe wachgeküßt hatte. Sie hatte sich vor Sorgen fett gefressen; ihr Gesicht war vom Alkohol entstellt. Tom tauschte mit ihr Artigkeiten aus, ohne die Erinnerungen anzusprechen.

Er rollte durch das kahl bewaldete Hügelland des südlichen Ohios und entdeckte am Landstraßenabzweig von Knockemstiff ein Plakat, das eine »30+«-Diskothek ankündigte. Tom erkannte sogleich den Veranstaltungsort und ließ den PT Cruiser die Staubstraßen beschnuppern, bis zu der Halle, die House of Timber hieß. Von den hundertfünfzig Gästen, die in den drei Stunden dieses Abends die alte Lagerhalle aufsuchten, meinte er mindestens zwanzig Gesichter zu erkennen, aber niemand sprach mit ihm, und er gönnte sich das Vergnügen, mit niemandem zu sprechen, und ließ sich statt dessen gehen in den kristallklaren Balladen von John Denver, die das Intro waren, in Hot Chocolate und Captain & Tennille und den Doobie Brothers, und das konnte ein langhaariger Diskjockey dehnen bis in die Nacht, mit Mike Oldfield als Chill-out. Tom war auf phantastische Weise einsam, auf die Weise, die einen herumtreiben läßt im Zeitkanal wie ein Insekt; der zu Ende gehende Tag als Ende des Lebens. Er setzte nach Mitternacht ein Vorderrad des Cruisers in die abschüssige Seite eines Sandwegs, die er nüchtern vielleicht einen Graben genannt hätte. Er sah sich als namenlosen Helden in einem phantastischen Abenteuer.

Elises mittelständischer Betrieb, vierundzwanzig Stunden vor der Eröffnung, lief auf Hochtouren, als Tom, den Stupor der langen Fahrt in den Augen, zurückkehrte. Ihre Autoflotte, angewachsen durch zwei Kombiwagen aus den Glanzzeiten von General Motors, war permanent im Einsatz zwischen dem Atelier am Big Bend und der University Gallery. Dort, unter grellen und noch nicht gerichteten Lichtern, stand Elise hohlwangig bei ihrer Crew, die dabei war, einen Klapptisch, eine Stehlampe und einen Barhocker verzahnt in das Ensemble einzupassen, dessen Ordnung bis ins Detail von Ed stammte, wenn auch die Objekte selbst federleichte Imitationen waren. Sogar Ed selbst, die Haare artig gescheitelt und die schwere Brille schief im Gesicht, hatte man in täuschender Manier nachgebildet, wie Tom glaubte, bis die Skulptur sich in Bewegung setzte, auf ihn zutrat und raunte:

»This is just totally nuts, don't you think?«

Tom, von Elise aus der Distanz winkend begrüßt wie ein alter Bekannter, folgte Ed durch die Ausstellung, die der aufgeregt und beunruhigt zugleich abschritt. Immer wieder stellte er sich vor dem flachen Bildschirm auf, dessen Videoschlaufe in weit ausholenden Schwenks sein komplettes Inventar zeigte, während er sich aus dem Kopfhörer sprechen hörte:

»Dies ist das Haus, in dem ich aufgewachsen bin. Ich bin kein unglückliches Kind gewesen, ich und mein Bruder, auch wenn wir zu Weihnachten nicht alles bekamen, was wir uns wünschten. Nachdem mein Bruder in Vietnam gefallen ist, da wohnte ich schon längst nicht mehr hier, haben sich meine Eltern getrennt. Warum, habe ich nie verstanden. Mein Vater hat dann in einem Reihenhaus hinter dem Heman Park gewohnt, nichts Besonderes. Meine Mutter ist zuerst verschieden, und seitdem wohne ich wieder hier. Mein Vater starb am zehnten September letzten Jahres, er hat Glück gehabt, ich meine, er hat dieses Desaster knapp verpaßt. Ich habe aus seiner Wohnung alles hierher gebracht, was man verkaufen kann. Es ist eng geworden. Dies ist alles, was mir geblieben ist.«

Auf der Rückseite der Wand, im kleineren Ausstellungsraum, fand sich ein Bildschirm gleicher Machart, auf dem Eds Portrait erschien, eine Schlaufe von fünf Sekunden. Tom setzte sich die Kopfhörer auf und hörte:

»Aber das dürft ihr nicht verwenden.«

»Aber das dürft ihr nicht verwenden.«

»Aber das dürft …«

Erst jetzt begriff er, daß Elise Ed als Junggesellenfigur

gewählt hatte, um die abwesenden übergewichtigen Frauen, vertreten durch das gewaltige Wandstück psychedelischer T-Shirts, gegen ihn abzusetzen. Ihre Präsentation unverkäuflicher Zeichnungen hatte sie nach dem männlich-weiblichen Schema organisiert, in der männlichen Serie eine Studie von Achselhaaren, die Erektion des Beschnittenen, das Detail eines Adamsapfels und eine gespannte Ferse; in der weiblichen Serie die Nahsicht eines Pickels, das Innere einer Hand, die Stelle zwischen den Brüsten und das Auge eines Kindes – das war Sandy gewesen, mit neun Jahren.

Schließlich standen sie sich im Foyer der Kellergalerie gegenüber, Elise wie ein Röntgenbild ihrer selbst und Tom wie sein eigener Schatten.

»Sehr, sehr gut«, sagte Tom, wie so oft zuvor.

Sie lächelte geistesabwesend.

»Wie ist Ohio?« fragte sie.

»Ein Traum«, sagte Tom.

Noch nichts entschieden

Das Mädchen, das längst Sandy Bethgen hieß – der Name des Mannes, der sie mit beiden Händen aus dem Leib ihrer Mutter gezogen hatte –, war mir nahezu fremd geworden. Zufall war es nicht, daß ich für den Sommer Neunundachtzig einen Ort gesucht hatte, der so fern war vom Schwarzweiß der Calvin-Klein-Reklamen wie irgend möglich, den Südstrand einer dänischen Insel. Wahrscheinlich wollte ich Sandy etwas abgeben von den Farben meiner blonden, gebräunten, sozialliberalen Jugend.

Sandy war froh, für eine Weile ohne die Konkurrenz ihrer halben Geschwister zu sein, und sah erwartungsvoll auf den Horizont, an dem die Küste Fehmarns dunstig wurde und flach, und auf den Herbst, der ihre Einschulung bringen würde. Später bezogen wir Position auf dem Vorderdeck und machten uns lustig über die Ansagen der Dänen in säuselndem Deutsch mit eigenwilliger Beugung. Das Meer hatte das Blau des Himmels angenommen, so daß man in einer nichtstofflichen Wabe stillzustehen schien, was das Röhren der Dieselmotoren und den schwarzen Qualm, den sie ausstießen, vergeblich erscheinen ließ. In Vorsehung waren ihr Bücher mitgegeben worden, aus denen ich die »Ferien auf Saltkrokan« wählte. Sie hörte die ersten drei Kapitel an meine Schulter gelehnt wie das Denkmal des Kindes für die Errungenschaften der Schriftkultur, um dann abrupt zu verkünden, jetzt müßten wir »mal etwas Richtiges machen«.

Das Innere des Schiffes hatte man, im Vergleich mit fünfzehn Jahren zuvor, der Lobby eines Kettenhotels angeglichen, aber die einzelnen Stationen waren unverändert: die Cafeteria mit ihren Krabbentoasts, die Pullmansessel, der zollfreie Supermarkt mit seinem mondänen Vorrat verheerender Getränke und die Spielautomaten. Noch immer saßen da die grobgeschminkten Ladies, kettenrauchend den großen Arm der Maschine ziehend, versunken in die Mechanik und den atemberaubenden Stillstand ihrer Symbole. Ich bot Sandy ein Spiel an. Aber sie zeigte sich als Kind guter Bürgersleute, die nichts verschwenden.

Als wir müde wurden und in den Ruheraum zurückkehrten, waren alle Pullmansessel eingenommen, eine stumme Menge schlafender, dösender, lesender Menschen im gedämpften Licht, so daß auch Sandy unwillkürlich ins Flüstern fiel. Gegen alle Vernunft entschieden wir uns auszuharren, und wurden nach einer Weile überraschend belohnt, als eine ältere Dame den vorletzten Sessel in der letzten Reihe räumte. Das Kind hatte sich nun an mich gewöhnt und legte sich in die Beugungen meines Körpers, als wäre ich eine biomorphe Schicht des Sessels selbst. In dem Moment erblickte ich den Grund, warum der Pullman uns zugefallen war: Im letzten Sessel hatte sich ein Paar junger Erwachsener unter einer großen marineblauen Decke mit dem Logo der Schiffahrtslinie der körperlichen Zärtlichkeit in einer Weise hingegeben, die es fast unmöglich machte, sich unbeteiligt abzuwenden.

Unwillkürlich fragte ich mich, was richtige Väter in einer solchen Lage machen würden. Zu fliehen, wie die ältere Dame vor uns, wäre die Beschwörung eines Tabus. Als Beobachter teilzunehmen, war ausgeschlossen mit einem Kind, das sich selbst wie eine Liebende in meinen Schoß gelegt hatte. So wandte Sandy ihren kleinen feuchten Mund zu meinem Ohr: »Was machen die da?«

»Die träumen, daß sie allein auf einer grünen Wiese sind.« Stille.

Ich hatte mich von der Ecke nun leicht abgewandt, was Sandy nutzte, sich noch bequemer in mir einzulagern, den Hinterkopf versenkt in meiner Brust, die Augen dem aktiven Paar zugewandt. Ich war mir nicht sicher, ob ich das Echo meines Herzschlags in ihr hörte oder ihren eigenen voyeuristischen Beat. »Papa«, lispelte sie, »du und Mama, wart ihr auch mal so?« Ich hätte an dieser Stelle vielleicht ins innere Lexikon pädagogischer Unterweisung sehen sollen, aber dachte statt dessen an die erste Zeit mit Bella, unseren spiegelbildlichen genitalen Hunger, unsere melodramatische Vereinigung im feuchten Sand eines verlassenen Nordseestrands.

Ich: »Warum denkst du das?«

Sandy: »Was?«

Es war nicht ganz klar, ob sie mich nicht verstanden hatte oder ob sie in der Lage war, den Gurutrick der Gegenfrage zu durchschauen. Ich drehte meinen Kopf zu den Liebenden und bekam das Gesicht der Frau zu sehen, in dem für diesen Augenblick zweierlei untrennbar verschmolzen war, die kindlichen Züge und die umfassende, weltfremde Ruhe sexuellen Glücks. »Ja, wir waren auch so.« Sandy entspannte sich und schlief sofort ein, so wie die junge Frau nebendran.

Deutsche Seebäder bekamen neue Fassaden, die Bäckereien klebten Kettenreklame in ihre viel zu großen Fenster, und die Hauptdorfstraßen wurden mit Parkautomaten unter Zeitnot gestellt. Am Bornholmer Südende aber war alles wie gehabt. Wir hatten ein Appartement unter dem Dach am Ortsrand erwischt, so daß wir abends Stadt spielen konnten und die wichtigen Treffpunkte, die Eisdiele und die Pølser-Baracke, zu Fuß besuchten. Am Wasser zeigte sich Sandy, wie ihr Name suggerierte, als Naturell, gleich verloren im Rhythmus von Baden, Bauen, Essen und Ruhen. Ich hatte den größten blaugestreiften Schirm gekauft, den man finden konnte.

Natürlich brachte ihr Äußeres Isabella zurück; die Zeit, in der wir *auch so* gewesen waren. Bella hatte damals zu den mausgrauen Typen gehört, die man unter den Schönen, den Verwegenen und den Lauten lange übergeht, so als wäre ein Kästchen um sie herum gestellt, dessen Glas den Blick auf sie trübte. In Bellas breitem, blassem Gesicht sah man zuerst die spitze Nase, weil sie das Mädchenhafte konterkarierte, und den schmallippigen, nahezu farblosen, aber langgezogenen Mund. Es konnten Monate vergehen, bis man darauf kam, ihr gänzlich bewußt und ohne Reserve in die Augen zu schauen, die glänzten wie Schiefer im Regen, so als hätte sie ein Weinen soeben unterdrückt. Kaum fühlte sie sich gesehen, geriet etwas in diesem Gesicht in Bewegung, Flora vertauscht gegen Fauna, und der Beobachter mochte gedacht haben, er habe sie erweckt.

Bella hatte, jenseits der Bühne, immer die Klassik der Unauffälligkeit getragen. Ihr Haar fiel so, daß es das Runde ihres Gesichts nicht abschnitt wie ein Vorhang, sondern es mandelförmig rahmte. Es mag sein, daß ihr Haar keine bestimmte Farbe hatte, aber auf schwarzweißen Fotografien war es schwarz. In den lichtreichen Monaten erschien auf ihrem Nasenrücken ein reptilienhaftes Muster, und in ihrem Haar zeigte sich, fast unsichtbar, der dunkelbraune Schimmer frischer Kastanien. Dann fiel sie wieder zurück in ihre Winterblässe.

Was Sandy mit Bella vor allem verband, war das Schielen. Bei Müdigkeit drehte sich ein Auge – schwer zu sagen, welches – leicht nach innen. Der Blick bekam etwas Beschwörendes, als sei ein Drittes aufgetaucht, etwas, das weder man selbst ist noch ein Gegenüber. Sandy aber war üppiger ausgefallen, mit einem kräftig gezogenen Mund und rötlich schimmernden Wangen. Das Irische, das wir ihr zugedacht hatten, hatte sich materialisiert in der Farbe ihres Gesichts und dem konstanten rötlichen Schimmer ihrer ansonsten unbedeutenden Haarpracht. Ihre intensive Nase hatte jenen Zug nach oben, der bösartige Kinder dazu verführt, in den Trägern etwas Schweinshaftes zu sehen und es so auch auszusprechen. Was sie an Gleichmaß nicht geerbt hatte, hatte sie an Intensität gewonnen. Das Mädchen im Glashaus war sie nicht.

Am späten Nachmittag unseres dritten oder vierten Tags machte sie die Bekanntschaft einer deutschen Gleichaltrigen, der einzigen Tochter eines norddeutschen Paars in der zweiten Woche seines Aufenthalts. Die hatte sich in einem lila gebatikten Bikini auf Menschenfang gemacht. Nachdem die Begegnung sich als fruchtbar erwiesen hatte – wie wählerisch Kinder sind, kompromißloser noch als die Misanthropen unter den Erwachsenen –, stellte Sandy mir die neue Freundin vor und meldete sich gleichzeitig ab, um deren Eltern zu besuchen, die nicht in Sichtweite waren. Sie kehrte später allein zurück, und eine gewisse sprachlose Überraschung war ihr anzusehen.

Am Abend ritten wir im roten Panda die Küstenstraße hoch nach Svaneke, wo Dänemark sich mit bunten Reihen monochrom gestrichener Stadthäuser folkloristisch zeigt. Es war immer noch ein funktionierender Hafen im kleinen Stil, und direkt aus der Räucherei konnte man einfache Seefische kaufen, Heringe und Makrelen. Um die Wiederkehr der Motive komplett zu machen, fand sich ein Touristengeschäft, das die ledergedeckten Holzschuhe anbot. Sandy aktivierte ihr Ferienbudget und war sogleich um fünf Zentimeter größer, eine bemerkenswerte Verwandlung, als müßte ich jetzt mit ihr vernünftiger sprechen. Tatsächlich war ihr Selbstvertrauen mit den Clogs gewachsen; sie holte tief Luft und vertraute mir mit Blick auf das im Osten schwarz schimmernde Meer an, daß die neue Bekanntschaft vom Strand, Jannika, sich für den Besuch an unserem Strand verkleidet hätte.

»Verkleidet? Sie hat sonst keinen lila Bikini an?«

»Nein.«

»Sondern.«

»Ach, das ist so doof! Das ist einfach zu doof!«

Sie kicherte oder war außer Atem.

»Soll ich raten? Hat sie gar nichts an?«

Erleichterung. Sandy fing flüchtig meinen Blick auf und schickte ihn an den Horizont. »Die sind alle total nackig. Alle. Sogar ihr Papa. Ich mein, die Mama auch. Echt fast alle da, außer vielleicht ein paar, ich hab es nicht so genau gesehen.«

Sie war bis dahin nicht prüde gewesen. Sie kämpfte nicht mit der Vorstellung, unbedeckt zu sein, sondern mit der rätselhaften Übereinkunft, nach der Regeln des Alltags am Nacktbadestrand verkehrt waren in ihr Gegenteil.

Um uns beiden Zeit zum Denken zu geben, packte ich meinen Notizblock aus und machte eine flüchtige Bleistiftskizze eines Kahns. Sandy wollte wissen, wie man das macht, daß es *echt* aussehe, und ich zeigte ihr, wie man Parallelen setzt, um Perspektiven und Volumen darzustellen. Sie versuchte sich an der Kajüte eines Bootes, die auf dem Papier eine erstaunliche Ähnlichkeit mit einer Zigarrenkiste bekam. Ein unbeirrtes Lob konnte sie hinwegtrösten über den offensichtlichen Fehlschlag.

Wir waren schon auf dem Rückweg, als sie mich fragte, warum ich Sachen malen würde.

»Zeichnen«, sagte ich. »Wenn man Architektur studiert, *muß* man das machen. So bringt man in Erfahrung, wie die Dinge wirklich aussehen.«

»Aber es geht doch viel schneller, wenn man knipst.«

»Das wird auch gemacht. Manche Architekten machen Fotos von Häusern und sammeln sie. Aber bedenke mal, wie schwer das war, die Kajüte zu zeichnen. Du mußt genau überlegen, wie hoch sie ist, wo das Dach anfängt, ob das Bullauge in der Mitte sitzt oder höher.«

»Ich fand's total schwer.«

»Kannst du dich denn jetzt erinnern, wie die Kajüte aussah?«

»Klar.«

»Gar nicht so klar. Das kommt, weil du sie gezeichnet hast.« Das brauchte eine Weile, um einzusinken.

»Aber ich hab sie überhaupt nicht richtig gezeichnet.«

»Du kannst dich aber trotzdem gut daran erinnern, wie sie aussah.«

In Neksø fing sich in den Gebäuden das Licht des langen Sommers, noch kein Nordlicht, aber eine Ahnung davon.

Als ich an einer Kreuzung stoppen mußte, sah ich sie an. Ihr eines Auge war leicht nach innen gestellt. Ihre Haut glühte. Es gehört zur Wirkung des Sommertags im Norden, daß die Ideen flüssig werden und sich verbinden. Also würde ich jetzt etwas versuchen.

»Das stimmt schon, daß auf einem Foto alles drauf ist. Du kannst sogar sehen, wie die Farben sind, ob der Lack schon abspringt und ob die Fenster gewaschen sind. Es ist – für mich – aber egal, ob die Kajüte gewaschen war oder ob es morgens war oder abends, als wir sie entdeckt haben. Später, wenn man dann ein Haus zeichnen soll, bekommt man vielleicht eine Idee, weil man an die Kajüte denkt.«

»Könnte ich dann ein Zimmer mit einem Bullauge haben?« Ich dachte mit Grauen an die runden Fenster in Volksdorf.

»Auf jeden Fall. Verstehst du jetzt ein bißchen, warum ich Sachen zeichne?«

»Damit du nichts vergißt.«

»Ja. Viele Menschen denken, sie wissen, wie Sachen aussehen, aber wenn man sie fragt, wissen sie fast nichts. Bei den richtigen Malern ist das so: Sie wollen genau wissen, wie ein Mensch aussieht. Wenn man an eine Malerschule geht, dann muß man zuerst lernen, wie der menschliche Körper aussieht. Dafür gibt es ein Modell, das ganz nackt ist und total stillsitzen muß. Oft sind die Modelle ganz dick oder auch ziemlich alt, weil es viel schwerer ist, all die Speckfalten zu zeichnen.«

»Sind das Frauen?«

»Die Maler?«

»Nein, die Models.«

»Die Modelle. Das sind mal Männer, mal Frauen.«

»Und dann wissen sie, wie man Nackte malt.«

»Genau. Kleidung muß extra gelernt werden. Es gibt leichte Stoffe und schwere Stoffe, welche, die glitzern, und welche, die knittern. Früher haben die Maler ihre Figuren erst nackt vorgezeichnet, und sie dann mit der Farbe des Pinsels sozusagen angezogen. Am Ende sahen sie total echt aus.«

Sandy sagte nichts mehr, und als wir auf dem Kiesweg unserer Unterkunft knirschend vorfuhren, war sie schon eingeschlafen.

Am nächsten Tag hielt Sandy mit Jannika das Modell der getrennten Welten aufrecht; was für ein besonderes Vergnügen, die Strandmoden aus der Perspektive gänzlicher Entblößung zu betrachten. Am Abend lernte ich die Eltern dieser Freundin kennen, bekleidet, und der gemeinsame Rückzug endete auf einer Feriendorfterrasse unter lautstarken Meinungen zur Zukunft der sowjetischen Vasallenstaaten. Sobald es nicht mehr grob unhöflich war, machte ich mich davon. Sandy blieb bei Jannika über Nacht: ein Abend für mich allein.

Der Strand war nahezu verlassen, und das Watt gab nur gering nach unter den Füßen. Das Nachtlicht hellte die Schaumkronen auf, aufgeworfen, gerollt und abgestoßen ins Watt von den tiefdunklen Wassermassen, die sich in der Ferne mit dem Horizont undurchdringlich verbanden. Beim Gehen richtete man unwillkürlich die Augen ins Watt, einen Abschnitt ausmessend, der in weniger als einer halben Minute durchschritten war. Selbst dann tauchten vor den Füßen Dinge auf, die nur in steiler Aufsicht als Qualle, Ast oder toter Vogel zu identifizieren waren. Man fiel in einen automatischen Gang, gesichert durch den Umstand, sich nicht orientieren zu müssen. Man marschierte am Rand der verläßlichen Welt.

Flaschenpost: Du bist dreißig Jahre alt. Es ist noch nichts entschieden. Du hattest dir die Arbeit als Architekt aufregender vorgestellt. Du wohnst allein. Wie gut, daß es das Kind gibt. Du müßtest aus dem Schreiben über Architektur etwas machen. Du hast Glück gehabt, in Hamburg gleich beschäftigt zu werden. Es muß etwas geschehen. Man müßte die Geduld haben zu warten, bis etwas geschieht.

Ich wiederholte die Sätze in anderer Reihenfolge, prüfte sie auf mögliche Anschlüsse und Widersprüche, bis es in mir leiser wurde. Da war ich längst müde gelaufen, und dann kehrte ich um. Strand und Brandung waren nun dunkler, so daß ich immer wieder in Vertiefungen stolperte oder Wellen meine hochgekrempelten Hosenbeine einnäßten und schwer machten. Ich spürte die Aufwallung der Müdigkeit, des Unwillens, der Erschöpfung, bis ich mich dem unsteten Gang fühllos hingab, innerlich verstummt.

Es kamen windige Tage, die Wolkentürme brachten und in unserer zweiten Woche Regen. Ich hatte weitere Skizzenblöcke besorgt, Kohle und Fixierer. Sandy und Jannika versuchten sich in gegenseitigen Portraits, die aber im Puppenhaften steckenblieben. Sie brachten Steine und Muscheln in die Dachwohnung, die sie zu Landschaftsminiaturen zusammenschoben. Wir holten entwickelte Filme beim Supermarkt ab und versuchten, Portraits per Durchpausen herzustellen. Dabei meinte Jannika entdeckt zu haben, daß Sandy mir überhaupt nicht ähnlich sehe. Sandy war ernsthaft beleidigt. Der zweite Regentag endete in einem glitzernd klaren Abend. Ich ging mit Sandy allein zum Strand.

Unter dem Vorwand vergessener Badekleidung gingen wir nackt in die Brandung. An den folgenden Tagen hatte uns die skandinavische Gleichgültigkeit eingeholt. Sie bringt eine gewisse Trübung des Blicks, die einhergeht mit einem unausgesprochenen Fotografierverbot. Ich las Alain Corbins Studie über »Das Territorium der Leere«, eine Sozialgeschichte der Küste. Das Erlebnis des Strands war also eine moderne Erfahrung, von Adligen erfunden, von Bürgerlichen popularisiert. Die Deutung des Meeres als Antithese der Zivilisation war nicht älter als die Dampfmaschine.

Der Abschied der Kinder war tränenreich und schmerzhaft. Sofortfreundschaften halten fast nie, und eine Ahnung dessen begleitete die Trennung. Sandy und ich hatten noch einen Tag allein, mit Strandblues und Eiskremblues. Seit langem nur verantwortlich für eine Person, unterschätzte ich den Aufwand des Rückzugs, und wir fanden uns eine halbe Stunde zu spät auf der Straße nach Rønne. Die Rückfahrt am Tag nahm doppelt so viel Zeit in Anspruch wie die Hinfahrt bei Nacht, und wir sahen die Fähre schon in der Hafenausfahrt wenden, als wir angekommen waren. Die einzige Möglichkeit, am gleichen Tag aufs deutsche Festland zu kommen, war, ein Schiff nach Stralsund zu nehmen. Sandy überbrachte ihrer Mutter die Nachricht am Telefon mit fast erstickter Stimme.

Die kümmerliche Fähre erschien wie eine gerechte Strafe, kein Ruheraum, keine einarmigen Banditen, die besten Plätze besetzt durch gebräunte, lautstarke Westberliner. Die Ferien waren vorbei: Tag und Abend, Land und Wasser, Textil- und Nacktstrand, erste Woche und zweite Woche. Sandy und ich, wir ließen uns gehen in unseren grauen Launen, ließen uns schaukeln in einen zunehmend bedeckten Sommertag bei heftigem Wellengang, die Küste Rügens schließlich in einem matten rosa Glanz, unsere Gesichter lang und grün.

Die Fahrt über die löchrigen Landstraßen war langwierig. Sandy bemerkte sofort die Grußadressen an das sozialistische Brudervolk, die sie im Vorbeifahren zu lesen versuchte, laut. Sie nahm mitleidig Anteil am Zustand der Dörfer, die keine mehr waren, und hatte – sobald das Thema Flucht erwähnt war – ihre eigenen Vorschläge, wie man unerkannt oder ungesehen abhauen könnte in den Westen. Ich fragte mich, ob und wie man ihr eine Politik der Aussöhnung oder Annäherung nahebringen könnte, aber die Scheibe des kleinen Fiats war dreckig, die Scheinwerfer waren schwach, und die Schilder nicht für Transitreisende aufgestellt; so konzentrierte ich mich auf das Fahren. Vor Mitternacht erreichten wir einen hellerleuchteten Posten in der Nähe von Lauenburg, mußten unseren ungewöhnlichen Weg erklären, die Heckklappe öffnen und auf die Rückgabe der Pässe warten. Als wir sie wiederbekommen hatten, blieb die Schranke geschlossen, man ließ einen Lastwagen diagonal kreuzen. Ich rief herüber zum Häuschen, aus dem es in thüringischem Tonfall hieß: »Ihre Fahrspur hat zur Zeit keine Durchfahrt.« Sandy phantasierte, wir seien in eine Falle geraten. Wir hörten die Mitternachtsnachrichten, ein weiterer Lastwagen passierte, die Schranke blieb geschlossen. Ich fixierte die uniformierte Type hinter der halb aufgezogenen Scheibe des Häuschens, deren Profil zu sehen war wie mit Kreide gezeichnet. »Jetzt ist aber Schluß! Sie machen sofort dieses Tor auf!« brüllte ich im Tonfall eines gekränkten Oberstleutnants. Das bleiche Gesicht wurde in unsere Richtung gedreht. Sandy hielt den Atem an. Wieder das Profil. Ich sah die verlorenen Stunden vor uns, die sinnlosen Befragungen, die Belehrungen, Geldforderungen und Tadel, das Kind von mir getrennt aus Schikane. Da öffnete sich die Schranke. Ich warf den Motor an und raste davon, ohne mich umzusehen.

Gateway West

Sandy war ein schmales, hochgewachsenes Mädchen. Sie hatte viele Jahre gebraucht, sich an ihre Brüste zu gewöhnen, die sie anfangs mit vorgezogenen Schultern und geneigtem Kopf versucht hatte zu verstecken. Mit fast neunzehn hatte sie einen Gang kultiviert, in dem sich Trotz und Stolz verzahnten. Der kräftige Zug ihrer Lippen hatte sich als Omen erwiesen: Bellas Unsichtbarkeit war nicht auf sie übergegangen. Ihre Augenlider waren zum Nasenrücken hin eigentümlich aufgeworfen, so daß sich symmetrisch ein Schatten bildete. Man mußte tief in ihre flinken, schiefergrauen Augen hineinsehen, um diesen Zug nicht als Härte des Blicks mißzudeuten. Sie trug keine Stahlstäbe oder Ringe im Gesicht. Ihre Haare, deren Fülle sich im halblangen Schnitt bereits erschöpft hatte, schimmerten immer noch rötlich. Was norddeutsche Bescheidenheit hatte werden sollen, war aufgemischt durch eine lüsterne Attitüde.

Toms Abwesenheit hatte sie genutzt, um die Mansarde in der Barckhausenstraße zu übernehmen, mit Hilfe seiner Eltern, die außerdem Mittel für die Flugreise vorgestreckt hatten. Fröhlich berichtete sie von dem vorgefundenen Inventar, Röhrencordjeans und Sweatshirts von Fruit of the Loom, Isabellas und Toms Outfit von vor zwanzig Jahren. Sie hatte, auf der Fahrt vom Flughafen zum Dorchester, ihrem Freund Martin den Beifahrersitz überlassen und erschien nun, mal der stark gezeichnete Mund und dann die verschattete Augenpartie, in Toms Rückspiegel, in den sie ihren Bericht zu sprechen schien.

Tom war, seit er mit Elise zusammengezogen war, nicht mehr in der Mansarde gewesen. Nie hatte er einen Gedanken daran verschwendet, daß jemand, und sei es Sandy, das Zimmer in Besitz nehmen könnte. Deshalb hatte er es nie geräumt. Angespannt lauschte er ihrem Bericht, begleitet von Martins mühsam unterdrücktem Grinsen.

Die Mansarde war die Wunderkammer jener Zeit, die mit Sandys Geburt zu Ende gegangen war. Dort geblieben waren Protokolle der Auftritte einer längst vergessenen Folkrockband und einige Bänder vom Tonmeister Osterkamp; zwei Dutzend Schallplatten in einem rauchglasähnlichen Plexischuber; Hefte aus der Schule, gerollte Pläne und zwei oder drei Modelle aus der Braunschweiger Zeit; das komplette Lager der bis zum Überdruß genutzten Matratzen; das kleine Plakat mit dem Gemälde von Paul Klee.

Am Abend fand Tom sich wieder im Kabinettraum der University Gallery, wo Ed auf Elises blasse Bleistiftzeichnung einer Erektion deutete und fragte:

»Is that you?«,

was Tom unbeantwortet ließ. Es verwirrte ihn zur Genüge: Sandy, der junge Mann an ihrer Seite, Ed, Ted Kuhn und – mit einer dunkelblauen Fliege – Jonah; ein vornehm beleuchteter Raum voller Leute, und da kam Elise durch die Tür, am Arm des Patriarchen der Pulitzer-Stiftung. Dort drüben der Film über Eds ödipales Interieur und hier Elises Zeichnungen – im weiblichen Block das scharf geschnittene Auge Sandys und im männlichen Block die jugendlich erstarrte Rute eines beschnittenen Schotten, wie um die Vaterschaftsfrage für immer aufrechtzuerhalten.

Sandy und Martin waren enttäuscht, von einem formalen Dinner im akademischen Clubhaus ausgeschlossen zu sein, aber sie nahmen den Schlüssel des Apartments im Dorchester dennoch gern an sich, gingen zu Fuß durch den schneidenden Wind und die Dunkelheit und vergnügten sich auf dem dicken Kunststoffteppichflor, bis die Arme und die Pobacken brandrot gerieben waren. Dann leerten sie den gesamten Vorrat an Bitburger Bier, den sie im großen brummenden Kühlschrank fanden.

Elise schloß um Mitternacht ihre Zimmertür, streifte sich ein Nachthemd über und fiel in einen Achtzehnstundenschlaf. Tom überließ dem betrunkenen Paar sein Zimmer und sichtete, am Glastisch sitzend, was er in den letzten Wochen geschrieben hatte.

Notiz zu Sandy
Glückliches Baby unter Pflaumenbäumen, von der Mutter und ihren ungleichen Freunden zart gewiegt. Strahlendes, plapperndes, manchmal solipsistisches Kind. Kontakt fast verloren bis zum Bornholmer Sommer. Nicht unkomisch die Idee, daß ich sie irgendwann vielleicht grundlos beerben werde. Elise war so etwas wie die ideale Tante – immer Bastelstunde und das Basteln magisch verbunden mit dem Ernst des Lebens. Eine picklige Pubertät gerettet durch die Entdeckung ihrer sozialen Talente. Ihre Faszination mit meiner Funktion bei CSS. Konnte mich nie zwingen, Isabella zur Rede zu stellen. Was aus Sandy wohl geworden wäre, wenn CPO die Rolle zugefallen wäre. Fühle mich geehrt, daß sie auf Besuch kommt mit Lover; habe klassische Bedenken wegen Schulschwänzerei – ganz ein Vater.

Wie in der ersten Nacht im Dorchester fiel Tom auf dem Sofa in den Schlaf.

Da war er wieder, der Prüfungstraum, in voller Blüte.

Welche Marken laufen unter General Motors? Wer ist Betsy Baker? Fünf Bauten von Rudolph Schindler. Seit wann produziert Ralph Lauren unter eigenem Namen? Ist National Panasonic eine amerikanische Firma? Fünf berühmte Stühle von Knoll. Woher stammt Josephine Baker?

Aus St. Jude, rief Tom. CPO beschied, als Chairman: falsch.

Umzug der Factory nach Chelsea – wann? Eine Verbindung von Aalto zu Fallingwater? Zehn amerikanische Universitätsverlage. Welche Ware stammt aus dem Hause Cole

Haan? Fünf berühmte Straßenkreuzer der Fünfziger. Woher stammt Zaha Hadid? Eine Architekturschule in der Wüste Arizonas.

Taliesin.

Da fehlt noch was, hörte er die Stimme Stüssgens sprechen, obwohl dessen Stuyvesant-Maske unter den Beisitzern nicht auszumachen war.

»East.«

»West«, kam es von CPO.

Sandy und Martin halfen, Elises Atelier zu räumen. Sie hatten drei Tage Zeit, bevor sie weiterfliegen wollten nach Los Angeles. Es waren aber auch die letzten drei Tage für Elise und Tom, mit nur wenigen Stunden zu ihren Gunsten.

»Warum hast du denn beschlossen, in Amerika zu studieren?« fragte Tom, als sie über den großen Rasen gingen, am Mississippi, wo einst die französische Siedlung gestanden hatte.

»Weil Geographie hier ein großes Fach ist, also total ernst genommen wird. Die haben weltweite Verbindungen, bis zur amerikanischen Forschungsstation in der Antarktis.«

Für die Auffahrt im Bogen hatten sie die letzte Fahrt gewählt, um, wie Martin ausgetüftelt hatte, genau um sechs Uhr am Abend die Sonne über St. Louis untergehen zu sehen. Der Transport ging durch das Innere des Bogens auf seiner südlichen Hälfte mittels einer Kolonne von Gondeln, die im Untergeschoß ebenerdig bereitstanden und Stück für Stück mit Passagieren besetzt wurden. Die letzten in der Reihe der Wartenden, bekamen sie eine Gondel für sich. Die Türen wurden von außen, quasi amtlich, per Hand verschlossen, bevor der Kabinenwurm sich in Bewegung setzte, begleitet von einem Knarren und Pochen, das, sobald es in die Steige ging, unterlegt wurde von einem gewaltigen Ächzen und Stöhnen der Anlage, deren mechanische Abschnitte sich jeweils mit einem Schlag, der die Gondel erschütterte, den Passagieren mitteilten.

In der fahlen Deckenbeleuchtung, für Momente verstärkt durch die nackten Lichter aus dem nahen Schacht mit ihren sich rasend vergrößernden Schatten, saßen sie sich gegenüber, Tom auf der einen Seite und Sandy und Martin auf der anderen. Martin hatte ein großes Gesicht, dem die Bleiche des Winters nicht die Kontur genommen hatte, gerahmt von dunklen Locken. Seine Augen hatten die Ruhe der Braunäugigen, überhöht durch einen selbstgewissen Glanz, der geschliffen war durch Ironie; nicht die Ironie der Besserwisser, sondern derer, die von der unvermeidlichen Komik jedes Menschen eine Ahnung haben. Das kantige Kinn hatte er durch ein sorgfältig gestutztes Bärtchen verborgen oder herausgestellt. Zu seiner feingesteuerten Gestik wollte es nicht passen, daß er sehr schnell sprach und zu laut, selbst in der dröhnenden Kabine, mit einer Stimme, deren Festigkeit er durch ein Pressen erzeugte und die tatsächlich an den Rändern jungenhaft ausbrach, als habe er den Stimmwechsel nicht vollständig durchlaufen.

»Aber es kostet ziemlich viel Geld«, rief er, »und die Stipendien für Ausländer sind begrenzt. Mein Vater würde mich unterstützen, aber meine Mama ist dagegen.«

»Sind deine Eltern zusammen?« brüllte Tom.

»Natürlich nicht!«

Sandy drehte ihren Kopf zu Martin, in Bewunderung.

Tom hatte sie lange nicht so nah gesehen wie in der aufsteigenden Gondel. Er erschrak über ihr Profil, überzeichnet durch die Erschütterung der Kabine, eine etwas zu massive Nase, die den Eindruck machte, als sei sie schon einmal vorangelaufen. Es war, daran gab es nun keinen Zweifel mehr, das wilde Profil des verlorengegangenen Freundes.

Verglichen mit der äußerlichen Pracht des Bogens, war das Interieur der Aussicht utilitär und abgenutzt, ein langes

Abteil mit Fenstern nach Osten und Westen, wie erwartet, aber ohne Münzferngläser oder Orientierungsplaketten. Es war zwanzig vor sechs, die Sonne stand über St. Louis. Der Mississippi, ein verkommener Fluß, schimmerte dort unten verführerisch, ein glänzender Reif, der die Siedlerstadt einschloß. St. Louis hatte sein Schicksal an ihn gehängt und war in der Spanne eines Menschenlebens – zwischen der Zeit des Schaufelraddampfers und dem Aufkommen der Flugzeuge – gealtert und in der Maske des Alters erstarrt.

Sandy und Martin hatten an der Westseite Aufstellung genommen, von wo aus sie beobachten konnten, wie die Sonne, noch immer blendend, sich zum Horizont hin senkte. Tom stand, auf das metallene Fensterbrett gelehnt, an der Ostseite und besah sich die verwirrende Traurigkeit von East St. Louis, ein ins Flachland gestreutes Restghetto in der Nähe verbliebener Industrien; und unter ihm der lange, spitze Schatten des Bogens.

Tom spürte nun die Erschöpfung des Müßiggangs, die ausgefransten Enden in der Revision seines Schicksals. Er sah sich zurückkehren an den Anfang, als Isabella allein entschieden hatte, dieses Kind auszutragen. Gleichzeitig, daran hatte er nie zuvor gedacht, hatte sie das Kind Claes Philip weggenommen, ja, ihn möglicherweise zum Schweigen darüber verpflichtet. Sie hatte ihm, Thomas, warum hatte er das nicht begriffen, das Kind buchstäblich geschenkt, eine Art Tribut an die große Zeit, als die Triebe und die Musik eins waren, miteinander verwoben wie Tag und Nacht, eine unaufhaltsame Bewegung. Nun war das Kind von Europa nach Amerika gekommen, um ihm durch seine Gegenwart etwas mitzuteilen, das sich in Worte nicht fassen ließ.

»Gentlemen, we're closing …«, rief eine Stimme, als der Sonnenball kaum den Horizont berührte. Martin, in korrektem Englisch mit deutschem Akzent, versuchte sich gegen die verfrühte Austreibung zu wehren. Er erklärte den kaugummikauenden Uniformträgern, daß er, der Geographiestudent aus Deutschland, vom Bogen aus den Sonnenuntergang über St. Louis zu sehen gekommen war und daß die kleine Gruppe garantiert nicht später als um sechs Uhr die Aussicht verlassen würde. Allein, es war sinnlos. Es wurde behauptet, die Schließungszeit gelte nicht für die Aussicht, sondern für das Gebäude. Die drei letzten Besucher wurden mit deutlichen Gesten der Ungeduld in die Kabine gesperrt, die mit weniger Lärm und etwas schneller abwärts fuhr, und standen um acht Minuten vor sechs – Martin prüfte dafür seine digitale Armbanduhr – draußen, am Fuß des Bogens, während die Sonne dabei war, sich in einen roten Ball zu verwandeln. Sie tauchte hinter der Kulisse der Innenstadt ab, aber ihr fleischlich anmutendes Licht wurde aufgefangen vom Bogen, der angeschliffen wie ein Edelstein mit seinen langsam wandernden Reflexen herabschaute auf das Land westwärts, während unter ihm die blaue Stunde schon begonnen hatte.

Das junge Paar ließ es sich gutgehen im Dorchester. Es aß den Kühlschrank leer und fledderte die »New York Times«. Es telefonierte ausgiebig nach Deutschland, um Bescheid zu sagen, daß es im Moment keinen Internetanschluß gab. Es übernahm von zwei Automobilen eines. Martin hinterließ Kondome, mit einem Knoten verschlossen, im Küchenabfall.

Elise und Tom waren im PT Cruiser auf dem Parkplatz vor der Akademie sitzen geblieben, um allein zu sein.

»Die Pulitzers kaufen ›Interior (Ed)‹«, sagte Elise.

»Wow«, sagte Tom. »Lucky you.«

»Das ist wie die Schlacht gewinnen, aber den Krieg dabei verlieren, nicht?«

»Du könntest dich also anfreunden mit St. Louis.«

»Ich würde mitkommen, um dich nicht zu verlieren.«

»Das klingt wie ein großes Opfer.«

»Es wäre so etwas wie ein Abenteuer aus Not.«

»Aber wo ist die Not?«

»Ich hab schon gemerkt, daß du das nicht siehst.«

»Daß ich was nicht sehe.«

»Die Not … wendigkeit.«

»Aber alles läuft in deiner Richtung.«

»Nicht, wenn du dich abwendest.«

»Dachtest du, das würde ich tun?«

Es war in diesen Tagen schwer zu erraten, was Tom Schwarz dachte, weil er selbst nicht wußte, was er denken sollte. Er hatte Sehnsucht nach Hamburg, nach dem Brausen der Reifen auf dem Asphalt, nach der großen Wohnung mit den Stuckdecken und den Aaltostühlen, nach den Wolken von Gesprächen an späten Abenden in Elises Atelier. Miyako, die ihn bei CSS vertreten hatte, meldete sich am Telefon und verriet ihm, daß es ihr schwergefallen sei, ihn für zwei Monate in Ruhe zu lassen; trotz seines vorzüglich geführten E-Mail-Archivs habe sie das Gefühl, das Gehirn von CSS sei auf Urlaub und die Körperteile machten, was sie wollten. Thomas tat sich nicht leicht mit Komplimenten, die ihm gemacht wurden, und es wurden nicht viele gemacht. Er sagte nichts, sondern lauschte auf Miyakos silberne Stimme, auf ihren Atem. Er dachte an sie, damals, wie sie Naders Haar zu einem Zopf geflochten, wie sie still auf die Füchse gewartet hatte, wie sie in der Badewanne lag und sang. Dann sagte Miyako:

»Nein, nicht das Gehirn. Das Herz fehlt. Oder wie John Cox gesagt hat: ›Wir laufen hier Kreis, aber mit große Erfolg.‹«

Als die Zeit knapp wurde, hatte Ted Kuhn als letzten Ausflug die Besichtigung des Feuerwehrhauses von Webster Groves vorgeschlagen, nicht weit von Elises Atelier, das nun wieder leerstand, immer noch mit dem Logo von A-Z

Records. Elise ahnte nichts Gutes, als sie Thomas zu Sandy sagen hörte, dies sei eine Veranstaltung der Universität und er gehe lieber allein.

Das Feuerwehrhaus, von Ted und Jonah datiert 1970, war ein riesiger hölzerner Schuppen mit einem schräg nach hinten abfallenden Dach und drei Toren aus Aluminium und Plexiglas, die sich in Sekunden hochfahren ließen. Die neuen Lastwagen, strahlend rot, mit blitzenden Chromteilen, saßen wie exotische Käfer in einer Falle, eingeklemmt zwischen Rückwand und Tor. Der Abriß des Feuerwehrhauses und seine Wiedererrichtung als größerer Betonbau standen bevor. Ted und Jonah vermaßen die tragenden Balken, die nicht tragenden Balken, die Breite, Tiefe und Höhe, Daten, die Ted Kuhn in sein Diktaphon sprach. Sie fotografierten das Gebäude aus allen vier Richtungen frontal und dann viermal über Eck, was mit der feinjustierten Kamera auf dem schweren Stativ mehr als eine Stunde in Anspruch nahm. Jonah skizzierte mit einem Graphitstift die Deckenkonstruktion und nahm Frottagen von beschrifteten Gullideckeln ab. Die Feuerwehrleute, in feierlichen Uniformen, zeigten sich verwundert über die Aufmerksamkeit. Kaum war die Arbeit getan, setzte Ted Kuhn den Subaru auf die Brachfläche hinter dem Gebäude und lud einen ballförmigen schwarzen Grill aus, den Jonah fachmännisch mit Kohle aufschüttete, mit Anzünder begoß und in Brand setzte, während Ted und Tom einen Tapeziertisch aufstellten. Darauf wurden die Ingredienzen als Produktionsstraße ausgelegt: Die Brotträger, die Mayonnaise, das gehäckselte Grünzeug, die roten Zwiebelringe, die Tomaten in Scheiben und die Brotdeckel. Die Hackfleischfladen waren in runde Tupperwarebehälter eingelegt, mit Patentverschluß gestapelt zu einem Turm. Es wurden dreibeinige Feldschemel aufgestellt.

Jonah rührte die Holzkohle, bis sie gleichmäßig durchgeglüht war, als Ted übernahm. Die Hackfleischfladen zischten, als er sie mit leichter Hand auf das Rost warf. Er wendete sie mehr als zwanzigmal, bevor er das Brot drumherum arrangierte. Jonah nahm die erste Lieferung mit einem Plastikteller entgegen und baute den Hamburger zusammen, den Tom bekam. Es war das Beste dieser Art, was er je gegessen hatte, kroß, saftig und frisch. Jonah schaufelte mit einem Plastikbecher gesplittertes Eis aus einem Thermocontainer und goß Coca-Cola drüber. Die Mittagssonne fing sich im eingedunkelten Balkenwerk der Rückwand der Wache, das etwas Wärme auf den Picknickplatz zurückwarf.

Tom hatte an diesem Tag Mühe, dem Geplauder des akademischen Teams zuzuhören. Sie erzählten ihm von ihrer nächsten Studie für die »Perspectives in Vernacular Architecture«, die vom Übergang des Pferdestalls zur Autogarage handelte, inklusive der Verwandlung des Pferdeknechts in einen bastelnden Chauffeur. Tom hatte eine gute Nachricht für Ted, für Ted mehr als für Jonah, und er wartete auf den geeigneten Augenblick, um sie loszuwerden.

Während im Süden noch die Sonne stand, niedrig und weiß, war von Norden her eine schwarze Wolkenwand aufgezogen, die Ted aus dem Augenwinkel beobachtete.

»Wie lange, um den Grill ins Auto zu bringen?« fragte er Jonah.

»Drei Minuten, falls man die Kohle kippt«, antwortete er.

Ted überlegte einen Moment, öffnete dann drei weitere Einheiten des Tupperwareturms und grillte die nächste Runde, während Jonah Tom mit Details aus der Frühgeschichte des Automobils unterhielt, als man keinen Führerschein kannte und das Benzin aus der Drogerie holte. Die zweite Runde Burger war schon gegessen und der Himmel nun schwarz, als Tom die Zeit für gekommen hielt, um zu sagen:

»Liebe Freunde, wenn es euch nicht gäbe, wäre mein

Aufenthalt in St. Louis wohl kaum so amüsant gewesen, wie er war. Ihr habt mir die Augen für die Region und ihre Geschichte geöffnet. Die Architekturakademie ist so professionell, wie sie nur irgend sein kann. Ich dachte nie, daß ich ausgerechnet in die Fußstapfen von Uwe Jens Niehuus treten würde, aber wenn es sein soll, könnte ich mir durchaus vorstellen, Ted, meine Kenntnisse hier in St. Louis weiterzugeben, Seite an Seite mit dir, wenn es denn möglich sein wird, dies so einzurichten.«

Aus dem schwarzen Himmel fuhr ein Bilderbuchblitz herunter auf Webster Groves und schlug ein. Ted und Jonah streckten gleichzeitig ihre Hände aus, um die ersten Tropfen des Regens zu fühlen. Tom ahnte, daß dies vielleicht nicht der geeignete Zeitpunkt für die kleine Rede war, die er innerlich so minutiös vorbereitet hatte. Doch wann, wenn nicht jetzt, sollte er sich zur großen Chance bekennen?

Ted und Jonah sagten nichts mehr. Sie räumten auch nicht ihr Bankett zusammen. Sie saßen da, mit eingezogenen Schultern im beginnenden Regen und sahen Tom Schwarz an. Er sagte:

»Es ist schon merkwürdig. Ich habe hier, mit euch, eine richtig gute Zeit gehabt.«

Die Sirene des Feuerwehrhauses sprang an, man hörte das Rufen der Feuerwehrleute drinnen, man hörte die Tore hochrasen, und dann schossen die roten Lastwagen unter dem Brüllen ihrer Motoren in Richtung Big Bend.

»Nun müssen wir nach Hamburg zurück«, sagte Tom. »Elise ist da geboren, und ich glaube, ich kriege sie da nicht mehr weg.«

»Das habe ich mir schon gedacht«, sagte Ted Kuhn.

»Man hat seine Roots«, rief Jonah, gegen den Wind.

Fünf Minuten später winkte er aus dem PT Cruiser Ted und Jonah zu, die in die andere Richtung davonfuhren.

Aber der Regen lag so schwer auf den Scheiben, daß er nicht sehen konnte, wie sie zurückwinkten.

Er bog ein in den Big Bend, langsam, die Scheibenwischer auf höchster Sequenz. Die Straße, gänzlich unter Wasser, hatte die bleierne Tönung des Himmels angenommen. In der Ferne blinkten Lichter. Es waren die Feuerwehrlastwagen von Webster Groves. Sie standen vor der Ladenzeile, die dem »weltbesten Sandwich« gegenüberlag, und die Feuerwehrleute halfen dem Regen beim Löschen. Von den Läden standen nur noch die vertikalen Träger. Die Decken waren heruntergekommen, die Fassaden zu Boden gestürzt. Ein Polizist, durchtränkt, machte ungeduldig Zeichen, daß Tom beschleunigen solle. Aber er konnte die Augen von dem schwarzen Gespenst nicht lösen, das A-Z Records gewesen war.

Am letzten Tag im Februar, gegen zehn Uhr, steuerte Tom den PT Cruiser über den Highway 170 zum Flughafen, die dunklen Locken Martins im Rückspiegel und neben sich das Kämpferprofil Sandys.

»Übrigens«, sagte sie, als käme ihr der Gedanke in dem Moment, »sind in der Mansarde … Wie heißen noch mal diese großen CDs?«

»Vinyl«, antwortete Martin.

»Für uns waren das einfach Platten«, sagte Tom.

»Ja, da sind eine ganze Menge Vinyl… platten. Auch welche von einer Sandy Denny.«

»Klar. Hast du mal reingehört?«

»Nee, ich meine ja, aber ich habe mich total gewundert.«

»Warum?«

»Ob ich nach der heiße.«

»Ob du nach ihr benannt bist.«

»Ja? Weil ich als Kind immer gedacht habe, das hätte etwas zu tun mit dem Platz ›Am Sande‹.«

»Soweit ich weiß«, sagte Tom, und er fing den Blick

ihrer schnellen grauen Augen auf, »nennt man Plätze nach Leuten, aber nicht Leute nach Plätzen.«

»Und was ist mit dieser ... Sandy Denny?«

»Sie war die beste Sängerin im Folkrock, die wir kannten, eine feste Stimme und großer Atem. Aber als wir sie zuerst hörten, auf Platten natürlich, war sie schon tot. Deshalb haben wir so oft an sie gedacht.«

Sandy grübelte.

»Was hört ihr beiden denn so?«

Die Antwort kam vom Rücksitz: »Eminem. Cypress Hill. Beck.«

»Back?«

»Beck.«

Im Dorchester saugte Elise den Teppichboden, als er zurückkam, vor sich die Düse und hinter sich ein heulendes Ding auf Kufen, das ihr folgte.

Inhalt

Bibliografische Information der deutschen Nationalbibliothek

Die Deutsche Nationalbibliothek verzeichnet diese Publikation
in der Deutschen Nationalbibliografie; detaillierte bibliografische
Daten sind im Internet über http://dnb.d-nb.de abrufbar.

© Wallstein Verlag, Göttingen 2007
2. Auflage 2007
www.wallstein-verlag.de
Vom Verlag gesetzt aus der Stempel Garamond
Umschlaggestaltung: Barbara Hanke unter Verwendung einer
Fotografie von Ulf Erdmann Ziegler
Druck: Friedrich Pustet, Regensburg

ISBN 978-3-8353-0096-5

Aus dem Frühjahrsprogramm 2007

David Constantine
Etwas für die Geister
Gedichte / Englisch-deutsch
Übersetzt von Johanna Dehnerdt und Hauke Hückstädt
geb., Schutzumschlag
ISBN: 978-3-8353-0103-0

Daniel Hoffmann
Lebensspuren meines Vaters
Eine Rekonstruktion aus dem Holocaust
geb., Schutzumschlag
ISBN 978-3-8353-0149-8

Ruth Klüger
Gemalte Fensterscheiben
Über Lyrik
geb., Schutzumschlag
ISBN: 978-3-89244-490-9

Gregor Sander
Abwesend
Roman
geb., Schutzumschlag
ISBN: 978-3-8353-0143-6

Fred Wander
Hôtel Baalbek
Roman
Mit einem Nachwort von Robert Schindel
geb., Schutzumschlag
ISBN 978-3-8353-0150-4

www.wallstein-verlag.de

Weitere Titel aus dem literarischen Programm

Lucette ter Borg
Das Geschenk aus Berlin
Roman
Aus dem Niederländischen übersetzt von Judith Dörries
280 S., geb., Schutzumschlag
ISBN: 978-3-8353-0044-6

»Ein reisendes Familienorchester, ein Bechstein als Geschenk
vom Führer und die Liebe zu Beethoven in der kanadischen Wild-
nis – eine wahre Familiengeschichte einer ›Erzählerin der Spitzen-
klasse‹.« *(Nederlands Dagblad)*

Jörg Albrecht
Drei Herzen
Roman

240 S., geb., Schutzumschlag
ISBN: 978-3-8353-0090-3

»Cool und formbewußt, metareflexiv und mit Sinn für den thea-
tralischen Auftritt, kindisch und größenwahnsinnig, professionell
und trotzig.«
*(Ijoma Mangold über den preisgekrönten Auftritt
von Jörg Albrecht beim open mike)*

Daniela Danz
Türmer
Roman
154 S., geb. Schutzumschlag
ISBN: 978-3-8353-0042-2

»Eine unverwechselbar eigene poetische Stimme.«
(Werner Söllner)

www.wallstein-verlag.de